Pentru tine, doar pentru tine şi mereu pentru tine

„Dacă este aleasă în mod liber, orice meserie devine izvor de satisfacții deosebite, atâta timp cât îți îngăduie să tragi foloase din înclinațiile afective și din energiile instinctive."

Sigmund Freud, *Angoasa în civilizație*

„Ascultă-mi glasul, ascultă-mi ruga.
Ascultă-mi inima care bate, las-o să bată.
Te rog, nu te teme
Când îmi lasă gura apă.
Te vreau încrezătoare, te simt prizonieră.
Te vreau docilă, te simt temătoare."

Serge Gainsbourg, „Tânjesc după tine"

1

De patru luni frecam menta: trăiască stagiile de la sfârşitul studiilor! Privind retrospectiv, înţelegeam mai bine de ce reuşisem să-l găsesc pe-al meu în ultimul moment. Spre deosebire de toţi colegii mei de la şcoala de comerţ, gata să tragă tare, eu nu mă dădusem peste cap ca să obţin primul meu contract pe perioadă nedeterminată. Eram adepta efortului minim şi ştiam ce-mi plăcea: să folosesc cele două limbi ale mele — franceza şi engleza — şi să-i ajut pe oameni să comunice. Adoram să vorbesc. Nu exista nimeni mai guraliv ca mine. Căutând în anuarul foştilor elevi ai şcolii, dădusem peste datele acestei agenţii de interpreţi în domeniul afacerilor, îmi trimisesem CV-ul, avusesem o întâlnire cu asistenta şefului şi problema se aranjase. Dar, sincer, cine ar fi dorit o astfel de slujbă ca să obţină diploma? Probabil eram singura pe care o interesa, căci era „stagiul fotocopii" prin excelenţă, fără nicio centimă ca salariu, în timp ce toţi ceilalţi câştigau ceva bani în fiecare lună. Avantajele, deloc neglijabile: nicio responsabilitate, fără obligaţia de a purta costum taior, fără ore târzii şi, de asemenea, cu posibilitatea de a bea cafea gratis şi a mă întâlni cu toată gaşca la

Happy Hour! Într-o altă viață, ar fi fost interesant să mă spetesc acolo, aşa bilingvă cum eram.

În ziua aceea, aveam ochii cârpiți de somn. Petrecusem toată noaptea şi nu dormisem decât vreo două ore pe canapeaua extensibilă rablagită a surorii mele, ale cărei arcuri îmi torturaseră spinarea. Deşi am ajuns cu mai mult de o oră întârziere, se pare că reuşisem să trec neobservată, ascunzându-mă în debaraua care-mi servea drept birou. După-amiază, când mă luptam să nu adorm, secretara patronului, cocoțată pe tocurile ei de femeie uşoară, a venit la mine cu un zâmbet diabolic pe buze; această femeie cumsecade voia să-mi pună-n cârcă şi sarcinile ei.

— Du-te să serveşti nişte cafele în biroul lui Bertrand.

— Nu, sunt ocupată aici. Nu se vede?

— Serios?

Mi-a zâmbit răutăcios, apoi şi-a privit unghiile îngrijite, înainte să continue cu un aer nepăsător:

— Ah, în cazul ăsta, după ce-ți termini misiunea importantă, sunt cinci dosare de legat care te aşteaptă, eu n-o să am timp să mă ocup de ele.

Ce pacoste! Eram un dezastru când venea vorba să folosesc maşina de legat. Înclinând capul într-o parte, i-am adresat un zâmbet la fel de tâmp ca al ei.

— OK! O să fac cafelele alea, e mai rezonabil, ale tale sunt de-a dreptul scârboase. N-ar trebui să-l supărăm pe şef.

Ofensată, țeapănă ca un par, m-a săgetat cu privirea în timp ce mă ridicam, strâmbându-mă la ea cu limba scoasă.

Zece minute mai târziu, cu o tavă în mâini, atentă să nu mă împiedic în fața tuturor, am oftat, deschizând cu fundul uşa de la biroul şefului, când un damf de tequila mi-a ajuns la nas; duhneam încă a alcoolul băut cu o seară înainte.

Am intrat în încăpere şi am aruncat o privire printre gene înspre cei patru bărbaţi la cravată şi costum şi minele lor serioase şi stângace m-au făcut să râd. Am aşezat în faţa fiecăruia câte o ceaşcă. Ai fi zis că sunt transparentă, niciunul nu a catadicsit să spună un „mulţumesc" pentru serviciul meu impecabil. Am stat două secunde, aşteptând o vorbă bună şi am profitat ca să trag cu urechea, împinsă de curiozitate. Oare se ocupau de rezolvarea problemei foametei în lume, de nu erau în stare de un minim gest de politeţe? La prima vedere, nu. În schimb, şeful tocmai îşi bătea capul cu omonimele în engleză. Şi se mai considera interpret! *Trebuie să-i învăţ totul!* Nici una, nici două, am parcurs cei trei paşi care mă despărţeau de el, i-am pus mâna pe umăr şi i-am şoptit mândră la ureche o soluţie la problema sa. A bătut nervos din degete pe masa de lemn.

— Afară, domnişoara stagiară! a şuierat printre dinţi, aruncându-mi o privire încruntată.

M-am dat înapoi dintr-un salt, le-am zâmbit prosteşte şi am părăsit încăperea de parcă mă urmărea cineva. După ce am închis uşa biroului în urma mea, m-am sprijinit de ea oftând şi râzând. Bun, măcar acum ştia că exist. *Dar, Dumnezeule, ce netoată!* Ar trebui să învăţ să-mi ţin gura câteodată.

Două luni mai târziu, în sfârşit, m-am eliberat. Blestematul de stagiu se apropia de sfârşit. Evident, anumite discuţii ascultate pe la uşi — trebuia să am şi eu o ocupaţie — îmi suscitaseră totuşi interesul. Patronul şi cei trei interpreţi ai lui păreau să fie regii lumii petrolului pe lângă clienţii lor — înalta societate din centrul afacerilor — şi slujba lor părea palpitantă. Din câte înţelesesem, întâlneau o mulţime de oameni interesanţi, din medii foarte diferite. Asta-mi plăcea mult, ce mai, mă atrăgea. În fine… Câteva minute doar, şi venea vacanţa. Şi, mai ales, puteam în sfârşit să mă apuc de pregătirea marelui meu proiect, despre care nu vorbisem încă nimănui. Voiam să-mi iau un an sabatic şi să hoinăresc prin cele patru colţuri ale lumii, cu rucsacul în spate, înainte să mă gândesc la orice viitor profesional. Voiam să văd ţări, să întâlnesc oameni, să profit de viaţă şi, mai ales, să mă distrez. La ora 18:00, după ce-mi luasem atestatul de stagiu semnat de secretara frustrată a şefului meu, eram gata să plec. Dădeam un ultim tur în debara, neştiind dacă să şterpelesc câteva stilouri şi un bloc-notes.

— Domnişoara stagiară, în biroul meu!

Am tresărit. Ce voia de la mine marele *boss*? Un lucru era sigur; nu aveam să primesc un cec drept mulţumire pentru bune şi loiale servicii. După acea primă întâlnire, mă lipeam de perete ori de câte ori drumurile ni se intretăiau, preferând să evit o nouă ciocnire. Acum ce avea să mi se întâmple? Când am intrat în birou, marele şef tasta cu frenezie pe computer. Am rămas înţepenită în picioare în faţa biroului lui, neştiind unde să mă postez, frământându-mi mâinile, simţindu-mă pentru prima oară totalmente ridicolă şi depăşită de situaţie, cu magnificii mei bascheţi Puma în picioare şi cu părul roşcat pieptănat neglijent.

— Nu sta proţăpită acolo! mi-a spus, fără să ridice privirea.

M-am aşezat pe marginea fotoliului din faţa lui. Tot fără să mă privească, a rostit:

— Este ultima ta zi aici, după cum mi s-a spus, şi ţi-ai încheiat studiile.

— Da, domnule.

A tresărit când m-a auzit spunându-i „domnule". Oare avea probleme cu vârsta lui? În sinea mea tare îmi venea să râd! Ah, criza de la patruzeci de ani!

— Te aştept aici luni la ora 9:00.

Pentru prima oară, a catadicsit să mă privească.

— De ce? i-am răspuns fără măcar să-mi dau seama.

El a ridicat circumspect din sprânceană.

— Mă îndoiesc că ți-ai găsit de lucru în altă parte. Greşesc?

Îmi propunea o slujbă şi nu glumea! Nu înțelegeam nimic. Mă foiam pe fotoliu. *De ce eu?* Nu făcusem nimic timp de şase luni, în afară de o minunată gafă!

— Poți să pleci acum.

— Păi... hm... mulțumesc, am spus în cele din urmă, schițând un zâmbet timid.

M-am ridicat de pe fotoliu cu încetinitorul, apoi m-am îndreptat spre uşă, dar el m-a oprit în momentul în care puneam mâna pe clanță.

— Yaël!

Ia te uită, ştie cum mă cheamă.

— Da.

M-am întors şi l-am văzut deodată rezemat de spătarul fotoliului.

— Trei lucruri: două recomandări şi o întrebare. Pentru început, recomandările: să nu-mi mai faci figura de ultima oară şi pune-te pe treabă.

Ce oroare, fusesem dojenită ca în liceu!

— Promit, i-am răspuns, încercând să-i dau de înțeles că-mi pare rău.

— Întrebarea: de unde ştii o engleză atât de subtilă?

M-am umflat în pene ca un cocoş de lupte şi i-am adresat un zâmbet ucigător.

— Aşa m-am născut!

A ridicat din sprânceană. *E prost sau ce?* Bătrânilor trebuie să le explici totul.

— Mama este englezoaică. Tata a avut ideea să-şi termine studiile de arhitectură în Anglia…

— Bine, scuteşte-mă de povestea cu oul şi găina, sunt sătul de asta. O să afli mai multe despre slujba ta săptămâna viitoare. Weekend plăcut şi, nu uita, luni să nu întârzii! Nu voi mai tolera nicio întârziere de-acum încolo. Şi, ai milă, schimbă-ţi ţinuta…

Fără să se mai sinchisească de mine, s-a întors spre monitor. Înainte să plec, am trecut din nou prin debara ca să-mi iau geanta. Eram pe pilot automat, pe jumătate năucă. Am luat metroul şi m-am prăbuşit pe o banchetă. Ce dăduse peste mine? Eram angajată pe un post de care habar n-aveam, fără să fi făcut nimic şi, mai ales, fără să-l vreau. Nu aveam chef să muncesc. Şi-apoi, ambianţa era putredă, nimeni nu râdea în locul acela. Acel Bertrand nici măcar nu-mi ceruse părerea. La urma urmei, nu semnasem nimic, nu mă obliga nimeni să mă întorc acolo luni. Tipul doar n-o să vină după mine acasă să mă oblige să muncesc. Planurile mele de călătorie se risipeau… Doar dacă nu profitam de ocazie ca să strâng ceva bani şi să hoinăresc cu rucsacul în spate mai mult timp decât prevăzusem, peste câteva luni, după ce voi fi demisionat. Cine m-ar putea împiedica? *Nimeni.* Nici nu se punea problema ca părinţii mei să-mi plătească turul lumii, cheltuiseră deja destul cu studiile mele, nu voiam să mai trăiesc mult timp pe spinarea lor. Am hotărât să mă prezint lunea următoare în biroul şefului ca să aflu măcar cu cât avea de gând să mă plătească. În realitate, slujba asta era mană cerească! M-am ridicat dintr-un salt când metroul a oprit în staţia Saint-Paul şi i-am împins pe ceilalţi pasageri ca să ies din vagon. Am urcat câte patru trepte deodată pe scara rulantă şi la ieşire am dat cu nasul de cartierul nostru general, barul *El País*. Ne stabiliserăm acolo tabăra de bază la foarte puţin timp după începerea studiilor. Primul avantaj era că se afla foarte aproape de şcoală şi puteam să ajung acolo instantaneu, făcându-mi apariţia şi întreţinând astfel legenda despre asiduitatea mea la cursuri. Apoi, acest bar rău famat avea un aspect exterior care nu inspira deloc încredere şi asta ni se potrivea: râdeam că suntem în pas cu lumea, la modă. Avea o latură slinoasă, nearanjată, cu taburete de bar şchioape şi un televizor deasupra tejghelei. Doar consola cu muzică de top asigura ambianţa. Ne simţeam bine acolo. Patronul şi barmanul ne îndrăgiseră; poveştile noastre, portofelele pline cu mărunţiş, fuga noastră ca să prindem ultimul autobuz îi făceau să râdă. Barul acesta era o extensie a propriilor noastre apartamente şi gaşca noastră făcea parte din mobilier. M-am lipit de geam şi m-am strâmbat la toată lumea înainte să împing uşa, entuziasmată.

— Fiesta tot weekendul! am răcnit cu mâinile în aer.

— De parcă ar fi vreo noutate, mi-a răspuns Alice de la înălţimea taburetului ei.

Râzând ca o nebună, am sărit de gâtul surorii mele şi am strâns-o la piept. Ea s-a prins de tejgheaua barului, ca să nu cădem amândouă pe pardoseală.

— Mi-am găsit o slujbă! i-am urlat în ureche.

Ea m-a împins şi s-a uitat la mine, cu ochii ieşiţi din orbite, ca lupul din desenele animate ale lui Tex Avery.

— Dar ce, îţi căutai o slujbă?

— Nu! Totuşi am găsit-o!

— Promiţător!

Toată lumea s-a năpustit spre mine. Mica noastră gaşcă se formase în acei ultimi ani. Mai întâi datorită lui Alice, de când se îndrăgostise de Cédric: ea era la istorie, el la filologie, le era dat să se întâlnească, la fel de calmi, de timizi şi de echilibraţi amândoi. În ceea ce mă priveşte, după ce am luat bacul, la un an după sora mea, am optat pentru confortul unei şcoli de comerţ ale cărei cursuri se ţineau trei sferturi în engleză. În primul an, l-am cunoscut pe Adrien, aterizat acolo după câţiva ani de facultate eşuaţi. Nici vorbă de vreo poveste de dragoste între noi, ci mai degrabă de chefuri, râsete, nopţi albe şi cursuri ratate. De pe o zi pe alta, el se aranjase; la colţul unei străzi, îşi găsise iubirea, în persoana lui Jeanne, vânzătoare şi mamă singură. Preluase totul de la ea: piercingul din limbă, firea energică şi pe Emma, fiica ei în vârstă de un an, fără să-şi piardă niciun pic din umorul (grosolan) şi pasiunea nemăsurată pentru petreceri. Nici apariţia lui Marc nu scăzuse numărul chefurilor noastre. Alice şi Cédric îl întâlniseră la facultate. Studia istoria artei, sau mai precis acolo era înscris. În general, se ducea când avea chef, întotdeauna cu mâinile în buzunare şi fără să-şi ia notiţe. În orice caz, dacă avea nevoie de ajutor, exista, după spusele surorii mele, o armată de admiratoare înfocate gata să-i ofere cursuri particulare. Aerul lui de pierde-vară visător, întârziat, un pic misterios le făcea să cadă ca muştele. Era foarte secretos în privinţa cuceririlor lui, dar părea destul de indiferent la efectul pe care îl producea asupra fetelor, din câte observasem, pentru că eram întotdeauna împreună amândoi. Doar în seara aceasta lipsea la apel.

— Unde-i Marc? am întrebat după ce m-am eliberat din strânsoarea celorlalţi.

— Nu ştiu pe unde umblă! mi-a răspuns Adrien. De obicei, e primul care ajunge.

Mi-am scos din buzunar telefonul, de care eram foarte mândră, era primul meu mobil!

— Am să-l sun.

Marc locuia la bunicul lui de când era student la Paris, părăsind oraşul de provincie al părinţilor săi, din Touraine. Evident, nu a răspuns nimeni. Bunicul lui era un adevărat hoinar. În puţinele dăţi când trecuserăm pe la el, nu-l văzuserăm decât foarte puţin. Era un original, gata oricând să plece în căutarea pepitei de aur, spunea el cu o privire şmecheră. Când îl întrebam pe Marc cu ce se ocupa, ridica din umeri, răspunzându-ne că Abuelo, cum îi zicea el, era căutător de comori. Ceea ce stârnea invariabil râsete şi glume, apoi treceam la altceva. În cele câteva minute în care-l vedeam, avea mereu o vorbă bună pentru noi, în vreme ce ne studia din priviri. Aveam uneori impresia că mă cunoaşte pe de rost, deşi nu schimbaserăm niciodată mai mult de zece vorbe.

— O să vină el până la urmă, mi-a zis sora mea, făcându-mă să revin la realitate. Spune-ne despre slujba ta! Ce-i cu povestea asta?

Cu un ochi la uşa barului, le-am povestit în linii mari cum m-a convocat marele boss în biroul lui.

— Yaël, ai o mare problemă! a spus Jeanne.

M-am întors spre ea surprinsă, cu paharul în mână. Avea un zâmbet răutăcios.

— Poftim?

Am luat o înghiţitură; nu ştiam unde voia să ajungă.

— Trebuie să te înţoleşti! Nu mai ai încotro! Gata cu Puma şi cu jeanşii! Treaba devine serioasă!

Am scuipat berea, stropind tejgheaua barului. Alice a aplaudat şi a râs zgomotos împreună cu Jeanne, care a percutat imediat.

— Genial, mâine o să ne jucăm de-a păpuşile cu tine!

Ce oroare!

— Nu! am ţipat. Nu vreau să mă deghizez!

— Cine a zis asta? mi-a răspuns Jeanne. Am să-ţi găsesc eu la magazin nişte taioare şi pantofi cu toc. Şi se rezolvă problema!

M-am bosumflat.

— Niciodată, în vecii vecilor, n-am să-mi pun pantofi cu toc.

Toată lumea a izbucnit în râs văzându-mi figura, cu sprâncenele încruntate şi buzele ţuguiate.

— Ce se-ntâmplă aici?

În clipa în care am auzit vocea gravă a lui Marc care părea mereu să anunţe o catastrofă, am uitat de problema mea vestimentară şi m-am întors spre el, din nou destinsă şi zâmbitoare. El s-a apropiat cu un aer nonşalant, a strâns mâna barmanului şi şi-a pus pe tejghea tutunul de rulat. Apoi a venit în spatele meu, mi-a trecut braţul pe după umeri şi a văzut berea, din care a băut o înghiţitură zdravănă, făcându-mi cu ochiul.

— Aşadar, cine-mi răspunde? Ce sărbătorim? a insistat.

— Am un job, i-am răspuns, zâmbind larg.

M-a privit sincer surprins.

— Şi asta e o veste bună? Vrei să munceşti?

— Nu, nu vreau să muncesc, dar, mă rog, mi s-a propus cu amabilitate, nu puteam să refuz! am spus, izbucnind în râs.

— Eşti incredibilă!

S-a aplecat spre mine, la cei un metru optzeci şi cinci ai săi, ca să-şi pironească ochii maliţioşi într-ai mei.

— Facem un chef monstru în seara asta?

— Yes!

— Haideţi, fac eu cinste în onoarea lui Yaël! a declarat radios.

Seara a început cu adevărat din acel moment. N-au mai fost decât râsete, glume, planuri iluzorii şi pahar după pahar. Evident, a trebuit ca Adrien să aducă vorba de prestaţia mea puţin glorioasă din ultima noastră seară în bar din săptămâna precedentă.

— Zborul tău planat de pe podium va rămâne în istorie!

— Ce pot să fac dacă mă isterizează cântecele astea?

Îl convinsesem pe DJ să pună cele două preferinţe ale mele din acel moment: *Murders on the dance floor* şi *I am outta love*. Cu câteva ocheade şi promisiuni că am să beau un pahar cu el, îmi atinsesem scopul. Mă dădusem în spectacol timp de şapte minute, doar că făcusem prea multe piruete, dat fiind nivelul de alcool din sânge, şi căzusem grămadă, stricând podiumul. M-a prins Marc înainte să mă dau cu capul de podea.

— Mie mi-a plăcut la nebunie să mă joc de-a pompierii, a spus Marc.

— Da, ce-ai mai făcut pe grozavul, i-a replicat Jeanne. Ei, şi ce, mare scofală!

— Păi doar nu era s-o iau la palme! a răspuns el, ridicând mâinile.

— Eu am fost la mijloc, a completat sora mea. Aşteptam de mult asta.

— Ticăloaso! i-am reproşat, aruncându-mă asupra ei.

Eram singurii clienţii din *El País* în seara aceea, ceea ce ne-a adus un mic bonus, patronul oferindu-ne gustările din partea casei. Ne-am aruncat asupra lor ca nişte căpcăuni, mulţumindu-i cu gura plină. După aceea, Adrien a propus un concurs de aruncat la ţintă. Ca de obicei, eu am făcut echipă cu Marc. Eram perechea lui din ziua în care refuzasem să fac echipă cu fetele, una mai nepricepută decât cealaltă. Victoria a fost de partea noastră. În timp ce Jeanne şi Alice erau consolate de iubiţii lor, eu am sărit în spatele lui Marc, care m-a purtat triumfal prin tot barul. M-am prins de gâtul lui, punându-mi bărbia pe umărul lui. El s-a apropiat de bar.

— Mi-e sete, femeie, mi-a zis.

I-am lipit un sărut pe obraz şi, fără să mă dau jos din spatele lui, am înhăţat un pahar şi i-am dat să bea înainte să-mi potolesc la rândul meu setea.

— Copii, ne-a strigat barmanul. Autobuzul vostru vine în trei minute.

M-am dat jos din spinarea lui în mai puţin de două secunde. Marc m-a prins înainte să mă dezechilibrez.

— Catastrofă! Portăreasa! a strigat Jeanne, căreia portăreasa imobilului în care locuia i-o ţinea pe Emma la ea, în schimbul reducerilor la ţoalele pe care i le vindea din magazinul unde lucra.

A fost panică generală, paltoanele noastre au zburat prin aer, fiecare s-a scotocit prin buzunare ca să-şi plătească datoria.

— Ştergeţi-o, v-o trec în cont, ne-a spus barmanul.

Am trecut în spatele barului şi l-am pupat de două ori.

— Eşti o comoară!

— Yaël! Ce faci? a zbierat Cédric.

Inevitabil, încercarea de a ieşi pe uşă toţi şase în acelaşi timp nu a fost o mare reuşită. În clipa în care uşa s-a rupt şi am ajuns toţi pe trotuar, autobuzul a trecut prin faţa noastră.

— Drăcia dracului! a bombănit Adrien. Repede!

Jeanne o luase deja la goană, fiica ei o aştepta. Alerga în mare viteză în balerinii săi, probabil alcoolul îi dădea aripi.

A prins autobuzul în staţia următoare şi a reuşit să-l facă pe şofer să aştepte. Marc s-a căţărat ultimul, cu ţigara pe care o ţinuse în gură pe toată durata cursei noastre nebune.

— Tinere! l-a apostrofat şoferul.

— Oh, da, scuze.

A început să se scotocească prin buzunare şi a arătat abonamentul.

— Sunt în regulă, domnule, i-a spus el cu mândrie.

— Îţi baţi joc de mine!

— Absolut deloc! i-a răspuns, sincer surprins.

— Ţigara, Marc! am ţipat eu.

— Rahat! Scuze, domnule.

Toată lumea a izbucnit în râs, Marc a aruncat ţigara afară şi autobuzul a putut în sfârşit să pornească. Traseul dintre Saint-Paul şi Piaţa Léon-Blum trebuie să fi fost relativ neplăcut pentru ceilalţi călători, dată fiind gălăgia pe care o făceam. Viaţa mea era perfectă, minunată, nu doream nimic altceva decât să rămân mereu alături de aceşti cinci oameni pe care îi iubeam, promiţându-mi că nu mă voi îndepărta niciodată de ei, orice s-ar întâmpla. Jeanne s-a scuturat ca un câine în faţa imobilului de pe bulevardul Ledru-Rollin, era tehnica prin care se trezea din beţie chiar înainte s-o înfrunte pe portăreasă. Am parcurs cu paşi mari curtea interioară ca să ne aliniem în faţa ascensorului, unde ea ni s-a alăturat, cu Emma înfăşurată într-o pătură.

— Urc prima, singură, altfel mi-o treziţi.

Niciunul dintre noi n-a protestat. Jeanne a dispărut.

— O luăm pe scări, a propus Cédric.

Urcuşul până la etajul al patrulea a fost agitat, toată lumea a ratat măcar o dată treapta şi s-a lovit de perete.

Seara a continuat în salonul minusculului lor apartament cu două încăperi, până în zori, cu Emma dormind ca un îngeraş în cameră. Alice a fost cea care a dat semnalul de plecare:

— Să mergem, a miorlăit ea, lipindu-se de Cédric. Nu mai pot.

— Şi eu vreau să dorm, a adăugat Jeanne. În plus, trebuie să fim în formă pentru schimbarea de look a lui Yaël.

— O, nu, nu stricaţi petrecerea cu chestia asta! i-am implorat.

— Te duc până acasă, mi-a propus Marc. După aceea o să iau metroul.

— Cum vrei.

S-a ridicat dintr-un salt şi i-a tras pe toţi după el, chiar dacă nimeni nu mai mergea drept. Adrien a căzut înapoi pe canapea, îndoindu-se de râs. Marc l-a ridicat şi l-a îmbrăţişat în semn de la revedere. Apoi s-a apropiat de Jeanne, care i-a aruncat o privire fiicei sale prin uşa întredeschisă a camerei. A luat-o de umeri, aruncând şi el o privire în cameră, înainte s-o sărute pe obraz. Ceea ce a făcut pe toată lumea să râdă; cum bea un pic prea mult, Marc devenea mai sensibil. A scuturat din cap la glumele noastre şi a luat-o primul pe scări. Alice, Cédric şi cu mine am întârziat ceva până ce am coborât şi noi. Îndrăgostiţii noştri se susţineau unul pe celălalt. Drumul spre casă avea să fie epic, noroc că locuiau la doar trei străzi distanţă. L-am găsit pe Marc pe trotuar, cu o ţigară în gură. I-a îmbrăţişat pe sora mea şi pe iubitul ei. După câteva secunde, văzând că nu le dădea drumul, l-am tras de mânecă.

— Marc, gata! Îi vezi din nou mâine! Lasă-i să se ducă acasă!

— Drum bun, le-a zis privindu-i.

— Hai că ne descurcăm noi, i-a răspuns Cédric. Te sun mâine. Salutare!

Până la mine nu era mult de mers. Locuiam într-o cameră de serviciu dintr-un imobil de pe strada de la Roquette, nu departe de staţia de metrou Voltaire. Străzile se trezeau alene. Am trecut prin faţa brutăriei şi aroma de croasanţi şi de pâine caldă mi-a gâdilat papilele şi mi-a provocat o serie de ghiorăituri în burtă.

— A fost marfă, a spus Marc, rupând tăcerea după mai multe minute de mers.

— Aş repeta cu dragă inimă seara asta! Ce zici? i-am propus, lovindu-l uşor cu cotul în coaste.

— Când mă gândesc că ţi-ai găsit de muncă! E grozav!

— Cine zice c-o să trec de perioada de probă? Mai vorbim peste trei luni!

Mi-a aruncat o privire indescifrabilă. Apoi, continuând să meargă, şi-a răsucit o nouă ţigară, din care a tras ca un apucat imediat ce a aprins-o. N-am mai schimbat niciun cuvânt din acel moment.

— Ai ajuns la destinaţie.

Am ridicat ochii spre el, ne-am privit secunde întregi. Am avut senzaţia că încerca să-mi spună multe lucruri, dar nu îndrăznea.

— Urci să bei o cafea la mine? i-am propus, trăgându-l de haina din velur. Şi pe urmă am să-ţi dau biletul pentru concertul lui Ben Harper de marţea viitoare.

— Oh... da, aşa e, concertul...

— Ai uitat? l-am întrebat, bosumflându-mă.

Pentru un scurt moment, privirea lui mi s-a părut tulburată. Apoi mi-a zâmbit.

— Nu... dar ţine-l tu, eu sunt în stare să-l pierd!

Am râs, relaxată, după aceea l-am luat de braţ ca să-l duc spre uşa imobilului. Am simţit că se împotriveşte.

— Trebuie să plec, mi-a spus. Nu râde, dar i-am promis bunicului că iau micul dejun cu el.

Am izbucnit în râs. Era unic într-adevăr, bătrânul era eroul lui şi asta mi se părea genial. Mi-ar fi plăcut să-l cunosc mai bine pe Abuelo. Marc a aruncat mucul de ţigară pe trotuar şi m-a luat în braţe. Aveam dreptul la o îmbrăţişare de despărţire, doar că era puţin altfel decât celelalte, m-a strâns la piept, cu putere, cu faţa în gâtul meu.

— Ai grijă de tine, Yaël, a şoptit.

— N-am decât şase etaje de urcat, i-am răspuns tot încetişor. Dacă vrei să te asiguri că nu păţesc nimic, propunerea mea rămâne în picioare, pot să-l sun pe bunicul tău ca să-i cer permisiunea…

— Nu mă ispiti… nu astăzi…

Am râs, tot lipită de el. Apoi m-a sărutat pe obraz, mi-a dat drumul şi a făcut câţiva paşi înapoi.

— Să mă ţii la curent în legătură cu seara asta, i-am zis.

— Du-te la culcare!

M-a privit insistent, mi-a zâmbit oftând şi a plecat. Am urcat cele şase etaje, foarte fericită. M-am strecurat în pat îmbrăcată şi am adormit imediat ce am pus capul pe pernă.

2

Zece ani mai târziu...

Culoarul mochetat avea un avantaj: înăbuşind zgomotul tocurilor în timp ce mă agitam de colo-colo, migrena provocată de sora mea nu se agrava. Îi răspundeam monosilabic, ca să-mi economisesc energia, dar ea continua să turuie, refuzând în mod vizibil să ia în considerare timpul pe care mi-l mânca. Eram aşteptată la şedinţă, iar lui Alice, care nu înţelegea că la ora 19:30 eu încă lucram, îi mergea gura ca o moară stricată, de cinci minute, şi insista cu încăpăţânare să vin la ea. Imposibil să scap!

— Yaël, te rog, vino la masă la noi, copiii mi-au zis să te chem. Sunt câteva săptămâni de când nu te-au văzut.

Am ridicat ochii spre cer, strângând din dinţi.

— De câte ori trebuie să-ţi explic? Am...

— Treabă, m-a întrerupt ea, exasperată. Da, ştiu! Nu ştii să spui altceva!

Prima noutate. Dacă ar fi ştiut cu adevărat, nu m-ar fi sunat ca să-mi vorbească despre ţâncii ei! M-am oprit în loc şi am strâns pumnii.

— Exact, şi uite, tu mă faci să întârzii! Sunt aşteptată. Pe mai târziu!

Am închis fără să-i las timp să mai spună ceva. Am respirat adânc ca să mă calmez şi să-mi găsesc concentrarea de care aveam nevoie. După ce ritmul meu cardiac s-a mai potolit, m-am îndreptat spre sala de şedinţe şi am împins uşa, cu aerul cel mai neutru posibil.

— Îmi pare rău, am fost reţinută.

Mi-au răspuns cu un semn din cap în timp ce îmi ocupam locul lângă fericitul viitor cumpărător britanic al unei oarecare uzini pierdute pe la ţară. Avocaţii lui francezi se bucurau, ca şi el, de jumulirea regulamentară pe care i-o aplicau viitorului fost proprietar. Asta nu mă privea. Am luat loc în stânga lui, puţin mai în spate, cu picioarele încrucişate, şi m-am aplecat ca să fiu mai aproape de faţa lui. Începând de aici, cuvintele avocaţilor celor două părţi mi-au ajuns la urechi în franceză ca să-mi iasă din gură în engleză, şoptindu-le uşor. La drept vorbind, habar n-aveam ce spuneam, sensul era secundar pentru mine, misiunea mea era să transmit informaţia şi atât. Puţin contau situaţia şi miza, eu trebuia să fiu capabilă să traduc, indiferent care erau afacerile pentru care era solicitată agenţia.

Două ore mai târziu, contractele erau parafate şi semnate. Zâmbete obosite, dar uşurate şi mulţumite, înfloreau pe toate feţele în jurul meu. Capul mi se învârtea, totuşi a trebuit să-i însoţesc până la barul hotelului în care avea loc negocierea ca să beau pentru reuşita lor. Când unul dintre avocaţi mi-a întins o cupă de şampanie, cu o ocheadă provocatoare, i-am aruncat cea mai rece privire de care eram capabilă; mă aflam acolo doar ca să muncesc. Ce-şi închipuia el? Nu eram de vânzare. Pentru că petreceam mai multe ore în jurul aceleiaşi mese, unii plecau de la premisa că prestaţia interpretului includea şi giugiuleală. *Sărmanul tip!* Ziua mea de lucru se apropia de sfârşit, de-acum erau în stare să comunice fără competenţele mele; toţi vorbeau o engleză suficient de bună pentru a se felicita reciproc că făcuseră o afacere bună. Mi-am umezit buzele în şampanie din pură politeţe, i-am cerut barmanului să-mi cheme un taxi şi, lăsând jos cupa, m-am îndreptat spre grupul de bărbaţi mulţumiţi de ei înşişi. Le-am strâns mâinile şi am luat-o spre ieşire. Sean, clientul britanic, m-a prins din urmă când treceam de uşa turnantă a hotelului. Am oftat adânc înainte să îl înfrunt. Ca de obicei, am rămas profesionistă până la capăt.

— Yaël, ajutorul tău a fost nepreţuit toată ziua. Aş avea nevoie de serviciile dumitale în săptămânile următoare, a şoptit.

Asta mai lipsea! În sinea mea, m-am stăpânit cu greu. Sean era un client obişnuit, doar eu mă ocupam de el, la cererea lui expresă şi nenegociabilă. Îi intrase în cap că împărtăşeam o complicitate aparte, asta pentru că, odată, avusesem nefericirea să greşesc spunându-i că, la fel ca el, mama era englezoaică.

— Luaţi legătura cu Bertrand şi ne vom adapta programul în funcţie de dumneavoastră.

A zâmbit scuturând uşor din cap, ca şi cum nu ar fi înţeles nimic. Şi-a băgat o mână în buzunar, m-a măsurat din cap până-n picioare, fără să renunţe la aerul fermecător.

— Yaël... voiam să-ţi spun... ar fi mai simplu, pentru tine, pentru mine... Am putea să ne înţelegem fără să ştie el, iar remuneraţia ta nu ar fi de neglijat.

Îi cunoşteam vorbele pe de rost; de fiecare dată când îi serveam de interpret, îmi spunea acelaşi lucru. Cu deosebirea că astăzi abordase şi chestiunea banilor. L-am ţintuit hotărâtă cu privirea.

— Luați legătura cu Bertrand, i-am răspuns sec.

A râs scurt. Mesajul fusese transmis. În sfârşit!

— Loialitatea ta față de şef este absolut de nezdruncinat.

Imperturbabilă, m-am redresat pe tocuri şi am făcut un pas spre el.

— Calitatea prestațiilor noastre depinde de asta, Sean. Am să-l anunț la prima oră în legătură cu cererea dumneavoastră.

— Aş avea nevoie de colaboratori ca tine.

Deci n-avea de gând să mă lase în pace! Era consecința faptului că eram cea mai bună.

— Nu sunt disponibilă, şi ştiți asta. O seară bună.

Taxiul a sosit în clipa aceea, i-am aruncat o ultimă privire rece şi am urcat în maşină spunându-i şoferului adresa. După ce mi-am pus centura, nu mi-am pierdut timpul privind Parisul care defila prin fața ochilor mei — cunoşteam pe de rost traseul dintre Pullman Montparnasse şi casa mea. Mi-am luat telefonul din geantă. Alice îşi continuase hărțuirea prin SMS-uri, implorându-mă să vin la ei măcar pentru o gustare duminica viitoare. Fie, îi voi face pe plac şi astfel voi avea linişte pentru câteva săptămâni. Odată răspunsul trimis, am putut în sfârşit să mă consacru mail-urilor mele; Bertrand îmi trimisese mai mult de douăzeci în ultimele ore, în legătură cu organizarea de călătorii pentru clienți, găsirea de apartamete, noi negocieri, îmi plăcea.

Nu existau timpi morți în munca mea. Eram permanent în acțiune, capabilă să fac trecerea de la o şedință de interpretare la o negociere agresivă de contracte, apoi, în ora următoare, să gestionez de la A la Z detaliile unui sejur parizian al unuia dintre clienții noştri. Chiar şi atunci când îmi făceam timp să stau la birou, în loc să înghit un sendviş, foloseam această pauză ca să o iau de la capăt, culegând informații despre clienți sau aflând dacă aveau nevoie de vreunul dintre serviciile noastre. Când l-am auzit pe şofer cerând plata cursei, am înţeles că ajunsesem acasă, pe strada Cambronne, în arondismentul cincisprezece.

La origine, apartamentul meu era cât se poate de banal; parchet strâmb, tavan scorojit, şemineu vechi din marmură — numai bun ca să adune praful. Prima oară când am intrat acolo, nu mi-au trebuit decât câteva minute ca să văd potenţialul acestui apartament şi să ştiu că aici voi fi acasă, după câteva modificări, evident. Am schimbat totul; material izolant pe toţi pereţii, zugrăveală albă, parchet renovat şi vitrificat — întreţinere uşoară şi eficace — dispariţia totală a şemineului în favoarea unui dulap mare. Locul meu de domiciliu trebuia să fie practic, organizat, curat. În camera de zi, o canapea, care era mai mult o banchetă; refuzasem pernele încă de la început — de neconceput să lucrez tolănită. În faţă, aveam o masă joasă din plexiglas, transparenţa ei mă liniştea şi, vizual, nu ocupa loc mult. Cumpărasem un sistem TV/HI-FI, pe care un comisionar venise să mi-l instaleze şi pe care nu îl foloseam decât pe canalele care difuzau non-stop informaţii. Nu-mi aminteam să fi ascultat vreodată muzică de când mă mutasem, instrucţiunile de utilizare, pe care nu le răsfoisem niciodată, erau puse în buzunăraşul specific, alături de garanţie. La intrare, se găsea doar o consolă cu un coşuleţ pentru chei, ca şi un cuier, absolut suficient. Cât despre camera mea, nu aveam decât un pat, pe care aşternuturile erau mereu albe, şi o noptieră pe care stătea un încărcător de telefon. Pentru amenajarea bucătăriei cumpărasem totuşi un set complet de aparate — pe care le desfăcusem, dar nu le folosisem niciodată. Seara, când ajungeam acasă după o zi de muncă, mă aşezam pe canapea, mă uitam în jur, mă simţeam bine în acest mediu alb, curat ca la spital, ordinea mă liniştea.

În seara aceea, cu un ochi la ştirile de la televizor şi cu celălalt pe ecranul laptopului, înghiţeam o supă miso, după care voiam să ronţăi un măr Granny Smith. Actualitatea zilei nu era deosebit de interesantă, dar trebuia să fiu la curent cu toate, ca să fiu gata să răspund cererilor unora dintre clienţii noştri, mânuitorii de bani. Era deja târziu şi, dată fiind ziua care mă aştepta, nu trebuia să întârzii. Reuşisem totuşi să-mi găsesc cincisprezece minute de pauză pe care să le folosesc ca să-i trag un perdaf asistentei mele. Idioata îmi tulburase organizarea biroului, punând un dosar în teancul greşit! Deşi de luni de zile îi tot spuneam că nu are dreptul să se atingă de nimic. Mi-am pus bolul, farfuria şi cele două tacâmuri în maşina de spălat vase şi i-am dat drumul. Găseam că era scârbos să laşi vesela murdară; în plus, mirosea. Mi-am pus un pahar mare cu apă minerală rece şi m-am dus în dormitor. Cearşafurile şi prosoapele fuseseră schimbate de menajeră, cum trebuia să facă de două ori pe săptămână. În dressing mi-am scos pantofii, i-am pus la locul lor şi mi-am pregătit taiorul pentru a doua zi şi geanta pentru piscină. Hainele pe care le purtasem peste zi au aterizat în coşul cu rufe murdare. Goală, cu părul încă prins, am intrat sub duş. Contactul cu dalele reci şi apa îngheţată mi-a făcut bine, am petrecut un lung moment sub jet, spălându-mă cu atenţie. Odată curată, uscată şi revigorată, m-am ocupat de dinţii mei, curăţându-i cu periuţa electrică. La sfârşit, ca în fiecare seară, am folosit aţa dentară, îndepărtând şi cel mai mic reziduu. Mulţumită de rezultat, am putut să trec la păr. L-am desfăcut în sfârşit, mi-a căzut pe spate şi l-am periat cu conştiinciozitate până când a fost neted. Mi-am pus o pijama curată şi m-am dus în pat. Stând pe marginea patului, am deschis sertarul noptierei, am scos somniferele, am înghiţit unul cu apă şi am potrivit telefonul mobil să sune la ora 6:30. După ce am pus totul la loc, m-am strecurat sub plapumă până la gât, îmi plăcea să dorm aşa. Am putut în sfârşit să sting lumina. Am privit tavanul, profitând de jumătatea de oră pe care somniferul mi-o lăsa înainte să mă cufund în somn, ca să revăd în minte planul pentru a doua zi.

Am deschis ochii la 6:28, ca în fiecare dimineaţă. Două minute mai târziu, alarma m-a făcut să mă dau jos din pat. Aşa cum făceam în toate dimineţile, mi-am prins părul cu un elastic şi mi-am pus ţinuta pentru sport. Am traversat apartamentul, cu geanta pe umăr, am luat cheile din coşuleţ, am trântit uşa şi am coborât scările. Ca de fiecare dată, m-am dus la piscină alergând şi, tot ca de fiecare dată, eram prima care intra în apă, mai precis singura. Cabina rezervată mă aştepta. În câteva minute, m-am schimbat, mi-am pus telefonul în husa rezistentă la apă şi apoi mi l-am fixat pe mână. Mi-am îndesat părul sub o cască dezgustătoare, dar indispensabilă, mi-am luat ochelarii şi cleştele pentru nas. Drumul meu până la apă nu era acelaşi cu al celorlalţi care foloseau piscina şi care nu veneau decât mai târziu. Graţie unei bancnote strecurate în fiecare lună în buzunarul agentului de serviciu, treceam prin spaţiul de acces al personalului; aveam oroare de locurile călcate de alţii, pe care le ştiam infestate de microbi. La 7:10 m-am scufundat în bazinul gol şi tăcut. Următoarele patruzeci de minute, am înotat fără întrerupere, socotind doar de câte ori îmi vibrase telefonul pe braț. Vibrația s-a făcut mai puternică la 7:50, am terminat lungimea începută și am ieșit din apă. Am luat-o prin pasajul secret și m-am întors în cabină să mă îmbrac. Am ajuns la apartament în pas alergător până în capătul scării. Matinalul televizat m-a însoțit pe durata ceremonialului dimineții. După duș, mi-am pus fusta creion neagră și topul crem ales cu grijă de cu seară. Mi-am pieptănat meticulos părul și l-am prins într-o coadă de cal strictă. Ca să fiu sigură că nicio șuviță nu se deranjează de la locul ei pe parcursul zilei, l-am dat cu fixativ. După aceea, machiajul: mai întâi, aplicarea cremei de zi, urmată de fondul de ten și de pudra matifiantă. Nu suportam pielea lucioasă, îmi suna a neglijență. Am închis ușor pleoapele înainte să aplic o discretă urmă de creion și rimelul, care să-mi scoată în evidență ochii verzi. Tușa finală, balsamul mat și transparent pe buze. Persoana neîngrijită care fusesem cândva probabil se hotărâse să își ia viața în mâini și știa de-acum să se pună în valoare și să-și întrețină corpul. Am terminat cu două fâsuri de parfum — nici mai mult, nici mai puțin — în scobitura gâtului, *Un jardin sur le toit*, același de ani de zile. Luându-mi taiorul, m-am dus în bucătărie. În picioare, cu coatele pe blat, am înghițit un baton energizant cu cereale și o capsulă de expresso, înainte s-o întind. Taxiul mă aștepta în fața imobilului. Încadrare în timp perfectă, m-am felicitat urcând pe bancheta din spate a berlinei, cu telefonul deja în mână.

Agenția lui Bertrand era situată într-un imobil de pe strada Miromesnil. Locul nu arăta cine știe ce haussmannian[1].

---

[1] Aluzie la Georges-Eugène, Baron Haussmann(1809–1891), planificator civic francez, al cărui nume este asociat cu reconstrucția Parisului. (*N.t.*)

Când Bertrand investise în aceşti trei sute de metri pătraţi, cu cinci ani în urmă, pusese să fie demolat totul. Fără cameră de aşteptare, un spaţiu deschis fără măcar o jumătate de perete despărţitor între colaboratori. Culoarul se lărgea doar pentru a defini toaletele. Birourile erau organizate câte două. Intimitatea era mai mult decât relativă, trebuia să recunosc; din biroul său — singurul care avea pereţi din sticlă —, patronul nostru putea să aibă permanent un ochi asupra noastră. În ce mă priveşte, spaţiul meu de lucru era cel mai apropiat de al lui şi ultima promovare îmi permisese să obţin un birou doar pentru mine, de unde puteam să-mi supraveghez asistenta. Mediul de lucru fusese copiat după standardele americane, unde Bertrand îşi petrecuse o bună bucată de timp la sfârşitul anilor '90 şi începutul anilor 2000. Beneficiam de o *kitchen* unde aveam la dispoziţie ceai verde, sucuri de legume şi diferite varietăţi de cafea. La fiecare prânz primeam platouri cu sushi, salate asortate şi supe bio; Bertrand ne convertise pe toţi, unul după altul, la alimentaţia lui sănătoasă şi la o igienă de viaţă ireproşabilă. Mediul nostru de muncă era luminos, confortabil, optimizat, pentru ca să ne simţim cât mai bine posibil la birou. Bertrand avea dreptate, era locul în care petreceam cel mai mult timp. Nu se zgârcea nici la materiale, nici la investiţii în înalta tehnologie. Eram supraechipaţi cu calculatoare, tablete şi telefoane ultimul răcnet, ceea ce ne permitea să stăm conectaţi cu agenţia douăzeci şi patru de ore din douăzeci şi patru şi şapte zile din şapte.

În zece ani, mica agenţie de interpretariat în consiliere şi servicii în care îmi făcusem stagiul la sfârşitul studiilor se schimbase mult; efectivul se triplase, eram de-acum cincisprezece salariaţi, cei mai mulţi francezi, şi ne împărţeam misiunile între două echipe distincte: cei care *vorbeau* şi cei care *scriau*. Aceştia din urmă aduceau afaceri, fără voia lor, pentru că nu ieşeau niciodată din birou. Subtilitatea şi precizia priceperii lor în materie de traducere permiteau fidelizarea clienţilor şi dobândirea altora noi, la fel şi preţioasele sfaturi de redactare a contractelor pe care le ofereau cei doi jurişti ai noştri. Întăriţi de această reputaţie şi de excelenţa noastră, Bertrand şi cu mine dădeam lovitura de graţie. Dincolo de capacitatea de a trece de la o limbă la alta, propuneam totodată competenţele noastre de însoţitor şi de organizator de călătorii de afaceri pentru clienţii străini. Poziţia mea în agenţie era centrală, nu mai eram doar interpretă, aveam ca misiune să obţin contracte, să fac agenţia cunoscută, să creez, prin intermediul internetului, o reţea de contacte sociale şi profesionale, cum s-ar zice. Competenţele mele în business şi cultura anglofonă îmi ofereau astfel oportunitatea să susţin negocieri în toate sectoarele de activitate. *Mulţumesc şcolii de comerţ!* Engleza moştenită de la mama îmi dădea acces la lumea întreagă. Portofoliul meu de clienţi era cel mai important, puteam să trec de la un om de ştiinţă agorafob care nu ieşea din laborator decât de două ori pe an pentru un colocviu, la un bogat om de afaceri care mergea în celălalt capăt al lumii în avionul său privat, o dată pe lună, ca să se asigure că banii lui se înmulţesc. La fel, când Bertrand nu avea timp sau când estima că bilingvismul meu era imperativ, putea să-mi încredinţeze cei mai babani clienţi ai lui. În acest caz precis, lucram în tandem. Această strânsă colaborare îmi dădea dreptul la respectul şi teama colegilor mei — ceea ce-mi convenea de minune. Adoram, atunci când veneam la o conferinţă economică sau însoţeam un client, să aud murmure la trecerea mea; da, eram invidiată, temută şi curtată. Eram cea mai veche din agenţie;

nu scădeam niciodată ritmul de lucru. Degeaba încercam să înţeleg motivele pentru care unii părăseau nava, eram literalmente siderată la ideea că preferă timpul liber, băieţii şi mai ştiu eu ce, înaintea vieţii profesionale. Cum era posibil să renunţi la o asemenea slujbă? Activitatea se amplificase cu anii, carnetul de adrese se umfla mereu şi ne gândeam în permanenţă la dezvoltarea serviciilor noastre. Nu ne mai limitam la lumea anglofonă. Trei dintre noi se ocupau de Asia, iar alţi doi de Europa de Est şi chiar de Germania. Când Bertrand îi avusese clienţi pe nişte prosperi oameni de afaceri de pe Valea Ruhrului, salariile noastre crescuseră.

Stăteam în faţa ecranului, cu o cafea pe care mi-o servise asistenta mea, când a sosit Bertrand, vorbind la telefon. Cincizeci de ani, sportiv, maxilare pătrăţoase, tâmple grizonante, mereu impecabil în nelipsitul costum negru. În zece ani, nu se schimbase, spre deosebire de mine. Privirea lui albastră de oţel a parcurs spaţiul deschis, pândind vreun eventual semn de relaxare, apoi s-a fixat pe mine. Cu un semn din cap, m-a invitat să-l urmez în birou. Se agita prin încăpere, încă vorbind la telefon, în momentul în care am luat loc.

— Cum a fost ieri? m-a întrebat după ce a închis, cu un ochi deja pe ecranul laptopului său.

Ce întrebare!

— Perfect! i-am răspuns pe un ton detaşat.

Şi nu fără motiv, eram sigură de lovitura mea. S-a cufundat în fotoliu şi şi-a împreunat mâinile sub bărbie cu un aer concentrat, mulţumit.

— Ţi-a propus iarăşi un post?

M-am mulţumit să dau din cap. Buzele lui Bertrand s-au arcuit într-un rictus răutăcios.

— E bine pentru afaceri.

Şi-a îndreptat spatele şi s-a lansat într-o scurtă revizuire a următoarei mele misiuni, asigurându-se că totul era în regulă în privința mea. Aveam sarcina să seduc nişte americani care făcuseră avere cu gazele de şist şi visau să investească în Franța, mai exact în imobiliare la Paris. Rolul meu era să fiu intermediarul între agenții imobiliari şi ei şi de asemenea să le realizez cea mai dragă dorință.

— Contez pe tine, mi-a aruncat ațintindu-şi privirea dură şi hotărâtă în ochii mei. Dă tot ce ai! Dacă obții contractul ăsta pentru imobiliare, ar trebui să putem gestiona toate afacerile lor în Franța. Ca să nu-ți mai spun că nu au doar gazele de şist.

Mi-a aruncat o privire apăsată:

— Te las să-ți închipui ce s-ar întâmpla în caz de eşec...

Adrenalina mi-a pulsat în vene.

— Totul este sub control, i-am răspuns fără să mă las impresionată.

— Nu mă aştept la mai puțin de la tine.

Telefonul i-a vibrat: sfârşitul discuției noastre.

Închiriasem serviciile unui şofer de maşini de lux ca să mă duc să-i iau pe clienți de la hotel. Le programasem şase întâlniri. I-am plimbat din agenție imobiliară în agenție imobiliară toată după-amiaza, partenerii noştri „antreprize-habitat" cei mai prestigioşi îşi prezentau catalogul, desfăşurând covorul roşu. Era o probă trecută fără greşeală. Păreau să-mi acorde întreaga încredere, s-au lăsat purtați dintr-un loc într-altul, descriindu-şi pe larg nevoile, dorințele şi imperativele. Mi-am luat fără întrerupere notițe în carnetul de care nu mă despărțeam niciodată.

După ultima întâlnire, i-am invitat la cină. Rezervasem o masă la un restaurant de lux şi trimisesem un taxi *classe affaires* după soţiile lor, care îi însoţeau în călătorie. În timpul mesei, alternam discuţiile de afaceri cu cele mai lejere. Nu trebuia să uit nicicum să le cuceresc pe soţii, pentru că foarte adesea ele îşi însoţeau soţii în deplasări, de plăcere sau pentru propriile afaceri. Trebuia să putem să le găsim o ocupaţie, să le dăm impresia că erau importante şi să nu uităm niciodată să ţinem cont de planurile lor. O femeie care se simte neglijată de soţul ei afacerist putea să dea peste cap colaborări istorice. Salvasem *in extremis* contractul celui mai vechi client al lui Bertrand graţie acestei constatări, ceea ce de altfel mi-a adus şi o promovare. În timpul discuţiei, le-am spus soţiilor că puteam să le însoţim la cumpărături sau să le punem în legătură cu cei mai buni ghizi turistici din Paris dacă ele doreau, în cursul unei viitoare călătorii. Ne îmbrăcam uneori în hainele unor super consilieri de lux. Acest mic plus în prestaţiile noastre aducea un adevărat succes, mai cu seamă pe lângă aceste doamne, ele însele adeseori femei de afaceri, permiţându-ne să creăm legături privilegiate care nu se limitau doar la contracte. Această incursiune în intimitatea clienţilor noştri făcea diferenţa faţă de concurenţii noştri.

Când m-am întors acasă, cu puţin înainte de miezul nopţii, mi-am făcut timp să răspund la mailul lui Bertrand care se arăta neliniştit, de formă, de reuşita misiunii mele.

Bertrand,

Contractele vor fi pe masă în sala de şedinţe mâine la ora 15:00. Noii noştri clienţi ar dori să te vadă cu ocazia semnării.

Pe mâine, a ta,

Yaël

Nu mi-am luat ochii de pe ecran în următorul minut şi, evident, răspunsul lui a venit:

Am notat, voi fi acolo.

Înainte să fac duş, mi-am retranscris notiţele şi fişa tehnică a acestor noi clienţi: informaţiile pe care mi le dăduseră, dar şi ceea ce dedusesem din obiceiurile şi preferinţele lor. Era la fel de fiecare dată, vorbeau, vorbeau, se destăinuiau, fără să se teamă nicio secundă că eu înregistram totul ca să-i domin, cu gândul la viitor, şi astfel să mă fac absolut indispensabilă. Fiecare persoană de la agenţie avea acces la acest document din baza noastră de date, ca să nu comită niciodată vreo gafă.

A doua zi, fix la ora 15:00, după ce am verificat cu meticulozitate dacă totul era la locul său, i-am invitat pe noii noştri clienţi să intre în sala de şedinţe. Au luat loc toţi şi am putut să citesc contractul redactat de un coleg de la serviciul juridic, explicând punct cu punct prestaţiile noastre şi preţul lor. Bertrand a sosit exact înainte să întind stiloul. Şi-au strâns mâinile fără să uite bătaia pe umăr în stil american, lăsând de înţeles că erau cunoştinţe vechi. Clienţii noştri n-au făcut economie de laude la adresa mea, dar eu am rămas impasibilă ca de fiecare dată când se întâmpla asta — să nu arăţi niciodată că eşti mulţumit de sine.

— Sunteţi pe mâinile celui mai bun om al nostru, i-a asigurat mândru Bertrand. Ştiam ce fac lăsându-vă în seama lui Yaël, care oferă cele mai bune servicii.

În niciun moment al tiradei sale nu m-a privit. Nici clienţii, de altfel. Eram rotiţa transparentă; transparentă, da, dar indispensabilă. După ce uşa ascensorului s-a închis în urma clienților încântați, Bertrand s-a răsucit pe călcâie, cu o mână în buzunar.

— Felicitări, Yaël! Ține-o tot aşa, mi-a spus cu un aer detaşat.

Pentru prima dată în ultimele două zile, mi-am dat voie să zâmbesc.

3

Din ziua în care au devenit părinți, sora mea Alice și Cédric — de-acum soțul ei — s-au stabilit la periferie, într-o locuință cu balansoar și tobogan în grădină. Ca să ajung acolo, am închiriat o mașină, evitând astfel corvoada transportului în comun. Mă deprima de fiecare dată când o porneam pe aleea acestor căsuțe ale fericirii familiale, unde vecinul poate să vadă tot ce se petrece la tine în casă. Prin forța împrejurărilor, cu un gard la înălțimea copiilor, intimitatea nu există! De altfel, pentru ei, pentru copii, luaseră această hotărâre: să renunțe la cei treizeci și cinci de metri pătrați ai lor din Paris pentru o grădină și liniște. Pentru mine, asta era inimaginabil, chiar angoasant. Intruziunea unor vecini amabili în viața mea îmi făcea părul măciucă numai gândindu-mă la asta. Dar nu despre visurile mele era vorba, ceea ce conta era fericirea lor și ei și-o găsiseră acolo.

Apropiindu-mă, m-am oprit deodată. De ce era mașina lui Adrien și a lui Jeanne parcată în fața casei surorii mele? Și, mai ales, de ce erau baloane la ușă și la poartă? În ce capcană căzusem? Nu am avut timp să sun, că Alice a și ieșit, cu un zâmbet larg pe buze şi ochii strălucitori, şi s-a aruncat spre mine. Ai fi zis că nu mă mai văzuse de ani de zile. Totuşi nu trebuia să exagerăm! M-a cuprins în braţe, părul ei blond m-a gâdilat la nas. M-a strâns cu putere un timp care mi s-a părut că ţine secunde lungi, lipindu-mă de trupul ei delicat şi în acelaşi timp cu rotunjimi materne. Fără să-şi dea seama, sora mea degaja o hipersenzualitate. Şi asta deşi, după gustul meu, nu prea se îngrijea, fiind devotată total copiilor ei şi ocupaţiei de institutoare. Alice şi lumea copiilor! O foarte lungă poveste de iubire.

— Of, am crezut că n-ai să vii! a oftat uşurată.

M-am eliberat din strânsoarea ei sufocantă.

— Asta-i bună! Ţi-am spus că vin! Ce-i cu astea? am întrebat-o arătând spre baloane. Aţi redecorat?

Umerii i s-au lăsat. Evident, făcusem o gafă.

— Oh, nu-mi spune că ai uitat... în fine, nu contează... nu-i grav. Eşti aici... putem spune că s-a rezolvat deja.

— Ce să uit?

— Yaya! s-a auzit o voce de băieţel entuziasmat.

Alice s-a dat la o parte ca să-i facă loc fiului ei, care venea în goană, ca o ghiulea.

— Marius, ţi-am spus că eşti prea mare ca să-mi mai spui aşa, i-am reamintit.

Această poreclă idioată mă deranja, mă ducea cu gândul la adolescenta care putusem să fiu. Nepotul meu s-a aruncat pe mine, eu l-am bătut neîndemânatic pe umeri.

— Yaya, ai văzut baloanele? Au fost pentru aniversarea mea cu prietenii, de ieri. Ce cool!

Jenată, m-am întors înspre o Alice îndurerată. Ea a dat încetişor din cap cu aerul de a spune „lasă, nu contează". Am făcut rapid un calcul mental.

— La mulţi ani! Şapte ani, vârsta raţiunii, eşti mare acum.

Sora mea a pus capăt momentului anunțându-mi sosirea. Mi-a venit deodată s-o iau înapoi, când i-am văzut pe toți adunați în sufragerie; începea încet dar sigur să-mi bubuie creierii. Adrien, Jeanne şi fiica lor de doisprezece ani, Emma, erau şi ei la petrecere. Nu-i mai văzusem de aproape două luni. Şi ca de fiecare dată, am avut sentimentul că văd o altă adolescentă constatând cât creştea fiica lor. La vârsta aceasta creşti tot timpul. Măcar ea era mai discretă decât părinții ei, nu-i auzeam decât foarte rar glasul. Cédric m-a sărutat frăţeşte şi mi-a făcut cu ochiul sugerându-mi „nu-ți face griji". Léa, sora mai mică a lui Marius, s-a mulțumit cu un pupic timid; o impresionam, fără să înțeleg de ce.

Şi iată, gaşca era completă... sau aproape, pentru că lipsea cineva. Între noi — cei cinci rămaşi — legăturile nu se slăbiseră. Cel puțin, nu între cele două familii. Viața mea era atât de diferită de a lor... eram singură cu munca mea şi evitam pe cât posibil reuniunile de „familie", ca să nu pierd timp şi energie. Adrien m-a scos din gândurile mele:

— O fantomă! a exclamat el bătându-se pe coapse. Ai binevoit să treci astăzi pe la periferie?

Am oftat zgomotos. O să mă distrez de minune!

— Nu începe!

El şi-a înăbuşit un râset.

— Femeia noastră de afaceri are un umor extraordinar, s-ar zice, a insistat.

— Adrien, las-o în pace! a intervenit Jeanne. Ce enervant e când îl apucă!

Jeanne apăra mereu umorul penibil al iubitului ei soț, găsindu-i scuze, chiar şi când întrecea măsura. Campioana rotunjirii unghiurilor şi a salvării mizei. Deşi îl adoram pe Adrien, mă întrebasem dintotdeauna cum de putea ea să-l suporte!

— Asta nu te-a împiedicat să-l iei de bărbat!

A izbucnit în râs şi a venit să mă îmbrăţişeze şi ea. Nu l-am ispitit pe diavol, preferând să mă eschivez de la un schimb de focuri între mine şi ei, pe tema muncii mele. M-am dus după Alice în bucătărie. Mă simţeam total stângace în mijlocul bazarului organizat, care domnea la ea acasă. Tot timpul îmi era teamă să nu provoc vreo catastrofă la cel mai mic gest. Ea punea lumânările în tortul în formă de casă, mai împodobit decât un brad de Crăciun, şi toate astea cu degetele ei de zână şi de mamă model.

— Alice, îmi pare rău că am uitat...

— E atât de fericit să te vadă, că n-o să-şi dea seama. Ştii, mă temeam, am pregătit terenul cu el...

A venit spre mine, mi-a luat faţa în mâini, cu privirea ei blândă şi albastră fixată asupra mea. Mi-a zâmbit cum ştia ea, la fel ca mama noastră când făceam câte o prostie şi nu putea să se supere pe noi. Cu toate acestea, ştiam că sora mea era supărată pe mine, se vedea asta, dar nu ne certam niciodată, era un pact între noi încă din adolescenţă. Doar că de ceva vreme simţeam crescând o tensiune între noi, pe care eram incapabilă s-o fac să scadă.

— Şi eu sunt fericită, mi-a spus. Mi-a fost dor de tine, surioara mea.

M-am îndepărtat de ea.

— Uite, e-n regulă. Ne-am văzut luna trecută! Şi n-am venit ca să faci tu pe sentimentala.

A părut dezamăgită.

— Într-o zi va trebui să-l cunosc pe şeful tău ca să înţeleg ce a făcut cu Yaya, petrecăreaţa cea iubăreaţă.

Remarca ei mi-a smuls un zâmbet. Sora mea... diferențele dintre noi creşteau cu timpul şi cu viața care mergea mai departe, dar ea rămânea punctul meu de reper, ancora mea. Nu puteam să concep o lume, o viață fără ea. Trebuia să ştiu că e undeva nu prea departe de mine, chiar dacă n-o vedeam. Nu aveam timp să-i dedic, dar ea trebuia să fie acolo. Fuseserăm mereu ca două degete de la o mână, mica diferență de vârstă dintre noi nu avusese niciodată importanță; întotdeauna făcuserăm totul împreună... sau aproape totul. Căsătoria ei cu Cédric nu schimbase nimic; tipul acela înalt, brunet şi slăbănog era ca un frate pentru mine, iar pe ea o făcea fericită. Cu cât trecea timpul, cu atât o privea mai mult ca pe a opta minune a lumii, iar pentru mine era tot ce conta.

— Veniți? ne-a întrerupt el. Nu-şi mai găseşte locul.

Alice a luat tortul şi a cântat un *Happy Birthday* cu accent britanic pronunțat, trecând prin fața mea. Am urmat-o şi m-am lipit de peretele sufrageriei ca să-i văd mai bine: Marius încadrat de părinții lui, Léa în brațele tatălui ei şi prietenii noştri în fața lor, cântând cât îi ținea gura. Marius a suflat în lumânări şi a desfăcut cadourile. În acest timp, simțeam telefonul vibrându-mi în buzunarul jeanşilor: rafală de mail-uri. Ca din întâmplare, Alice mi-a întins o farfurie în momentul în care mă pregăteam să arunc o privire pe telefon. Văzând felia de tort cu ciocolată, m-am strâmbat, gata să refuz. Alice mi-a luat-o înainte:

— Ascultă, există nişte limite până la care pot să suport, m-a prevenit ea. Ți-am dat o felie foarte mică, prefă-te măcar, te rog!

Negocierea era exclusă, orice blândețe îi dispăruse din privire. Am întins mâna şi am luat farfuria, luptând împotriva minei dezgustate pe care era cât pe ce s-o afişez.

— Mulțumesc...

În clipa aceea a sunat telefonul fix din casă și Alice s-a dus să răspundă; erau părinții noștri, care pentru nimic în lume nu ar fi uitat de aniversarea nepotului lor. Am profitat ca să răvășesc un pic cu lingurița felia de tort și să las farfuria într-un colț. Când tata, arhitect, s-a pensionat, au vândut pe nimic apartamentul parizian în care crescuserăm și au profitat de scăderea prețurilor imobiliare din Portugalia ca să-și ofere o casă cu vedere la mare la câțiva kilometri de Lisabona. Cu telefonul la ureche, sora mea mi-a propus să-mi paseze receptorul, dar am refuzat scuturând puternic din cap — cu atât mai rău pentru migrena mea — adresându-i o privire neagră de supărare, plină de subînțelesuri. Preferam de departe să le scriu un mail seara și să evit a nu știu câta invitație de a mă duce să petrec un weekend la ei; judecând la fel ca sora mea, nu înțelegeau că eu muncesc atât de mult. Prioritățile mele îi enervau, iar pe mine mă enerva că nimeni nu făcea un efort ca să priceapă importanța muncii mele.

Ora următoare a fost un adevărat calvar; ai fi zis că nu știu să vorbească despre altceva decât despre copiii lor! Activitățile extrașcolare, ieșirile de tot felul, bubele, cuvintele bune și câte și mai câte... Iar dacă discuția înceta preț de câteva secunde, era ca să li se ceară acelor scumpe capete blonde să dea sonorul mai încet pentru ca oamenii mari să se audă mai bine vorbind despre țâncii lor. Capul și urechile mele nu mai puteau. Stând pe un colț de canapea, cu niște jucării la spate, am cedat până la urmă și am scos telefonul. Nu mă înșelasem. Bertrand îmi trimisese mai multe mail-uri care păreau importante; voia să-l însoțesc pe tot parcursul zilei următoare. Îmi transferase dosarul cu clienți ca să-l consult cât mai repede. Mă simțeam obosită dinainte; aveam să întârzii cu unele dosare, fără să mai pun la socoteală întâlnirile organizate de mult timp. Moştenisem o asistentă incompetentă, incapabilă să gestioneze o bună organizare a timpului sau să găsească soluţii care să mulţumească pe toată lumea. Trebuia să fiu mereu pe urmele ei.

— Yaya, tu ai jocuri pe telefon? m-a întrebat Marius apropiindu-se cu mâinile pline de ciocolată de mobilul meu, un iPhone 6.

Am îndepărtat mobilul, ridicând braţele ca să evit o catastrofă, exact la timp.

— Nu. N-am timp să mă joc.

— Dar…

Aer! M-am ridicat, un pic mai brusc decât aş fi vrut. Marius s-a strecurat în locul meu. *Nu, nu face asta…*

— Trebuie să plec, am anunţat.

— Deja? a protestat Alice de formă.

Uf! N-o să încerce să mă convingă să rămân. Înţelesese deja că era o bătălie pierdută.

— Am…

— Treabă! au răspuns în cor Cédric şi Adrien.

Toată lumea a izbucnit în râs, mai puţin eu. Chiar şi Alice a pufnit. Le-am trimis un sărut tuturor şi m-am îndreptat spre uşa de la intrare, urmată de sora mea, cu fetiţa în braţe.

— Când o să mai petrecem o după-amiază între surori?

— Nu ştiu…

A oftat, dezamăgită.

— OK. Dă-mi veşti despre tine.

Ne-am privit în ochi secunde lungi şi pe urmă am plecat.

O oră mai târziu, am plonjat în bazin şi am înotat puţin mai mult decât de obicei, profitând de culoarul de apă rezervat, ca să-mi golesc spiritul. Privirea de cocker a surorii mele îmi revenea fără încetare în minte. Ea nu înțelegea că nu mai aveam la fel de mult timp ca înainte pe care să i-l dedic. Degeaba îi explicasem, nu ajutase la nimic. Pentru ea, cariera nu era importantă. Visase dintotdeauna să se facă institutoare; acum era, asta o amuza. Era conştiincioasă, mai presus de orice îndoială. Dar atât, nu dorea nimic mai mult. De ce şi cum putea să se mulțumească cu atât de puțin? Cu mine era altfel; prin agenție, descoperisem că puteam să ajung departe, foarte departe şi nimic nu mă putea abate din drum. Voiam să fiu cea mai bună, să dovedesc că puteam să exist prin munca mea, totul condimentat cu o nevoie vitală de a mă autodepăşi. Mizam totul pe asta. Pentru mine, nimic nu era imposibil, nimic nu era prea greu. Gestionam totul, oboseala, stresul, diferitele dosare, toate misiunile, şi toate acestea fără ajutorul nimănui. Eram stăpâna şi actrița propriei mele vieți. Totuşi, eram supărată că ratasem aniversarea lui Marius. Cum de uitasem? Ar fi trebuit să-mi pun un *reminder* pe telefon.

Întorcându-mă acasă, mi-am corectat greşeala şi mi-am notat aniversarea pentru anul viitor şi toți cei de după el, fără să uit nici de Léa. După ce am făcut un duş, mi-am luat pe o tavă o farfurie de crudități şi un iaurt cu soia şi m-am instalat pe canapea. Ce pierdere de timp să mănânci! Dacă ştiința ar fi putut să inventeze o pilulă care să înlocuiască mâncarea! Înainte de muncă, le-am trimis părinților mei un mail succint şi am comandat un Nintendo DS de ultimă generație cu cele cinci jocuri video cel mai bine vândute. Marius îl va primi a doua zi, după ce o să vină de la şcoală, grație suplimentului „livrare expresă". Uitucenia mea ținea deja de trecut. Puteam să-mi reiau cursul vieții, începând prin a-i scrie lui Bertrand ca să-l asigur de disponibilitatea mea totală pentru a doua zi. M-am culcat pe la douăsprezece şi jumătate, nu fără a-mi fi înghiţit somniferul zilnic, cu sentimentul datoriei împlinite. Îmi plăceau serile liniştite de duminică, în care mă pregăteam pentru o nouă săptămână de muncă. Doar dacă nu eram în vreo misiune, nu suportam să fiu deranjată în această seară, îmi plăcea să mă antrenez, să-mi organizez lucrurile, să verific ca totul să fie în ordine, la locul său, să mă pregătesc în permanenţă pentru neprevăzut. Cu toate acestea, organismul meu a luptat ceva mai mult ca de obicei înainte să cedeze somnului; culpabilitatea faţă de familia mea şi presiunea zilei care urma îmi invadaseră spiritul, întârziind efectul pastilei. Bertrand nu-mi ceruse niciodată să-l însoţesc pentru acest tip de contracte. Şi, din câte îmi aminteam, nimeni din agenţie nu se apropiase de acel dosar. De ce eu? Şi, mai ales, de ce acum?

Întâlnirea fusese fixată, la fel ca de multe alte ori, într-un hotel de lux. Alături de şeful meu, am străbătut holul cu pieptul în faţă, bărbia ridicată, privirea drept înainte. Nimeni şi nimic nu putea să-mi zdruncine în vreun fel siguranţa de sine. Eram aşteptaţi, iar eu mă pregătisem pentru această rundă. Stimularea, adrenalina şi stresul erau esenţiale pentru echilibrul meu. Îmi plăcea să lucrez în tandem cu Bertrand, mă punea în pericol, mă forţa să mă autodepăşesc, doar misiunea mea conta. Când îmi aminteam ce crezusem despre el când ne cunoscuserăm, îmi era ruşine. Îl luasem drept un prostănac în plină criză a celor patruzeci de ani, când de fapt Bertrand era talentat, foarte talentat, cu un simţ ascuţit al afacerilor. Era vioi, intuitiv, ştia să lucreze în regim de urgenţă. Poseda arta de a seduce şi a convinge. Era un tip instinctiv dotat cu o formidabilă capacitate de adaptare. Fiecare zi de muncă petrecută alături de el mă făcea mai performantă. Fără s-o arăt niciodată prea mult, voiam să devin indispensabilă pentru el; pentru mine conta mai mult decât orice să fie impresionat de capacităţile mele. Uneori când înregistram un succes, îmi plăcea să-i simt privirea mulţumită aţintită spre mine. Complicitatea noastră profesională ne permitea să ne înţelegem dintr-o privire, să schimbăm discret informaţii şi acesta era unul dintre lucrurile pentru care eram invidiaţi. Mă simţeam stimulată şi eram vie când aveam un nod în stomac, când miza zilei îmi tăia apetitul, iar spiritul îmi era în alertă. Pe cât de mult mă paraliza acest lucru la începutul carierei mele, pe atât de mult mă hrănea astăzi. Ca să trăiesc, presiunea era pentru mine la fel de indispensabilă ca sângele care îmi curgea prin vene. Făceam totul ca să nu pierd nicio fărâmă din această putere şi nici din această victorie asupra trupului meu.

În seara aceea ni s-au adus în sala de şedinţe tradiţionalele platouri cu sushi. Fiecare şi-a redactat procesul-verbal al zilei. Nu mai era mult până la unu noaptea, când am terminat. Nu simţisem timpul trecând. Eram gata să atac dosarele lăsate în suspensie. Aşa s-ar fi întâmplat dacă nu intervenea Bertrand.

— E târziu. Bună treabă, Yaël. Te duc cu taxiul până acasă, mi-a propus el ridicându-se.

— Mulţumesc, i-am răspuns abia ridicând nasul din telefon.

Trecea deja pragul încăperii. L-am urmat. *De ce voia să mergem cu acelaşi taxi?* Asta nu se întâmpla niciodată.

— Aşteaptă-mă.

S-a dus în biroul lui şi a ieşit de acolo după câteva minute cu braţele pline de dosare. Omul ăsta nu se oprea niciodată din muncă. Setea lui de reuşită, de cucerire era insaţiabilă. Voi ajunge într-o zi la nivelul lui? Mi se părea de-a dreptul imposibil.

Am parcurs drumul în tăcere, fiecare aplecat asupra telefonului propriu. Mobilul lui Bertrand a sunat. Am înţeles foarte repede că era vorba de un client mulţumit. Maşina s-a oprit puţin mai jos de locul în care locuiesc, Bertrand mi-a făcut semn să nu mă mişc. A închis telefonul şi şi-a sprijinit ceafa de tetieră.

— Vezi, pentru zile ca asta îmi iubesc munca. Nu cunosc nimic mai bun sau aproape nimic mai bun decât aceste apeluri, la orice oră, prin care este lăudată calitatea muncii noastre.

Mi-am permis un zâmbet sincer. În sinea mea, jubilam ştiind că îmi aduceam contribuţia la această reuşită.

— Sunt întru totul de acord, i-am răspuns convinsă. Te las să te duci acasă. Pe mâine!

— Aşteaptă, mi-a spus îndreptându-se de spate şi aruncându-mi o privire imperioasă.

Uluită, am închis la loc portiera deja deschisă. *Ce voia de la mine?* Vasăzică avea ceva, şi poate important, să-mi anunţe. Maşinal, am trecut în revistă ziua, căutând un pas greşit.

— Yaël, tu eşti la fel ca mine, ambiţioasă, gata de orice ca să reuşeşti, pasionată. Mă înşel?

— Nu, deloc.

— Munca este viaţa ta. Ca şi pentru mine.

Am fost de acord. Întrebându-mă în acelaşi timp unde voia să ajungă. Sensul acestei discuţii îmi scăpa şi nu-mi plăcea asta.

— Mă gândesc să-mi iau un asociat... M-am gândit... am observat pe toată lumea din agenţie, v-am parcurs dosarele... nu poţi fi decât tu.

Dumnezeule! Visam oare?

— Nu voi găsi pe cineva mai bun ca să fie mâna mea dreaptă, a continuat. În zece ani, te-ai dezvoltat, nimeni şi nimic nu te-a făcut vreodată să te abaţi din drum. Eşti o luptătoare, nu eşti mulţumită niciodată, vrei mereu mai mult. Eşti arţăgoasă, câştigi cu orice preţ. Am de gând să *mă*... să *ne* dezvoltăm pe viitor. Ca să-ţi spun tot, nu exclud deschiderea unei agenţii la Londra sau la New York. Pentru asta, am nevoie de un asociat. Şi am nevoie de cel mai bun om. Tu eşti cea mai bună. Şi voiam să ştii.

Am înghiţit, neştiind, pentru prima dată, ce să-i răspund. Nu lăsam să se vadă nimic, dar în adâncul meu se amestecau bucuria şi mândria. Avusesem dreptate să nu las garda jos niciodată şi să ţintesc mereu cel mai înalt nivel. Eram cea mai bună, aflase şi el în sfârşit. Şi tocmai câştigasem victoria.

— Voi reveni cu acest subiect la momentul oportun. Păstrează-l într-un colţ al minţii.

— Prea bine.

— Noapte bună.

Un ultim semn din cap şi am coborât din maşină încercând să mă stăpânesc. Taxiul a demarat după ce am intrat în curtea imobilului. Nu ştiu cum am reuşit să ajung până la mine şi să mă aşez pe canapea, cu genunchii tremurându-mi şi trântind geanta pe jos. Şeful meu tocmai îmi vânduse un vis, visul meu, cel pe care îl nutream de atât de mult timp, fără să îndrăznesc vreodată să cred în el. În sfârşit! Era real! Când mă gândeam la primii mei paşi în agenție, în urmă cu zece ani deja, părea de-a dreptul de neconceput că o să ajung aici. Totul începuse atât de prost...

Restul weekendului cu petrecerea de pomină, din seara angajării mele, Marc fusese de negăsit. Ca de obicei, toți încercaserăm să dăm de el la bunicul lui, dar nu ne răspunsese nimeni. Asta mi se părea ciudat, dar toți mă convinseseră că nu aveam de ce să mă îngrijorez, nu era prima oară când uita să dea un semn de viață. Cu mintea puțin aiurea, începusem munca. Patronul hotărâse să mă formeze el însuşi ca interpretă. La început, asta se rezuma la a mă aşeza într-un colț în timp ce el se afla în plină acțiune, eu având interdicția formală de a deschide gura. Şi când nu jucam rol de decor, făceam prospecții telefonice sau clasare de dosare. Super pasionant! Ca să nu mi se pară că nu fac nimic, hotărâsem să pun la punct fişierele cu informații despre clienți, ceea ce mi-a permis atunci să-mi fac o idee despre câmpul de acțiune al agenției şi, fără să-mi dau seama, să memorez fişierul de clienți. Marți după-amiază, adică după numai două zile, eram sătulă de agenție. Am hotărât să fac minimul obligatoriu ca să nu-mi atrag furia lui Bertrand, străduindu-mă fără încetare să mă fac invizibilă, să profit de ascunzătoare şi să câştig ceva bani. Singurul lucru care mă motiva era concertul lui Ben Harper de la Bercy, ştiam că Marc n-ar rata asta pentru nimic în lume. La 17:30, îmi schimbasem încălțările sub birou, dându-mi jos oribilii pantofi cu toc ca să-mi strecor picioarele umflate în vechii mei Puma, şi părăsisem biroul tiptil. Pe la ora 19:00 începusem să mă neliniştesc, Marc încă nu era acolo, deşi ne înțeleseserăm să mergem cât mai aproape de scenă, lângă fosa orchestrei, dar rataserăm ocazia. La ora 20:00, concertul începuse, eu eram tot singură. După ce mă învârtisem de colo-colo, mă aşezasem pe treptele de la Bercy, îmi pusesem căştile de la mp3 şi îl ascultasem pe Ben Harper cântând *Alone*, iar şi iar, o oră şi jumătate cât a ţinut concertul. Când spectatorii au început să iasă din sală, am căutat peste tot, gândindu-mă că reuşise să intre fără bilet şi că mă căutase înăuntru. Evident, nu l-am găsit. Începând de atunci, panica şi angoasa mă invadaseră şi n-am mai trăit decât ca să-l găsesc. La fel şi ceilalţi. Acum puteam să ne îngrijorăm, era permis. Nimic din toate acestea nu era normal. I se întâmplase ceva. Organizaserăm tururi de gardă în locurile lui preferate. Când unul dintre noi era la facultate, altul era la *El País*, un al treilea dădea târcoale casei bunicului lui, în vreme ce al patrulea încerca să dea de cunoştinţe cu care îl văzuserăm. Fugeam repede la agenţie când mi se termina tura de supraveghere. După mai bine de o săptămână fără veşti şi fără să reuşim să dăm de bunicul lui, Adrien şi Cédric s-au dus la comisariat unde li s-a explicat că familia este cea care trebuie să anunţe dispariţia. Au dat peste nişte poliţişti cumsecade care s-au informat şi i-au asigurat că nu se depusese nicio cerere de căutare în privinţa lui Marc. Nu mai dormeam, nu mai mâncam, nu mă mai gândeam decât la el. În gaşcă, nu râsete, nu glume, vorbeam doar despre el, fără să înţelegem ce se întâmplase. În următoarele trei săptămâni, în fiecare după-amiază, părăseam biroul mai mult sau mai puţin discret în funcţie de zi, ignorând regeşte remarcile acide şi ameninţătoare ale asistentei lui Bertrand, ca să mă duc la facultate, unde distribuiam fotografia lui Marc cu numărul meu de telefon. Rămâneam acolo până seara târziu, cu lacrimile curgându-mi pe obraji. Într-o seară în care plângeam cu capul pe genunchi, stând pe treptele din faţa intrării principale, în ploaie, au venit Alice, Cédric,

Adrien şi Jeanne. Simţisem o mângâiere pe păr, dar nu am reacţionat.

— Yaël, spusese sora mea cu vocea ei blândă, vino cu noi, ai să te îmbolnăveşti dacă rămâi aici.

Mă dureau deja toate, eram îngheţată dar nu-mi păsa.

— Nu... vreau să rămân... o să vină... trebuie să vină...

— Nu foloseşte la nimic, e târziu... am făcut tot ce-am putut...

— Nu! am ţipat eu ridicându-mă brusc. N-o să-l abandonăm! Şi i-am împins violent, ţipând: Îl vreau pe Marc, vreau să-l văd!

Alice şi Jeanne plângeau una în braţele celeilalte. Cédric şi Adrien mă luaseră în braţe, m-am zbătut câteva minute lovindu-i cu pumnii în piept şi urlând întruna, dar ei nu s-au lăsat şi până la urmă am cedat, plângând, agăţată de gecile lor. În seara aceea, toată lumea a rămas la Alice şi Cédric. Jeanne o rugase pe portăreasă să o ţină toată noaptea pe fiica ei. Băieţii făcuseră beţia vieţii lor şi, pentru prima oară în viaţa mea, îi văzusem plângând înainte să adorm, încă în lacrimi, cu capul pe genunchii surorii mele. Două zile mai târziu, Bertrand m-a chemat în biroul lui imediat ce am sosit la lucru. În ajun, încercasem o operaţiune care era ultima şansă să-l găsesc pe Marc, şi ratasem o întâlnire, prima la care mergeam de una singură. Mă prăbuşisem pe unul din scaunele din faţa lui, cu părul gras prins la nimereală, jeanşii jegoşi, un pulover împrumutat de la Cédric şi baschetii în picioare.

— N-ai nimic să-mi spui, Yaël? m-a întrebat cu o voce glacială.

— Nu, i-am răspuns rozându-mi unghiile.

— Din cauza ta, am pierdut un client, dar văd că nu-ţi pasă.

Cu ochii plini de lacrimi, încercam să-l sfidez cu privirea. A lui era rece, mă fixa din fundul fotoliului, indiferent la nefericirea mea. Ce ticălos!

— Eşti talentată, sunt convins de asta, şi de aceea n-am să te dau afară. De la lovitura aceea strălucită, ştiu că poţi să aduci mult agenţiei. Cu condiţia să ai un minimum de respect pentru munca ta şi pentru tine însăţi. Un singur sfat: nu-ţi distruge viitorul pentru un fleac.

Am încercat să spun ceva, dar el nu mi-a dat posibilitatea unei explicaţii.

— Nu vreau să ştiu, nu mă interesează. Acum, du-te acasă, spală-te şi ne vedem mâine.

În mod uimitor, nu s-a uitat la mine şi, a doua zi, pentru prima dată, am ajuns la timp la agenţie.

M-am sculat de pe canapea, nevoind să alunec mai mult în amintiri dureroase, şi m-am dus în bucătărie să-mi pun un pahar cu apă minerală rece înainte să mă întorc în cameră. În zece ani, dressingul meu se metamorfozase; vechii mei Puma probabil că erau încă pe undeva — nu mă hotărâsem să-i arunc, fără să ştiu prea bine de ce — primii pantofi cu toc demodaţi cedaseră locul unei duzini de pantofi marca Louboutin, aveam salariu de ministru, fără să mai pun la socoteală primele. Trebuie să mărturisesc că prinsesem gustul de adrenalină pe care-l aveau reuşita, munca, oamenii puternici de care eram înconjurată. Îmi plăcea teribil slujba mea. De ani de zile, Bertrand nu-mi mai spunea stagiară şi iată că voia să facă din mine asociata lui, mâna lui dreaptă.

Când, o jumătate de oră mai târziu, m-am strecurat sub cearşafuri, am renunţat la somniferul zilnic, noaptea era târzie şi nu voiam să risc să fiu năucă a doua zi. Şi-apoi, eram prea surescitată de propunerea lui Bertrand, voiam să mă gândesc la ea. Una dintre frazele lui îmi revenea mereu în minte: „Yaël, tu eşti la fel ca mine, ambițioasă, gata de orice ca să reuşeşti, pasionată." Aveam aşa o admirație pentru el, pentru cariera lui! Faptul că mă ridica la nivelul lui mă făcea să mă simt în al nouălea cer. Sacrificase totul ca să reuşească, până şi familia. Bertrand fusese căsătorit, era tatăl a doi copii mari, de vreo douăzeci de ani, pe care nu-i vedea decât o dată sau de două ori pe an la vreo cină. Când i s-a ivit posibilitatea să plece să lucreze în Statele Unite, din câte înțelesesem, soția lui nu a vrut să-l urmeze împreună cu copiii şi el luase hotărârea radicală să divorțeze, chiar dacă asta însemna să se despartă de copii. Ambițiile lui nefiind compatibile cu viața de familie, alesese să nu o mai lungească mult, „am încercat să fac ca toată lumea, dar mi-a fost greu". Eram întru totul de acord cu felul său de a vedea lucrurile; munca era singurul izvor de dezvoltare valabil, reuşita te satisfăcea pe deplin, restul nu aducea decât necazuri şi perturbări. Mie, căreia îmi plăcea presiunea, îmi era servită această propunere de asociere care îmi făcea cu ochiul. Mă voi zbate şi mai mullt la serviciu şi adoram această idee. La treizeci şi cinci de ani, o asemenea oportunitate nu se ratează. Era *ocazia* vieții mele.

Luna următoare, am crescut cu o treaptă exigența față de mine însămi şi față de ceilalți. Implicarea mea atingea culmile! Micul rechin care fusesem până atunci devenise de-acum un rechin adult, cu dinți de oțel, niciodată sătul. Obțineam contract după contract, gestionând în acelaşi timp chestiunile curente. Făceam de-acum parte din familia celor mai periculoşi rechini, cei mai feroce. Inspiram teamă şi asta mă încânta. Am surprins pe toată lumea când am reuşit să închei un parteneriat profitabil: gestiunea a vreo zece invitaţi la trei colocvii organizate de către o societate farmaceutică. Vom avea de-a face cu industriaşi puternici, dar şi cu profesori de medicină veniţi de la cele mai prestigioase universităţi americane, ale căror centre de interes erau diametral opuse, o să fie tare. Profitam de cel mai mic moment de delăsare din partea vreunuia dintre colegii mei ca să-i iau dosarele. Nu-mi făceam prieteni astfel, dar nu-mi păsa, nu de-asta eram acolo. Totul, voiam totul. Mai ales să-i dovedesc lui Bertrand că puteam să fiu tare pe toate fronturile: interpretă, furnizoare de afaceri, manager, amatoare de şedinţe târzii. Cu telefonul în permanenţă lipit de ureche, îmi băgam nasul în treburile tuturor, mai puţin într-ale lui. De câte ori mă solicita, jubilam în sinea mea. Singurele pauze pe care mi le acordam erau consacrate întâlnirilor cu diferite bănci; îmi fixasem ca imperativ să fiu gata să reacţionez la „momentul oportun", conform expresiei sale. Cât eram în măsură să pun pe masă ca să deţin o parte din agenţie? Un pachet bun: cu salariul şi apartamentul meu, a cărui proprietară eram, bancherii mă curtau fără să-mi bat capul.

Mă obligam să ronţăi batoane energizante şi să ingurgitez supe cu proteine ca să rezist; mâncarea era cea mai mică dintre grijile mele. Corpul era într-adevăr prost făcut, nu evolua destul de repede! Menajera avea drept misiune să-mi facă aprovizionarea. Am investit în câteva tuburi de Guronsan[2], nemaiavând posibilitatea să iau somnifere, mă culcam prea târziu şi mă sculam prea devreme, căci continuam să-mi încarc bateriile înotând invariabil în fiecare

2 Medicament antiastenic. (*N.t.*)

dimineață, de la ora 7:00. Când reuşeam să dorm, n-o făceam niciodată mai mult de patru ore. Îmi era absolut de ajuns, oboseala nu mă prindea deloc, eram stăpână pe corpul meu. Adrenalina provocării îmi curgea prin vene, era mai bună, mai puternică, mai tare decât drogul sau sexul.

A trebuit totuşi să accept o invitație la cină de la Alice. Îmi făcusem calculele: văzând-o o dată pe lună, singură sau cu toată trupa, speram să obțin un soi de pace. Iar cina era cea mai puțin neplăcută, puteam să evit zaharicalele grețoase şi, mai ales, copiii fiind culcați devreme, evitam migrenele. La urma urmei, era doar un sacrificiu de câteva ore, o alertă pe telefon îmi amintea la fiecare 20 ale lunii să dau un semn de viață. Dar pentru asta trebuia să plec de la birou mai devreme, prea devreme. Şi aveam oroare de asta!

În ziua aceea am plecat de la agenție la 19:30, fără să-l fi revăzut pe Bertrand, plecat la o întâlnire — ceea ce nu-mi plăcea deloc, îmi dădea sentimentul că trag chiulul. Înainte să pornesc maşina, am pus telefonul pe răspuns automat, gata să reacționez în caz de apel. Nesocotind total siguranța rutieră, aruncam mereu câte o privire pe mail-uri. Ajunsă pe autostradă, monotonia şofatului mi-a smuls un căscat, a fost primul dintr-o serie interminabilă, ochii înecându-mi-se în lacrimi. Chiar dacă mă făcea să tremur, am deschis de tot geamul ca să mă dezmeticesc. Am fost invadată de un sentiment de uşurare când am parcat în fața casei lui Alice şi a lui Cédric. Era la capătul lumii! Drumul mi se păruse fără sfârşit. Data viitoare voi avea grijă să-mi iau o gustare!

Sora mea înțelesese bine că tirul grupat era obligatoriu, Adrien şi Jeanne erau şi ei prezenți. Marius, cu Léa ascunsă în spatele lui, mi-a deschis uşa. Erau în pijama, cu părul pieptănat şi încă ud după duş. Marius m-a luat de mână şi m-a condus în sufragerie, unde adulții luau un aperitiv, fără să pot să-mi recuperez libertatea. Alice s-a ridicat şi a venit spre mine adresându-se copiilor:

— Gata, aţi văzut-o pe Yaël, acum, la culcare! Apoi, întorcându-se înspre mine şi încruntându-se: Te simţi bine?

— Foarte bine! De ce mă întrebi?

— Aşa, mi-a răspuns îmbrăţişându-mă.

Să i-o spună lu' mutu! Numai să nu se transforme seara într-un tribunal al Inchiziţiei! Alice se abţinea, dar pentru cât timp? Am salutat pe toată lumea şi am luat loc pe canapea.

— Te servesc cu un pahar? mi-a propus Cédric.

— Foarte puţin, te rog.

Două minute mai târziu, ţineam în mână un pahar cu vin alb, plin ochi, în care îmi înmuiam buzele. Mi-am pus telefonul la vedere şi la îndemână, pe măsuţa joasă, ca să nu-mi asum niciun risc.

— Unde e fata voastră? i-am întrebat pe Jeanne şi pe Adrien. A trecut de vârsta la care să se culce odată cu găinile.

— Am lăsat-o acasă cu babysitterul. Seară între adulţi, mi-a răspuns Jeanne, care afişa un aer mulţumit şi uşurat.

Aleluia! Se săturase oare de serile cu copii? Alice a revenit printre noi şi s-a aşezat lângă mine.

— Şi, ce mai spuneţi? am întrebat adresându-mă tuturor.

Fără să ştiu prea bine de ce, voiam să aflu veşti despre ei. Mi se întâmpla câteodată şi, mai ales, asta mă scutea să vorbesc despre mine. Cédric a răspuns primul şi ne-a făcut pe toţi să râdem, povestindu-ne cum încerca să-i facă pe elevii lui din clasa terminală profesională să se intereseze de filosofie. Cumnatul meu era plin de speranţă, pentru el cauzele pierdute nu existau. Nu îşi atribuia niciun merit dacă reuşea ca toţi elevii lui să aibă medie de trecere la bac. Laurii nu-l interesau. Cât despre Jeanne, ea era obosită de recrutarea de personal suplimentar pentru perioada de reduceri; era acum responsabilă de magazin şi nu reuşea să găsească studenţi dispuşi să facă un efort toată luna, cât dura asta. Dacă mie una ca asta mi-ar fi stat pe creieri, ea era în schimb optimistă, lua lucrurile cu calm, fidelă ei înseşi.

Anii păreau să nu fi trecut peste Jeanne. Înfăţişarea nu i se schimbase deloc: părul negru ca pana corbului impecabil aranjat, veşnicul piercing şi o garderobă la modă, pe care o schimba în funcţie de anotimp. Adrien a preluat ştafeta făcând pe clovnul, ca de obicei.

— Eu militez la serviciu pentru instaurarea alegerii celui mai bun agent al lunii, cu afişarea fotografiei lui pe hol, ca în State.

— Sau la McDonald's, i-a răspuns soţia lui.

Toată lumea a izbucnit în râs, chiar şi eu. Adrien făcuse totul ca să nu-şi ia diploma şi Dumnezeu ştie cât a trebuit să se străduiască pentru ca să eşueze. Profesorii văzuseră imediat în el pe viitorul agent de vânzări fără egal, aşa că i-au trecut cu vederea absenţele, lucrările nefăcute şi toate măgăriile pe care le organizase cu Biroul Studenţilor. Dar nimeni nu a mai putut să facă nimic pentru el când a uitat să se scoale la timp în dimineaţa examenului de diplomă. Însă asta nu l-a împiedicat să-şi găsească de lucru în doi timpi şi trei mişcări, la doar câteva zile după mine. Era agent comercial pentru o prestigioasă marcă de ferestre şi făcea foarte multe vânzări. La el, anii lăsaseră câteva urme; silueta scurtă şi îndesată de rugbist se buhăise şi claia de păr negru i se rărise.

Alice ne-a invitat să trecem la masă şi a profitat ca să preia ştafeta.

— Am renunţat să mai fac cerere pentru postul de director al şcolii, ne-a anunţat servind peştele.

— Ce?! m-am revoltat. Nimeni nu renunță la o avansare! Doar n-ai să rămâi toată viața institutoare! M-am întors înspre ceilalți, scoasă din fire: Spuneți-i şi voi că face o prostie!

Au oftat toți.

— Pot să ştiu ce e rău în a fi institutoare? mi-a răspuns Alice sec. Chiar mă enervezi! Îmi place să-i învăț pe copii, restul nu mă interesează. Vreau să continui să mă concentrez la lucrurile esențiale! Aşa că... scuteşte-mă!

Am dat din cap, disperată de lipsa de ambiție a surorii mele. Ea a întins mâna înspre farfuria mea.

— Foarte puțin, te rog, am mormăit.

— Trebuie să mănânci! s-a enervat Alice. Asta-i culmea! Te-ai uitat în oglindă în ultima vreme?

Am strâns din dinți. Era deja prea mult! *De ce mai sunt aici?*

— E adevărat! a intervenit Adrien. Înainte aveai un fund mic, sâni mari, dar acum nu mai ai nimic. Redevino Yaya, sexy girl.

Am întors atât de iute capul spre el, încât o clipă am crezut că mi-am sucit gâtul. L-am privit cu ochii ieşiți din orbite.

— Eşti bolnav rău, pe cuvânt. Tu nu zici nimic? am întrebat-o pe Jeanne.

— Ce vrei să fac? Descurcă-te, treaba ta! Înainte ştiai să te aperi singură. Oricum, are dreptate... te-ai gândit să-ți iei concediu în viitorul apropiat? Eşti palidă ca un mort!

— Concediu! Şi mai ce?

Le-am zâmbit larg, ucigător. Concediu, în niciun caz! Li se întâmpla uneori să se uite la mine? Ce era cu interesul ăsta pentru lenevealǎ? Doar dacă nu voiau să am angoase!

— Nici pomeneală! Cu puțin noroc, în curând am să devin asociat la agenție, am anunțat eu triumfal.

— Nu se poate, a spus Alice cu o voce ca de dincolo de mormânt. Asta mai lipsea...

Cât despre ceilalți, au rămas tăcuți.

— Ce plăcut e să vă văd fericiți pentru mine! am scuipat.

Poftim, era ca de obicei. Îmi cereau să le înțeleg micile griji, să-i ascult vorbind despre țâncii lor, dar ei nu făceau niciun efort pentru mine. Nu încercaseră niciodată să înțeleagă ce însemna slujba mea.

— Ba da, ba da... sigur că ne bucurăm pentru tine, s-a grăbit să răspundă cumnatul meu.

— Dar e drept că vei avea şi mai mult de muncă, a subliniat Jeanne.

— Pică bine, e tot ce cer, am bombănit fără să-mi iau ochii de la sora mea.

Ea a lăsat capul în jos şi şi-a înfipt furculița în mâncarea din farfurie.

— Să schimbăm subiectul, e mai bine. Oricum, nu foloseşte la nimic, nu cădem de acord.

Aşadar, Alice hotărâse că în seara asta nu ne vom bate ca chiorii. Am lăsat nasul în farfurie ca să arăt că şi în ce mă priveşte subiectul era închis. Nu aveam energie de pierdut cu prostiile astea. Nu am mai deschis gura în timpul mesei.

Telefonul meu a sunat în momentul desertului, am sărit de pe scaun ca să-l iau de pe măsuță.

— Da, Bertrand?

— Am nevoie de tine. Trimit un taxi să te ia.

Victorie! Puteam să scap!

— Nu sunt acasă, i-am răspuns mişcându-mă de colo-colo.

— Dar unde eşti?

— La sora mea, în suburbii.

— Dă-mi imediat adresa, nu avem niciun minut de pierdut.

I-am dat-o. Am aşteptat până a comandat un taxi. Apoi a reluat discuţia.

— Maşina va fi acolo în cincisprezece minute. Te duci la Roissy să-l iei pe Sean.

Iar el! Va trebui să mă abţin să-i arunc în faţă chestia cu asocierea, când îmi va mai propune un post. Ce mai căuta la Paris? Voia să vândă sau să cumpere o firmă? Sean îşi construise cariera pe cumpărarea de firme aflate în dificultate, din toată lumea. Le dibuia ca nimeni altul. Cu armata lui de consilieri, făcea curat, găsea soluţii şi relansa activitatea după care revindea şi încasa maximum de profit.

— Sună-mă de pe drum, să-ţi explic, a continuat Bertrand.

— Prea bine.

Am închis şi mi-am luat poşeta. În jurul meu, era ca şi cum timpul s-ar fi suspendat. Adrien avea încă furculiţa în aer, gura deschisă şi toţi se uitau la mine, sideraţi.

— Pot să merg până la baie?

— Bineînţeles, mi-a răspuns sora mea. Dar ce se-ntâmplă?

— Trebuie să iau un client de la Roissy.

— Mai nou, eşti escortă?

— Uite ce e, Adrien, de glumele tale răsuflate şi de măgăriile tale sunt sătulă până peste cap. Nu ai avut niciodată clasă, dar nu suport să depăşeşti limita!

Încă un exemplu; mă străduiam de ani de zile să-i fac să înţeleagă în ce consta munca mea. Niciun efort din partea lor ca să reţină explicaţiile mele. Nu mai puteam. Fără nicio privire în plus, am intrat în baie şi am regretat din prima clipă ordinea şi curăţenia băii mele şi a celei de la agenţie. Paharele pentru clătit gura ale copiilor erau aruncate în chiuvetă, iar aceasta avea pe ea urme de pastă de dinţi şi de săpun. Cât despre oglindă, era pătată de calcar, asta e, va trebui să mă descurc aşa. Mi-am scos trusa de machiaj.

Mi-am dat din nou cu pudră Terracotta, era adevărat că eram palidă în seara asta. Apoi, mi-am refăcut machiajul ochilor. Alice a intrat şi ea în baie şi s-a aşezat pe marginea căzii. Am făcut un pas înapoi şi mi-am spus că arătam un pic mai bine. Mi-am desfăcut coada de cal, sora mea mi-a luat peria de păr din mână şi a început să mă pieptene.

— N-avem timp, Alice.

— De ce nu ţi-l mai laşi desfăcut niciodată?

— Nu mă ajută să par serioasă.

— N-ar trebui să fie permis să ascunzi un asemenea păr, mi-a spus cu un zâmbet, voind cu siguranţă să îndrepte lucrurile.

Moştenisem de la mama părul roşcat, prea ţipător după gustul meu ca să par credibilă, de aceea îl prindeam întotdeauna într-o coadă de cal sau într-un coc. Alice era în avantaj, având părul blond. Eu aş fi vrut părul ei, ea murea de invidie că nu-l avea ca al meu. A fost rapidă şi mi l-a prins cum îmi plăcea. I-am mulţumit şi mi-am dat cu parfum pe gât. Un SMS m-a anunţat că a sosit taxiul. Am trecut în grabă prin sufragerie, le-am spus tuturor la revedere din mers şi m-am îndreptat spre uşa de la intrare, cu Alice în urma mea. Mi-am făcut timp s-o îmbrăţişez.

— Îmi pare rău pentru mai devreme, s-a scuzat.

— Nu e cazul.

— Pur şi simplu îmi fac griji pentru tine. Ăsta-i rolul unei surori mai mari.

— Cele optsprezece luni în plus nu-ţi dau cu adevărat titlul de soră mai mare, am tachinat-o eu. Şi-apoi, sunt foarte bine, n-ai niciun motiv să te îngrijorezi, visul vieţii mele e pe cale să se împlinească.

— Dacă zici tu.

— Am şters-o, pe curând!

Am deschis uşa şi am urcat în taxi fără să privesc înapoi, oftând de uşurare, cu telefonul deja în mână ca să-l sun pe Bertrand. A răspuns după primul apel.

— Te ascult, i-am spus imediat.

— Nu ştiu ce s-a întâmplat! Informaţia nu a ajuns până la noi, nu înţeleg. Dar este intolerabil. Am fost neglijenţi.

— Sunt şocată.

— Suntem vinovaţi amândoi. E de datoria noastră să fim mai vigilenţi. Am primit un apel de la asistentul lui chiar înainte să te sun, voia să se asigure de prezenţa noastră la coborârea din avion.

— A, da? Sean nu mi-a spus nimic.

— S-a hotărât în după-amiaza asta să asiste la o licitaţie mâine şi a sărit în avion. Rezervă-i imediat o cameră, te vei duce să-l iei mâine dimineaţă la 09:30 de la hotel şi îi vei servi de interpret toată ziua.

Mi-a scăpat un oftat. Cum o să mă descurc? Aveam programate zece întâlniri pentru a doua zi, dintre care una cu responsabilul cu relaţiile publice al unei mărci de marochinărie de lux, întâlnire pentru care îmi trebuiseră luni de zile ca s-o obţin, voiam să ne dezvoltăm activitatea.

— Vreo problemă, Yaël?

Am tresărit.

— Absolut niciuna, i-am răspuns încercând să am un ton vesel.

— Pe mâine!

Închisese deja. Fără să mai aştept, am sunat la unul dintre hotelurile de lux unde se caza Sean, apoi la centrala de taxiuri pentru a doua zi dimineaţă, fără să uit s-o informez pe mail pe asistenta mea să se ducă să facă un tur prin suburbii ca să-mi ia maşina, o să-mi las legitimaţia înainte de sosirea sa la agenţie — ceea ce promitea să fie memorabil.

I-am ținut pumnii ca să fie capabilă să se achite măcar de această misiune. *N-ar trebui să fie complicat!* Ora rămasă până să plec la Roissy am folosit-o ca să-mi rumeg greşeala; lăsasem garda jos plecând mai devreme de la birou ca să mă duc la masă la sora mea, unde pe deasupra o încasasem în plină figură. Rezultatul: ratasem un pont. Era prima şi ultima oară când se întâmpla aşa ceva. Torsul motorului m-a făcut să ațipesc. Am tresărit când taxiul s-a oprit şi am aruncat o privire la ceasul de pe telefon. Punctuală. După o vaporizare cu spray, ca să-mi reîmprospătez respirația, i-am cerut şoferului să lase contorul să meargă şi să mă urmeze. Am verificat orarul sosirilor şi m-am postat la poarta potrivită. Am stat dreaptă, cu o mină cuceritoare, înfiptă pe tocuri. Un sfert de oră mai târziu, poarta s-a deschis şi a apărut clientul nostru englez.

Era trecut de ora 3 dimineața când m-am băgat în pat. Am avut un somn agitat. Când am deschis ochii, la 06:28, mă luptam cu greața, trupul îmi era încordat; nu-mi plăcea asta. În mod vizibil, nu-mi făcusem norma de somn. Obiceiurile mele m-au ajutat totuşi să-mi limpezesc ideile. În general, nu prea îmi era foame dimineața, dar nu era nimic. M-am mulțumit cu o capsulă de *ristretto* şi două de Guronsan. Înainte să plec, m-am privit o ultimă oară în oglinda de la intrare: chiar şi machiată, cearcănele mele rămâneau pronunțate.

Când am ajuns la casa de licitații Drouot, am verificat dacă clientul meu era înscris pe lista participanților şi ne-am instalat în sala de licitații, unul lângă altul, eu pregătită să traduc, la urechea lui, cu cea mai mare discreție. Am avut timp să răsfoiesc catalogul, ca să rețin ofertele, el mi le-a arătat pe cele care îl interesau în mod deosebit, vom avea de lucru toată ziua. Mi-a explicat de ce nu a dorit un intermediar, îl amuza să participe personal. Înainte să înceapă licitația, trebuind să mă gândesc la toate pentru el, i-am trimis un mail asistentei mele să rezerve o masă pentru prânz. Dimineața a trecut fără să-mi dau seama. Mi-am mobilizat toate capacitățile de concentrare; nu mai gândeam, ascultam, înregistram, retranscriam, stabileam comunicarea între clientul meu şi evaluator, rămânând transparentă. Trebuia să aibă sentimentul că înțelege totul singur.

La 12:45 am împins uşa restaurantului unde urma să luăm prânzul. Şi care nu mi-a fost surpriza văzându-l pe Bertrand aşteptându-ne la masă!

— Şeful tău nu umblă cu ocolişuri, mi-a şoptit Sean. Îi e teamă să nu te răpesc.

Tipul era insuportabil. Totuşi, nu aveam de ales decât să mă stăpânesc. Dumnezeu ştie că era din ce în ce mai greu. I-am arătat cel mai frumos zâmbet al meu.

— Vă înşelați, noi ştim să avem grijă de dumneavoastră.

Bertrand l-a salutat, apoi mi-a strâns mâna, întrebându-mă din priviri. L-am liniştit făcându-l să înțeleagă că totul se derula perfect până acum. Motivul prezenței lui Bertrand era clar; se temea că scăparea noastră din urmă cu o zi punea sub semnul întrebării colaborarea cu el. Pe tot parcursul mesei s-a discutat despre afaceri. Apetitul încă nu-mi crescuse, m-am mulțumit cu un wok de legume găsit în meniu pe care le-am înghițit cu ajutorul unor pahare mari de apă gazoasă.

— Am hotărât să profit ceva mai mult timp de sejurul meu parizian, ne-a spus Sean când ni se servea cafeaua. Yaël, contez pe tine, am programat mai multe întâlniri cu recrutori de cadre, la care îmi vei fi indispensabilă. Ai văzut în dimineața asta că nu pot să mă lipsesc de tine.

O, nu! Îmi dădea tot programul peste cap şi, cu toate astea, nu aveam de ales, nu puteam să-l las baltă. Bătaia de cap din noaptea trecută nu folosise la nimic, trebuia să reiau totul de la zero. Am fost conştientă de venele care mi se zbăteau dureros în tâmple şi de greața care nu avea să întârzie să apară.

— N-am să vă dezamăgesc, fiți sigur de asta, i-am răspuns încercând să vorbesc cu voce calmă. Vă rog să mă scuzați.

M-am ridicat şi am luat-o spre toalete. M-am închis acolo şi m-am aşezat pe capacul closetului, cu telefonul în mână. Neştiind până la ce oră voi fi ocupată astăzi, trebuia să anticipez. Am început prin a o suna pe asistenta mea. Nemernica nu a răspuns: era în pauză de masă. De atâta timp îi tot repetam că trebuie să răspundă întotdeauna, indiferent când, indiferent unde, chiar şi la toaletă trebuie să răspundă la apelurile mele! Am respirat adânc, promițându-mi să pun rapid punctul pe i cu ea. Pe de altă parte, era în stare să confunde clienții! Nu puteam să am încredere decât în mine însămi. Am dat vreo zece telefoane şi am trimis o grămadă de mail-uri. Nu-mi mai rămânea decât să aştept răspunsurile. Înainte să-mi părăsesc ascunzătoarea, mi-am dat cu apă rece pe tâmple şi mi-am aranjat înfățişarea pudrându-mi nasul. După aceea am înghițit o indispensabilă aspirină; migrena devenea din ce în ce mai puternică. Simțeam cum o bară îmi apasă fruntea, un ochi deja mă durea, iar stomacul mi se strângea de greaţă. Încă puteam să-mi controlez starea. M-am forţat să respir calm, încet, ca să ţin durerea la distanţă. Când m-am întors la masă, am descoperit că Bertrand plătise deja nota şi mă aşteptau. Aşadar, întârziasem atât de mult! Când mi-a deschis uşa, şeful meu, cu o mină sobră, m-a reţinut câteva secunde:

— Vin cu tine în după-amiaza asta.

Un presentiment rău m-a invadat. Ardeam să întreb „de ce?" Bertrand era ocupat până peste cap, eu eram acolo, nu avea nevoie să piardă timpul. Doar dacă nu eram supusă unui test? *Da, asta e, sigur asta. Nu poate fi decât asta!*

După-amiaza a început destul de bine, în ciuda migrenei mele chinuitoare. Clientul nostru părea să se amuze supralicitând, câştigând de fiecare dată licitaţia, cheltuielile lui nu aveau limite. Regulat, închizând ochii, inspiram profund. O căldură sufocantă invada sala, mă simţeam udă. Am aruncat o privire spre Sean şi Bertrand, trebuie că se chinuiau groaznic în costumele lor. Spre marea mea surpriză, niciun semn de indispoziţie, şi unul, şi celălalt păreau să se bucure de răcoare. Vasăzică eram singura care avea impresia că se află într-un cuptor. Gălăgia mă incomoda şi nu mă lăsa să mă concentrez. Licitaţiile creşteau cu rapiditate, nicio pauză, niciun timp mort, imposibil să răsufli nici măcar o secundă. Totul mergea atât de repede! Aproape prea repede! Ceva a căzut şi asta m-a distras şi mai mult, m-am întors să văd ce se întâmpla. Preţ de o clipă, a fost ca o gaură neagră, m-au lăsat puterile şi am căzut. Agitaţia clientului meu m-a readus la realitate, ca şi tonul peremptoriu al lui Bertrand:

— Yaël! Ce se întâmplă? Am clipit din ochi și i-am văzut chipul serios. Te-ar deranja să fii alături de noi? Ai ratat o licitație!

— Dumnezeule... Pardon! Scuzați-mă.

Broboane de transpirație îmi alunecau pe spate. Nu auzisem nimic. Pentru prima oară în cariera mea de interpret, nu ascultasem, eșuasem.

— M-ai făcut să pierd o piesă de bază, a tunat Sean. Ești mândră de tine?

Era furios și își pierduse cu totul morga britanică. Vorbise așa de tare, că mai multe persoane s-au întors, întrebându-se cu siguranță cine era muștruluit în felul ăsta. M-am chircit, rușinată, umilită.

— Nu știu ce să vă spun. Îmi pare rău...

— Te rog, scutește-mă de scuzele tale și revino-ți repede. Să nu se mai repete!

Mi-a întors spatele, hotărât să nu mai piardă niciun minut în plus din cauza incompetenței mele.

— Niciun risc, a intervenit sec Bertrand. Yaël, de aici preiau eu.

Mă aflam în plin coșmar.

— Poftim?

— Te rog! mi-a tăiat-o el agasat. Du-te să iei aer. Ne vedem mâine dimineață la prima oră, la agenție. Ziua ta de lucru s-a încheiat.

Vorbise cu voce joasă, spre deosebire de Sean, dar sentința lui era fără drept de apel. Știam că în fața lui Bertrand nu aveai dreptul să greșești, acum suportam consecințele. Nu fusese nevoie decât de o fracțiune de secundă. M-am ridicat așadar de pe scaun, i-am cedat locul și m-am îndepărtat șoptind discret un „la revedere". Niciunul nu mi-a răspuns, deja nu mai existam pentru ei. M-am lipit de peretele din fundul sălii ca să-i observ de la depărtare. Apoi, am plecat de la Drouot. Dacă rămâneam şi mă vedea Bertrand, furia lui ar fi crescut şi mai mult.

4

Ce-o să fac până la sfârşitul zilei? Imposibil să mă duc la agenție şi să le explic colegilor prezența mea. Nu aveam chef de bunăvoința lui Alice. Mi-era groază să mă duc acasă să stau singură. M-am hotărât să mă plimb. De fapt, am avut mai degrabă impresia că rătăceam pe străzi. Să găsesc o soluție ca să-mi îndrept greşeala. Asta mă sufoca, îmi tăia respirația, mă ținea cu ochii-n patru. Trecătorii mă îngrozeau, făceam totul să nu ating pe nimeni, să nu privesc pe nimeni. Gleznele mele mi se păreau deodată uimitor de fragile. Strângeam telefonul în mână: să simt cea mai mică vibrație. Trebuia în cele din urmă să primesc un apel de la Bertrand. Contrariul era de neconceput. Nu era decât 17:15. Ce puteai să faci la ora asta, dacă nu să lucrezi? Eram la jumătatea zilei de muncă. Mi-am dat seama că făceam neîncetat turul cartierului, nu mă îndepărtasem prea mult de sala de licitații: să fiu pregătită să vin în caz că...

Rătăceam deja de mai bine de două ore când am simțit picături de ploaie. *Asta mai lipsea!* Nu aveam umbrelă şi mă aflam în mijlocul străzii cu sentimentul că m-am pierdut în orașul meu. Aversa s-a intensificat: trebuia să mă pun la adăpost. Am împins prima ușă pe care am văzut-o. În ce magazin nimerisem? Aș fi putut chiar să mă întreb dacă era un magazin, mă aflam într-o cameră fără nume. Am ezitat să ies din nou ca să verific dacă era deschis publicului, zărisem totuși o vitrină. Am preferat să rămân la căldură și pe uscat, cu atât mai rău dacă deranjam. Voi pleca dacă voi fi dată afară. Aparent, părea magazinul unui negustor de lucruri de ocazie. Praful mi-a intrat în ochi. Mirosuri de piele veche, de ceară, de lemn, de haine vechi mi-au ajuns la nas. La o primă vedere era imposibil să deosebești obiectele și mobilele, din cauză că erau amestecate toate. Locul suferea de o serioasă lipsă de spațiu. Era imposibil să circuli pe-acolo. Spațiile dintre mobile erau microscopice, ceea ce-ți dădea impresia că pătrundeai într-un labirint. Dar se vedea clar că era foarte departe de stilul Ludovic al XV-lea sau Empire. Era regatul celor Treizeci de ani glorioși[3], nivelul déco. Erau de toate: o canapea, niște console, mese rabatabile, un bufet Formica, câteva scaune Tulip ascunse într-un colț și care, dată fiind starea lor, probabil așteptau vizita unui tapițer, ca și o cantitate de obiecte a căror utilitate rămânea ascunsă. Afară, vremea se înrăutățea tot mai mult și cu toate acestea locul era luminos, grație numeroaselor lămpi vintage aprinse aproape peste tot. Absența luminii directe crea o atmosferă blândă, caldă, poate cu virtuți liniștitoare. Dacă măcar asta ar funcționa și în cazul meu. Am înaintat puțin și m-am oprit în fața unei etajere din metal

---

[3] Perioada de puternică creștere economică și ameliorare a condițiilor de viață a marii majorități a țărilor dezvoltate, membre, cele mai multe dintre ele, ale Organizației de Cooperare și Dezvoltare (OCDE), între anii 1946 și 1975. (*N.t.*)

şi lemn pe care se aflau un patefon, aparate foto Polaroid vechi şi chiar o cameră video Super 8. Privirea mi-a căzut pe un suport cu o colecţie de ilustrate Vidal ca aceea pe care o aveam la şcoală. În clipa aceea, am ciulit urechile; muzica asta... *Black trombon, monoton, trombonul, e drăguţ. Turbion gramofon...* Gainsbourg... o emoţie bruscă m-a făcut să-mi ţin respiraţia... o imagine a tatălui meu bătându-ne la cap pe sora mea şi pe mine, când eram puştoaice. Încă îl auzeam spunându-ne în epoca noastră *boys band*: „Fetelor, asta e muzică, am să fac cultură cu voi!" În replică, împreună cu Alice glumeam pe seama vârstei lui şi totul se termina cu hohote de râs. Această amintire s-a risipit când am auzit peste vocea lui Gainsbourg o altă voce, o voce de bărbat: *„Black trombon, monoton, autohton al nopţii, Dumnezeu o iartă pe copila care fredonează în patul meu... Black trombon, monoton, ea se dă pe jumătate, goală tremură..."* M-am uitat în toate părţile, căutând să-mi dau seama de unde venea vocea. Imposibil de ştiut, bărbatul trebuie să se fi aflat în fundul magazinului, ascuns de un paravan cu model în pătrăţele. În orice caz, se descurca tipul, chiar credea în el. Totuşi, cânta fals! În ciuda acestui fapt, era mai degrabă plăcut să-l asculţi; respiraţia îi era în perfectă armonie cu notele, timbrul lui era cald. Asta aproape că mi-a smuls un zâmbet, mai ales când a imitat alămurile. Am preferat să plec la fel de discret precum venisem, cu riscul de a mă uda.

— Yaël? am auzit în spatele meu. Vocea asta...

M-am întors, cu mâna pe clanţă. Migrena îmi dădea halucinaţii, altfel nu ar fi fost posibil. M-am răsucit brusc; braţele mi-au căzut, gâtul mi s-a contractat, pumnii mi s-au strâns, inima mi-a bătut mai repede, făcând un salt cu zece ani în urmă. Mă aflam în faţa unui strigoi, care părea la fel de şocat ca şi mine.

— Yaël... tu eşti?

A înaintat spre mine. Aproape că nu se schimbase, dacă n-ar fi fost ochelarii de baga ce îi apăruseră pe nasul uşor coroiat după ce şi-l spărsese făcând pe imbecilul cu Adrien; îi cursese sânge şi noi, fetele, ne jucaserăm de-a infirmierele însoţindu-l la urgenţe. Veriga lipsă a trupei se materializase aici, sub ochii mei.

— Bună, Marc, i-am spus cu o voce albă.

Nimeni nu mai rostise acest nume de multă vreme. Eu, cea dintâi.

— Am crezut că ai murit! am şuierat cu ironie.

Remarca mea l-a emoţionat, şi-a dat jos ochelarii şi şi-a trecut mâna prin părul scurt; îl avea tot şaten-deschis, bătând în blond la soare. A privit în aer, cu respiraţia tăiată, total descumpănit. Să-i fie de bine! Era în interesul lui să se înarmeze cu curaj dacă avea de gând să mă înfrunte. Apoi s-a frecat la ochi, a deschis gura o dată, fără să spună nimic, dar mişcând mâinile. În mod vizibil, îşi căuta cuvintele. Nu era cazul să conteze pe mine ca să-i uşurez situaţia.

— Yaël... dacă m-aş fi aşteptat la asta...

— N-ai nimic altceva de spus?! am lătrat cu răutate.

Scumpul de Marc se topea văzând cu ochii. Asta era tot ce merita.

— Ba da... Scuze... Ce faci aici?

Întrebarea care nu trebuia pusă.

— Mă adăpostesc de ploaie.

— Mulţumesc ploii că te-a trimis aici, mi-a spus, cu un zâmbet larg pe buze.

Era din ce în ce mai bine! Credea poate că-mi arde de glume. Şi-a schimbat imediat mina satisfăcută când a observat că nu-i împărtăşeam părerea. De ce trebuia să se întâmple asta azi? Mă enerva! De parcă nu aveam destule lucruri şi griji în minte! Bun, o să derulez din nou filmul ca şi cum ultimele cinci minute nu ar fi avut loc.

— Te las, am spus sec.

El a făcut un pas spre mine întinzând braţul.

— Nu... Stai... Nu poţi să pleci aşa repede! Vreau să-mi spui despre tine... să ştiu ce s-a întâmplat cu ceilalţi.

Îşi bătea joc de mine sau ce!? Uitase ce făcuse? Am strâns din pumni ca să-mi stăpânesc furia.

— E puţin cam târziu, nu? Cine a dispărut din vieţile noastre de pe o zi pe alta, fără să mai dea vreodată un semn? Cine ne-a lăsat să ne închipuim ce era mai rău? Ce era mai rău, Marc! Mă înţelegi?

Aveam nevoie să mă descarc şi el pica la ţanc. Mă fixa cu privirea, din ce în ce mai abătut.

— Te rog... lasă-mă să-ţi explic... şi după aceea vei hotărî dacă să-mi spui sau nu despre voi.

Avea încă privirea aceea de culoarea alunei, ca de câine bătut, cu câteva riduri de expresie în plus care îl făceau matur. Am întors privirea, nu voiam să ghicesc dacă fusese fericit sau trist în aceşti ultimi zece ani. Dar decât să-mi fac gânduri negre umblând pe străzi sau şi mai rău, singură în apartamentul meu, mai bine mai rămâneam un pic. Şi, în adâncul meu, voiam să ştiu de ce plecase fără niciun cuvânt, fără nicio explicaţie. De când voiam să-mi reglez conturile cu el! Cu braţele încrucişate, mi-am îndreptat spatele, gata să muşc.

— Te-ascult!

— Nu sta aici, vino să iei loc.

A pornit spre fundul magazinului făcând slalom printre mobile şi eu l-am urmat având grijă să nu ating nimic. Am trecut în spatele paravanului cu model în pătrăţele şi m-am trezit în faţa unui adevărat haos. Începând cu biroul său cu ornamente în rulouri, care nu putea fi închis din cauza impresionantului teanc de hârtii pe care trona un calculator Texas Instrument, pe care trebuie să-l fi luat la mâna a doua. A dat la o parte nişte reviste din anii '80, care zăceau pe cele două fotolii-club Le Corbusier, cu pielea crăpată pe alocuri, între care se afla o măsuţă joasă ovală şi o scrumieră cu picior, nu prea curată şi cel puţin instabilă.

— Ia loc!

Mă pregăteam să fac asta, când un nou-sosit s-a făcut simţit:

— Marc, unde eşti?

— Abuelo! Sunt aici!

L-am recunoscut pe bunicul lui Marc din clipa în care a apărut. Îmbătrânise în zece ani, acum se ajuta de un baston ca să meargă. Dar îşi păstrase vioiciunea şi capacitatea de a te sonda dintr-o privire, se simţea asta. Ultima dată când îl văzusem, fugisem, disperată, din apartamentul lui din arondismentul şaptesprezece.

— Ei bine, nepoate, nu pierzi timpul! a spus el cu un zâmbet în colţul gurii şi cu o ocheadă spre Marc.

S-a apropiat de mine şi m-a privit din cap până-n picioare. Tocurile mele cui îmi îngăduiau să-l privesc de sus şi eram foarte mulţumită de asta.

— Domnişoară... chipul dumneavoastră îmi este familiar...

— Este Yaël, a intervenit Marc. Ţi-o aminteşti?

— Yaël! Micuţa Yaël! Ai devenit o femeie fatală, m-a complimentat aplecându-se uşor. Apoi a scăzut tonul, ca şi cum am fi complotat, ca nişte vechi prieteni: Vezi, până la urmă l-ai regăsit, a îndrăznit să spună făcându-mi cu ochiul.

— Dar nu pe el îl căutam, am răspuns prompt.

Se mai credea şi amuzant! Se pare că în familia aia nimeni nu era cu capul pe umeri!

— Temperament, nu glumă! Dacă aş fi avut cu douăzeci de ani mai puţin...

— Ajunge, Abuelo! a spus Marc punându-i o mână pe umăr. O să stăm de vorbă.

Au schimbat o privire complice, e adevărat, dar eu simţeam că mai era ceva în spatele ei.

— Foarte bine... dar n-ai s-o ţii aici! Iartă-l, a uitat bunele maniere. Hai, afară! Închid eu magazinul! Duceţi-vă la Louis, acolo o să vă simţiţi bine.

Marc m-a întrebat din priviri, eu am dat din cap şi am luat-o înspre ieşire. Era o adevărată capcană. Am aşteptat câteva minute pe trotuar, ploua încă. Marc a ieşit şi el, a deschis o umbrelă şi mi-a dat-o. Îşi pusese o haină din velur roasă, căreia i-a ridicat gulerul ca să se apere de picăturile de ploaie.

— Îmi pare rău pentru Abuelo, nu poate să se abţină...

Ce-mi pasă mie?

— E-n regulă.

— Te deranjează dacă mergem pe jos puţin?

Dacă ai şti... sunt două ore, mai mult sau mai puţin, de când merg.

— Te urmez, i-am răspuns fără chef.

M-a privit lung, apoi a pornit. Mergeam alături de el, la un metru distanţă, în tăcere. Nici Marc nu a deschis gura şi, fără să se oprească, şi-a aprins o ţigară. Avea categoric aceeaşi alură ca atunci când eram studenţi; haina, ţigările, vorbea mereu cu mâinile, iar vocea gravă şi calmă părea să anunţe tot timpul o catastrofă, chiar şi când voia să fie amuzant. Asta mă lăsa rece.

Am profitat de drum ca să-mi verific mail-ul pe telefon: chestiunile curente, dar nicio veste de la Bertrand. Şi era deja trecut de ora 20:00. Cam un sfert de oră mai târziu,

Marc a împins uşa unui mic restaurant, versiunea braserie, cu meniu tradiţional, demodat şi complet pustiu. Mirosul de bucătărie mi-a întors stomacul pe dos, un amestec de usturoi, de grăsime arsă, de tocană care fierbe. Unora le place asta, decorul cu feţe de masă în carouri roşii, cap de vacă. *Eu nu fac parte dintre ei.* Ar fi trebuit să-mi amintesc de faimoasa poftă de mâncare a lui Marc. Era un obişnuit al casei; a ciocănit în uşa bucătăriei, de unde a ieşit un bărbat solid care l-a bătut prieteneşte pe umăr.

— Salut, Louis!

— Salut, Marc! Bunicul nu e?

— Nu, dar sunt însoţit.

Louis, căci aşa se numea, a aplecat capul şi m-a văzut. S-a şters pe şorţ şi a venit să-mi strângă mâna. În clipa în care mi-a dat drumul, m-am abţinut să nu-mi scot gelul hidroalcoolic.

— Poţi să ne pregăteşti ceva? Ia-o încet, nu ne grăbim.

Vorbeşte pentru tine, Marc.

— Am să vă fac ceva bun, o să vedeţi, domnişoară!

Ce oroare! Refuzam categoric să înghit ceva ieşit din bucătăria lui şi pregătit de mâinile lui scârboase!

— Pentru mine, nimic! Nu mi-e foame!

— Mie să nu-mi faceţi asta! O să vă spulbere prima rafală de vânt! Spuneţi-mi ce v-ar plăcea?

Aş fi fost nepoliticoasă dacă insistam.

— Dacă aveţi legume verzi sau o salată, dar fără nimic pe lângă...

— O să vă lingeţi pe degete! Marc, simte-te ca acasă. Te las, beţi un vinişor.

A dispărut în bucătărie, lăsându-ne singuri acolo. Trecând în spatele barului, Marc a arătat înspre sală cu un gest care spunea „alege o masă"; nu ştiam ce să aleg. M-am hotărât pentru un loc aproape de intrare. Picioarele scaunului vechi din lemn au scârțâit pe pardoseală, readucându-mi migrena. Odată așezată, am ezitat să pun mâinile pe masă, de teamă că fața de masă este unsuroasă și lipicioasă. Am pipăit-o și am oftat de ușurare constatând că țesătura părea curată; mi-am pus telefonul pe ea. Marc s-a așezat în fața mea și a turnat vin roșu dintr-o sticlă. A ridicat paharul și și-a ațintit ochii într-ai mei.

— Văzându-ți aerul înțepat, presupun că, dacă îți propun să ciocnim pentru regăsirea noastră, ai să refuzi?

L-am fulgerat cu privirera. Va trebui să înțeleagă repede că în ziua în care plecase își pierduse dreptul să facă glume cu mine.

— Presupui foarte bine, într-adevăr.

Din automatism, am băut o înghițitură. Marc a făcut la fel.

— N-am avut curajul să vă spun la revedere, a rostit deodată.

— Ce vrea să însemne asta?

— Fusesem dat afară de la facultate sau mai dregrabă Abuelo a hotărât să fiu dat afară de la facultate… poate că nu-ți aduci aminte… dar locuiam la el în perioada studiilor.

Evident că îmi amintesc totul. Cum poți să-ți închipui contrariul? Eram tot timpul împreună.

— Ce legătură are asta cu dispariția ta?

— Când a fost evident că iarăși nu voi lua examenele parțiale, cu acordul părinților mei mi-a făcut o propunere destul de simplă. Voia să mă salvez, să nu mai vegetez, să fac ceva cu viața mea, cu tinerețea mea. Mi-a plătit un bilet open și mi-a propus să călătoresc, să îmi găsesc slujbe neînsemnate ca să trăiesc, să întâlnesc oameni, să văd țări și să mă întorc când voi ști ce vreau să fac cu viața mea. Prima dată când mi-a vorbit despre asta, nu l-am luat în serios, am crezut că aveam de ales. A doua oară, îmi rezervase un bilet doar dus pentru trei zile mai târziu. M-am trezit legat de mâini şi de picioare.

Eram consternată, nu doar furioasă. Aşadar, versiunea servită de bunicul lui era adevărată. Marc nu era decât un cretin!

— De ce nu ne-ai spus nimic? l-am întrebat bătând cu pumnul în masă.

— Yaël, fii sinceră cu mine! Aminteşte-ţi cum eram unii pentru alţii. N-aţi fi făcut totul ca să rămân?

Şi-a înfipt ochii într-ai mei, eu am întors privirea. Evident, m-aş fi bătut ca o nebună ca să nu plece sau aş fi plecat cu el, oricum asta aveam de gând să fac pe-atunci. Cum îndrăznise să ne facă aşa ceva, să-mi facă *mie* aşa ceva? Ne spuneam totul, împărţeam totul.

— Asta nu-i o scuză, i-am răspuns. Ar fi trebuit să-ţi iei rămas-bun de la noi. Am fi înţeles, te-am fi ajutat… Apoi furia a explodat, vocea mi-a devenit tăioasă, mânia a dat pe dinafară: Crezi că pentru noi nu a contat! Te-am căutat pretutindeni, ca apucaţii! Eram morţi de frică! Ne-a trecut totul prin minte! Ai măcar idee de răul pe care ni l-ai făcut? Nu pot să admit că nu ne-ai spus nimic, că ai putut să ne îndepărtezi în felul ăsta din viaţa ta. Ai tras o linie peste noi deşi eram ca o familie toţi şase. Prietenia noastră era pe viaţă!

Tirada mă lăsase fără suflu. A oftat, s-a ciupit de nas şi m-a privit, abătut, dezarmat.

— Dacă aş fi făcut-o, m-aş fi răzgândit, n-aş mai fi plecat niciodată şi aş fi pierdut încrederea lui Abuelo. Nu puteam să-i fac asta, l-aş fi trădat. L-am ales pe el, şi nu pe voi. Am fost laş faţă de voi…

Îşi dădea seama că fiecare cuvânt al lui era ca o lovitură de pumnal în inimă? Îmi vorbea de încredere. Dar a noastră? O călcase în picioare.

— Nu este pardonabil, sunt conştient de asta... dar eram îngrozit de ideea că plec şi vă părăsesc... Nu voiam să par un ratat de care părinţii şi bunicul se debarasează. Nu mai ştiau ce să facă cu mine. Nu valoram nimic, Yaël, am refuzat ca voi să vă daţi seama de asta...

Şi-a lăsat bărbia în piept câteva secunde. Când m-a privit din nou, zâmbea trist.

— Şi-apoi, am făcut o petrecere de pomină pentru angajarea ta, în ultima seară.

— E adevărat...

— Nu încetam să mă gândesc la asta, am fost gata să cedez şi să vă spun totul, dar nu voiam să-ţi stric bucuria, voiam doar să mă bucur de voi până la sfârşit.

O imagine foarte clară mi-a apărut în minte. O imagine la care îmi interziceam să mă gândesc de zece ani, atât de rău îmi făcea.

— Asta înseamnă că atunci când m-ai condus pe jos până acasă la 7 dimineaţa...

— Ştiam că nu te voi mai revedea, mi-a mărturisit privindu-mă în ochi.

— Înainte să mă îmbrăţişezi, mi-ai spus să-ţi ţin biletul...

— Pentru concertul lui Ben Harper... îmi amintesc prea bine... Şi după aceea am fugit ca să ajung la aeroport.

Mi-am luat capul în mâini şi am privit carourile de pe faţa de masă.

— Ai fi putut să trimiţi veşti, odată plecat!

— La ce ar fi folosit? Ca să vă spun că eram deprimat, că eram un ratat care nu ştia ce să facă cu viaţa lui?! Şi-apoi, mi-era prea teamă să înfrunt reproşurile voastre. Când

Abuelo mi-a spus că te văzuse, în ziua aceea am ştiut că era prea târziu ca să vă dau de veste, că n-aş fi făcut decât să înrăutăţesc situaţia.

— Ce vorbeşti... asta a fost scuza ta pentru că ai rupt definitiv legăturile cu noi şi ne-ai renegat prietenia?

— Nu poţi să-mi spui aşa ceva!

— Tacă-ţi gura, Marc!

Am oftat adânc şi m-am ghemuit pe scaun, obosită deodată, neştiind ce să-i mai spun, supărată şi copleşită de amintirea acelei ultime întâlniri cu bunicul lui.

A doua zi când ceilalţi mă luaseră din faţa facultăţii, nu mă dusesem la lucru, stătusem toată ziua în faţa porţii imobilului bătrânului, hotărâtă să aştept să se întoarcă. Era aproape ora 21:00 când îl văzusem venind fluierând. Se oprise în faţa mea, cu un zâmbet blând pe buze, remarcasem că purta una dintre hainele de velur ale lui Marc. Mă poftise să-l urmez. Încă îmi aminteam că, urcând scara în urma lui, mă gândeam că bunicul era în formă dacă urca până la etajul al treilea în pas alert. În niciun moment nu încetase să fluiere, iar asta mă enervase peste măsură. Ajunşi în apartament, am rămas în faţa uşii cu braţele încrucişate în timp ce el traversa culoarul mare în tonuri calde, de ocru şi acaju, şi luminat de lămpi de bibliotecă. În cele din urmă am izbucnit:

— Unde este?

— Vino şi ia loc, mica mea Yaël!

— Nu!

El s-a întors spre mine râzând.

— Ce temperament!

— Cu atât mai bine dacă vă amuză, dar unde este?

S-a apropiat şi când şi-a pus mâna zbârcită pe umărul meu, m-am dat înapoi. El s-a întristat.

— E bine, nu-ți face griji...

O clipă scurtă, am oftat de uşurare.

— OK! Dar unde este?

Şi-a aprins o țigară, apoi a dat din cap privindu-mă.

— Ştiam că până la urmă o să mă văd cu unul dintre voi cinci. Oh... chiar te preferam pe tine...

— Puțin îmi pasă! Vreau să-l văd!

— Marc a plecat să facă ceva cu viața lui, să încerce o aventură... E departe...

— Dar unde este? Şi de ce? am strigat bătând din picior.

— Nu pot să-ți spun nimic altceva... Nepotul meu este un cretin. I-am spus să vorbească totuşi cu tine... dar, în sfârşit... a ales...

Mă prinsese ferm de umeri; obrajii îmi erau scăldați în lacrimi.

— Nu a fost o hotărâre uşor de luat, crede-mă, dar trebuia să plece, era necesar... e pentru binele lui. Acum, vezi-ți de viața ta, micuță Yaël. Şi la fel şi prietenii tăi...

— N-o să se mai întoarcă? l-am întrebat cu voce frântă.

Abuelo a ridicat din umeri, iar eu am văzut un licăr de tristețe străbătându-i privirea. Mă strânsese şi mai tare de umeri.

— Nu-l aştepta, mi-a spus foarte încet.

Mă eliberasem din strânsoarea lui şi plecasem alergând, lăsând deschisă uşa apartamentului în urma mea. Mă strigase de pe casa scării, dar eu îmi acoperisem urechile, refuzând să ascult urmarea. Mă dusesem la Alice şi Cédric ca să le povestesc tot. Mă simțisem atât de singură fără el în perioada aceea, împărțită între absența lui şi impresia că fusesem trădată. Şi apoi, fără să ne dăm seama, l-am pomenit tot mai puțin. Viața îşi urmase cursul şi cotidianul ne înghițise. Cu toate acestea, nimeni nu-l uitase. Marc devenise un subiect tabu. Eu evitam subiectul în rarele ocazii când numele lui era rostit.

Şi în seara aceasta hazardul şi ploaia făcuseră ca drumurile noastre să se întâlnească din nou. Marc era aici, în fața mea, încercând să se scuze pentru ce ne făcuse.

— Şi, cum au fost? Călătoriile tale? l-am întrebat într-un târziu, ca să mă desprind din amintiri.

Mi-a mărturisit că-şi petrecuse un an în Canada, destul de înspăimântător; singurătatea îl devorase şi îl împiedicase să se deschidă către ceilalți. Incapacitatea lui din Franța de a-şi lua viața în mâini nu se risipise ca prin magie când a ajuns acolo. Rezerva de bani cu care plecase se topea ca zăpada la soare. Traversase țara de la est la vest cu trenul, trăind din mici slujbe la negru. Învățase engleza, amănunt care mi-a smuls un zâmbet, dar şi să se descurce singur. Acele douăsprezece luni de unul singur fuseseră „şutul în fund" de care avea nevoie, devenise adult, „mai mult decât în armată", mi-a spus. La Vancouver o întâlnise pe o anume Juliette, care pe lângă faptul că i-a mângâiat inima, îl luase într-un tur al țării. Începând de-atunci, totul a avut culoarea vacanței, chiar şi când spăla vasele într-un restaurant ca să câştige câțiva euro. Mi-a povestit că împreună cu ea se mişca fără încetare dintr-un loc într-altul, fără rutină şi monotonie. Fiecare oră putea să-i arunce într-o nouă aventură. Şi apoi, într-o zi când se plimba singur, a dat peste un târg de mobilă, petrecuse acolo o după-amiază întreagă, deşi spiritul etnic nu-l interesa, vorbind cu tâmplarii, cu tapițerii, cu toți artizanii pe care îi întâlnea. Se simțise în elementul său la acel târg, dându-şi seama că avea o grămadă de cunoştințe în domeniu. În zilele următoare fusese bântuit de acest lucru. Până la urmă şi-a mărturisit motivele acestei obsesii: Abuelo îi transmisese pasiunea sa, şi el era un vânător de comori. Ştia în sfârşit ce voia să facă în viaţă: să muncească împreună cu bunicul lui la magazinul de vechituri. Venise vremea să se întoarcă acasă.

— Când a fost asta?

S-a oprit o vreme, s-a scărpinat în cap şi a respirat adânc.

— Acum cinci ani, mi-a răspuns ocolindu-mi privirea.

— Cinci ani! Şi nu ţi-a trecut prin cap să dai un semn de viaţă? am urlat la el.

Nu era cu putinţă! Petrecuse atâţia ani atât de aproape de noi, fără să mişte un deget ca să ne vadă. De ce-mi mai pierdeam timpul? Aveam alte lucruri de făcut decât să-i ascult tâmpeniile de adolescent întârziat! Nu avea niciun sens! Ce scuză tâmpită o să mai inventeze?

— Ştii că în zece ani s-a inventat o chestie genială? Reţelele sociale, i-am spus cu ironie. Adrien şi-a regăsit chiar şi colegi de grădiniţă!

— Nu e stilul meu...

— Nu e stilul tău! m-am înfuriat. Îţi baţi joc de mine, Marc! Când vrei, poţi! Dar, de fapt, cred că nu voiai... chiar mă întreb dacă noi am contat vreodată pentru tine!

— Îţi interzic să spui asta! Am trăit în infern fără voi...

— Infernul tău nu înseamnă nimic comparativ cu al nostru! m-am răstit. Marc, ne-ai trădat. Am fost toţi pe fundul prăpastiei din cauza ta, Adrien n-a avut chef de râs luni de zile, Cédric a ratat examenul de grad din cauza ta, nu am mai pus niciodată piciorul la El País, pentru că de câte ori mergeam acolo, se găsea mereu unul care începea să dea apă la şoareci! Îţi ajunge sau mai vrei şi alte exemple?

Ochii i s-au umplut de lacrimi, şi-a luat capul între mâini. Într-o altă epocă şi dacă nu aş fi fost atât de furioasă, asta ar fi putut să mă emoţioneze. Dar acum nu voiam decât un lucru: să-i lipesc o pereche de palme.

— Hai, acum răspunde-mi! Cum poţi să trăieşti de cinci ani în Paris fără să încerci să afli ce s-a întâmplat cu noi?

Mi-a înfruntat privirea, cu lacrimile uscate.

— Era complicat... Trăiam în alt mod după atât de mult timp, care nu avea nicio legătură cu voi. Am preferat să rămân cu amintirile mele decât să vă înfrunt. Imaginează-ţi, dacă v-aş fi regăsit, aş fi căzut ca musca-n lapte... ne înstrăinaserăm, Yaël... Toată lumea îşi avea viaţa sa, eu mai înainte decât toţi... Nu m-am întors singur, Juliette a venit cu mine, ne-am căsătorit chiar înainte de a ne întoarce la Paris.

— Eşti însurat!

Ultimul lucru la care mă aşteptam. Fără să ştiu prea bine de ce, m-am încordat, dacă era posibil mai mult decât eram deja. El s-a uitat pe fereastră atingându-şi inelarul de la mâna stângă, marcat de urma unei verighete.

— Nu pentru mult timp, a oftat. Aştept data divorţului.

— Probabil că n-ai avut martori buni, am spus.

— Asta am meritat, a rostit cu un râs amar.

S-a lăsat tăcerea între noi. Marc şi-a băut vinul, cu înghiţituri mici. Apoi brusc liniştea a fost întreruptă, uşa bucătăriei s-a deschis şi a apărut proprietarul restaurantului.

— Ce atmosferă!

— Depănăm amintiri, i-a răspuns Marc.

— Pfui... nu par prea vesele amintirile voastre!

M-am uitat la porţia mea de mâncare. Într-adevăr, era fasole verde, ar trebui să spun chiar o fasole verde splendidă... doar că era înconjurată de o bucată mare de slănină.

— Te-ai întrecut pe tine însuţi! l-a complimentat Marc privindu-şi farfuria.

Uitându-mă la mâncarea lui, o limbă de vită care înota în sos, mi s-a făcut greață. Mi-am disimulat cât de bine am putut repulsia.

— E perfect, mulțumesc, am spus pe un ton neutru, luptând împotriva dezgustului.

— Vă place? a insistat, foarte mândru de el.

Am dat din cap și am schițat un zâmbet ușor, pe care îl speram convingător. „Chef"-ul ne-a urat poftă bună și a dispărut. Cu vârful furculiței, am dat la o parte carnea și am ciugulit din fasole. Marc a început și el să mănânce.

— Yaël?

— Da, i-am răspuns aruncându-i o privire fugară.

El s-a foit pe scaun.

— Ce-i? am zis.

Trebuia să mă străduiesc să-mi stăpânesc agresivitatea.

— Tu ce faci? Și ceilalți? Mor de nerăbdare să aflu.

Am oftat, obosită încă dinainte de a-i povesti viața celorlalți și de a broda în jurul vieții mele.

— La doi ani după plecarea ta, Alice și Cédric s-au căsătorit, după aceea Adrien și Jeanne le-au urmat exemplul.

— Adrien însurat! Aș fi vrut să văd asta!

I-am aruncat o privire neagră.

— Scuze, n-ar fi trebuit s-o spun.

Mi-au trebuit câteva secunde ca să mă calmez.

— Aveai locul tău la masa de onoare, să știi, i-am spus cu un zâmbet trist, fără voia mea.

— Hm?

— Și Cédric a făcut la fel, să știi. Aveam un loc gol la masă... A strâns pumnii și și-a golit paharul dintr-o înghițitură. Alice are doi copii, am spus în continuare. Marius, de șapte ani și Léa, de trei. Adrien a adoptat-o oficial pe Emma.

Pentru mult timp, am continuat să-i înfăţişez portretul fiecăruia, fără să-i dau ocazia să spună ceva. Mă asculta cu atenţie, ca un copil căruia i se spune o poveste extraordinară. Zâmbea din când în când, vedeam cât de tulburat era că ratase atâtea evenimente. Farfuriile noastre au dispărut ca prin farmec, fără ca Louis să intervină altfel decât ca să ne propună o cafea, probabil înţelesese că aş fi refuzat desertul, chiar nu aş fi putut să înghit merengul. Ceştile noastre au sosit cu o ciocolăţică pe care am ronţăit-o fără să mă gândesc, în ciuda lipsei flagrante de apetit.

— Şi tu, Yaël?

Mi-am lăsat bărbia în piept. Amintirea eşecului meu din după-amiaza aceea mi-a sărit în faţă, am aruncat o privire spre telefon. Nimic. Nu era normal.

— Eu, nimic special... lucrez tot acolo.

— Nu! E incredibil! Ce faci, de fapt? Când am plecat, nu ştiai.

— Sunt interpret, printre altele.

— Eşti foarte misterioasă... Şi restul? Viaţa ta? Eşti fericită? Vreau să ştiu... Spune-mi ce faci, a insistat cu voce veselă şi cu zâmbetul pe buze.

Îl interesa viaţa mea. Dar nu aveam nicio îndoială în privinţa faptului că nu va înţelege mai mult decât ceilalţi din ceea ce făceam eu. Şi-apoi, era prea târziu...

— Îmi pare rău, Marc, trebuie să plec, am o zi grea mâine.

Mă pregăteam să scot portofelul, dar m-a împiedicat, întinzând mâna spre mine.

— Lasă, o să trec eu mâine pe-aici să plătesc.

— Mulţumesc.

— Unde locuieşti acum?

— În arondismentul cincisprezece.

— Mergi cu metroul? Pot să te duc cu maşina, dacă vrei.

— Nu e nevoie, o să-mi comand un taxi. Va fi aici în cinci minute. Când o să le spun celorlalți că te-am regăsit...

I-am aruncat o privire, curioasă în privința reacției lui. Voia să reia de-acum legăturile? Sau nu era decât apă de ploaie? A părut stupefiat, şi-a frământat mâinile.

— E adevărat? Ai să faci asta?

Chiar dacă aş fi dat totul ca să o iau de la capăt şi să nu fi trăit seara aceasta, nu puteam să le fac aşa ceva celorlalți. Nu eram într-atât de insensibilă, încât să nu le spun nimic despre el. Şi ştiam că, fără să stea pe gânduri, îi vor acorda iertarea lor lui Marc. Aşa erau ei...

— Cum aş putea să le ascund asta? O să-nnebunească toți de bucurie. Dă-mi numărul tău de telefon!

Mi-a adresat un zâmbet irezistibil. După aceea a scotocit prin buzunarele hainei şi a scos un portofel din piele jerpelit, gata să explodeze din cauza hârtiilor de tot felul. Febril, l-a deschis şi a scos o agendă.

— Nu-ți ştii numărul pe dinafară?

Am ridicat ochii spre cer. De-ale lui Marc!

— Nu. Bun, ai cu ce să notezi?

L-am înregistrat direct în agenda telefonului şi m-am ridicat. El a făcut la fel strigându-l pe Louis.

— Plecăm! Pe mâine!

— Pe mai târziu, băiețaş. Domnişoară, reveniți când vreți. *Şi mai ce?*

— Mulțumesc, i-am răspuns, ştiind prea bine că nu voi mai pune piciorul în locul ăla.

Din fericire pentru mine! Taxiul mă aştepta în fața restaurantului. M-am întors spre Marc.

— Te sun.

— Atunci, pe curând.

A făcut un pas spre mine şi m-a pupat pe obraz. Eu am rămas rece, fără să-i răspund. Apoi m-am suit în taxi şi Marc a închis portiera. Maşina a demarat imediat. Această întoarcere în trecut îmi lăsa un gust amar. Mă îndoiam că Marc înţelesese că lucrurile se schimbaseră, mai ales după tot ce ne făcuse; şi noi deveniserăm adulţi, nu mai eram o gaşcă de studenţi fără griji. Şi totuşi, aşa cum îi spusesem, ceilalţi vor sări în sus de bucurie. Trăsesem linie peste toate acestea, peste acest trecut, nu mai exista pentru mine. Îi voi lăsa să sărbătorească întoarcerea fiului risipitor, eu aveam altele de făcut şi griji mult mai importante. Tăcerea desăvârşită a lui Bertrand mă neliniştea, era chiar atât de supărat pe mine? Refuzam să cred asta.

Ziua aceea improbabilă mi-a permis să mă întorc în cele din urmă destul de devreme acasă. Îndeajuns ca să înghit un somnifer şi să dorm şapte ore neîntrerupte, un somn greu şi fără vise. Asta nu m-a împiedicat să mă trezesc cu o greutate în stomac şi, imediat ce m-am dezmeticit, am resimţit înfrângerea din urmă cu o zi. M-am liniştit tărăgănând lucrurile. La ora 9 fix luam loc la biroul meu, gata să mă reapuc de treabă şi să mă fac iertată pentru greşeala mea. Bertrand a venit la mai puţin de zece minute după mine şi mi-a făcut semn să-l urmez în biroul lui. Atitudinea sa m-a făcut să mă tem de ce era mai rău, scotocea printre dosare fără să-mi arunce nicio privire.

— Soţia lui Sean a sosit ieri-seară. Astăzi o însoţeşti la cumpărături, m-a anunţat ca şi cum nu s-ar fi întâmplat nimic.

Am înţepenit.

— Poftim? Dar credeam că el are programate întâlniri şi că are nevoie de mine.

Şi-a aţinit privirea rece într-a mea.

— Mă ocup eu de asta. Prefer ca tu să te ocupi de soţia lui. Doar nu crezi c-am să mă transform eu în personal shopper!

Mâinile au început să-mi tremure, le-am ascuns la spate.

— Te-ai odihnit?

— E chiar atât de supărat pe mine?

A oftat adânc, fără să înţeleg motivul.

— Nu, eu am luat această hotărâre... Asta îţi dă ocazia să ai o zi mai lejeră, a continuat, cu vocea uşor îmblânzită. Îţi vei relua îndatoririle mâine.

— Îmi pare rău pentru ieri.

Mi-a respins scuzele cu un gest al mâinii şi s-a întors la dosarele lui.

— Nu-ţi face griji, am uitat.

Era exact pe dos. Îmi amintea într-un mod foarte clar că rămâneam la ordinele lui, că el era şeful şi că făcusem o greşeală. Nu aveam decât un lucru de făcut: să suport fără să crâcnesc.

Următoarele două săptămâni am continuat să asigur afacerile curente şi alte însărcinări de tip baby-sitting. Totuşi, numărul de convocări în biroul lui Bertrand a revenit foarte repede la normal. Eram conştientă că trecusem pe lângă o catastrofă şi că dădusem dovadă de slăbiciune, aşa că îmi dublam efortul şi implicarea. Şi tot amânam marele anunţ pentru toată gaşca, în privinţa lui Marc.

Sâmbăta aceea am hotărât s-o petrec la agenţie. Bertrand a dat o fugă pe-acolo între orele 9 şi 10, închizându-se în birou, după care a plecat la o competiţie de golf la care eram sponsori.

După-amiază am primit un telefon de la sora mea.

— Locuitorii periferiei asediază Parisul! a spus veselă.

— Şi pot să ştiu cum?

— E vreme bună tot weekendul, copiii vor să urce în Turnul Eiffel, aşa că am hotărât să facem un picnic înainte, pe Câmpul lui Marte. Adrien, Jeanne şi Emma vor fi acolo. Vii şi tu cu noi?

Nu eram încă în 20 ale lunii, puteam să profit de ocazie şi să mă achit de datorie în avans.

— Am să vin.

— E adevărat? Chiar e adevărat? a ţipat în telefon, complet ieşită din minţi.

— Dacă-ţi spun că da! Nu mă face să mă răzgândesc...

— Genial! Vom fi toţi acolo, copiii o să fie nebuni de fericire.

M-am agăţat de vorbele ei „vom fi toţi acolo", glonţul era pe ţeavă, nu mai puteam să-l opresc.

— Nici nu ştii ce bine zici!

— Poftim?

— Eşti pregătită?

— Da! Ce este?

— L-am regăsit pe Marc.

Un înger cu obraji bucălaţi a trecut.

— Nu e amuzant! m-a certat. Are şi cinismul tău nişte limite!

— Vorbesc serios, te asigur... am chiar şi numărul lui de telefon.

— Când? Unde este? Ce face? Cédric!!! Marc s-a întors! L-a găsit Yaël!!!

La celălalt capăt al firului era agitaţie.

— E adevărat ce zice? a urlat cumnatul meu în telefonul pe care i-l smulsese soţiei sale.

— Da, am confirmat ridicând ochii spre cer.

— Trebuie să-l sun pe Adrien!

— Asta fac, mi-a spus sora mea. Dumnezeule! Am să pregătesc cel mai bun picnic din viața mea.

— Uşurel, Alice, eu am să-l sun şi am să-i propun să vină. El hotărăşte şi poate că nu va fi dispus. Acum te las, am treabă.

— Bine, bine, du-te la treabă... Stai! Nu închide!

— Ce e?

— Cum te simți?

— Bine.

I-am închis în nas. Sfârşitul de zi liniştit la agenție mi-a fost întrerupt de o mulțime de apeluri. Vasăzică nimeni nu se gândea că unii munceau sâmbăta! Alice, nici atât. Şi nici Cédric. Apoi a fost rândul lui Adrien, complet uluit, apoi al lui Jeanne care, din magazinul ei de țoale, era îngrijorată că soțul ei „o luase razna". I-am liniştit şi pe unii, şi pe alții, spunându-le în linii mari, fiecăruia pe rând, toată povestea lui Marc.

Abia când m-am întors acasă, la ora 22:00, mi-am dat seama că din cauza agitației lor uitasem să-l anunț pe principalul interesat. Marc a răspuns după numeroase apeluri.

— Yaël sunt. Scuze că te sun aşa târziu.

— Nicio problemă. Eşti bine? m-a întrebat prudent.

— Da. Toată lumea e la picnic mâine, pe Câmpul lui Marte, vrei să vii?

— Bineînțeles! Dar ei ştiu...

— Tot Pământul cred că e la curent la ora asta.

— Dacă nu-i recunosc...

— Pe mine m-ai recunoscut! Preferi să ne vedem mai înainte noi amândoi?

— Nu te deranjează?

— Nu. Şcoala Militară, la ora 13:00.

— Voi fi acolo. Mulţumesc mult...

— Pe mâine!

Ziua asta mă obosea dinainte. Dar voi avea un avantaj, toată atenţia va fi îndreptată spre Marc, eu voi fi lăsată în pace şi voi putea să scap repede.

5

Marc a apărut mergând agale, cu un sfert de oră întârziere, ținându-şi haina cu o mână pe umăr. Înlocuise ochelarii din baga cu unii Persol 714. L-am sărutat mecanic pe obraz. Gata să traversez, el m-a reținut de braț.

— Mergem deja?

— Ai întârziat, am primit nu mai puțin de cinci apeluri şi de trei ori mai multe mesaje cu întrebarea ce tot facem!?

— De când eşti tu punctuală? Aşteaptă... nu-i uşor, să ştii.

A oftat adânc, schițând un zâmbet panicat. Apoi a mai tras o dată din țigară, atât de adânc, încât am crezut că se va aprinde şi filtrul. Într-adevăr, nu era în apele lui.

— O să fie bine, nu-ți face griji!

— Mulțumesc.

— Să mergem!

Făcuserăm vreo douăzeci de paşi pe pajişte, când un urlet de fiară feroce ne-a oprit.

— Oh, drăcie! Nu-i adevărat, a şoptit Marc.

Cédric nu era prea expansiv de felul său, dar de data asta, împreună cu Adrien, erau mai rău ca nişte copii. Cumnatul meu a ajuns primul, l-a ridicat pe Marc cu o forță pe care nu i-o ştiam. Când a ajuns şi Adrien, s-a aruncat pe ei. Toți trei s-au prăbuşit la pământ, ţipând şi râzând. Am făcut drumul până la fete şi copii. Alice îi privea fix, cu mâna la gură şi ochii plini de lacrimi. Jeanne trebuia să-i explice fiicei ei, cu voce tremurândă, cine era bărbatul acela înalt. Cei trei bărbaţi ni s-au alăturat dându-şi palme pe spate, pe burtă şi ţinându-se de gât. Jeanne a fost prima, Marc i-a zâmbit şi a îmbrăţişat-o cu căldură. După aceea a observat-o pe Alice, care-şi aştepta rândul. Sora mea fusese întotdeauna cea mai tandră, cea mai discretă, cea mai mămoasă dintre noi toţi. Cred că pentru ea, Marc era fratele pe care nu îl avuseserăm. El a făcut cei câţiva paşi care îi despărţeau.

— Nu plânge, Alice.

— Prostănacule! i-a răspuns ea aruncându-i-se în braţe.

— Prezintă-mi-i pe copiii tăi, i-a cerut el după lungi secunde de îmbrăţişare.

Ea s-a executat cu entuziasm. Şi am rămas cu gura căscată; Marius şi Léa veneau veseli strigând „nenea Marc". Copiii ştiau de existenţa lui şi eu habar n-aveam. *Asta chiar că-i bună!* Ceilalţi probabil că vorbeau des despre el. În acest timp, Adrien a scos nişte beri din lada frigorifică portabilă şi a început să le împartă. Eu am refuzat.

— Nu face mofturi astăzi, Yaël! E sărbătoare!

Mi-a pus o sticlă în mână şi a dispărut.

— Tot nu ştii să te foloseşti de un desfăcător de sticle? m-a întrebat Marc pe care nu-l auzisem venind.

— Nu.

Mi-a luat sticla din mână şi a desfăcut capacul cu bricheta.

— Ca pe vremuri, am remarcat. Şi-a ciocnit sticla de a mea şi am schimbat un zâmbet. Bine ai revenit printre noi!

Adrien a ţinut un toast şi apoi toată lumea a putut să se aşeze pe iarbă. Eu m-am aşezat într-un colţişor. După ce a etalat tot ce pregătise pentru această ocazie, Alice a venit să stea lângă mine şi m-a bătut uşor pe picior. Am rămas tăcută tot timpul cât a durat picnicul, aşa cum prevăzusem, atenţia era îndreptată înspre Marc şi era cu atât mai bine: aveam linişte.

Puţin mai târziu, cei trei băieţi au jucat fotbal cu Marius, super fericit şi încântat de „nenea Marc". Alergau toţi patru, cei mari lăsându-l pe cel mic să marcheze un gol, totul li se părea atât de firesc! Mută, îi priveam, cu picioarele strânse la bărbie, încovrigată, având impresia că eram la cinema. Tocmai fusese trasă o linie peste ultimii zece ani. Această scenă ar fi avut loc şi dacă Marc nu ar fi dispărut peste noapte. Nu prea mă îndoiam că viitorul va confirma că totul era ca înainte. Într-o fracţiune de secundă, complicitatea revenise. Eu... nu prea ştiam unde să mă situez. Totuşi găseam toate astea un pic cam prea facile.

După ce partida de fotbal s-a terminat, Marc s-a apropiat şi s-a aşezat lângă mine, cum ar fi făcut şi înainte.

— Nu vorbeşti prea mult astăzi, mi-a zis privindu-mă chiorâş. Tot îmbufnată eşti?

Am smuls un fir de iarbă şi l-am zdrobit între degete.

— Mă uit la voi...

— Înainte ai fi jucat fotbal cu noi.

— Nu mă mai joc de-a nimic de mult timp.

— Nu te cred, a insistat lovindu-mă cu umărul.

— Greşeşti!

În clipa aceea mi-a sunat telefonul. Era Bertrand.

— Da, m-am mulţumit să-i spun ridicându-mă în picioare ca să mă îndepărtez de vacarmul celorlalţi.

— Am nevoie de tine imediat. Înmânarea premiului are loc la ora 16:00, e lume şi e momentul să ne arătăm în forţă.

— Vin cât pot de repede.

Imediat ce am închis, mi-am evaluat ţinuta. Din fericire, în afară de jeanşi, eram îmbrăcată ca pentru a merge la agenţie. Mi-am pus taiorul şi mi-am luat poşeta. Nu-mi mai rămânea decât să sar într-un taxi.

— Ce faci? m-a întrebat Alice.

— Am treabă, mă aşteaptă Bertrand.

— Nu azi! Nu duminica! a bombănit ea. Nu te lasă niciodată să te odihneşti!?

M-am încordat şi am ridicat o mână la ea.

— Te rog! am şuierat printre dinţi. Fără morală! Nu acum!

— Nu poţi să-i spui că ai o reuniune de familie? a sugerat Cédric.

Eşti prost, pe cuvânt!

— Nu! am ţipat cu pumnul strâns.

Lăsaţi-mă în pace! Lăsaţi-mă să-mi fac viaţa şi munca aşa cum vreau! O să mă lase nervii dacă o mai ţin tot aşa. Nu pricepeau nimic. Habar n-aveau ce trăiam.

— O să vă spun ceva, a comentat Adrien ridicându-se în picioare. Ne enervează cu munca ei! Nimic, nici măcar prietenii şi familia nu o împiedică să stea lipită de telefon, duminica, seara, în toiul nopţii. Când o să înceteze să ne scoată din minţi?

Ultima frază o scuipase. Era picătura care umplea paharul.

— Bun, ajunge! am zbierat împungându-i cu degetul. Nu-mi mai judecaţi viaţa, alegerile! E trist că nu vă place munca voastră, nu ştiţi ce pierdeţi. Dar lăsaţi-mă-n pace!

Mi-am amintit de prezenţa lui Marc, am închis o clipă ochii şi m-am întors spre el. Părea complet aiurit de ceea ce se petrecea. Ce spectacol dezolant îi ofeream? Până la urmă, îşi va da seama că nu mai era ca înainte.

— Îmi pare rău, sunt aşteptată..., i-am spus în şoaptă. Nu voiam să stric petrecerea, dar am obligaţii.

— Eh... nu-ţi face griji... Nu sunt supărat pe tine, mi-a răspuns vădit sincer.

Am întors privirea şi am dat peste cea supărată a lui Adrien.

— Vezi?! l-am certat. Marc nu mă acoperă cu reproşuri.

— Nu te bucura prea devreme! Când o să înţeleagă că nu mai eşti aceeaşi de altădată, nu o să-ţi mai zâmbească!

Am făcut cei trei paşi care mă despărţeau de el, cu viteza fulgerului, şi m-am înălţat pe tocuri.

— Tu sigur nu te-ai schimbat, cu umorul tău de doi bani! Marc o să-şi dea repede seama şi de asta! Hai, fă-ţi plăcerea! Zi-mi vreo câteva, de atâta timp te abţii!

— Contează pe mine! mi-a răspuns. Chiar ai devenit o ticăloasă, Yaël!

Am ridicat mâna. Jeanne abia a avut timp să se arunce între noi înainte să-l pălmuiesc.

— Potoliţi-vă!

Întreruperea, imprevizibilă din partea ei, m-a făcut să dau înapoi; mâna mi-a căzut, am fi putut auzi muştele zburând. M-am simţit încolţită de cele cinci priviri, fără să uit de copii. Am făcut un pas în spate.

— Plec, am pierdut destul timp cu prostiile voastre.

M-am răsucit pe călcâie şi m-am lovit de Alice, venită să mă implore.

— Te rog, nu pleca aşa!

— Sunt obosită, i-am spus privind-o drept în ochi. Obosită de remarcile voastre.

Pentru că era sora mea, pe care în pofida a tot o iubeam mai mult decât orice pe lume şi nu suportam ideea să fim supărate, am îmbrăţişat-o. Şi am plecat alergând pe tocuri în direcţia celei mai apropiate străzi, unde am putut să opresc un taxi, străduindu-mă din răsputeri să uit ce se întâmplase adineauri, altfel aveam să explodez.

În aceeaşi seară, după ce mi-am înghiţit somniferul, am ascultat mesajele pe telefon ale prietenilor mei. Adrien: „*De acord, sunt impulsiv, mă cunoşti. Credeam că o să facem un chef ca ÎNAINTE CU Marc, toţi trei, m-a călcat serios pe nervi să te văd bosumflată toată ziua şi că ai şters-o ca să te duci la muncă. Ne e dor de tine.*" Cédric: „*Sun-o pe soră-ta când ai un moment liber, e neconsolată, iar eu... îmi fac griji pentru tine.*" Jeanne: „*Soţul meu e un prost, care nu înţelege femeile active! Dar... dacă ai putea să-i spui că nu sunteţi supăraţi până la moarte, cred că ar fi mulţumit... şi liniştit.*" Şi, în sfârşit, Marc: „*Yaël, voiam doar să-ţi mulţumesc că mi-ai făcut propunerea să vin astăzi. Voiam şi să ştiu cum îţi este... Sper că sfârşitul de zi la muncă a fost în regulă şi... că vom avea un pic mai mult timp data viitoare ca să vorbim amândoi.*" Mesajele lor se voiau reconfortante, dar au avut drept consecinţă anularea efectului somniferului.

A doua zi dimineaţă, nici n-am avut timp să mă instalez la birou, că Bertrand m-a şi chemat la el.

— Felicitări pentru ieri, mi-a spus. Am primit deja cereri de deviz şi propuneri de colaborare. În parte, datorită ţie. Mulţi îmi cer să te ocupi personal de dosarele lor.

M-am străduit să-mi ascund bucuria.

— Mulțumesc, m-am mulțumit să-i răspund.

— Următoarele cincisprezece zile vor fi încărcate. Să nu lăsăm să ne scape afacerile de ieri şi un contract foarte gras care a venit în dimineața asta: participarea la o negociere. Unul dintre cei mai buni clienți ai noştri investeşte într-o societate străină.

Asta-i bine! Am să reintru cu adevărat în joc! Eram în cărți. M-am redresat în fotoliu.

— Prea bine.

— Nu vom fi decât noi doi. Nu vreau să-mi asum niciun risc, o să te duci tu să iei dosarul acela, nu un curier.

— Mă duc imediat, cel mai bine este să ne apucăm de treabă rapid. Cine este clientul?

— Gabriel.

Am simțit că pălesc; îl detestam pe tip şi detestam şi mai mult să lucrez pentru el. Principalele două activități ale lui erau gestionarea de patrimoniu şi deci investirea în societăți. Se juca cu banii de parcă ar fi fost bomboane, credea că totul îi este permis şi avea atitudinea unui copil prost-crescut. Dar era talentat, foarte talentat. Era oaia mea neagră şi, cu toate că nu prea mă avea la inimă, se străduia în permanență să mă ceară pe mine. O dată în plus, reversul medaliei; să fiu cea mai bună putea să aibă şi inconveniente! Totuşi, o să-mi las ranchiuna deoparte, era şansa mea să strălucesc, şi poate că Bertrand va pomeni din nou de asociere.

La ora 09:45 sunam la interfonul de la primul etaj al imobilului, în apropiere de Madeleine, unde îşi avea birourile. Uşa s-a deschis automat. A trebuit să aştept să fiu primită, sub privirile lascive ale angajaților. Ai fi zis că erau aleşi după felul în care priveau femeile care treceau pe-acolo.

Apoi am auzit în sfârşit vocea răguşită, trupul mi s-a încordat, pumnii mi s-au strâns şi calvarul a început:

— Cea mai zâmbitoare interpretă din lume este aici! Sunt salvat!

— Ajunge! a spus o voce feminină.

Am recunoscut-o pe soţia lui, o văzusem de mai multe ori. Era magnifică, cu un zâmbet delicat, o privire limpede, malițioasă şi păr coafat cu grijă, care dădea impresia că fusese prins în doi timpi şi trei mişcări. Şi un nimic ar fi îmbrăcat-o. Dar ea nu în nimic se îmbrăca. Era o talentată creatoare de modă, agenda ei de comenzi era plină în permanență, era nevoie de mai multe luni ca să obții o întâlnire cu ea şi mânuțele ei. Această femeie era clasa şi eleganța întruchipată. Cum putea să suporte un asemena bădăran?

— Bună ziua, Yaël, nu ştiu dacă îți aminteşti de mine. Sunt Iris, soția lui Gabriel, s-a prezentat ea politicos.

— Încântată să vă revăd, Iris.

Aveam o reală simpatie pentru ea. Dacă aş fi avut timp, dacă nu ar fi fost măritată cu ticălosul ăla, mi-ar fi plăcut să-mi fie prietenă.

— Trebuie să treci pe la Atelier, chiar mi-ar face plăcere. Aş avea multe ținute pe care să ți le propun, la fel de încântătoare ca aceea pe care o porți astăzi, de altfel.

— Iris, iubirea mea, fata asta e o maşinărie. Creațiile tale merită lumina, pe ea totul devine tern!

Ea s-a întors iute spre el, ridicându-se pe cei doisprezece centimetri de tocuri şi l-a fulgerat cu privirea.

— OK. În regulă! a spus el ridicând mâinile în aer, cu un rânjet pe buze. Să ne-apucăm de treabă, prea scumpă Yaël.

Falsa lui curtoazie mă făcea să vomit. Şi se mai şi credea amuzant! *Mitocanul!*

— Şi mai ales nu-l lăsa să te calce pe bătături, a adăugat Iris arătând înspre soţul ei. Te aştept la Atelier.

— Mulţumesc pentru propunere.

— E un ordin, Yaël. Nu glumea şi trebuie să fi fost redutabilă în afaceri. Era exemplul de mână de fier în mănuşă de catifea. Apoi s-a întors înspre Gabriel: Vii să mă iei la prânz? Îi spun lui Jacques să se ocupe de rezervări?

— E tot ce aştept, i-a spus el luând-o de mijloc.

Genul ăsta de lucruri mă lăsa rece de obicei, dar trebuie să mărturisesc că iubirea era palpabilă, electrică, între ei doi. S-au sărutat pe gură, de parcă s-ar fi despărţit pentru săptămâni, reuşind să mă facă să mă simt prost. Iris s-a îndepărtat de el, vizibil fără chef, şi a luat-o înspre ieşire.

— Ţine-te bine! a adăugat referindu-se la el, cu un râs cristalin.

Gabriel nu a scăpat-o din ochi până când uşa nu s-a închis în urma ei. A scos un oftat care ar fi sculat şi morţii din mormânt.

— Ah… soţia mea… Ar trebui să iei exemplu, Yaël.

Am ales să tac.

— În biroul meu, imediat! mi-a ordonat, deodată serios.

L-am urmat şi m-am aşezat pe scaunul din faţa lui. El s-a lăsat în fotoliu, cu obrazul rezemat într-o mână şi m-a privit. Dacă-şi închipuia că mă impresionează, greşea. Mi-am încrucişat picioarele, sfidându-l din priviri.

— Nu-mi place să lucrez cu tine, m-a informat.

— Spuneţi-i lui Bertrand!

— Eşti cea mai bună, ştie şi el, ştiu şi eu.

La ţintă!

— Ei bine, în cazul ăsta va trebui să ne suportăm reciproc.

— Eşti rece, mecanică, lugubră, impenetrabilă. Nu te-am văzut niciodată zâmbind de când te cunosc. Ţi se întâmplă vreodată să te exciţi?

— Cum... cum îndrăzniţi? am strigat ridicându-mă dintr-un salt.

El nu a renunţat la mina satisfăcută, de lichea.

— Pe de altă parte, dacă săruţi ca un robot, probabil că tipul îşi ia câmpii!

Stăpâneşte-te, Yaël!

— Dacă aveţi nevoie de mine, purtaţi-vă cum trebuie! Suntem aici ca să vorbim despre afacerile dumneavoastră, şi nu despre viaţa mea personală.

Aerul provocator i-a dispărut de pe chip, m-a privit din cap până-n picioare. Am strâns pumnii ca să fac să-mi înceteze tremurul mâinilor.

— Mi-e milă de tine, Yaël. Sincer. Pe moment, l-am crezut şi asta m-a descumpănit. Doar un mic sfat: pune puţină pasiune în viaţa ta, destinde-te, trăieşte puţin şi totul va fi mai bine. Vei fi şi mai bună. Acum, ia dosarul. Dacă ai întrebări, contactează-mă. Mi-a întins un teanc de documente şi s-a ridicat ca să mă însoţească până la ieşire. E întotdeauna o plăcere să mă întâlnesc cu tine, Yaël.

A închis uşa. Am rămas secunde lungi paralizată, pe palier, întrebându-mă ce făcusem ca să merit asta. M-am abţinut să lovesc cu piciorul în perete, ca să mă descarc. Va trebui să investesc într-un curs de box. Ieri, prietenii mei se năpustiseră asupra mea. Astăzi, ticălosul ăsta tocmai mă făcuse frigidă şi îmi vorbise de pasiune. Eram pasionată de munca mea, îmi era de ajuns. Ce altceva îmi mai trebuia? Aveam cincisprezece zile ca să dovedesc că dreptatea era de partea mea. Gabriel îşi va cere scuze la sfârşitul negocierii, am să-i dovedesc cine sunt. Cât despre prietenii mei, își vor da seama în sfârşit ce însemna agenția pentru mine.

Următoarele zece zile, din cauza puținelor ore de somn pe care mi le-am acordat, aş fi putut să-mi petrec nopțile la agenție. Nu eram niciodată singură acolo, pentru că Bertrand avea, în mod evident, acelaşi ritm ca mine. Mi-a propus să mă înlocuiască un coleg în privința celorlalți clienți, am refuzat, ştiam să gestionez o perioadă de efort suplimentar, voi avea tot timpul să mă odihnesc după aceea. Vorbeam puțin, doar despre afacerea lui Gabriel la care lucram împreună, dosarul lui era studiat în cele mai mici detalii, până la alineatul microscopic de la sfârşitul contractului; trebuia să ştim totul, să înțelegem totul, ca să nu ne scape nimic. Gabriel a trecut cu regularitate pe la agenție, la cererea lui Bertrand sau din proprie inițiativă, ca să se asigure de progresul nostru. Între noi era un război rece; pe parcursul întâlnirilor noastre în trei, nu ne adresam unul celuilalt decât în legătură cu afacerea lui. Nu a mai făcut nicio altă remarcă îndoielnică, iar eu am rămas super-concentrată.

Sâmbătă seara, în jur de ora 22:00, eram la birou când m-a chemat Bertrand.

— Vino să mănânci.

Cu tableta în mână, m-am dus în *kitchen* şi am luat loc pe unul dintre taburetele de bar din spațiul central, în fața lui Bertrand. Mi-am făcut timp să-l observ pe şeful meu. Chipul îi era serios şi concentrat asupra ecranului. Obosit, ca şi al meu, fără îndoială. Probabil a simțit că îl priveam, căci şi-a ridicat ochii şi şi i-a înfipt într-ai mei. Am citit în ei hotărâre. Nevoind să vadă nici cea mai mică urmă de oboseală la mine, mi-am lăsat bărbia în piept. A împins spre mine o tavă peste tejghea. Patru sashimi au fost de ajuns să mă satur, am aruncat recipientul, am curăţat locul şi m-am grăbit să mă întorc la birou.

— Du-te acasă, mi-a cerut deodată Bertrand.

Uluită, m-am răsucit pe călcâie spre el, iar el m-a privit cu atenţie. Credea că voi ceda sub presiune?

— Nu, mai rămân puţin.

— E târziu, am stat aici toată ziua şi presupun că vii şi mâine, a încheiat el cu o jumătate de zâmbet.

— Exact!

— Du-te să te culci, şi mâine dimineaţă nu veni cu noaptea în cap. Îţi chem un taxi.

Ce-i venise? Lucrând până noaptea târziu la dosarele mele, abia am dormit cinci ore. Era aproape un record în comparaţie cu nopţile precedente, iar asta mi-a redat energia. Bând o cafea, am ascultat mesajele pe care Alice mi le lăsase toată săptămâna. Nimic nou sub soare, toată lumea era bine, se părea că Marc îşi reluase locul cu mare repeziciune. În ziua aceea, făceau un grătar la Adrien şi Jeanne, eram aşteptată dacă voiam. Ei bine, se vor lipsi de mine, era cu siguranţă mai bine aşa, nu voiam să încing din nou atmosfera între ei.

La ora 9:00 împingeam uşa agenţiei care era tăcută şi pustie. Bertrand nu sosise. Poate că nu va veni? Cincisprezece minute mai târziu, am râs în sinea mea, când uşa de la intrare s-a deschis. Cum putusem să-mi închipui să-şi va permite o duminică de lenevеală?

— Micul dejun! m-a anunţat.

O pungă cu croasanţi a aterizat pe biroul meu. Am ridicat nasul din ecran şi am rămas cu gura căscată. A fost ceva mai puternic decât mine, m-am prăbuşit în fotoliu. Bertrand era în ţinută sport, transpirat, se întorsese de la jogging şi orice semn de oboseală dispăruse de pe faţa lui.

— Ţi-am spus să dormi în dimineaţa asta, mi-a reproşat cu zâmbetul pe buze.

— Şi să ratez să te văd în ţinuta asta? am răspuns fără să mă gândesc.

— Îmi pierd toată credibilitatea, nu-i aşa? mi-a spus izbucnind în râs.

Mi-am îndreptat postura, surprinsă de replica mea promptă.

— Absolut deloc! Mă duc să fac o cafea.

— Mulţumesc.

Tocmai umplusem cele două ceşti când s-a întors de la duş. Bănuisem întotdeauna că dormea din când în când pe canapeaua din biroul său, acum aveam confirmarea.

— Ştiam că o să te găsesc aici când mă întorc, mi-a spus aşezându-se în faţa mea. Este plăcut şi indispensabil să ai pe cineva pe care să contezi. Îţi mulţumesc.

— Nu-mi mulţumi, e munca mea şi îmi place.

M-a scrutat îndelung, apoi a scuturat din cap.

— La treabă!

Ziua Z. În sfârşit ajunseserăm aici, eram pregătită să intru în arenă. Organizasem totul astfel încât să nu existe nicio problemă în timpul negocierii. Cu toate acestea, la 09:30, cu o jumătate de oră înainte de începere, m-a iritat un amănunt când am trecut prin faţa biroului asistentei mele.

— Ce-i asta? am întrebat-o sec, arătând către un plic.

Ea a ridicat o faţă panicată înspre mine.

— Păi... păi...

— Trebuia să trimiţi plicul ăsta prin curier în cel mai scurt timp. N-ai citit mail-ul meu?

— Dar... Yaël... eu... mi-ai scris la ora 22:00, aseară... nu mai eram la serviciu...

— Asta nu-i o scuză! m-am enervat. Urgent! Asta înseamnă ceva pentru tine? În ce limbă trebuie s-o spun ca să pricepi în sfârşit?

— Curierul o să ajungă în câteva minute, mi-a spus, cu vocea tremurândă.

— Suntem deja în întârziere! O, nu... nu-i adevărat, am continuat văzând-o că se pune pe plâns.

— Yaël, m-a strigat responsabilul cu serviciul de traduceri.

M-am întors spre el, încrucişându-mi braţele la piept. *Ăsta ce mai voia de la mine?* Câteodată mă întrebam ce făcea în afară de a se vântura de colo-colo tăind frunză la câini.

— Ce e? am lătrat.

— Cred că a înţeles, mi-a spus arătând spre asistentă.

— Tu nu te băga, i-am replicat sec. Sunt şefa ei. Apoi către plângăcioasă: Trebuie să te linişteşti şi să te apuci în sfârşit de treabă. Rapid!

M-am întors în biroul meu masându-mi tâmplele. Dobitocii ăştia o să-mi provoace o migrenă! Le-am aruncat o privire neagră peste umăr; el o bătea uşor pe spate consolând-o. Ai fi zis că tocmai se aflase că suferea de o boală incurabilă.

La ora 10:00 toată lumea era în jurul mesei, pregătită să înceapă negocierea. De o parte, Bertrand şi cu mine îl flancam pe Gabriel, însoţit de doi dintre colaboratorii lui şi de trei avocaţi. De cealaltă parte, adversarii, cu interpreţi şi consilieri, dovedindu-se şi ei extrem de bine pregătiţi, tenace şi nevoind să lase nimic la voia întâmplării. Bertrand avea sarcina să interpreteze în franceză pentru clientul nostru, eu eram singura care vorbea în engleză şi mă adresam direct interlocutorilor noştri. A doua zi, seara, începea să se întrevadă un acord, spre marea satisfacţie a tuturor. Gabriel ne-a invitat, pe Bertrand şi pe mine, să cinăm împreună după ce am rămas numai noi în sala de şedinţe. Şeful meu a acceptat şi s-a întors spre mine.

— Vă mulţumesc, dar prefer să revăd ultimele puncte pentru mâine.

— Faci exces de zel, a răspuns Gabriel.

— Vom vedea dacă este exces de zel când veţi fi mulţumit de acord!

Remarca arţăgoasă şi agresivitatea mea m-au surprins.

— Destinde-te, Yaël! Dacă vă propun să cinăm împreună astă-seară este tocmai pentru că sunt mulţumit. Aţi fost perfecţi amândoi. Acordaţi-vă o pauză.

— Nu-ţi dau de ales, a insistat Bertrand.

Cina asta era un adevărat supliciu, aveam impresia că îmi pierd timpul. Aş fi putut să fiu la birou, lucrând, pregătindu-mă pentru ultima zi sau încercând să recuperez din întârziere în privinţa celorlalte dosare. În loc de asta, trebuia să-i ascult vorbind despre te miri ce. Ai fi zis că intenţionat vorbeau de tot ce nu avea legătură cu dosarul. De ce erau aşa de nepăsători? Cum reuşeau să vorbească despre afaceri cu detaşare? Şi de unde venea pofta lor de mâncare? Îmi plimbam furculiţa prin farfurie degeaba, aveam nevoie de câteva minute ca să reuşesc să înghit o îmbucătură. La un moment dat, au izbucnit amândoi în râs, complet relaxaţi, fără să înţeleg motivul. I-am ascultat mai cu atenţie, Bertrand îl întreba pe Gabriel despre reuşita fulgerătoare a soţiei lui.

— De altfel, Yaël, Iris încă te aşteaptă la Atelier. Bertrand, acordă-i o mică pauză să se relaxeze şi să-şi înnoiască garderoba la soţia mea!

— Nu are nevoie de autorizaţia mea! Dar este o idee bună totuşi!

Patronul meu se tâmpea...

— Mulţumiţi-i din partea mea, dar n-am timp.

Bertrand a dat din cap, contrariat, iar eu m-am întărâtat şi mai mult.

— Chiar nu eşti amuzantă, a completat Gabriel.

Cum puteau să fie amândoi atât de departe de miza dosarului? În momentul desertului, am avut bufeuri, mâinile mi s-au umezit, vârful degetelor mi-a îngheţat. Cel mai mic zgomot făcut de tacâmuri rezona în capul meu. Am strâns din dinţi, nemairostind niciun cuvânt până la sfârşit. Eliberarea a sosit — din fericire, căci nu aş mai fi putut rezista mult timp. Bertrand a chemat taxiuri pentru noi doi, Gabriel deplasându-se exclusiv cu motocicleta.

Am reuşit să-mi reţin greaţa până acasă. Noaptea a fost îngrozitoare; după cina frugală, n-am vomitat decât fiere, altceva neavând în stomac. Eram atât de slăbită încât, după ce m-am liniştit, am rămas pe jos lângă toaletă, cu braţele agăţate de piciorul closetului. Am văzut minutele şi orele scurgându-se unele după altele. Am reuşit să ajung în pat şi să adorm pe la 05:30. Când a sunat alarma, migrena a revenit în forţă. Mi-au trebuit câteva minute să mă ridic în capul oaselor pe pat şi când în cele din urmă am reuşit să mă ridic în picioare, am ameţit periculos. Sprijinindu-mă de pereţi, am ajuns până în baie şi m-am agăţat de chiuvetă ca să nu cad. M-am privit în oglindă: imaginea mea m-a îngrozit, nu eram palidă, eram cadaverică, cearcănele îmi acopereau fața. În starea asta, a trebuit să renunț la înot, deși de obicei era singurul mijloc ca să mă destind și să-mi recapăt forțele. Am avut nevoie de mai mult de o oră ca să mă pregătesc, atât de rău mă simțeam, și am avut mult de muncă pentru a mă face prezentabilă. Era în zadar, în ciuda fondului de ten, nu reușeam nimic, tot n-aveam niciun pic de culoare. Îmbrăcând fusta creion neagră, am remarcat că înotam în ea. Când slăbisem atât de mult? Odată cocoțată pe tocurile cui, nu m-am simțit deloc stabilă. Dar n-aveam încotro, nici nu se punea problema să clachez atât de aproape de final. Înainte să plec, am înghițit o aspirină și un Guronsan, ținându-mi pumnii să nu le dau afară. Când i-am spus șoferului de taxi adresa agenției, nu mi-am recunoscut vocea, dar tot mi-a răsunat chinuitor în cap. Pe drum, am închis ochii, străduindu-mă să respir adânc și încet. Mi-am folosit puținele puteri pe care le mai aveam ca să uit de tot. Totuși, lupta împotriva frisoanelor și transpirației reci îmi consuma toată energia.

Când am intrat în sala de ședințe, a trebuit să mă sprijin de tocul ușii, pentru că am amețit.

— E vreo problemă? m-a întrebat Bertrand, pe care nu-l remarcasem aproape în spatele meu.

— Nu, nu, nicio problemă, totul e în regulă, am reușit să-i răspund cu o voce aproape stinsă.

— M-aș mira, a constatat el cu răceală. Pot să mă descurc singur astăzi...

— În niciun caz!

— Nu-mi ascunzi nimic?

— Nu, sigur că nu.

A dat din cap, fără să creadă un cuvânt din ce-i spuneam. Nu era deloc bine, dar deloc. M-am aşezat în stânga lui Gabriel, Bertrand la dreapta. Am pus mâinile pe masă, au început să-mi tremure, le-am ascuns pe genunchi în clipa în care am surprins privirea şefului aţintită pe ele. M-a cuprins furia; corpul meu mă trăda în cel mai critic moment. Mi-am mobilizat toate forţele de concentrare, uitând tot ce nu era dosarul, am devenit surdă la bătăile neregulate ale inimii mele, am strâns pumnii, îndreptându-mi postura şi privind partea adversă drept în faţă. În ciuda tuturor eforturilor mele, nu reuşeam să mă concentrez la ce aveam de făcut; căutam aiurea prin notiţele mele, mă bâlbâiam, vorbeam ceva ce nu era nici engleză, nici franceză, îmi frământam mâinile, clipeam des din ochi ca să-i ţin deschişi. Bertrand m-a corectat de mai multe ori. La ora mesei, şeful meu nefiind de faţă, a trebuit să asigur conversaţia şi să fac legătura între Gabriel şi viitorul lui asociat în jurul platourilor cu mâncare pe care asistentele noastre le comandaseră. Înainte să continuăm, unii s-au dus să-şi dezmorţească picioarele, am profitat ca să mă ascund în toaletă, la adăpost de priviri. Greaţa dispăruse, spre marea mea uşurare, puţinul pe care îl ciugulisem va rămâne probabil la locul său în această după-amiază. Încă vreo câteva ore şi voi putea să mă odihnesc. Această constatare m-a şocat, voiam şi poate chiar aveam nevoie să mă odihnesc. Doar că ieşea din discuţie să cedez acum. Mi-am promis să plec de la serviciu mai devreme, când se va ivi ocazia, ca să am timp să înghit un somnifer şi să-mi acord o noapte mai lungă de somn. Nu eram în formă fiindcă de dimineaţă, din lene, renunţasem la programul de înot. Când m-am întors în *open-space*, l-am văzut pe Bertrand în toiul unei discuţii cu asistenta mea. M-au privit amândoi.

— Aveți nevoie de mine? i-am întrebat.

Neroada a lăsat ochii în jos. Poate că eram slăbită, dar nici chiar aşa.

— Nu, întoarce-te în sala de şedinţe, vin şi eu, mi-a răspuns Bertrand fără să se mai sinchisească de prezenţa mea.

Pe drum, am aruncat o privire peste umăr în direcţia lor, cuprinsă de o presimţire rea. Îmi scăpase un detaliu. Bertrand nu a întârziat să-şi reia locul, lansând semnalul începerii ultimei părţi. Gabriel a luat cuvântul, mă pregăteam să traduc în engleză pentru interlocutorii noştri, când Bertrand m-a întrerupt chiar înainte să deschid gura. Cu un nod în gât, i-am aruncat o privire discretă; privirea cu care mi-a răspuns a fost grea de înţelesuri: prelua el frâiele şi va asigura totul în locul meu, întreaga după-amiază.

Din acel moment, nu am mai auzit nimic, sunetele, feţele erau ca în ceaţă, ca şi cum m-aş fi aflat într-un vis în care toate contururile, vagi, dispăreau în fum. Singurul lucru de care eram foarte conştientă era că ochii mi se umpleau uneori de lacrimi şi că îmi adunam puţina voinţă care îmi mai rămânea ca să le împiedic să-mi alunece pe obraji. L-am zărit pe responsabilul cu serviciul de traduceri al agenţiei intrând în sala de şedinţe şi înmânând copii ale viitorului contract fiecăreia dintre părţi, pentru încă o lectură în linişte înainte de semnătura care va avea loc săptămâna viitoare. Toată lumea s-a ridicat în picioare, s-au strâns mâini; cu o simplă privire, Bertrand mi-a transmis ordinul să mă duc în biroul său. I-am lăsat să iasă din încăpere înainte să traversez *open space*-ul, pustiu la această oră, într-o vineri seara. Aşteptându-l să se întoarcă, am rămas în mijlocul camerei, cu braţele atârnându-mi fără vlagă.

— Ce-i, Yaël, o mică scădere de energie? m-a întrebat Gabriel, intrând singur.

Mută, i-am adresat o privire înlăcrimată.

— Vezi, aveam dreptate când îţi spuneam să te relaxezi. Dacă o ţii tot aşa, o să clachezi... Mi-a întins mâna, pe care i-am strâns-o uşor. Mă duc la soţia mea, mi-a spus. Cel mai bun moment al zilei! Pe săptămâna viitoare!

A dispărut. Chiar nu-l înţelegeam pe tipul ăsta; tocmai încheiase un contract excepţional, care putea să-i aducă milioane, şi el îmi vorbea de soţia lui ca şi cum ar fi fost punctul culminant al zilei. Şi îmi spunea mie că o să mă prăbuşesc... Total fals. Trebuia să încep prin a mă scuza în faţa lui Bertrand. După aceea, după o noapte de somn bun, totul se va aranja şi voi putea să-mi reintru în ritm.

— Stai jos, mi-a cerut Bertrand intrând în birou.

Am tresărit şi, odată aşezată, am început să tremur. A străbătut încăperea cu pas hotărât, chipul serios, şi-a desfăcut cravata şi a aruncat violent un dosar pe un raft. Eram îngrozită, mi se întâmpla pentru prima oară. Mi-am frământat mâinile cu nervozitate.

— Ce pot să fac ca să îmi iau revanşa? l-am întrebat cu un firicel de glas.

— Să nu mai pui piciorul pe-aici în următoarele trei săptămâni!

Am ridicat brusc capul. Se uita dur la mine.

— Poftim?! Nu, Bertrand! Nu poţi să-mi faci asta!

— Sunt şeful tău! Am tot dreptul. Am verificat la prânz, sunt patru ani de când nu ţi-ai mai luat nicio zi de concediu. Eşti la capătul puterilor! a încheiat el bătând cu pumnul în masă.

— E doar un acces de oboseală, nu mi s-a mai întâmplat. Am să mă refac şi am să mă întorc luni în formă! Nu e nimic!

Cu maxilarele strânse, a respirat adânc fără să mă slăbească din ochi.

— Nu se discută, a spus pe un ton tranşant.

M-am ridicat brusc şi am ameţit din nou.

— Te rog! am strigat, neluând în seamă ameţeala. Nu-mi lua încrederea ta.

— Nu este vorba de încredere, Yaël. Ai atins punctul critic. Te-am observat în săptămânile din urmă, în fiecare zi ajungi la agenţie mai obosită decât cu o zi înainte. Ai un ten pământiu, vederea ta stârneşte teama. Hotărâtă, eşti. Dar cu ce preţ? Nici măcar nu-ţi dai seama, dar îţi agresezi colegii, care nu ştiu cum să ţi se mai adreseze, fug de tine, se plâng de comportamentul tău. Unii nu mai vor să lucreze cu tine.

M-am uitat la el năucită, nu înţelegeam cum putuse să se deterioreze situaţia atât de repede şi fără să-mi dau seama.

— Îmi pare rău că ţi-am pomenit de ideea cu asocierea.

Pământul mi s-a căscat sub picioare. Eram pe punctul să pierd tot ce-mi dorisem şi pentru care mă zbătusem luni întregi. M-am prăbuşit pe scaun, cu capul în mâini, plângând. Am simţit prezenţa lui Bertrand în apropiere; s-a lăsat pe vine în faţa mea şi m-a apucat de încheieturile mâinilor ca să mă facă să mă uit la el.

— Nu ai ştiut să-ţi gestionezi stresul şi nici să ai grijă de tine ca să rezişti. Drept urmare, trebuie să mă lipsesc de prezenţa ta şi asta nu-mi place. Nu am de ales şi nici timp de pierdut. Eşti pe punctul să te îmbolnăveşti şi eu nu pot să te supraveghez mereu, ca să-ţi anticipez scăpările când îi însoţeşti pe clienţii noştri. Îţi iei trei săptămâni de concediu, începând de-acum. Strânge-ţi lucrurile şi du-te acasă!

S-a ridicat din nou şi s-a întors la biroul lui.

— Luni voi fi aici, l-am anunţat.

M-a privit dur, cu ochii ficşi într-ai mei.

— Nu mă obliga să iau o hotărâre radicală!

Mi s-a tăiat respiraţia, mi-am dus mâna la gură. Era un coşmar. Învinsă, eram învinsă, nu-mi mai rămânea decât să-mi ascult patronul, patronul meu care prefera să se lipsească de mine. Cu spatele îndoit, umerii strânşi, am luat-o înspre ieşire.

— Odihneşte-te, Yaël, l-am auzit spunându-mi în timp ce închideam uşa biroului.

Nu voiam să mă odihnesc, voiam să muncesc, mai mult şi mai mult. Mi-am luat poşeta, m-am uitat prin agenţie ca şi cum ar fi fost ultima oară când o vedeam. Aceşti trei sute de metri pătraţi însemnau pentru mine *acasă*, mai mult decât propriul apartament, doar aici mă simţeam bine, la locul meu, liniştită, sigură pe mine. Am stat mai mult de douăzeci de minute nemişcată pe trotuar, în faţa clădirii. Era trecut de ora 20:30, ce altceva puteam să fac decât să sper să mă trezesc din acest coşmar?

— Pot să vă ajut, domnişoară? m-a întrebat un trecător.

Neliniştea lui m-a făcut să înţeleg că obrajii îmi erau încă scăldaţi de lacrimi. De când nu mai plânsesem astfel? De când nu mai plânsesem, pur şi simplu?

— Nu, i-am răspuns cu răutate, ca să mă lase în pace.

Am simţit telefonul vibrând în poşetă, am vărsat tot conţinutul ei la picioarele mele aşezându-mă în patru labe pe trotuar. Îi părea rău, nu putea să fie altceva.

— Bertrand! am răspuns plângând.

— Yaël! am auzit glasul vesel al lui Alice.

— Oh, am şoptit, tu eşti...

— Dumnezeule! Yaël! Ce-ai păţit?

— Am făcut o prostie la serviciu! am ţipat. Şi Bertrand m-a trimis în concediu, sunt complet pierdută, nu ştiu ce să fac.

Am început să alerg de colo-colo pe trotuar, hohotind.

— Oh... m-ai speriat, mi-a şoptit ea la telefon. Linişteşte-te! Ia un taxi şi vino la noi, suntem cu toţii împreună, ce zici?

— Nu vreau să văd pe nimeni, mă duc acasă.

— Te previn, dacă nu eşti aici într-o oră, venim după tine!

Orice negociere părea să iasă din discuţie.

— N-am maşină, nu am curaj să vin până la voi.

— Pică bine, suntem la Marc. Se pare că ţi-a lăsat un mesaj şi tu nu i-ai răspuns.

Ce avea de-a face Marc cu toată povestea asta? *Marc în sus, Marc în jos!* Nu mai ştiau altceva! Acum îmi aminteam, văzusem bine că încercase să mă sune. M-am oprit pe loc.

— Stai că ţi-l dau! Marc!

— Nu, i-am răspuns, prea târziu.

— Yaël!

— Bună seara.

— Vii, până la urmă?

— Nu foloseşte la mare lucru, nu sunt în formă.

— Cu atât mai mult! Locuiesc deasupra magazinului. Îţi aminteşti adresa?

— Da.

— Pe curând!

Şi a închis. În secunda care a urmat, am primit un SMS de la sora mea: „Băieţii sunt gata să vină să te ia." „Vin.", i-am răspuns, constrânsă şi forţată. Când Alice lua frâiele în mână, nu aveai altceva de făcut decât să i te supui. Cu toate acestea, aveam chef să mă duc la ei tot atât cât aveam chef să mă spânzur. În orice caz, oriunde m-aş fi aflat, aş fi avut acelaşi chef să mă agăţ de o funie.

Douăzeci de minute mai târziu, taxiul mă lăsa în faţa magazinului de vechituri.

— Vin să-ţi deschid! a strigat Marc de la o fereastră aflată la etajul întâi.

Câteva secunde i-au fost de ajuns ca să coboare, i-am zărit silueta mişcându-se în penumbra magazinului, a cărui uşă a deschis-o în cele din urmă, cu zâmbetul pe buze.

— Nu sta acolo, pe trotuar!

Cu inima strânsă, am trecut pragul. Deşi probabil a văzut în ce hal arătam, nu a zis nimic. Aş fi putut să fac ceva. Nu avusesem curajul să-mi refac machiajul în taxi, îmi concentrasem eforturile ca să mă opresc din plâns, refuzând ca prietenii mei să mă vadă astfel. Din cauza agitaţiei mâinilor mele şi a atitudinii lui din ce în ce mai stânjenite, nu prea ştia ce să facă.

— Alice ne-a spus că ai o mică problemă la serviciu.

— E mai rău de-atât! Şeful m-a trimis în concediu.

Umerii i-au căzut şi m-a privit şocat.

— Aşa deci! Asta era! Ar trebui să-ţi revii. Concediile nu sunt chiar atât de îngrozitoare. A izbucnit în râs şi a adăugat: Cine se plânge că este în vacanţă!

Ce mai, el era relaxat! Mâhnită, am ridicat ochii spre cer. Cum putusem să-mi închipui măcar o secundă că va înţelege?

— Las-o baltă, tu nu poţi să-nţelegi.

— Am impresia că nu prea te înţelege nimeni. Va trebui să-mi explici, mi-a spus cu un zâmbet în colţul gurii. Hai cu mine!

M-a luat de mână şi m-a tras în magazin, eu m-am eliberat violent. Încă eram capabilă să merg fără ajutorul nimănui. Doar că nu făcusem zece paşi şi m-am lovit serios la braţ de o mobilă.

— Au!

— Vrei să aprind lumina?

— Să faci ordine ar fi o idee mai bună! N-am văzut niciodată o asemenea harababură!

— Ăsta e farmecul locului, aici nu suntem la Ikea. Vino pe-aici!

Mi-a trecut un braț peste spate ca să mă ghideze până la o uşă din fund de tot care ducea la scara imobilului; m-am lăsat condusă de el. Înainte să intru, m-am oprit un timp, simțindu-mi din nou nervii întinşi la maximum. Regretam că venisem; aş fi dat orice ca să pot să mă ascund undeva, singură, fără nimeni căruia să-i vorbesc. Auzeam râsete, muzică. Mâna lui Marc pe talia mea m-a forțat uşor dar sigur să înaintez. Apartamentul mi se părea destul de mare, un antreu ducea în camera de zi, ale cărei două ferestre dădeau în stradă şi am avut sentimentul că plonjez într-un serial TV din anii '60. Începând cu lampa Arco. O canapea mare din palisandru şi piele verde-oliv ocupa o parte a spațiului, flancată de o măsuță Le Corbusier, cu un fotoliu în față şi un scăunel cu spătar îmbrăcat în țesătură chinezească de culoarea muştarului. Cine şi-ar fi putut închipui că Marc va locui într-o zi într-un asemenea loc? Nu era pe gustul meu, bineînțeles, erau prea multe lucruri, dar se simțea că pusese o grijă deosebită în amenajarea şi decorarea apartamentului. Nu semăna deloc cu imaginea pe care o aveam despre el. Ca noi toți, se schimbase. Înainte ca remarcile să izbucnească, am avut timp să salut pe toată lumea, să mă aşez pe canapea şi să iau un pahar cu vin roşu pe care mi l-a dat Marc.

— Propun să ciocnim pentru vacanța lui Yaël, a spus Adrien ridicându-se. Este un miracol care tocmai s-a produs.

— Eşti nebun?! Pentru mine, e un coşmar!

Vocea mi s-a frânt, am lăsat capul în jos şi am strâns pumnii.

— Risc să-mi pierd serviciul, i-am anunţat, lugubră.

— Poate să-i explice cineva diferenţa dintre concediu şi concediere? a zbierat Adrien, cu amândouă mâinile pe cap.

— Nu te-a concediat, mi-a zis Cédric. Ţi-a cerut să-ţi iei concediu, n-are nicio legătură una cu alta. Poate că până la urmă nu este chiar atât de prost.

L-am fulgerat cu privirea. Se uitau toţi la mine de parcă aş fi aterizat de pe altă planetă, încă o dată nu făcea nimeni niciun efort, gravitatea situaţiei îi lăsa indiferenţi. Alice a venit lângă mine şi m-a cuprins cu braţele. *Păstrează distanţa, Alice. Nu mă atinge. Mă sufoci.*

— Înţeleg că eşti supărată, dar o să-ţi facă bine.

— Nu! Nu! Nu pricepi nimic! i-am răspuns, cu vocea prea ridicată, spartă. Ce vrei să fac timp de trei săptămâni?

— Vino cu noi!

— Yes! a strigat Adrien.

— O, da, a intervenit Jeanne aplaudând. O să fie super! O vacanţă împreună!

— Despre ce vorbiţi? i-am întrebat, eliberându-mă în sfârşit de Alice.

— Plecăm duminică, doar ştii, ţi-am spus.

Nu-mi aminteam nimic.

— Sunteţi toţi în concediu?

— Yaël, mulţi sunt în concediu la 31 iulie! m-a informat Cédric.

Tocmai îmi reamintise ceva, că ne aflam în mijlocul verii.

— Ce figură ai făcut! mi-a spus Marc. Nu erai la curent că e sezonul concediilor? Înainte nu te gândeai decât la asta!

Cédric i-a făcut semn să tacă, drept măsură de siguranţă. Mi-am lăsat bărbia în piept şi mi-am frământat mâinile, siderată că uitasem asta. Nu observam vara, creşterea de temperatură, soarele vacanței... În afară de consecințele asupra muncii mele, vara nu exista pentru mine.

— Nu, am mărturisit. Oricum, n-o să mă raliez ideii.

— Eu, da! m-a informat Marc.

Am ridicat capul brusc şi privirile noastre s-au întâlnit. Vacanță toți împreună, ca înainte, cu el, doar că nimic nu mai era ca înainte. Această idee era ciudată şi tulburătoare. El a schițat un zâmbet.

— Şi-apoi, Yaël, chiar dacă plecăm, într-un fel e ca şi cum ai rămâne acasă la tine, a completat încet Jeanne, ceea ce m-a făcut să-mi întorc privirea de la Marc.

— Nu înțeleg nimic, unde plecați?

Alice a venit şi s-a lăsat pe vine în fața mea, luându-mi mâinile.

— Ce zici? Unde crezi că vrem să plecăm?

— La Mica Floare...

A dat din cap, vizibil fericită. Mica Floare era casa de vacanță a părinților mei, în Luberon, la Lourmarin. Casa se numea astfel în amintirea unei călătorii umanitare pe care părinții mei o făcuseră în Etiopia, de altfel acolo fusese concepută Alice. Se îndrăgostiseră de țară, de locuitorii ei şi de capitală, Addis-Abeba, care înseamnă Mica Floare. După aceea, au fost întotdeauna foarte activi într-o asociație de caritate, care avea proiecte umanitare acolo. Tata moştenise pământ la moartea bunicilor noştri, de care abia îmi aminteam. Casa aceasta aproape că o construise cu mâinile lui în copilăria noastră. Îmbinase materiale moderne şi vechi; marile uşi din sticlă contrastau cu piatra cioplită. Asta crea un amestec armonios şi odihnitor. În timpul lucrărilor, eu, mama şi Alice locuiserăm într-o rulotă şi într-un hambar. Erau ani de când nu mai pusesem piciorul pe-acolo. Mai mult de patru, de fapt... ultimul meu concediu, cum îmi reamintise Bertrand. Totuşi adoram acel loc, înainte vreme mă simţeam acolo ca acasă.

— Nu se mai discută, vii cu noi! a jubilat Adrien.

— Plecăm duminică dimineaţă, m-a informat Cédric. Trecem să te luăm la ora 06:00.

— Cel mai bine este să dormi acasă mâine seară, a decretat Alice.

— Stop! Stop! Stop! Am şi eu ceva de spus, nu? m-am ridicat de pe canapea.

Toate astea se petreceau prea repede. I-am înfruntat, cinci perechi de ochi mă priveau.

— Sunt sigură că Bertrand mă va suna în weekend, nu pot să plec din Paris.

— Ba da, eşti în concediu.

Pentru început, obiectivul era să-i potolesc. Voi merge trei zile. Apoi, nimic nu mă va împiedica să mă întorc.

— Lăsaţi-mă două zile şi o să iau TGV-ul.

Alice a scos un strigăt de bucurie şi a sărit de gâtul meu. Mi-au trebuit câteva secunde ca să îmi petrec braţele în jurul ei, surprinsă de situaţie şi paralizată de privirea lui Marc. Nu i-o cunoşteam, era în acelaşi timp serioasă şi pătrunzătoare. Cu chiu, cu vai, am reuşit să mă sustrag acestei priviri.

6

Weekendul meu s-a rezumat la două activități simple: ture după ture de înot la piscină şi, când nu eram în bazin, lucram pe computer de-acasă, în pofida dorinței, ca să nu zic a nevoii vitale, de a mă duce la agenție. Imediat ce validam un dosar în curs, i-l trimiteam lui Bertrand, dar nu am primit răspuns la niciunul dintre mail-urile mele. Totul părea să sugereze că nu mă va suna, aşadar mă înşelasem şi nu aveam de ales; trebuia să plec să iau aer, doar dacă nu voiam să înnebunesc rumegându-mi decepția, închisă în apartament. Ar trebui să fiu țicnită să fac o asemenea tâmpenie.

Tocmai încheiasem o convorbire cu Alice, ajunsă la destinație cu toată mica ei familie, complet euforică la ideea că sosesc şi eu a doua zi. De obicei, duminica îmi pregăteam ținutele pentru toată săptămâna, în funcție de diferitele întâlniri. Iar acum, stăteam pe pat, în fața dressingului, total indecisă, incapabilă să hotărăsc ce să pun în valiză. Eram echipată să îi asist pe clienții noştri la conferințele financiare, la negocieri, pe scurt ca să fiu interpretă în mediul afacerilor de care se ocupa agenția; şi garderoba mea era compusă exclusiv din taioare, pantaloni negri sau gri, o duzină de fuste creion. Evident, aveam câteva perechi de jeanşi care îmi erau de folos la pseudo-garden-party-uri sau când eram în situaţia de a face baby-sitting pentru unii dintre clienţii noştri, cei care voiau o interpretă ca să îi facă fericiţi pe cei din jur. Cât despre dulapul cu încălţăminte, nu conţinea decât pantofi cu toc cui. Şi privind toate acele perechi de pantofi perfect aliniaţi, mi-a venit în minte tortura pe care o îndurasem până când Jeanne reuşise să mă facă să merg cu ei, durase luni întregi. La început păream o raţă, nu trecea o zi fără să-mi sucesc glezna cel puţin de trei ori, chiar şi când tocul nu depăşea cinci centimetri. Dar până la urmă reuşisem. Atât de bine, încât după aceea înălţimea tocurilor se dublase.

Am scuturat din cap ca să mă desprind de aceste amintiri şi să mă întorc la problema valizei. Ei bine, îmi voi lua o parte din uniformele de serviciu. Oricum, o să umblu mai mult dezbrăcată! Măcar aveam un costum de baie şi o ţinută sport. Doar că deja mă nelinişte a ideea de a împărţi piscina cu toată lumea, în special cu copiii, care riscau să nu mă lase să înot liniştită.

După a nu ştiu câta noapte albă, m-am dat jos din pat în zori, profitând de cele câteva ore rămase ca să-mi fac ordine în apartament. Până şi femeia care făcea curat era în concediu. Nimeni nu muncea în august! În afară de mine... Totul trebuia să fie lună, fiecare obiect la locul său pentru întoarcerea mea de peste câteva zile. Nu îndrăzneam să-mi imaginez că sejurul meu se va prelungi mai mult de o săptămână. Am frecat, am lustruit, am sterilizat, am aspirat de la ora 04:30 până la ora 07:00; am făcut curat... într-un spaţiu în care era curat. După aceea, am putut să mă pregătesc şi să profit de baie; promiscuitatea vieţii în comun mă îngrozea. Numai ideea îmi provoca urticarie. Dar o dată nu înseamnă întotdeauna, aşa că nu m-am grăbit. Când îmi închipuiam că va trebui să împart duşul, toaleta, că voi risca să fiu deranjată de oricare dintre colocatarii mei când mă voi spăla! Nu, serios, cum voi putea să suport asta? De ce spusesem da?!

Am traversat holul gării Lyon şi aveam impresia că sunt extraterestru. De ce era deranjant că nu mă jucam de-a miss Camping? Nu tu şort, nu tu pantofi sport, în ce mă privea. Mai degrabă ţinuta mea de lucru pentru weekend, un troler, o sacoşă cu laptopul, căştile la locul lor, doar pentru cazul în care... Din fericire, reuşisem să obţin un loc la clasa întâi, izolat. Cu toate acestea, imediat ce TGV-ul a pornit, a trebuit să fug de la locul meu; Societatea de Căi Ferate ar trebui să amenajeze compartimente fără tineret, îmi era imposibil să mă concentrez. La vagonul-bar am cerut o cafea şi am găsit un colţişor unde să mă aşez, am deschis laptopul, gata să lansez un hot spot cu telefonul. Şi când colo, ce să vezi, nu era conexiune la internet, nici la 4G. Asta e, trenul nu plecase din Paris decât de treizeci de minute, şi deja aveam sentimentul că eram pierdută în pampas. Dacă Bertrand mi-ar scrie, dacă vreunul dintre colegii mei ar încerca să dea de mine în legătură cu unul dintre dosare... Aveam mai multe întâlniri programate pentru astăzi, cine se va ocupa de ele?

TGV-ul a intrat în gara din Avignon la ora prevăzută, Cédric trebuia să vină să mă ia. Coborârea din tren a avut ceva tulburător în ea; călătorii se îmbrânceau, se loveau cu valizele şi cu rucsacurile; niciun fel de maniere. I-am lăsat să treacă. Apoi am fost sufocată, sugrumată, paralizată de căldură. În mai puţin de două secunde, am fost transpirată, cu impresia că deja eram murdară. Am reperat panoul de la ieşire şi am pornit să străbat peronul. Am fost oprită din elanul meu: tocul mi se prinsese între două şipci de lemn de pe peron. Ce idee! Nimic mai bun decât betonul! Începea prost. Am luat ascensorul în vârful picioarelor, evitând astfel să fiu iarăşi blocată. Cumnatul meu mă aştepta în afara gării, în faţa maşinii. Calvarul meu continua: Cédric, în bermude cu multe buzunare, tricou bălţat „special pentru vacanţă" şi espadrile îmi zâmbea larg. Degeaba era el primitor, eu nu voiam decât un lucru, s-o şterg cu următorul tren spre Paris. Dar de ce să fac asta? Nici Bertrand şi nici altcineva de la agenţie nu-mi dăduse niciun semn de viaţă de când aveam din nou conexiune la reţea. Oare mă uitaseră toţi deja? Eram derutată. Cédric a venit, mi-a lipit un sărut pe obraz şi mi-a luat valiza.

— Ai călătorit bine?

— Îngrozitor, nu am avut conexiune la reţea şi a fost plin de tineri.

A vrut să ia sacoşa cu laptopul, dar am ţinut-o strâns, aruncându-i o privire care spunea foarte limpede „de asta nu te atingi". S-a abţinut să nu râdă.

— În maşină! a spus pe un ton cântat închizând portbagajul.

Înăuntru era un adevărat câmp de bătălie, am observat imediat resturile picnicului din urmă cu o zi: ghemotoace de folie din aluminiu, pachete de chipsuri desfăcute, prosoape de bucătărie vechi pe portierea pasagerului. M-am instalat cum am putut şi mi-am strecurat picioarele printre pungi de plastic şi jucării pe care sora mea le lăsase acolo după călătoria lor. Într-un sfert de oră, eram încă mai năduşită decât la gară, cu impresia că pe tot corpul mi se scurge transpiraţia.

— Cédric, vrei să dai drumul la aerul condiționat, te rog?

A coborât şi mai mult geamurile deja deschise, care nu lăsau să intre decât aer cald.

— Îmi pare rău, nu se poate. A funcționat prea mult ieri, trebuie să fac economie, nu vreau să se strice înainte de întoarcere, m-ar costa o avere să-l repar aici. Dar ştii ce, dă-ți jos taiorul şi pantofii, e o idee bună ca să te răcoreşti.

Taiorul, de ce nu!? Dar pantofii în niciun caz, n-o să-mi asum riscul să pun piciorul pe vreo bucată de jambon. Mi-am pus ochelarii de soare şi am privit drumul fără să-l văd. Cumnatul meu a rupt în cele din urmă tăcerea:

— Cum te simți?

Am oftat aruncând o privire spre telefon: niciun apel, niciun mail.

— Habar n-am, i-am mărturisit.

— Vacanța asta nu poate să-ți facă decât bine.

Am clătinat din cap.

— Ştiu că nu mă crezi, dar ai încredere în mine.

— Nu mă îndoiesc de sinceritatea ta, dar nu mă simt în largul meu.

Mi-a spus că merseseră cu maşinile una după alta, cu Adrien şi Jeanne. Totul se derulase perfect până în momentul în care Adrien auzise la radio anunțul despre tradiționalele ambuteiaje de pe Valea Ronului. Atunci a trecut în față şi a ieşit de pe autostradă luând-o pe drumul național. A fost un coşmar, nu folosise la nimic, nimeriseră în mijlocul unei serbări câmpeneşti. Jeanne făcuse gălăgie, plânsese, şi Cédric preluase frâiele, retrimițându-l pe Adrien la coada şirului. Simțeam că făcea totul ca să mă facă să râd şi să mă aducă într-o stare de spirit „de vacanță". Se ostenea degeaba! Asta nu l-a împiedicat să continue, spunându-mi că Marc nu va sosi decât a doua zi.

— De ce? l-am întrebat, ca să-i dovedesc că îl ascultam cât de cât.

— Divorţul lui s-a pronunţat azi-dimineaţă.

— A, da?

— Nu erai la curent?

— Mi-a vorbit în treacăt despre asta în ziua când l-am reîntâlnit. Dar nu, nu ştiam că este astăzi.

Oftatul adânc al lui Cédric m-a făcut să întorc capul spre el, avea un aer total deziluzionat.

— Ce-i? l-am întrebat.

— Nimic, Yaël. Nimic...

O oră mai târziu, traversam Lourmarin după care am urcat un pic, lăsând satul în vale. Traseul era intact în amintirile mele, cred că aş fi putut să mă întorc aici cu ochii închişi, deşi erau ani de când nu mă mai gândisem la locurile astea, nici măcar o singură dată. Maşina a părăsit şoseaua principală, luând-o pe un drum secundar, mai haotic, care ducea spre casă. Cedric a tras frâna de mână şi s-a dus să deschidă poarta. Când am intrat în grădină, a claxonat mai rău decât la un alai de nuntă. Efectul a fost imediat, liota a înconjurat maşina, toţi în costume de baie. Alice a deschis portiera din dreptul meu şi m-a tras de mâini ca să ies repede.

— Sunt atât de fericită că eşti aici, mi-a spus sărutându-mă şi strângându-mă la piept.

Nu este totuşi cine ştie ce! Nu trebuie să exagerăm! Am bătut-o cu stângăcie pe spate, abţinându-mă să ridic ochii spre cer.

— Dă-i drumul ca s-o arunc în apă, să intre în atmosferă, a rânjit Adrien.

În chip de salut, l-am fulgerat cu privirea.

— Nici măcar să nu încerci!

— Am să-l opresc deocamdată, dar asta n-o să dureze, mi-a spus Jeanne pupându-mă pe obraz. Hai, du-te repede să te schimbi! Astea nu sunt haine!

Cei trei copii s-au apropiat la rândul lor şi mi-au dat sărutări clorate.

— Yaya, o să mă-nveţi să înot? m-a întrebat Marius.

— O să vedem.

Cédric mi-a dus valiza în casă şi aroma de lavandă şi de trandafir pe care mama o îndrăgea atât de mult mi-a ajuns la nas. În afară de o reîmprospătare a zugrăvelii, nimic nu se schimbase. Pereţii erau în tonuri deschise şi naturale şi podeaua din cărămizi hexagonale vechi, pe care tata reuşise să le găsească după luni de căutări. În pofida iubirii lor pentru această regiune, părinţii mei nu adoptaseră niciodată decoraţiunile provensale! Fără galben, fără desene cu măsline negre pe feţele de masă şi cu atât mai puţin greieri din porţelan. Tatăl meu concepuse casa cu un singur nivel, cu numeroase uşi de sticlă, „mereu mai multă lumină", ne spunea, chiar dacă vara obloanele rămâneau exasperant de închise! Un antreu vast era locul în care stăteam în cea mai mare parte a timpului când era lumină; camera de zi/sufrageria cu un mezanin, totul dădea spre terasă. Cât despre bucătărie, era separată. Un culoar despărţea camerele şi băile. Totul fusese făcut şi organizat pentru confort — prea rustic, după gustul meu — şi ca să nu lipsească niciodată nimic, fără a se uita păstrarea caracterului de casă de vacanţă; de unde, vesela ciobită, cutia cu jucării pentru copiii lui Alice în salon, biblioteca cu volumele vechi ale mamei şi pliantele turistice prezentând regiunea. În jurul piscinei şi pe terasă, ştiam că nu vom găsi niciodată mobilă de grădină Luxembourg de la Fermob, ci mai degrabă şezlonguri din plastic alb ale căror saltele erau desperecheate şi care riscau în orice moment să se rupă. Cât despre pereţi, fiecare avea dreptul la vopseaua proastă găsită de mama într-o piaţă mică! Pe scurt, tot ce adoram...

— Eu unde dorm?

— În camera ta! mi-a răspuns Alice, surprinsă că pot să pun o asemenea întrebare.

Camera mea... nu o mai aveam de foarte mult timp. E adevărat că părinţii mei îmi aminteau adesea de ea, convinşi că asta m-ar putea face să vin.

— N-am să-ţi ascund că deja au dormit şi alţii acolo, dar dacă ai venit, acela e locul tău, a urmat ea.

Ca să ajung în cameră trebuia să trec prin bucătărie, apoi prin spălătorie; era singura cameră care dădea în terasă şi piscină. Şi mai ales singura cu baie proprie. Eram salvată! Cu cinci ani în urmă, tata dorise să adauge o a doua baie la casă. Îmi aminteam că pe atunci mă luptasem să facem schimbări, dar n-am reuşit; veneam deja din ce în ce mai rar şi toată familia hotărâse că trebuia să am maximum de confort în puţinele dăţi când mă deplasam până acolo. Alice mi-a explicat repartizarea dormitoarelor; ea şi Cédric aveau camera lor obişnuită, Adrien şi Jeanne pe cea a părinţilor, copiii, toţi trei, într-un dormitor comun. Cât despre Marc, el se va alege cu mezaninul salonului, să zicem mai degrabă că-l va regăsi, pentru că întotdeauna dormise acolo când veneam pe vremea studenţiei.

— Te las să te instalezi, mi-a spus sora mea. Mă bucur că eşti aici. Vii şi tu la piscină?

— Imediat.

M-a sărutat pe obraz şi a ieşit pe uşa de sticlă. Am luptat împotriva descurajării evitând să mă prăbuşesc pe patul care probabil scârțâia la fel de tare. Mi-am pus taiorul în cuier şi mi-am golit valiza în comodă, fără să mă schimb, nu ar fi folosit prea mult. După aceea, neavând timp de pierdut, am plecat să caut sistemul de conectare la internet în antreu, apoi în camera de zi şi chiar în bufetul din sufragerie... Imposibil să-l găsesc. Am ajuns pe terasă unde mirosul de grătar m-a îngrețoşat.

— Alice! Unde a instalat tata modemul?

— Ce modem? a zbierat ea din piscină.

Începea bine. Nu eram decât de o oră acolo şi mă călcau toți pe nervi, începând cu sora mea!

— Păi, modemul, internetul, toate astea! Comunicarea cu lumea exterioară, îți spune ceva?

— Nu există, mi-a răspuns sec.

— Nu pentru mult timp! am replicat, îngrozită.

I-am sunat pe părinți, fără să stau pe gânduri.

— Yaël a mea! a exclamat tata. Alice ne-a spus că vii la Mica Floare! Cum ți se pare casa?

— Foarte bine, tată!

— Să dai o raită prin hambar, aş vrea părerea ta...

— Vom vedea, l-am întrerupt. N-ai instalat internet?

— Cui i-ar fi folosit?

Mie. Şi, ca de obicei, mi-am pierdut curajul în fața tatei.

— Vrei să vorbeşti cu mama?

— Nu, o sun altă dată, vă pup.

— Suntem fericiți să te ştim acasă.

Ce-aveau toți de-mi spuneau asta? Devenea chiar supărător.

Imediat ce am închis, mi-am stabilit tabăra în sufragerie, mai precis pe masa din sufragerie, mă gândisem că n-o să las situația să se înrăutățească, trebuie să provoci destinul. Mi-am instalat *hot spot*-ul, rugându-l pe bunul Dumnezeu ca rețeaua să nu facă prea multe figuri. M-am simțit mai bine când în sfârşit am putut să mă conectez la serverul agenţiei, ca şi cum aerul ar fi devenit mai respirabil. Niciun mail nou în cutia mea poştală; de neînţeles. Doar dacă Bertrand nu reacţionase repede: putea foarte bine să redirecţioneze toată corespondenţa mea spre cutia lui poştală — reacţie care ar fi putut să-i dovedească fermitatea. Am hotărât să-i scriu:

Bertrand,

Te rog încă o dată să mă scuzi pentru puseul de oboseală de la sfârşitul săptămânii trecute, nu se va mai repeta.

Ai putea să-mi reactivezi mail-urile? Aş dori să fiu la curent cu mersul dosarelor mele cât timp sunt în Lourmarin. Îţi mulţumesc anticipat.

Cum a decurs semnarea contractului cu clientul nostru din această dimineaţă? E mulţumit de prestaţie?

În aşteptarea veştilor de la tine,

A ta,

Yaël

Apoi, mi-am îndreptat atenţia spre Gabriel. Ca să mă întorc mai repede la agenţie eram gata chiar să mă fac preş în faţa acestui ticălos! L-am trecut pe Bertrand în *copy*.

Bună ziua, Gabriel

Sper că semnarea contractului vă mulţumeşte. Vă doresc o mare reuşită cu această nouă investiţie.

Voiam să-mi cer scuze pentru delăsarea mea de vineri. Sper să pot colabora din nou cu dumneavoastră foarte curând. Acum nu mă aflu în Paris. Dar voi fi disponibilă dacă aveţi nevoie de serviciile mele.

Transmiteţi-i salutările mele soţiei dumneavoastră, îi voi face neapărat o vizită la Atelier.

A dumneavoastră,

Yaël

Nu-mi mai rămânea decât să aştept. Am ridicat nasul din ecran şi am văzut activitate în jur: un adevărat furnicar. Toţi treceau prin faţa mea cu braţele încărcate de farfurii şi de mâncare. *Când o să se termine asta? E cât pentru un regiment!*

— La masă! a exclamat Cédric.

— E valabil şi pentru tine, mi-a spus Jeanne bătând cu palma în masă. De nevoie şi fără niciun chef, m-am dus pe terasă, unde masa era aşezată. Copiii, încă în costume de baie, erau serviţi de mamele lor. Iar Adrien şi Cédric se grăbeau să se aşeze, şi ei tot în slip şi cu bustul gol, aşteptând cu siguranţă să fie serviţi de soţiile lor. Doar că Jeanne le-a aruncat o privire furibundă. Pe fază, Adrien a intrat în casă şi s-a întors cu două tricouri. Aşa e mai bine, i-a felicitat ea.

— Pe noi nu ne-ar deranja să mâncaţi cu sânii goi, i-a răspuns soţul ei.

— Copii! au strigat în cor mamele.

— Ce faci acolo? m-a întrebat Cédric.

Am trecut pragul spre terasă şi am luat la rândul meu loc la masă.

— Îţi aminteşti cum se face? a continuat el. Punem totul pe masă şi se serveşte fiecare. Adevăratele mese sunt seara. Poftă bună!

Am luat o roşie, am tăiat-o şi am pus deasupra un fir de ulei de măsline; n-aş fi putut să înghit nimic altceva, apetitul încă nu-mi revenise. Stomacul meu rămânea exasperant de strâns. Era aşa o gălăgie la masă, că mi s-a declanşat iar o migrenă. N-am deschis gura: nu aveam nimic de spus. M-am mulţumit să-i observ: zâmbitori, bronzaţi de primele raze de soare, vorbind despre jocurile cu mingea de după sosirea lui Marc. Am refuzat desertul dând la o parte farfuria şi m-am dus să înghit un Doliprane[4] în bucătărie.

— Te simţi bine? A mers? m-a întrebat Alice alăturându-mi-se.

Minunat! De fapt, mulţumesc pentru durerea de cap! M-am străduit să zâmbesc dând din cap.

— O să poţi să faci baie liniştită în curând, copiii au interdicţie în piscină la începutul după-amiezii.

— Mulţumesc că mi-ai spus. O să lucrez puţin înainte.

— Ce-o să faci? a zis cu vocea gâtuită.

— Nu spune nimic.

M-am răsucit pe călcâie şi m-am întors din nou spre ecran ca să-mi verific cutia poştală electronică. Nimic. Poate că prânzul lui Bertrand dura o eternitate...

Am rămas în sufragerie o bună parte din după-amiază fără să caut să vorbesc cu niciunul de-acolo. Râsetele de pe terasă şi jocurile din piscină îmi ajungeau la urechi. Mi-am verificat din nou o ultimă dată — înainte de următoarea — mail-urile şi am hotărât să mă alătur celorlalţi. Mi-am scos încălţările şi în două secunde am uitat cei un metru şaptezeci şi cinci artificiali. Eram scundă, în realitate. Dalele reci mi-au îngheţat tălpile, regăsindu-mă în picioarele goale am avut senzaţia că sunt o dansatoare pe sârmă în echilibru şi că pierd şi mai mult controlul asupra adevăratei mele vieţi. Fetele se bronzau, cu un ochi pe progeniturile lor, răsfoind reviste, băieţii se prosteau în apă împreună cu copiii. Mi-a dispărut curajul, n-am trecut de bariera de protecţie şi m-am mulţumit

---

[4] Medicament recomandat pentru tratarea durerilor uşoare şi moderate şi/sau a stărilor febrile. (*N.t.*)

să mă sprijin de ea. Gâtul mi s-a strâns; ce supliciu să-i văd distrându-se, relaxându-se împreună, fără să mă simt în stare să particip la această fericire, nu mai ştiam cum este, nici cum se face. *De ce mai sunt aici?* Această întrebare îmi revenea fără încetare în minte de când coborâsem din tren. Ce făceam eu aici, când viaţa mea continua fără mine la Paris?

— Yaël!

Adrien... Nu-l văzusem venind.

— Vino, îţi promit că nu te ud.

Cu coada ochiului am văzut toate capetele întoarse spre noi.

— OK.

Mi-a deschis bariera, am coborât cele două trepte şi am ajuns la nivelul piscinei. El s-a îndepărtat şi s-a aruncat în apă, făcând pe toată lumea să izbucnească în râs, mai puţin pe mine, care i-am aruncat o privire asasină. Temându-mă să nu alunec, înaintam cu paşi atenţi până la fete, Alice s-a ridicat şi mi-a făcut loc pe şezlongul ei. Jeanne mi-a observat picioarele goale.

— Te-ai hotărât în sfârşit să-ţi scoţi încălţările. Nimic de zis, frumoşi pantofi, dar cum faci să mergi cu aşa ceva?

— Chestie de obişnuinţă, i-am răspuns ridicând din umeri.

— De ce nu te schimbi? m-a întrebat Alice. Pune-ţi un şort şi un tricou scurt fără mâneci, te vei simţi mai comod!

— N-am, am mormăit.

— Nu se poate! Dressingul tău e gata să explodeze!

— N-am decât ţoale pentru serviciu! E mult timp de când nu mai am nevoie decât de ele.

O oră mai târziu, am refuzat plimbarea în grup la Lourmarin de la sfârşitul după-amiezii, ca să profit în linişte de casă şi de piscină. Foarte aproape de mine, am auzit isteria copiilor când au trecut pe lângă un vânzător de îngheţată. În sfârşit, puţină linişte! Fără să pierd timpul, mi-am pus costumul de baie şi ochelarii, renunţând totuşi la caschetă. Înainte să-mi încep turele, am dat la o parte jucăriile copiilor, colacii de salvare şi cele două saltele pneumatice. Tăcerea apei mi-a golit mintea, nervii au început să mi se liniştească datorită înotului rapid, m-am epuizat prin efort fizic, nu aveam altceva ca să compensez lipsurile şi să nu mai am noţiunea timpului. Fiecare minut de când venisem mi se părea echivalentul unei ore. Începutul unei crampe a iradiat în coapsa mea, ceea ce m-a nedumerit pentru că mai aveam nevoie de timp ca să mă liniştesc; a trebuit totuşi să mă duc la marginea piscinei ca să mă întind în apă. Nişte aplauze au răsunat în spatele meu, am întors repede capul, scoţându-mi ochelarii. Stăteau aliniaţi în faţa piscinei. De cât timp erau acolo?

— Eşti un adevărat papuc zburător! a strigat cumnatul meu.

— Trebuie să fie reconfortant, a adăugat Jeanne.

Le-am zâmbit sincer, am ieşit din apă şi m-am dus să-mi verific telefonul, aflat la adăpost în husa lui etanşă. Tot niciun răspuns de la Bertrand. Zâmbetul mi s-a şters.

— Mă duc să fac duş.

Am ieşit din camera mea doar când am auzit zgomote în bucătărie; prea târziu pentru o mână de ajutor, cina era gata şi masa pusă. Am înghiţit două guri din paharul cu vin rosé pe care Cédric mi l-a servit şi trei îmbucături din ghiveciul făcut de Alice. Aş fi vrut să-l savurez: imposibil. Nu aveam decât amintirile care să-mi spună că era delicios, cu legumele sale coapte la soare. Nu mai aveam poftă de nimic şi pentru nimic. Nesuportând să-i văd întârziind la masă, m-am ocupat de vase şi mi-am liniştit nervii făcând treabă prin bucătărie. Două zile de când începuse „vacanţa" şi deja, după părerea mea, arăta ca o cocină de porci. Dar am fost repede oprită din elanul meu de către Alice şi Jeanne, care mi-au spus că deja cei mici erau în pat şi aspiratorul nu era recomandat când dormeau. Uitasem de ei. Consecinţa a fost imediată: m-am dus să mă culc, deşi ştiam prea bine că nu voi închide un ochi toată noaptea. Nu mă înşelam; m-am sucit şi m-am învârtit sub cearşaf, mi-era cald, apoi frig, noaptea adâncă mă deranja şi neliniştea mă sufoca. Liniştea apăsătoare lăsa să se audă zgomote de animale care îmi făceau pielea ca de găină. Cum am închis pleoapele, nu mai ştiam unde eram, nici de ce mă aflam acolo. Nu voi rezista trei săptămâni în ritmul ăsta, fără să vorbesc, fără să muncesc, fără o conexiune la internet demnă de acest nume, fără să negociez, fără să interpretez, cu gălăgia neîncetată a copiilor, glumele băieţilor, veselia surorii mele, fericirea lor, relaxarea lor, viaţa lor... M-am ridicat dintr-un salt în capul oaselor, cu inima bătându-mi tare, muşchii încordaţi. Locul meu nu era aici, era la agenţie. Nu degeaba nu îmi mai luasem concediu de patru ani, nu mai suportam să nu fac nimic, să nu fiu în acţiune. M-am hotărât: mă voi întoarce la Paris cât mai curând posibil. La sfârşitul săptămânii, întoarcerea acasă. Nimeni nu mă va împiedica. Intram în rezistenţă.

A doua zi, mi-am petrecut dimineaţa discret. Ascunsă în spatele ecranului, am consultat mersul trenurilor şi am căutat o maşină de închiriat ca să ajung la gară fără să cer nimic nimănui. Absorbită de micul meu proiect de a-mi face bagajul, tărăboiul copiilor şi al băieţilor aproape că nu m-a deranjat. Numai că după-amiază am înțeles foarte repede că nu-mi voi putea pune imediat în aplicare planul.

— Ia-ți cardul, mergem la shopping! m-a anunțat veselă Jeanne.

Ce înseamnă asta?

— N-am chef! Lasă-mă-n pace!

— Îți închipui că ai de ales! Ți-ai luat la tine pantofii sport?

— Da.

— Pune-ți-i, coborâm pe jos în sat.

Un sfert de oră mai târziu, îi lăsam pe băieți și pe copii acasă. Am rămas fără glas cât a ținut drumul, ascultându-le cum îmi expuneau obiectivul acestui shopping: să-mi schimbe garderoba. Era de neconceput să rămân îmbrăcată în ținutele de serviciu tot concediul. Aveau o idee fixă cu hainele mele! Nu! De fapt, ceea ce voiau ele astăzi era să mă dezbrace! Având o vagă idee de conținutul contului meu bancar, plecau de la premisa că puteam să-mi fac plăcerea în magazinele din Lourmarin, nu întotdeauna renumite pentru afacerile bune. Pe drum, Alice și Jeanne mă flancau, ținându-mă fiecare de braț. Parcă le-ar fi fost frică să n-o iau la fugă. În pofida ideii mai mult decât tentante de a fugi, nu aveam să fac asta; dorința mea de a le face pe plac era mai puternică și, de altfel, eu eram prima surprinsă de acest lucru. Ele știau unde mergem și, în cazul în care aș fi dorit, n-aș fi putut să mă opresc ca să încep să hoinăresc pe străduțele satului. Alice saluta în stânga și-n dreapta, cunoștea pe toată lumea. Sau aproape, nu pierduse pe nimeni din vedere, din copilăria și adolescența noastră.

— Am reperat locul ieri, mi-a spus Jeanne.

— Iat-o! a exclamat sora mea arătând o negustoreasă.

Vedeam deja tabloul! Trebuia să fie fosta pariziancă naivă care voise să se retragă la ţară! O să-i arăt eu ce înseamnă să fii pariziancă!

— Vă aşteptam! Yaël! Ce plăcere să te revăd! m-a întâmpinat ea cu un accent foarte, foarte cântat.

Ah, avusesem limba otrăvită. M-a pupat pe obraz şi m-a invitat să intru în magazin. Femeia era numai lapte şi miere, cu o rochie albastră drăguţă, accesorizată cu un colier din argint. Căzusem într-o afurisită de capcană!

— Du-te în cabină! mi-a ordonat Jeanne. Ne ocupăm noi de tot!

Timp de aproape două ore, m-am lăsat în voia lor încercând totul: rochii, fuste, şorturi, tricouri fără mâneci... Un al doilea negustor s-a alăturat petrecerii aducând sandale şi balerini. Tot îmbrăcându-mă şi dezbrăcându-mă transpirasem, mi-era sete, m-am plâns de asta când am ieşit din cabină înfăşurată într-o rochie uşoară, destul de strânsă pe corp, înflorată şi cu bretele fine.

— Alice, ai o sticlă de apă?

— Am ceva mai bun.

A făcut un schimb de semne cu negustoreasa şi a dispărut în stradă. Jeanne s-a postat în spatele meu.

— Cât timp sora ta face ce are de făcut, spune-mi ce părere ai de asta?

M-am uitat la imaginea pe care mi-o arăta oglinda; era faţa mea, era corpul meu şi totuşi... de atât de mult timp nu mai purtam decât negru, bleumarin sau gri! Uniforma îmi dădea un sentiment de putere, de siguranţă. Acum mă simţeam fragilă, vulnerabilă, expusă şi nu prea sigură pe mine. Imposibil să mă ţin dreaptă. Fără să ştie, fetele mă trimiteau înapoi în adolescenţă; perioada minunată când nu ştim ce să facem cu corpul nostru, unde să-l ascundem, unde greşim. Alice s-a întors însoţită de un chelner care ducea o tavă cu pahare cu picior şi o sticlă de vin alb.

— Voiam doar apă! i-am spus supărată.

— Este ora 17:30, ora aperitivului. Şi încă o dată, nu ai de ales!

— Soţii voştri au o foarte proastă influenţă asupra voastră!

Ele au izbucnit în râs şi, fără să-mi dau seama, le-am urmat exemplul şi mi-am băut paharul, vinul era delicios, gustul răcoros şi fructat mi-a trezit amintiri şi mi-a arătat provenienţa lui, era un Château-Fontvert. Înainte, când încă veneam, îl însoţeam mereu pe tata când refăcea rezervele de vin pentru domeniu. Acest puseu de bună-dispoziţie s-a risipit cu viteza luminii când sora mea mi-a vârât sub nas o chestie micuţă, spre care am arătat cu degetul. Drept răspuns, mi-a adresat un zâmbet sadic.

— Serios vorbind, costumul tău de baie, nu se poate aşa ceva, mi-a explicat Jeanne.

— Ce? Dar ce-are?

S-a strâmbat, luptând împotriva unui râs nebun.

— E demn de o înotătoare est-germană, acestea sunt cuvintele exacte ale lui Adrien.

Cred că semănam cu un peşte, cu gura larg deschisă, înghiţind aerul. Ofensată, am smuls cei câţiva centimetri pătraţi de material din mâna surorii mele, m-am închis în cabină şi l-am probat.

— E bun, îmi vine, îl iau, le-am spus din spatele perdelei.

— Pune-ţi astea ca să plecăm, mi-a zis Alice strecurându-mi pe după perdea un şort şi o bluziţă colorată.

Şedinţa de tortură se termina. Am trecut pe la casă, fără să verific suma pe care o aveam de plătit. La drept vorbind, puţin îmi păsa, asta nu mă va face să rabd de foame. Dar dintr-un alt motiv aveam de asemenea sentimentul că mă aflasem în corpul şi în mintea unei străine în aceste două ore, iar această străină se simţise bine, trebuia să recunoască. Aşadar, sfertul de oră de relaxare se terminase. Înainte să ies din magazin, am profitat că ele erau întoarse cu spatele, ca să-mi verific telefonul şi mail-ul. Tot nimic. Întruna, nimic. Când se va sfârşi acest infern? Nu doar noile mele haine m-au făcut să strâng din umeri. Pe drumul de întoarcere, am vorbit tot mai puţin, gândindu-mă la Paris, la agenţie, la Bertrand care se lipsea de mine, în timp ce fetele, uşor ameţite din cauza vinului, nu se opreau din trăncănit. Mergeam pe drumul frecventat doar de către puţinii locuitori ai celor câteva case vecine cu a noastră, când s-a auzit un zgomot de motor.

— Ia te uită, vecinul are acelaşi tractor ca atunci când eram mici, i-am spus lui Alice.

— A, da! mi-a răspuns ea, surprinsă.

O luasem pe un drum lateral pentru pietoni, când am aruncat o privire în spate pentru că s-a auzit un claxon. Vehiculul care se apropia de noi n-avea nimic dintr-un tractor, era un vechi Porsche gri, care de altfel s-a şi oprit în dreptul nostru. Capul lui Marc s-a ivit pe geamul deschis.

— Vasăzică, vă plimbaţi?

A coborât din maşină, însoţit de exclamaţiile fetelor.

— E a ta rabla asta? l-a întrebat Jeanne îmbrăţişându-l.

El s-a legănat de pe un picior pe altul dând din mâini.

— Nu... adică da, de fapt era a lui Abuelo, mi-a dat-o când el n-a mai condus.

— Ţi se potriveşte, a constatat Alice salutându-l şi ea.

Eu l-am pupat fără un cuvânt.

— Eşti bine? m-a întrebat el cu precauţie.

— Foarte bine.

— Dacă nu vă deranjează să vă înghesuiţi, sunt şoferul vostru până acasă.

— Du-te, Jeanne, a declarat Alice. Noi mergem pe jos!

— Yupi! s-a bucurat Jeanne.

A înconjurat maşina alergând. Marc a luat genţile tuturor, i le-a dat pasagerei sale şi s-a urcat din nou la volan. A pornit motorul şi a demarat într-un nor de praf. Alice m-a luat de braţ.

— Şi acum, între noi!

O să am un moment neplăcut. *Mă rog... dacă trebuie...*

— Ce vrei să spui?

A oftat.

— Încearcă să intri puţin în atmosferă.

— Fac tot ce pot.

— Nu sunt sigură... ştii, e greu pentru toată lumea să te vadă aşa, retrasă, nu vorbeşti cu noi, nimic nu pare să-ţi facă plăcere. Suntem neputincioşi, nu mai ştim ce să facem ca să te înveselim.

Orice, numai asta nu... Alice chiar îşi făcea griji pentru mine şi n-ar fi trebuit.

— Te înşeli, a fost bine în după-amiaza asta.

Mi-a dat drumul la braţ şi a iuţit pasul, vizibil neconvinsă.

— A, da? Te-ai închis ca o scoică de când am plecat. Îl trimiţi la plimbare pe Adrien de câte ori face o glumă, Cédric îşi petrece timpul întinzându-ţi o mână de ajutor, nu arunci nicio privire spre copii, care se bucurau totuşi atât de mult că eşti aici! Pe Marc abia dacă îl pui la socoteală. Grozavă primire, când el nu ştie ce să mai facă să-l iertăm. Nu uita nici că a divorţat ieri, măcar ai putea încerca să-i ridici moralul. Ţi se întâmplă să te gândeşti din când în când şi la alţii? Te interesează viaţa noastră sau puţin îţi pasă?

— Bineînţeles că mă interesează!

— Nu mă lua de proastă!

Era ocazia ideală ca să-mi pun planul în aplicare.

— Ai dreptate, o să vă stric vacanța dacă rămân. Cel mai bine este să mă întorc la Paris.

Am crezut c-o să-mi sară la gât, o dădusem în bară. Şi, ca să fie şi mai rău, m-am chircit şi mi-am lăsat capul în piept frământându-mi mâinile nervoasă.

— În niciun caz! N-ai înțeles nimic din ce ți-am spus!

S-o văd pe Alice enervându-se astfel era rarisim şi îmi făcea inima să se strângă. Ea nu ridica niciodată vocea la mine. S-a oprit brusc şi m-a privit din cap până-n picioare, avea obrajii roşii, semn evident că oala sub presiune era gata să explodeze.

— Eşti strălucită când vine vorba de muncă, dar în privința raporturilor umane eşti zero! Noi te iubim! Lasă nenorocitul ăla de telefon şi trăieşte!

Brațele mi-au căzut moi, Alice şi-a dus mâna la frunte, exasperată.

— Uite cum mă faci să vorbesc urât! Şi ştii că detest să fiu astfel! Dacă ții cât de puțin la sănătatea mintală a surorii tale mai mari, şi subliniez „mai mari", reacționează! Acum, să mergem!

O, da, în privința asta era sora mai mare, fără nicio îndoială. Iar eu eram fetița cea mică. A luat-o înainte, am urmat-o, revăzând în minte iar şi iar scena, realizând până la ce punct eram o povară pentru toți, comportându-mă în felul acesta. Ce să fac? Alice avea dreptate, nu mai ştiam să mă port normal cu alții în afară de Bertrand, colegii sau clienții mei. Ba mai mult, îi consideram pe colegi o cantitate neglijabilă şi bine făceau că mă detestau. Sosirea la Mica Floare a marcat incapacitatea mea de a mă bucura, ca şi cum nu aş fi avut nicio legitimitate să mă alătur râsetelor lor, plecând de la principiul că nu mai aveam loc printre ei, căci ei trăiau într-o lume care-mi era de-acum inaccesibilă. Oricum, imediat ce încercam să fiu ca ei, greşeam complet. Léa, nepoata mea, îmi dovedea asta fugind de mine. Atitudinea mea serioasă îi speria pe copii. Adrien şi Cédric îl aruncaseră pe Marc în apă complet îmbrăcat, imediat ce acesta coborâse din maşină, nici portiera nu apucase s-o închidă. Toată lumea râdea, eu n-am reuşit decât să schiţez un zâmbet forţat. Şi, privindu-i, mi-am spus că Marc se întorsese în vieţile noastre la momentul potrivit, lua locul pe care eu îl lăsasem gol de ani de zile. Numai că asta nu era deloc de ajuns pentru sora mea. Mă voia acolo, prezentă, la locul meu.

— Pregătiţi aperitivul, le-a cerut Jeanne băieţilor. Între timp, noi ne ocupăm de copii.

Fără a uita să-mi arunce o privire, Alice i-a luat pe Marius şi pe Léa şi s-a dus în casă, însoţită de Jeanne şi de Emma. Am profitat că scăpasem de supravegherea ei, ca să-mi scot telefonul din buzunar, şi m-am aşezat pe zidul scund care înconjura terasa. Să verific încă o dată şi să tot verific. Şi încă o dată, tot nimic. Niciun mail, niciun apel.

— Yaël!

Era Marc. Ceilalţi îl lăsaseră în sfârşit să iasă din apă. Era într-un hal fără de hal, cu apa şiroind pe el, jeanşii şi cămaşa lipite de piele.

— N-am putut să mă ocup de sacoşele tale, după cum vezi. Vino să le iei, n-aş vrea să stric ceva.

Am sărit de pe zid şi l-am urmat până la maşină. Mi-am luat lucrurile şi mă pregăteam să mă întorc, când l-am văzut luptându-se cu geanta lui de voiaj, pe care am recunoscut-o de la prima privire: era aceeaşi pe care o avea în urmă cu zece ani, o geantă mare de piele maro, extrem de uzată, ale cărei curele de altfel fuseseră reparate de nenumărate ori.

— Vrei un prosop?

— Încerc cu disperare să iau unul din geantă, fără să distrug totul! mi-a zis râzând.

M-am apropiat şi i-am aruncat o privire interogativă. Înainte, nici nu mi-ar fi trecut prin cap să-i cer permisiunea de a-i scotoci printre lucruri, aş fi făcut-o fără să stau pe gânduri. Era departe vremea aceea!

— Pot?

Mi-a zâmbit. În mai puţin de două secunde, am simţit textura absorbantă printre celelalte lucruri şi i-am dat prosopul. S-a şters pe faţă.

— Baia e ocupată, nu-i aşa?

— Da. O să fie o vreme, cu copiii şi fetele.

— Nu e grav, aştept.

L-am lăsat acolo, neştiind ce altceva să-i spun.

După ce mi-am aranjat noile haine în comoda din camera mea, m-am dus la bucătărie unde am pregătit o tavă cu farfuriile pentru cină, fără să uit de mâncarea pentru copii. Am vrut să duc totul pe terasă, dar am încremenit în prag. Cei trei băieţi beau un pahar în jurul mesei şi nu mi-au remarcat prezenţa în spatele lor. Marc, încă în jeanşii uzi, îşi scosese cămaşa şi bascheţii. Cédric şi Adrien se interesau de moralul său:

— E-n regulă? N-a fost prea greu ieri?

Iată ce aş fi putut să-l întreb! Nici măcar nu-mi trecuse prin cap. *Ce dobitoacă!* Şi-a trecut mâna prin părul scurt şi s-a prăbuşit pe scaunul din plastic. Apoi le-a adresat o privire amară şi un zâmbet trist:

— A, nu... atmosfera a fost bună! Ăsta e avantajul când nu te cerţi... Oricum, nu puteam să fac nimic ca s-o reţin.

Asta e, o să treacă... Dar, mă rog... aşteptam altceva de la viaţa mea... Voi amândoi aveţi noroc, ştiţi reţeta cu care să vă faceţi soţiile fericite.

A oftat privind în depărtare. Ceea ce am hotărât să fac îmi cerea un efort supraomenesc, dar era un mijloc de a dovedi că mă străduiam.

— Marc, i-am întrerupt ieşind din ascunzătoarea mea şi apropiindu-mă de ei. Camera mea are baie, du-te dacă vrei.

— Eşti sigură? Nu mă deranjează să aştept.

— Ai fi prost să refuzi! a răcnit Adrien.

— Dacă-ţi spun, am insistat.

Era în interesul lui să se hotărască repede, pentru că începeam deja să regret propunerea pe care i-o făcusem. Şi după aceea a fost prea târziu, Marc s-a ridicat în picioare, şi-a luat geanta de voiaj şi a intrat în camera mea pe uşa de sticlă.

— Mulţumesc! mi-a spus înainte să se facă nevăzut.

— Meriţi un păhărel pentru asta, m-a complimentat Cédric.

Am luat paharul cu vin rosé şi m-am aşezat, scoţându-mi, încă o dată, telefonul. Reţeaua fiind în funcţiune, am profitat ca să citesc ştirile. Adâncită în lectura ştirilor economice — nu prea pasionante în luna august —, nu am remarcat că masa era aproape completă până în momentul în care vocea surorii mele m-a făcut să ridic nasul din telefon.

— Unde-i Marc?

— La duş, la Yaël în baie, i-a răspuns soţul ei.

— Poftim?

M-a privit de parcă îmi apăruse deodată un al treilea ochi pe frunte. M-am abţinut să nu scot limba la ea.

— Mi-ai cerut să fiu drăguţă, nu?

Nu a găsit nimic să răspundă.

Următoarele două zile m-am izolat pe terasă, pe jumătate lungită pe un şezlong, întoarsă spre vie, câteodată la umbra chiparosului, suportând cu greu mistralul când se pornea. Cu toate acestea, puteam să văd piscina şi pe ocupanţii ei în dreapta; îi auzeam, mai ales. Îmi petreceam zilele acolo, gândindu-mă la munca mea, privind peluza arsă de căldură şi de soare, nelăsând telefonul din mână nicio secundă, sperând încă la un răspuns, la un apel de la Bertrand. Nu vorbeam cu ceilalţi decât dacă mi se adresau, singurii mei adevăraţi companioni erau greierii, al căror ţârâit mă călca pe nervi. Mă mulţumeam cu strictul necesar ca să n-o supăr pe sora mea; ajutând la pregătirea meselor, continuând să-i ofer baia mea lui Marc şi nepurtând decât noile haine. Plictiseala mă chinuia, aveam nervii din ce în ce mai întinşi, tot nu dormeam sau dormeam prea puţin, eram conştientă de starea mea. Uneori, aş fi vrut să explodez, să urlu, să lovesc în ceva, să fac orice ca să scap de greutatea care mă apăsa, care mă devora pe dinăuntru.

În seara aceea, când copiii s-au dus la culcare, am avut grijă să le urez noapte bună. Iar la cină am fost atentă să nu mănânc şi să nu beau decât ce putea să suporte stomacul meu, adică nu mare lucru, dar era oricum mai bine încât să-i dau speranţe. Adulţii vorbeau de excursiile pe care am putea să le facem. Fetele voiau să meargă la expoziţia de la Carrières de Lumière din Baux-de-Provence, băieţii ar fi vrut la minele de ocru, pentru plăcerea de a purta o cască de şantier. Evident, în afară de a-i cere cuiva sarea, nu interveneam în nicio discuţie, nevoind să greşesc şi mai mult. Marc se străduia să mă facă să particip la discuţii. Cum nu răspundeam decât prin monosilabe, s-a lăsat păgubaş până la urmă, dar neîncetând să-mi arunce priviri curioase şi neliniştite. Vibraţia inopinată şi atât de aşteptată a telefonului pe masă m-a făcut să tresar şi să scot un strigăt de bucurie. Şi a declanşat de asemenea o tăcere bruscă de catedrală. Toate privirile s-au îndreptat înspre mobilul meu. Un mail! Tocmai primisem un mail! Eliberarea! Voi lua un tren şi îmi voi relua şi viaţa!

— Ce-i asta? m-a întrebat Jeanne.

— Noutăţi de la muncă!

Inima îmi bătea nebuneşte, zâmbeam cu gura până la urechi, tremuram, respiraţia mi s-a accelerat. Era atât de bine, că am prelungit plăcerea. Extazul era la îndemâna mea. Nu m-am grăbit. Simbolul pentru mail avea în sfârşit o cifră. Am închis ochii, am atins uşor cu degetul plicul. Apoi am clipit. Şi mi-a venit să vomit, să plâng, să urlu, să lovesc. Era o reclamă pentru o vânzare privată. Nu primeam niciodată aşa ceva, blocasem toate mesajele de genul ăsta. De ce acum? De ce reuşise acest mail fără interes să se fofileze printr-o breşă, când de la Bertrand sau de la vreun client nu aveam niciun mail încă? O să înnebunesc. Am strâns din maxilare, nevoind să mă prăbuşesc în faţa celorlalţi.

— Ceva important? s-a neliniştit Marc.

Vocea lui mi s-a părut că vine de departe.

— Nimic, am răspuns sumbru. Scuzaţi-mă, mă duc să mă culc.

Mi-am debarasat farfuria pe trei sferturi plină şi tacâmurile, le-am pus în maşina de spălat vase şi m-am baricadat în cameră. A trebuit totuşi să le mai înfrunt o dată privirile când am închis obloanele care dădeau spre terasă, într-un concert de „noapte bună!". Eram atât de supărată, încât nu am avut puterea să strig la Marc, care îşi lăsase trusa de toaletă în baia mea.

Am petrecut o parte din noapte rumegându-mi tristețea, cu capul băgat în pernă, şi probabil că am reuşit să ațipesc o oră sau două. La 5:30, nemairezistând, am făcut un duş. O jumătate de oră mai târziu, mă instalam pe terasă — era deja bine, destul de cald pentru o oră atât de matinală — cu laptopul, hotărâtă să-i scriu lui Bertrand un mail suficient de convingător. Situația asta nu mai putea să dureze! Cu degetele pe tastatură, am avut impresia că îmi pierdusem toți neuronii în răstimp de câteva zile; nu ştiam ce să-i spun, am scris mai multe ciorne care au ajuns toate la coş. O să-mi pierd toate facultățile, în ritmul ăsta. Hotărât lucru, vacanța nu era pentru mine! Uşa de sticlă de la camera de zi s-a deschis şi a apărut Marc, somnoros.

— Te-am trezit? Iartă-mă!

— Nu-ți face griji, sunt matinal de felul meu.

A pus lângă laptop o ceaşcă de cafea.

— Mulțumesc, i-am spus înainte să mă întorc din nou spre ecran.

S-a aşezat în fața mea şi, spre marea mea mulțumire, nu a spus nimic. Totuşi, prezența lui mă incomoda; la ora aceea credeam că voi fi liniştită şi, poftim, eram supravegheată. Am oftat de uşurare când s-a ridicat şi s-a dus în casă. Această relativă pace nu a durat mult, căci după câteva minute a revenit, îmbrăcat, şi s-a aşezat lângă mine.

— Ai nevoie de ceva? l-am întrebat sec.

— Mai degrabă tu ai nevoie de ceva.

— Asta-i bună! Du-te şi culcă-te la loc şi lasă-mă-n pace.

Fără să-mi lase timp să reacționez, mi-a închis calculatorul şi mi l-a luat.

— Dă-mi-l înapoi! am urlat sărind de pe scaun.

El mi-a pus mâna la gură.

— Ssst! Ai să trezeşti pe toată lumea... Nu ştiu ce încerci să faci, dar ce ştiu e că nu reuşeşti.

M-am încruntat, el a râs.

— Acum zece ani, tot aşa făceai când ceva ţi se opunea. În genul, ochi ridicaţi spre cer şi buze ţuguiate. Mă înşel?

Am dat din cap, răutăcioasă.

— Nu te încrâncena. Vei încerca iarăşi mai târziu. Vino cu mine să dăm o raită. Dacă iau mâna, taci?

Am dat din cap că da. S-a executat şi, luându-mă de braţ, m-a tras după el. Am reuşit totuşi să-mi iau telefonul şi să-l strecor în buzunarul şortului. A găsit o bucată de hârtie pe care Marc a scris cu mâna stângă, cum scria el, că am plecat să ne plimbăm şi să nu-şi facă nimeni griji. În mai puţin de cinci minute, motorul maşinii lui huruia.

— Dar asta oare nu trezeşte pe toată lumea?

A arborat un zâmbet mulţumit. Mi-am întors ochii de la el şi am privit peisajul, bosumflată.

— Mai eşti supărată pe mine? m-a întrebat rupând tăcerea după câţiva kilometri. Că am plecat atunci, vreau să spun...

— Nu! i-am răspuns vehement. Nu-ţi închipui aşa ceva!

— Şi totuşi, da.

— Asta-i bună, Marc! am exclamat exasperată. Mi-a trecut de mult.

— Am impresia că fugi de mine, nu e niciodată chip să stăm de vorbă amândoi.

— Te-ai întors într-un moment prost, asta-i tot. Am multe treburi de gestionat la muncă şi nu-mi mai rămâne timp pentru restul. Lucrurile s-au schimbat. Toată lumea ţi-a spus! Ar fi timpul să înţelegi.

Am încetat discuţia luându-mi telefonul din buzunar şi mi-am continuat ciornele, neobosită, fără să găsesc totuşi satisfacţie în asta. Şi apoi, brusc, aparatul mi-a dispărut din mână. M-am întors spre Marc, care mi-l subtilizase din mers. Geamul din dreptul lui era deschis şi el ținea telefonul, strâns în palmă, deasupra şoselei, cu un zâmbet larg pe buze.

— Dă-mi-l! am țipat.

— S-o crezi tu!

— Nu e o jucărie!

— Găsesc că este chiar mai amuzant!

Îmi ieşisem din fire. Marc habar n-avea ce voia să facă. Mai rău ca un adolescent întârziat! Mi-am desfăcut centura, gata să acționez frâna şi să sar pe el dacă era nevoie.

— Yaël, nu face prostii, mi-a spus el râzând. O să ieşim din decor din cauza ta.

— Dă-mi telefonul, imediat.

Am încercat să-l trag de mână şi maşina a deviat de la drum. Totul s-a petrecut în mai puțin de o secundă, am văzut telefonul dispărând, apoi Marc m-a împins fără menajamente la locul meu, a pus iarăşi amândouă mâinile pe volan şi un camion care venea din față ne-a atins uşor claxonând nebuneşte.

— Uf! Drăcia dracului! Sunt grozave plimbările cu tine, mi-a spus Marc, tot cu zâmbetul pe buze, abia dacă puțin crispat, stăpânindu-se perfect.

M-am ghemuit pe locul meu şi am închis ochii cât de strâns am putut. Corpul mi s-a dezechilibrat uşor când maşina a încetinit şi a întors.

— Yaël? Mă auzi?

Nu reuşeam să deschid gura, aveam impresia că fața îmi era sculptată în marmură. Marc a oprit maşina şi mi-am dat seama că se dă jos. A deschis portiera din dreptul meu câteva minute mai târziu.

— Atât a mai rămas din el.

Am deschis ochii şi am văzut resturile telefonului meu. Marc mi le-a pus pe genunchi şi a urcat în maşină luându-şi ţigările de rulat din buzunarul bermudelor. M-am uitat la resturile electronice care erau să ne coste viaţa, mai ales pe el. Pentru că, până la urmă, a mea se rezuma la asta. *La chestia asta*. Lumea, ceilalţi nu mai existau, nu mai aveam nicio idee despre ce este bun, rău, drept sau nedrept. Existenţa mea se rezuma la informaţiile furnizate de *chestia asta* inanimată, fără emoţii. Eram o scoică goală, fără consideraţie pentru cei din jurul meu. Fusesem pe punctul să-l omor pe Marc ca să-mi salvez telefonul, acest iPhone 6 cu care dormeam, care până la urmă era bunul meu cel mai preţios, unicul de altfel. Am simţit o mână pe braţ, m-am răsucit spre Marc, spăsit în faţa mea.

— Îmi pare rău pentru glumă, nu trebuia să se termine aşa, s-a scuzat el.

Nu, n-ar fi trebuit să se termine aşa şi nu era vina lui. N-ar fi trebuit să încerc să-l recuperez, n-ar fi trebuit să pierd din vedere realitatea, n-ar fi trebuit să devin complet iraţională pentru *chestia aia*, ar fi trebuit să râd, ar fi trebuit să scot limba la el, ar fi trebuit să-i promit că am să-l arunc în apă ca să mă răzbun.

— Yaël... te doare ceva? Te-ai speriat? A trecut, e în regulă...

Am dat din cap, cu privirea aţintită în continuare la telefon.

— Dacă eşti supărată din cauza mobilului, nu te îngrijora. O să facem turul satelor ca să-ţi găsim altul, îl plătesc eu.

Tot corpul a început să-mi tremure, de parcă aş fi ieşit dintr-o apă îngheţată. Inima mi-a luat-o la goană. Furia creştea în mine, necontrolată, devorantă, am avut nevoie de aer, l-am împins violent pe Marc şi m-am dat jos din maşină.

Am început să merg pe marginea acelui drum departamental, agitată, strângând în mână resturile telefonului, ecranul spart rănindu-mă în palmă, dar fără să am vreo reacție. Chiar și corpul îmi era anesteziat de lucrul acesta. M-am oprit brusc și am deschis palma. O ultimă urmă de dependență m-a făcut să iau cartela SIM, strivită, ca s-o strecor în buzunar. Și după aceea, am aruncat resturile cu toată puterea, cât mai departe posibil pe șosea, mușcându-mi pumnul ca să nu urlu. A venit un camion, a trecut peste ele și a împrăștiat în toate părțile ceea ce mai rămăsese din telefonul meu.

— Vino mai încoace, mi-a cerut Marc, îndepărtându-mă de carosabil. E o prostie!

M-a tras de umeri și m-a întors cu fața la el, eu tremuram, ținându-mi capul plecat. Până la urmă am ridicat ochii, el m-a privit fără animozitate și reproș.

— Iartă-mă, iartă-mă, iartă-mă..., am început să repet fără întrerupere.

Și atunci am simțit lacrimile curgându-mi pe obraji.

— Hai, plângi cât vrei, descarcă-te!

M-a strâns la piept și am putut să plâng în voie, cu mâinile agățate de cămașa lui. Nu știam de ce plâng, dar scăpam de o greutate. Asta a durat ceva timp, fără ca Marc să încerce să mă îndepărteze de el. Și după aceea, după un timp indefinit, hohotele mele s-au rărit.

— Mulțumesc pentru adrenalină, aveam nevoie, mi-a șoptit.

M-am desprins de el, mi-a zâmbit și mi-a trecut o mână peste obraji ca să-mi șteargă lacrimile.

— În mașină?

Am dat din cap, incapabilă încă să vorbesc.

— Voiam să ne petrecem ziua la L'Isle-sur-la-Sorgue. Spune-mi dacă preferi să ne întoarcem.

— Mergem, i-am răspuns cu vocea răguşită.

— Am plecat.

7

Nemaiştiind cât este ceasul, nu aveam idee cât timp trecuse până când am ajuns la L'Isle-sur-la-Sorgue. Priveam drumul pe geam fără să vorbesc, respirând efluviile de motor încălzit şi de piele, având impresia că mă aflu la nivelul solului, atât de joasă era maşina. Marc a ştiut exact unde să ne oprim. A oprit maşina într-o parcare, chiar în spatele pieţei centrale. Docilă, l-am urmat, fără să spun sau să întreb nimic, suportând căldura înăbuşitoare fără să mă plâng. El părea să fi uitat incidentul. În ce mă priveşte, eram încă uluită de comportamentul meu, de ceea ce descoperisem în mine. În ce mă transformasem? Într-o femeie insensibilă, iraţională, gata să arunce totul în aer pentru un telefon, toate astea ca să-i scrie un mail şefului. Teama retrospectivă pentru ce ar fi putut să ni se întâmple, să i se întâmple lui Marc, din vina mea, mă rodea. Nu voiam decât un lucru: să mă îngrop undeva ca să fiu uitată.

— Cafea şi croasanţi pentru început! m-a anunţat el vesel.

Cum putea să fie aşa cu mine, după tot ce făcusem cu puţin timp înainte? S-a instalat la prima terasă care ne-a ieşit în cale şi a făcut comanda rulându-şi o ţigară. Am fost serviţi rapid, dar eu am împins farfuria cu croasantul. Nu mi-era foame.

— Vin aici o dată pe an, mi-a spus între două înghiţituri. Pe vremea aceea, de altfel...

— Da?

— Adu-mi aminte, Yaël, tu eşti cea care îşi petrecea toate vacanţele în regiune? a râs el. Aici suntem acasă la negustorii de vechituri! Şi în acest moment e târgul internaţional.

— Într-adevăr... dar dacă vii aici în fiecare an, nu ai avut niciodată chef să treci pe la Mica Floare?

— Cum poţi să-mi pui o asemenea întrebare?

— Iartă-mă!

— Nu te mai scuza, prostuţo. Ai dreptul să pui această întrebare! Ştiu că nu mă crezi... dar nu v-am uitat niciodată.

— Să nu mai vorbim despre asta, Marc, te rog.

— Va trebui, totuşi. Dar, OK, nu acum.

După privirea lui, am înţeles că voia să uite trecutul. Aş fi vrut să-i spun că îl credeam sută la sută, dar nu reuşeam să îi înţeleg şi să îi admit tăcerea deplină de când se întorsese la Paris.

— Mergem? mi-a propus.

— Dacă vrei.

A căutat într-un buzunar şi a găsit câteva monede pe care le-a lăsat pe masă. Înainte să mă ridic, i-am întins farfuria mea, el m-a întrebat din priviri, eu i-am zâmbit uşor şi a muşcat din croasantul pe care îl lăsasem.

Începând din acel moment, nu am făcut altceva decât să-l urmez de la un anticar la altul, de la un stand la altul. Piaţa oraşului se transformase în cetatea antichităţilor şi a comerţului cu lucruri de ocazie. Erau peste tot, o parte din străzi erau blocate, Marc pomenise de Târgul internațional. Într-adevăr, chiar era târg! În pofida aglomerației, nu era gălăgie, expozanții făceau schimburi între ei în liniște, doritorii cotrobăiau printre lucruri fără să ridice vocea, unii minunându-se de ceea ce găseau. Trebuie să spun că erau lucruri pentru toate gusturile, atât de halucinantă era diversitatea, mergând de la mobilă de familie, veche — foarte, foarte veche —, până la mobilier industrial, fără a uita obiectele religioase sau serviciile întregi din porțelan. Am văzut chiar și o poartă din fier forjat de vânzare pe trotuar. Profesioniștii stăteau alături de vânzători ocazionali de vechituri, în perfectă armonie și, se pare, animați de aceeași pasiune pentru lucrurile vechi. Adesea, Marc se oprea și discuta cu câte cineva: râzând, glumind cu confrații lui, tachinându-i, dând din mâini în toate părțile. Făcea slalom prin mijlocul haosului din anumite buticuri, în largul său, ca la el acasă. Pentru mine, nu erau decât vechituri bune de aruncat, pentru el erau minuni care meritau zece vieți. Ce interes să-ți petreci existența în mijlocul relicvelor pline de praf? În clipa în care mi-am spus acest lucru, m-am gândit la propria mea viață: la munca mea, la telefonul meu dispărut, la consecințele și circumstanțele acestei dispariții. Respirația mi s-a accelerat, stomacul și gâtul mi s-au strâns.

— Te simți bine? m-a întrebat Marc.

L-am căutat din priviri, apăruse în spatele unei măsuțe.

— Da, e în regulă.

M-am concentrat asupra lui ca să evit să mă gândesc prea mult și în încercarea de a face să treacă accesul de panică incipient. Cu același interes, mergea pe trotuar și intra în magazine de design și artă contemporană, a trecut cu aceeași încântare de la corpuri de iluminat ultra-moderne și conceptuale la lămpi vechi de sticlă provenind dintr-o cârciumă din Bourgogne. Privirea îi întârzia pe anumite descoperiri; ca în clipa aceea, cu o mobilă de farmacie mai înaltă decât el, căreia îi mângâia lemnul şi mânerele din alamă, înainte să îngenuncheze şi chiar să se lungească de-a binelea pe jos ca să se uite dedesubtul ei şi, îmi închipui, să-i observe eventualele defecte. După aceea s-a ridicat din nou în picioare, s-a scărpinat în cap şi s-a uitat la mine, fără să mă vadă, reflectând. M-am abţinut să-i spun că chestia aia enormă nu va încăpea niciodată în magazinul lui. Şi, ca de alte două ori, a negociat preţul; atunci tonul cuvintelor scădea în intensitate, capetele se aplecau, sprâncenele se arcuiau, apăreau zâmbete forţate. Şi bani lichizi treceau din mână-n mână. După un moment, şi-a pus din nou pe nas ochelarii de soare şi s-a apropiat de mine strâmbându-se.

— Plecăm. Dacă mai continui, o să cheltui tot ce am în buzunar şi bugetul pentru vacanţă!

— Foloseşte-ţi cardul.

— N-am!

— Poftim? Dar în ce lume trăieşti?

— Sunt o adevărată mână spartă, nu cred decât în bancnote.

— Vrei să spui că atunci când ai nevoie de bani, te duci la bancă să scoţi lichidităţi?

Nu-mi venea să-mi cred urechilor, Marc era un ciudat.

— Exact!

— Ca bătrânii, de fapt! Eşti o figură!

A izbucnit în râs.

— Am chiar o rezervă sub saltea! Ar fi timpul să mâncăm, nu?

Nu a aşteptat răspuns la întrebare, cu atât mai bine, pentru că ar fi fost decepţionat. Nu se gândea decât la mâncare! A găsit rapid o masă — din fericire, la umbră — pe terasa *Au Chineur*, de-a lungul râului Sorgue. Hotărât lucru, îi plăceau fețele de masă roşii cu carouri albe! Privirea mea pe meniu a fost extrem de scurtă, a lui la fel, căci i-a făcut semn unui ospătar în clipa în care a înțeles că eram gata. M-a lăsat să încep.

— O apă plată cu lămâie şi... o salată verde.

— Pentru mine, o bere şi o friptură, vă rog, a continuat Marc. În sânge. Mi-a aruncat o privire şi l-a chemat înapoi pe ospătar. Adăugați şi o farfurie cu cartofi prăjiți. Apoi întorcându-se spre mine: Sper că nu a durat prea mult pentru tine, nu am simțit când a trecut timpul.

Era incredibil! Se afla în plină activitate şi îşi făcea griji pentru cum mă simt eu. Eu când lucram, restul nu mai exista!

— Nu, este mai degrabă interesant să te văd în acțiune, i-am răspuns. E ceva ce nu înțeleg, în magazinul tău n-ai decât mobilier şi obiecte dintre anii '50 şi '70...

— Exact, m-a întrerupt el, vizibil surprins de remarca mea. Şi...

— Mobila de farmacie de adineauri, ai cumpărat-o deşi n-are nicio legătură cu ceea ce vinzi.

— E adevărat... nu este printre preferințele mele, dar e magnifică, are un trecut, se vede asta, se simte când o mângâi. Ştii, e ca o piele care îşi spune povestea vieții. E frumoasă... şi am clienți care caută de mult aşa ceva, am rezervat-o pentru ei.

— Totuşi e într-o stare proastă, i-am atras atenția. Ți se întâmplă să restaurezi lucrurile pe care le cumperi?

— În general, prefer să le las în starea în care le găsesc, dar câteodată se întâmplă să lucrez pe ele, să le aranjez după gustul meu. Abuelo m-a învățat cum să fac, încă de când eram puşti. Când îi simt pe cumpărători un pic pierduți, le dau sfaturi despre ce pot să facă. Şi uneori pun şi eu mâna la treabă, e mai plăcut.

Marc m-a privit fericit:

— Nu te-ai plictisit? Serios? s-a neliniştit el încă o dată.

— Nu. Şi nu a durat chiar atât de mult, cât e ceasul? Eu habar n-am, fără tel...

— E aproape ora 15:00.

Am rămas mută. Era pur şi simplu inimaginabil, aş fi pariat că abia era ora 12:00. De fapt, eram în mijlocul după-amiezii. Ziua mea nu era jalonată de nimic, mă lăsam dusă de Marc, fără să gândesc. Şi cum e fără ceas? E bine, nu?

L-am privit uimită, incapabilă să-i răspund la întrebare.

— Ce ciudat pentru mine, am şoptit. Privirea mi-a căzut pe încheietura mâinii lui. Zici tu aşa, dar ai ceas! Şi ce ceas!

Ochii i-au strălucit de încântare.

— Vezi, încă o vechitură! Spontan, l-am prins de încheietura mâinii peste masă, ca să văd ceasul mai de aproape: un Jaeger-LeCoultre.

— Este un Memovox, mi-a spus. Datează din 1950.

— Nu se mai fabrică aşa ceva! Porsche, Jaeger! E rentabil magazinul de vechituri!

Şi-a retras braţul, pe care încă i-l ţineam. Faţa i s-a încordat, se vedea că remarca mea îl şocase. Spusesem o mare prostie.

— Nu preţul îi dă valoarea, ci mai degrabă parcursul şi felul cum am făcut rost de el.

Sorbindu-şi berea, mi-a spus povestea ceasului. Bunicul lui îl urmărise timp de ani, era unul dintre primele Memovox cu întoarcere manuală, şi până la urmă îl obţinuse. Băieţel fiind, Marc era obsedat de ceasul lui Abuelo, singura dată când şi-a luat o „bătaie" a fost când a îndrăznit să se atingă de el. Acest eveniment a marcat apariția respectului lui pentru lucrurile frumoase. Abuelo a început după aceea să-l ia cu el dintr-un magazin de antichități într-altul sau în piețele de vechituri din Saint-Ouen, când el și părinții lui veneau în weekend la Paris. De aici „vânătoarea de comori", piețele de vechituri erau terenul lor de joacă, acolo îi așteptau provocări. Astfel, bunicul îi transmisese pasiunea lui. Odată, la întoarcerea din călătorie, găsise Memovox-ul pe noptirea din camera lui.

— De-atunci, nu-l mai dau jos de la mână, a încheiat el.

— Mai funcționează, după baia ta forțată?

— Am avut o inspirație de geniu. Când i-am văzut pe Adrien și pe Cédric venind înspre mașină, l-am scos și l-am pus în torpedou! Abuelo m-ar omorî dacă l-aș pierde!

— Și pentru tine ar fi la fel de rău?

— Da, cred că este lucrul la care țin cel mai mult.

L-a întors.

— Totuși nu mai este practic! am remarcat eu.

— Ce dacă, asta-l face încă și mai frumos.

Marc era complet detașat de latura practică, singura care conta pentru el era dimensiunea afectivă și sentimentală a lucrurilor. Asta mi se părea complet aiuritor și atât de departe de ceea ce trăiam eu zi de zi... Ospătarul ne-a întrerupt, aducându-ne mâncarea. Cum a dispărut, Marc a luat farfuria cu cartofi prăjiți și mi-a dat-o.

— N-am comandat asta.

— E pentru tine, mi-a spus cu zâmbetul pe buze.

— Nu mi-e foame, nu insista.

Cu toate acestea, a împins farfuria spre mine. Eu am împins-o spre el. A oprit-o. Ne-am sfidat din priviri.

— Tu crezi că n-am văzut nimic! N-ai mâncat nimic aseară, n-ai mâncat nimic de dimineață. Și nu salata o să te hrănească. Mănâncă un cartof prăjit, eşti bine, nu-ţi fie teamă că te îngraşi.

Umerii mi-au căzut. Mă săturasem să mă justific pentru orice.

— Nu asta-i problema. De mai bine de-o săptămână nu mai pot să înghit nimic.

— O săptămână, nu-ţi bate joc de mine! Nici măcar o dată nu te-am văzut mâncând normal. Ştii cum se spune: pofta vine mâncând. Încearcă să te forţezi, tre...

— OK! În regulă! Dă-mi-l!

Am luat un cartof pai şi am muşcat din el, ca să nu mă mai bată la cap. Eram absolut incapabilă să-mi aduc aminte când simţisem ultima oară pe limbă gustul de cartof prăjit, crocant, sărat. Contrar a ceea ce credeam, era bun şi nu mi-a făcut imediat greaţă. De când nu mai avusesem plăcerea de a mânca sau de a mă aşeza la masă pur şi simplu? Am întâlnit privirea satisfăcută a lui Marc aţintită asupra mea şi am schiţat un zâmbet vag.

— Cine a avut dreptate?

— Poate că am să mănânc doi sau trei cartofi pai, dar nu mai mult.

— E mai bine decât nimic! Contează pe mine că am să te supraveghez în zilele următoare.

După trei foi de salată şi patru cartofi pai m-am săturat. Marc nu mi-a făcut nicio observaţie şi şi-a continuat masa. Şi-a golit farfuria şi a ciugulit din ce-mi rămăsese mie, mă întrebam unde băga atât, el care avea aceeaşi siluetă ca în urmă cu zece ani. A vrut neapărat să plătească el consumaţia, ceea ce m-a făcut să realizez că nu-mi dăduse posibilitatea să-mi iau portofelul de dimineaţă. Pe de altă parte, nu mă aşteptasem să fim plecaţi toată ziua, şi cu atât mai puţin nu mă aşteptasem la o zi atât de tulburătoare. Era timpul să ne întoarcem. În drum spre parcare, am văzut un magazin de telefoane mobile. Marc şi-a dat seama de asta. O să găsesc o bancă şi o să-ţi cumpăr unul.

— Nu! Este de neconceput să plăteşti pentru prostia mea. Oricum, n-am nici actele, nici cardul la mine.

— Un motiv în plus!

— Am spus nu, Marc. Şi-apoi... mă gândesc că poate ar fi bine să încerc să amân până mâine... am supravieţuit de azi-dimineaţă... O să mă conectez la internet împrumutând telefonul lui Alice, când ne întoarcem.

— Cum vrei tu!

Când am urcat în Porsche, căldura sufocantă mi-a permis să trec la alt subiect timp de câteva minute.

— Îmi închipui că maşina ta e prea veche ca să aibă aer condiţionat!

— Închipuieşte-ţi că te înşeli! Într-adevăr, este o bătrână doamnă, dar are unul dintre primele sisteme de aer condiţionat! Abuelo l-a cumpărat în 1990. Îmi aduc aminte de parcă ar fi fost ieri.

— Povesteşte-mi, i-am cerut, încercând prin toate mijloacele să uit de telefon.

Şi trebuia să recunosc că mă relaxa când îmi spunea poveşti despre bunicul lui.

— Când a rămas văduv, a ţinut doliu un an, parcă am fi fost în secolul al XIX-lea. Probabil că originile lui latine s-au trezit. Şi după trecerea datei comemorative, a redevenit el însuşi, în sensul cel mai rău! Cât timp trăise bunica, ea îl ţinuse în frâu, atunci bunicul îşi limita cheltuielile. Apoi a început să-şi cheltuie toţi banii. Într-o zi, pe când aveam unsprezece ani, a venit să mă ia de la părinţii mei şi ne-am suit amândoi într-un Porsche. Şi ziua aceea a fost o etapă din formarea mea. Pentru el, aceste maşini sunt sinonime cu lucrul bine făcut, cu respectul pentru materialele frumoase, pentru sobrietate, pentru puritate, pentru stil. Pe scurt... Imaginează-ţi mintea mea de copil în mijlocul acelor maşini, era ca un vis împlinit. Ne-am petrecut aşa o după-amiază întreagă, se pare că stătusem tot timpul cu gura căscată.

Am izbucnit în râs.

— Continuă!

— Şi-a cheltuit toţi banii pe asta, mi-a zis trecându-şi mâna peste bord, deasupra tahometrului. Este una dintre cele mai frumoase amintiri din copilăria mea, când a scos carnetul de cecuri. Bunicul meu cheltuitor şi grandoman care îşi plătea un Porshe 911 în onoarea iubirii vieţii sale dispărute, şi asta pentru modica sumă de 45 000 de franci.

— Băieţii nu ştiau că bunicul tău avea această maşină?

— Nu... aş fi avut impresia comiterii unui sacrilegiu. Era ca un secret pe care îl împărtăşeam cu el.

I-am zâmbit.

— Şi astăzi tu eşti cel care o conduce?

— Da... ca să moşteneşti un Porsche faci totul... Şi Abuelo mi-a dat-o moştenire. În ziua în care mi-a dat cheia şi am introdus-o pentru prima oară în contact... nu-ţi imaginezi cum a fost... A zâmbit, cu ochii în zare. Mergem? m-a întrebat coborând din nou cu picioarele pe pământ.

— Dacă vrei.

A demarat şi m-am trezit blocată pe locul meu. Intenţionat nu a dat drumul la aerul condiţionat şi a deschis geamurile.

— Ascultă, mi-a spus.

Urechile mele s-au trezit la zgomotul motorului; pufăia, mormăia. Simţurile îmi erau mai ascuţite decât cu câteva ore mai devreme. A ieşit cu prudenţă din oraş, înainte să apese pe accelerator şi să mărească viteza. Graţie şofatului său uşor şi destins, uitam puterea „bătrânei doamne", cum îi spunea el.

— Şi modernitatea, GPS-ul? l-am tachinat eu. Astea nu-ţi spun nimic?

— Prefer să mă pierd şi să nu las nicio urmă.

Exact pe dos decât mine. Trebuie să fie odihnitor să trăieşti aşa.

Când am văzut că ne îndreptăm spre Bonnieux, am ştiut că abia dacă mai rămânea o jumătate de oră de drum. Nu voiam să mă întorc, să răspund la întrebările unora şi altora, să revin la realitate, să mă confrunt cu imaginea pe care o aveau despre mine. Marc părea să nu mă judece, fusese mereu aşa şi asta nu se schimbase, eram din ce în ce mai conştientă de acest lucru. Cu el, eram apărată de zbuciumul meu, de obsesiile şi de grijile mele, aveam impresia că sunt liberă în această maşină care mirosea a benzină şi care huruia. Totuşi, ziua aceasta fusese ocazia de a pune degetul pe rană: vidul intersideral din viaţa mea. Am oftat întorcându-mă la observarea străzii; peisajele acestea pe care le cunoşteam de copil, pe care le adoram, care făceau parte din mine şi pe care le uitasem. Ce mi se întâmplase de devenisem astfel? Un nou panou mi-a atras atenţia.

— Marc, spune-mi, te grăbeşti să te întorci?

— Nu mă grăbesc să fac nimic. De ce?

— Ia-o la dreapta la următoarea intersecţie, spre Lacoste. O să-i facem o vizită Marchizului de Sade. Din înaltul castelului, este una dintre cele mai frumoase privelişti ale regiunii, ai să vezi.

A apăsat pe accelerator şi maşina a gonit. Când a intrat pe drumul sinuos din pădure, alternam între umbră şi lumină. Calmul învăluitor şi misterios din Lacoste îmi plăcuse întotdeauna, chiar de copilă, când nu-l cunoşteam pe Marchiz. Am înţeles mult mai târziu expresiile în acelaşi timp stânjenite şi amuzate ale părinţilor mei când ceream şi chiar băteam din picior, ca să merg la castelul în ruine. I-am propus lui Marc să oprească într-o mică parcare din apropierea primăriei.

— O să mergem puţin pe jos! l-am prevenit dându-mă jos din maşină.

— Tu eşti ghidul!

Am pornit înainte, străduindu-mă să nu merg prea repede. M-am simţit imediat bine în sandalele mele, având impresia că merg ca pe roate şi în contact cu pământul gol. Am încercat să profit de asta ca să hoinăresc pe străduţele pietruite, printre construcţii vechi. Şi apoi a venit momentul să începem ascensiunea pe drumul de pietriş care trecea printre ruinele nerestaurate ale castelului. Razele soarelui apunând nu mai treceau pe deasupra bucăţilor de zid încă în picioare, nu ne mai loveau, răcoarea era odihnitoare. Marc mă urma fără să vorbească şi, din când în când, mă întorceam spre el; mergea cu mâinile în buzunare, cu ochelarii pe nas, privind totul în jurul său. Am ajuns prima sus şi l-am aşteptat.

— Câtă linişte! a şoptit. Ce-i asta?

Privea peste umărul meu sculptura în fier *Mâinile care binecuvântează*.

— Este absolut fascinant!

A traversat esplanada ca să vadă mai de aproape, a trecut pe sub braţele uriaşe deschise către lume şi chiar de la depărtare am putut să-i zăresc zâmbetul. În ce mă priveşte, mi-am făcut timp să contemplu castelul şi profilul Marchizului care încadra poarta de la intrare. M-am aşezat în cele din urmă pe un zid mai mic, cu picioarele atârnându-mi în golul de deasupra şanţurilor cu apă care înconjurau castelul şi am privit masivul Luberon şi muntele Ventoux. Muşchii mă dureau din cauza tensiunii pe care le-o impuneam de săptămâni. Mi-am lăsat umerii să cadă respirând profund, mirosea a cald, natura şi greierii — de-acum tăcuţi — ne lăsau în pace. Câteva minute mai târziu, Marc a venit lângă mine, s-a aşezat în acelaşi mod şi a respirat adânc.

— După ce alergi? m-a întrebat după un moment.

— Dar tu? i-am replicat fără să-l privesc.

— Îţi voi răspunde după aceea... Ai reuşit să mă faci să vorbesc şi astăzi, iar tu, să nu-mi spui nimic. Aşa că repet întrebarea: după ce alergi, ce urmăreşti cu munca ta şi cu toate astea?

Am oftat. Nu mai puteam şi nu mai voiam să lupt.

— La drept vorbind, nu ştiu... reuşita poate, încerc să fiu cea mai bună şi să nu dezamăgesc. Cu anii, am descoperit că nu suportam eşecul. Vreau mereu mai mult...

— A, bun!

M-am întors spre el, era într-adevăr surprins.

— Înainte nu erai aşa... mi te amintesc, făceai doar strictul necesar ca să treci examenele...

— Este adevărat, chiar şi în privinţa serviciului, n-am făcut nimic anume ca să-l obţin... Am vrut să-i dovedesc lui Bertrand că avusese dreptate să mă angajeze. Am început prin clasificarea de dosare şi el m-a învăţat meseria de interpret. Am muncit mult, dar am reuşit...

Pentru a doua oară în scurt timp, amintirile primelor mele luni în agenţie ieşeau la suprafaţă. Marc s-a încruntat, neîncetând să mă privească. Apoi, s-a dat puţin înapoi, după care a privit în depărtare.

— Tipul ăsta, șeful tău, probabil a văzut el bine că ești talentată, altfel nu ai mai fi astăzi acolo...

— Cu siguranță. Pe măsură ce a trecut timpul, am avut tot mai multe lucruri de făcut și mai multe responsabilități. În timp, am prins gustul adrenalinei muncii, a contractelor, a victoriilor. Nu sunt două zile la fel... Am avut până la urmă biroul cel mai apropiat de cel al șefului și țin cu dinții de locul meu.

A izbucnit în râs.

— Nu există nimic mai rău decât un leneș care se apucă să muncească! De-aia n-am încercat niciodată! Aș fi prea bun!

Gluma lui ne-a făcut să râdem câteva secunde, apoi a redevenit serios:

— Dar, Yaël, e ceva ce nu înțeleg.

— Te ascult.

M-a privit fix:

— Repet, nu erai așa înainte. Vreau să spun, nu te auzeai decât tu, aveai gura mare, râdeai tot timpul, luai totul în glumă... Iar astăzi, te ascunzi, faci totul ca să fii uitată într-un colțișor... Am impresia că ți-e frică de tot.

Aceasta era cu adevărat imaginea pe care o avea despre mine? I-am evitat privirea. Fata despre care îmi vorbea era de acum o străină pentru mine. Ca și cum aș fi ascuns-o pe cea care aș fi putut să fiu într-o altă viață.

— Nu era să rămân o eternă studentă, Marc, i-am răspuns, cu o jumătate de zâmbet. Am devenit adult, poate că nu este chiar atât de complicat...

— Dacă zici tu... dar ești obligată să sacrifici totul ca să ai slujba asta?

— Am apucat-o pe drumul ăsta fără să-mi dau seama. Îmi place... m-am prins în joc... Îmi ador slujba. Îmi place să fiu presată, copleşită de muncă, solicitată, conectată... asta îmi permite să respir.

— De ce ai nevoie de asta? Să alergi tot timpul? Ce urmăreşti?

Am zgâriat puţin muşchiul uscat de pe piatră.

— Nimic... nu urmăresc nimic... Şi, ştii, şeful meu se gândeşte să-mi propună să-i fiu asociat.

— Dacă înţeleg bine, asta e toată viaţa ta?

— Poate... De fapt, nu am altceva... nu mai ştiu, în realitate... dacă nu mai am slujba, mă prăbuşesc, cred... sunt un pic pierdută, în privinţa asta.

Adevărul spuselor mele m-a şocat, nu mai ştiam... Gândindu-mă din nou la ce îmi spusese Alice cu câteva zile în urmă şi la ce făcusem chiar în dimineaţa aceea din cauza telefonului, începeam să-mi spun că trebuia poate să reconsider două, trei lucruri din viaţa mea. Dar care? Cum? Oare nu existam decât prin munca mea? Nu voisem niciodată să-i ascult pe ceilalţi, întrebările lor, părerile lor despre viaţa mea. Era aşa de mult timp de când mă luptam cu discursurile lor... Mă închisesem în faţa a tot ce putea să-mi pună în pericol echilibrul, tot ce mi se părea deodată foarte fragil. Într-un fel, Marc nu mă mai cunoştea şi în atât de puţin timp mersese dincolo de ceea ce sora şi prietenii mei îmi tot repetau. Poate toţi, în felul lor, mă văzuseră în adevărata lumină, pe mine şi ceea ce eu nu vedeam în viaţa mea? M-am simţit deodată obosită, obosită înainte de întrebările acestea pe care va trebui să mi le pun într-o zi.

— Dar tu, Marc?

— Eu... nu alerg după nimic. A privit cerul câteva clipe şi a oftat. Ştiu ce vreau şi, plecând de la asta, totul merge bine. Puţin contează, până la urmă, dacă obţin sau nu ce aştept de la viaţă. Principalul este să-mi păstrez linia de conduită, să rămân mereu fidel principiilor mele. Nu putem şti ce o să ni se întâmple de pe o zi pe alta. Aceşti ultimi ani sunt dovada. Sunt împăcat cu mine însumi şi asta e tot ce contează. M-a privit fix: N-a fost zi în care să nu mă gândesc la voi...

Am deschis gura, gata să-l întrerup. El a anticipat şi a ridicat mâna ca să mă facă să tac.

— Lasă-mă să termin, te rog.

Am dat din cap, oftând.

— Mulţumesc, mi-a spus zâmbindu-mi. Ştiu, n-am făcut nimic ca să vă regăsesc... pentru că am plecat de la ideea că făcusem o măgărie, poate una dintre cele mai mari din viaţa mea, părăsindu-vă astfel. Nu-mi mai rămânea decât un lucru de făcut, să-mi asum faptul că vă pierdusem din vina mea... şi asta am şi făcut. Poate că ţi se pare ciudat, prostesc, dar aşa sunt. Am ştiut întotdeauna că vă făcusem rău şi sunt şi mai conştient de asta din ziua în care ai apărut în magazin şi mi-ai aruncat adevărul în faţă. Nu mi-o voi ierta niciodată. Dacă m-aţi fi uitat, complet şi definitiv, aş fi avut ce meritam. Nu m-aş fi supărat pe tine dacă nu m-ai mai fi sunat niciodată.

Privirea lui, expresia feţei oglindeau sinceritate. Tocmai îmi spunea că nu trăsese o linie peste noi, dar că se pedepsea pe el pentru greşelile trecute.

— Să reiau legătura cu voi era un vis pe care nu mi-aş fi permis niciodată să-l am. Şi cu toate acestea, iată-ne astăzi. De aceea, după părerea mea, nu foloseşte la nimic să anticipezi. Mă las purtat de viaţă, căci se poate întâmpla orice. Asta am învăţat cu timpul. Uite, când eram studenţi, dacă unul dintre noi era mai puţin înclinat spre aventură, eu eram ăla, nu eram cu adevărat un aventurier... şi totuşi am făcut-o. Inconştient, într-un fel fugeam de moştenirea lui Abuelo, de frică. De aceea nu ştiaţi de magazinul de vechituri şi nu vorbeam despre el pe vremea aceea. Şi vezi, până la urmă mi-a explodat în faţă. Astăzi eu sunt cel care se ocupă de magazin, pentru că vreau. Sunt cel mai fericit dintre oameni.

Avea un aer atât de împăcat! Privirea lucidă pe care o avea asupra vieţii lui stătea mărturie unei maturităţi impresionante. Marc devenise un bărbat integru cu el însuşi, care inspira încredere, care linştea. Nu mi-aş fi închipuit niciodată că va deveni atât de puternic.

— Bagă de seamă, Yaël, nu spun că este soluţia pentru orice. Câteodată este o prostie să nu anticipezi nimic.

— De ce spui asta?

A zâmbit trist şi a privit în depărtare.

— Divorţul meu... nu făcea parte din proiectele şi aspiraţiile mele...

— Ce s-a întâmplat?

— E destul de simplu. N-am vrut să văd venind lovitura. Am închis ochii la viaţa noastră de cuplu; plecam pe două căi diferite, dar nu voiam să cred. La urma urmei, probabil că nu mai era mare lucru între noi... Eu sunt bine aşezat, cu magazinul. Îi vorbeam adesea lui Juliette despre ideea de a întemeia o familie. Vreau copii, poate părea prostesc, dar aşa e. Cu ea, asta ar fi fost de ajuns pentru fericirea mea. Doar că este o femeie fără astâmpăr, o călătoare ce nu stă locului şi am ştiut asta mereu... A rămas cinci ani la Paris, ceea ce este un record, ca să-mi facă pe plac, cred... Într-o seară, când mă întorceam acasă, i-am văzut rucsacul la intrare... mi-a mărturisit ce avea pe inimă de luni de zile, nu-i mai eram de ajuns, nu ştiusem să-i trezesc dorinţa de rămâne cu mine, nu mai putea să trăiască viaţa pe care i-o propuneam... era deja prea târziu, nu mai puteam să fac nimic, aşa că ne-am spus la revedere şi drum bun... A făcut o oprire în Franţa săptămâna asta pentru divorţ... m-a amuzat să văd că este mult mai fericită fără mine decât cu mine.

Accepta asta cu calm şi detaşare. Îl admiram, mă uimea. Îi admiram de asemenea felul spontan de a se destăinui fără să se cruţe, recunoscându-şi greşelile.

— Şi cum suporţi asta?

— Nu prea grozav, la început... mult mai bine de când tu ai apărut din senin şi faceţi cu toţii din nou parte din viaţa mea. Mi-a zâmbit larg şi s-a ridicat încălecând peste zid: Ne întoarcem? mi-a propus întinzându-mi mâna ca să mă ajute să sar.

Am coborât din Porsche ca să deschid poarta la Mica Floare. Marc a mers încet, apoi a oprit. După ce a coborât şi el, m-am alăturat lui. Am rămas lângă el, nemişcată, foarte aproape, savuram izolarea în care ne aflaserăm toată ziua. Nu spunea nici el nimic. Şi liniştea a fost întreruptă. Am oftat şi am închis ochii câteva clipe.

— Unde-aţi fost? a urlat Alice alergând spre noi, complet înnebunită.

— La L'Isle-sur-la-Sorgue, a răspuns Marc calm.

— Am încercat să te sun de zece ori! a continuat sora mea. De ce n-ai răspuns? Stai mereu agăţată de telefon!

— Mobilul ei a căzut în Sorgue, a minţit Marc. Şi pe-al meu nu-l aveam la mine.

Alice a încremenit, ceilalţi s-au uitat la mine, stupefiaţi.

— Cum?

— Oh... dintr-o prostie... Îmi verificam mail-urile mergând, am călcat pe o piatră şi... şi... bâldâbâc!

— Yaël, vrei să ne spui că ai stat toată ziua fără telefon? Şi că încă trăieşti?! E o glumă la camera ascunsă, a zbierat Adrien.

— Marc, spune-ne adevărul, a cerut Jeanne. Că a făcut o criză de nervi, că s-a tăvălit pe jos, că a alergat ca o nebună prin tot oraşul ca să-şi cumpere altul într-un minut.

— Nici pomeneală! Ea...

— Stop! am urlat băgându-mă în mijlocul lor, cu braţele în aer. M-am săturat! Încetaţi să mai vorbiţi despre mine ca şi cum aş fi bolnavă. Vă amuză, ştiu că o merit... dar putem să schimbăm subiectul?

Marc a zâmbit mai întâi, apoi a lăsat capul în jos. Adrien a venit şi m-a luat de umeri ca să mă ducă spre terasă.

— Asta merită un pahar! Copiii s-au culcat, e perfect. Noaptea e a noastră. M-a luat strâns de ceafă şi m-a sărutat pe păr. E super!

Am renunţat să mai împrumut telefonul lui Alice ca să-mi văd mail-urile, refuzând să le stric bucuria. Masa era deja pusă, nu ne aşteptau decât pe noi. Nimic uluitor când te gândeşti că era trecut de ora 21:00. Toată lumea a ciocnit, eu am băut câteva înghiţituri din vinul rosé, şi chiar cu plăcere. Ca şi cum papilele mele gustative erau din nou în stare să-i aprecieze savoarea. Alice a venit şi s-a aşezat lângă mine, cu o mină întristată.

— Ştii, când ţi-am spus zilele trecute să mai laşi telefonul, nu voiam să spun să-l arunci în apă.

Am râs încetişor, eram ameţită deja. Păhărelul de rosé băut mă cufundase într-o ceaţă deloc neplăcută.

— Ai avut totuşi o zi bună?

— Da...

Eram sinceră.

— Eşti sigură? Ai o figură ciudată.

Şi-a trecut cu delicateţe mâna peste obrazul meu. Gestul m-a liniştit. Dacă am fi fost singure doar noi două, mi-aş fi lăsat faţa să se odihnească în palma ei, ca să profit de căldura acesteia şi mai mult timp.

— Sunt obosită, dar a fost bine..., i-am spus căutându-l din priviri pe Marc.

— Ţi-am pregătit roşii cu brânză mozzarella, m-am gândit că ţi-ar plăcea.

— Mulţumesc, i-am răspuns reţinându-mi lacrimile care îmi umpleau ochii.

Fără să ştiu de ce, îmi venea să plâng. Vanele s-au deschis şi asta m-a uşurat. Băieţii s-au întors cu fripturile la grătar. O jumătate de cârnat foarte picant a aterizat în faţa mea.

— Asta ar trebui să meargă cu roşia, mi-a şoptit Marc la ureche după care a continuat să servească.

Am reuşit să mănânc tot ce aveam în farfurie, era deja extraordinar. Cele câteva înghiţituri de rosé mă apăsau din ce în ce mai tare pe cap, pleoapele îmi erau grele, ochii mă înţepau, nu mai aveam putere. M-am ridicat de la masă şi am început să strâng. Când am ajuns în bucătărie, m-am sprijinit de blatul de lucru, cu capul greu. Am auzit vocea lui Marc spunându-mi:

— Du-te să te culci.

M-am întors. Venea şi el, cu braţele încărcate.

— E din cauza vinului.

— Ba nu, pur şi simplu ai nevoie de somn.

— O să-ţi mai spun o chestie despre mine, care să completeze minunatul meu portret: sunt insomniacă! i-am zis râzând strâmb.

— Ceva îmi spune că ai să dormi, aşa că în pat, Yaël, insomniaca!

Dacă ar fi avut dreptate...

— Mă dau bătută dacă îmi spui de ce ai minţit în privinţa telefonului.

— Ca să evit o ceartă cu ceilalți.

I-am zâmbit vag.

— Poți să-mi faci un ultim serviciu şi să le spui că m-am dus la culcare?

— Contează pe mine!

Obloanele rămăseseră închise toată ziua, era destul de răcoare în camera mea. Când mă spălam pe dinți, toropeala mi-a cuprins trupul şi creierul. Ochii mi se închideau singuri, aşa că am renunțat la duş. M-am dezbrăcat, mi-am pus o pijama subțire, am stins lumina şi m-am aşezat în pat, lăsându-mi capul să cadă pe pernă. Am tras cearşaful peste mine, materialul mi s-a părut moale la atingere. Am auzit o bătaie în uşă.

— Yaël? Dormi? Pot să vin să-mi iau trusa de toaletă?

— Sigur că da.

Lumina de pe hol a fost de ajuns ca să lumineze baia; l-am zărit în timp ce-şi lua lucrurile.

— Noapte bună, a şoptit.

— Marc?

S-a apropiat de pat. Am găsit forța să-l privesc.

— Mulțumesc pentru această zi. Mulțumesc…

— Dormi.

A ieşit. L-am auzit răspunzând la întrebările celorlalți în legătură cu dispariția mea, a liniştit-o pe Alice care-şi făcea griji pentru mine, şi i-a interzis să vină în camera mea. Încet, vocile s-au stins şi eu m-am cufundat în somn, incapabilă să lupt.

Ochii îmi rămâneau cu disperare închişi, mi i-am frecat cu pumnii, ca un copil, căscând. Apoi, mi-am întins muşchii anchilozați. M-am ridicat cu chiu, cu vai în capul oaselor, cearşaful, care nu se mişcase din ajun, a alunecat. Pleoapele mi-au clipit; printre storuri, soarele se strecura, sus deja. Niciun zgomot, tăcerea cea mai deplină domnea în casă. În picioare, am avut nevoie de câteva clipe ca să găsesc un fel de stabilitate, spatele mi-a trosnit. Târând picioarele, m-am dus în baie ca să mă privesc în oglindă: eram umflată de somn şi aveam urma pernei pe obraz. M-am stropit pe faţă cu apă rece; degeaba, senzaţia de greutate nu dispărea. M-am dus din nou să mă aşez pe pat, trebuia să reacţionez, altfel eram în stare să adorm la loc. Mi-am căutat telefonul pe noptieră. Şi mi-am amintit... Am strâns pumnii impunându-mi să nu mă enervez. Nu încă, nu deja un nod în stomac. Mai voiam puţină linişte. M-am ridicat şi am scotocit prin comodă, am dat imediat peste costumul de baie pe care mi-l găsiseră fetele; era bun. După aceea, mi-am luat prosopul, am deschis obloanele şi m-am îndreptat spre piscină; nu mai era acoperită cu prelata, se nimerea bine, trebuia să înot urgent. Scăpată de prosopul de baie, mi-am ţinut respiraţia şi am plonjat cu capul înainte. Răceala apei mi-a biciuit pielea, mai ales cea de pe burtă, care de obicei nu era dezgolită, chiar şi decolteul a simţit-o, căci de obicei eram acoperită până la gât de costumul meu de înotătoare. Am făcut o primă tură sub apă, am revenit la suprafaţă şi am început un crawl, mai lent decât de obicei. Au urmat mai multe ture înainte să fac o oprire. Mi-am dat pe spate părul care îşi recăpătase libertatea, puteam să-l simt pe ceafă, cu apa curgându-mi pe umeri. Agăţată de margine, mi-am aplecat capul pe spate ca să-l bag din nou sub apă, clipocitul ei mi-a mângâiat urechile. Mi-am sprijit picioarele de peretele piscinei şi, în loc să mă arunc spre înapoi, ca să încep un crawl pe spate, ca de obicei, m-am oprit şi am făcut pluta. Am rămas perfect nemişcată, cu braţele uşor depărtate de corp, ochii închişi, cu soarele încălzindu-mi pielea şi am zâmbit. Nu eram prea departe de a râde, dar şi de a plânge, atât de mult aveam un sentiment de plenitudine care creştea în mine. M-am ridicat în poziție verticală şi m-am lăsat la fund, de unde am privit bulele urcând la suprafață, către lumină. După aceea le-am urmat şi am ieşit din apă. Am luat prosopul ca să mă şterg, m-am înfăşurat cu el, apoi m-am dus pe terasă uscându-mi părul. Doar atunci l-am văzut pe Marc stând acolo, cu o carte în mână şi ochii ascunşi în spatele ochelarilor de soare.

— Salut, m-am mulțumit să-i spun.

— Salut. Ai dormit bine pentru o insomniacă..., a şoptit.

M-am oprit în spatele lui şi el mi-a băgat mâna sub nas: era ora 11:20. Aşadar, făcusem turul cadranului.

— Mulțumesc, i-am spus întorcându-mă în cameră, complet zăpăcită de noaptea mea de somn.

Am făcut repede un duş, mi-am pus o rochie uşoară, mi-am descurcat părul şi m-am hotărât să-l las liber, Alice va fi mulțumită. După aceea, am trecut pe la bucătărie, mai rămăsese cafea, mi-am pus o ceaşcă, am luat una şi pentru Marc şi m-am întors pe terasă. Părea neatent la carte, privea în depărtare tot întorcându-şi ceasul.

— Unde au plecat toți?

— La piață.

— Şi tu n-ai vrut să te duci?

— Am fost în zori, e mai plăcut, poți să discuți cu comercianții, să bei o cafea şi să-ți citeşti ziarul în linişte.

— Într-adevăr, la ora asta e aglomerație! Mi-am terminat cafeaua şi m-am ridicat. O să încerc să-i prind din urmă. Vrei să vii cu mine?

— Nu, o să rămân să aprind grătarul.

— Cum vrei.

Când am ajuns în piaţă, mi-am spus că nu va fi uşor să dau de ei, chiar dacă nu erau deloc greu de reperat! Cu toate acestea, a devenit repede presant să-i găsesc, începeam să simt că sunt înconjurată de telefoane mobile, care îmi aminteau întruna că nu-l mai aveam pe-al meu, că eram de negăsit. Vocea surorii mele ţipând la copiii ei m-a readus cu picioarele pe pământ, m-am uitat în dreapta, în stânga. Adrien şi Cédric erau în plină degustare de vinuri, Jeanne se uita la un stand de haine, împreună cu Emma, iar biata Alice, cu cei doi copii pe lângă ea, se chinuia să cumpere pepeni verzi şi piersici. Am făcut slalom printre trecători şi am reuşit să ajung la ea. Marius şi Léa m-au văzut. Ochii lui Marius au sticlit, iar Léa, mai timidă, şi-a lăsat ochii în jos. Cu degetul pe buze şi o ocheadă, le-am făcut semn să tacă.

— Ai nevoie de ajutor? i-am propus surorii mele aplecându-mi capul peste umărul ei.

A tresărit.

— Tu eşti? M-ai speriat! Şi...

S-a uitat la mine, şi-a trecut mâna peste părul meu şi mi-a zâmbit larg.

— Hai că mă ocup eu de monştrii tăi!

— Eşti un înger! Mulţumesc! Am parcat în apropiere de castel. Ne vedem acolo.

Mi-am luat nepoţii de mână şi am mers prin mulţime fără să le dau drumul nicio secundă. Trecând prin apropierea lui Cédric, nu m-am putut împiedica să nu remarc:

— Du-te şi ajut-o pe soţia ta şi pregăteşte banii pentru babysitter!

— Poftim?

Am scos limba, el a izbucnit în râs. Câteva minute au fost de ajuns ca să părem doi copii care se joacă. Marius a şters-o şi s-a năpustit ca glonţul spre tobogane, dar Léa nu s-a mişcat, cu mâna încă agăţată de a mea. Ne-am îndreptat spre o bancă liberă.

— Nu vrei să te joci?

— No, a răspuns dând din cap. Stay with you.

La cei trei ani ai ei, frazele sale erau destul de stângace. Am simţit deodată un val de iubire pentru această fetiţă care, prima oară, îmi vorbea în limba bunicii ei; Alice se străduia să vorbească în limba engleză cu copiii ei o zi din două, visând să-i facă bilingvi, ca noi. Léa se uita la picioarele mele cu unghiile date cu ojă.

— Ai vrea să le ai la fel?

— Da!

— O s-o întrebăm pe mami şi ţi le dau.

Ea s-a căţărat pe genunchii mei, mi-a dat un sărut cu salivă şi s-a instalat de-a călare la mine în poală, fără să mai mişte sau să mai spună ceva.

Când ne-am întors la Mica Floare, l-am găsit pe Marc în slip, cu părul ud, capul în grătar, o bere în mână, mâncarea gata şi masa pusă pentru tot tribul. Alice s-a dus la el şi l-a pupat.

— Mulţumesc, tu ştii să ai grijă de femei. Nu ca alţii!

Şi-a ucis soţul din priviri, supărarea de la piaţă nu-i trecuse. Adrien i-a dat un cot lui Cédric, râzând de el.

— Nu fi rău! l-a certat Jeanne.

— Păi... n-am făcut nimic.

— Tocmai! Cu chelia, treacă-meargă, dar ai ditamai burdihanul în comparaţie cu Marc. Frumos băiat! a şuierat ea.

Toată lumea a izbucnit în râs.

— După aceste consideraţii înalt filosofice, la masă! a decretat Marc, vizibil stânjenit de compliment.

În timpul mesei, Léa nu s-a dezlipit de mine, eu şi Alice am schimbat frecvent priviri. Reuşisem s-o îmblânzesc pe nepoata mea şi ştiam de-acum să-i vorbesc fără s-o sperii. Asta mă făcea fericită. Brusc, mi-am luat sarcina s-o culc după-masă şi am stat să-i citesc o poveste, una pe care mama ne-o citea lui Alice şi mie. Când m-am întors pe terasă pentru cafea, m-am grăbit să iau cu împrumut telefonul surorii mele ca să încerc să mă conectez, dar Adrien mi-a luat-o înainte:

— Yaël, acum se fac mai mult de douăzeci şi patru de ore! Ţi-e bine, nu tremuri, nu transpiri? Uite ce am în mână!

S-a ridicat şi mi-a vârât sub nas mobilul lui. I-am văzut pe sora mea încruntându-se, pe Jeanne luându-şi un aer exasperat şi pe Cédric frământându-şi mâinile.

— Las-o-n pace, a mormăit Marc, cu privirea furtunoasă.

— Râdem şi noi! Eu zic că azi o să cedeze.

— Vrei să faci pariu? am replicat.

— Pe bune?

— Te-ascult!

Făceam pe grozava, deşi eram la ananghie.

— Fără telefon până în ultima zi de vacanţă; dacă rezişti, eu mă duc la bancă şi îţi cumpăr altul, dacă pierzi, ne inviţi pe toţi la cină în laboratorul medical care-ţi serveşte de apartament.

— Oh... tare! a comentat Cédric.

— S-a făcut! am declarat, fără măcar să-mi dau osteneala să reflectez.

— S-a întors, prieteni!

Am servit cafea pentru toată lumea ca să-mi păstrez cumpătul. Poate că ar fi bine să încep să mă gândesc la meniul pe care să li-l propun. Tocmai intrasem într-o mare încurcătură. Cu toate acestea, simţeam o uşoară incitare crescând în mine, ceva ce venea de departe.

— Sunt mândră de tine, m-a felicitat Alice.

— Nu te bucura prea repede!

Am preferat să rămân în picioare, cu ceaşca în mână. Va trebui să plătesc consecinţele orgoliului meu nemăsurat.

— Înţeleg mai bine ce-mi spuneai ieri, mi-a zis Marc, care se materializase în faţa mea.

— În legătură cu ce?

— Că nu-ţi place eşecul.

— Prinsă în propria capcană, i-am răspuns râzând.

Puţin mai târziu în aceeaşi după-amiază, după ce îmi luasem iar costumul de baie, m-am întâlnit cu Jeanne pe terasă.

— Alice a ales foarte bine, mi-a spus ea.

— Mulţumesc. Asta schimbă... Auzi, îmi dai voie să-l scutur un pic pe Adrien?

— Te rog, fă-ţi plăcerea! Mi-a părut rău că ţi-am spus remarca lui, nu era amuzantă.

— Nicio grijă! Ai făcut bine, o meritam.

I-am făcut cu ochiul, apoi mi-am frecat mâinile. Am plecat! Am trecut de bariera de siguranţă pentru copii din piscină, urmată de ea. Alice răsfoia o revistă pe şezlong, Cédric şi Marc stăteau de vorbă cu picioarele în apă, aşezaţi pe margine, iar dragul de Adrien trăgea un pui de somn pe un şezlong, trebuie să fi fost frânt.

— Adrien, i-am şoptit la ureche.

— Mmmm...

— Ai câştigat, n-am rezistat.

Dintr-un salt, a fost în picioare, în faţa mea, cu spatele la piscină.

— Ce!? Cum!? Deja!?

Cu un bobârnac l-am aruncat în apă. A scuipat tot aerul din plămâni. Când a revenit la suprafaţă, mi-am pus mâinile în şolduri şi mi-am luat cel mai serios şi profesional aer:

— Ar fi trebuit să ştii că înotătoarea est-germană are mai mult tupeu!

Cédric, Alice şi Jeanne se prăpădeau de râs. Neînţelegând nimic, Marc îi cerea explicaţii cumnatului meu, apoi s-a uitat la mine cu privirea sa de cocker, înainte să se alăture celorlalţi.

— O, ai să mi-o plăteşti! Micuţa englezoaică în bikini o s-o încaseze!

Dintr-o săritură, a ieşit din apă, eu am luat-o la fugă făcând turul piscinei, râzând ca o nebună, aproape că puteam să simt crescându-mi aripi, atât de uşoară mă simţeam. Mi-am luat avânt şi am sărit! Am stropit pe toată lumea, spre marea mea fericire.

Mi-am petrecut toată după-amiaza în apă cu Marius, care sărise şi el imediat ce mă văzuse. Léa, cum s-a sculat, şi-a luat colacul de salvare şi ni s-a alăturat. A stat tot timpul agăţată de gâtul meu. Emma a cedat şi ea, era greu să-şi găsească locul; la doisprezece ani, nu mai era copil, dar nu era încă nici adolescentă. Mi-o aminteam la vârsta Léei şi iată, acum o vedeam în costum de baie din două piese, la puţin timp după primul ciclu, realizând că trecusem pe lângă copilăria ei. Mi-am promis să nu fac aceeaşi greşeală cu Léa.

Era luni, deja o săptămână de când mă aflam aici şi trei zile de când eram deconectată de la realitatea mea şi de Paris şi, împotriva oricăror aşteptări, supravieţuiam. După prânz, în loc să profit de piscină, mi-am amintit de cererea tatălui meu şi m-am hotărât să fac un tur al hambarului. Era singura clădire originală de pe teren, din piatră cioplită de culoare deschisă, şlefuită de soare şi de mistral. Probabil că avea în jur de două sute de metri pătrați, socotind şi etajul cu tavanul găurit. Cât a durat construirea casei, după episodul cu rulota, tata îşi instalase aici familia. Era unul dintre locurile mele preferate când eram mică. Se afla destul de departe de casă, încât să-ți dea senzația de independență. Intrând acolo, am înțeles de ce mă trimisese tata; conta pe calitățile mele de organizare şi de ordonare, nu fusese niciodată într-un asemenea hal. Toate mobilele din apartamentul parizian aterizaseră acolo, fără a mai pune la socoteală ceea ce părinții mei adunaseră de-a lungul anilor: obiecte, hârtii, haine, jucăriile noastre de copii... Păstraseră până şi minitelul! Într-un cuvânt, tot ceea ce alcătuieşte o viață. Şantierul era impresionant; îmi va trebui mai mult de o zi, chiar o săptămână întreagă ca să fac puțină ordine în acest uriaş bazar.

Mă chinuaim să mişc fie măcar şi cu un milimetru un bufet din tec, când s-a auzit uşa scârțâind.

— Alice! am strigat. Vino şi ajută-mă să mişc oroarea asta. O să-ți duc toate astea la o casă de amanet!

— Eu sunt, a rostit Marc. Şi ceea ce ai în față nu este deloc o oroare.

M-am îndreptat de spate şi mi-am şters cu mâna fruntea acoperită de transpirație şi de praf. Marc era deja în patru labe, studiind în amănunt bufetul. După aceea s-a ridicat din nou în picioare şi a ocolit cu privirea, încet, hambarul, fluierând de admirație, înainte să vină spre mine.

— Aici e paradisul! mi-a spus, cu o sclipire malițioasă în ochi.

— Încerc să fac accesibil acest paradis! Dar mai întâi ar trebui să mişc chestia asta, i-am răspuns încercând din nou să deplasez mobila.

— Nu aşa, ai s-o strici! Uite, îi strâmbi picioarele. O să-ţi dau o mână de ajutor, trebuie să facem totul ca aceste minuni să nu se deterioreze. Din fericire, aici nu e umezeală, trebuie totuşi să luăm anumite măsuri de precauţie.

Ne-am apucat să facem adevărate mutări; el era eficace, numai când nu dădea peste vreo „pepită", ocazie cu care îmi ţinea câte-o lecţie. Aşa cum s-a întâmplat, de exemplu, când i-am sugerat că vechile scaune de plastic — pe care le întâlnim la chermezele şcolare sau în sălile de festivităţi şi pe care tata le păstra de ani de zile — puteau să ajungă la centrul de reciclare a deşeurilor.

— Yaël, cred că tu nu-ţi dai seama! Scaunele astea, pe care vrei să le arunci la gunoi, sunt emblematice. Sunt nişte Polyprop. Ştii că de la prima lor ieşire din uzină, în 1963, s-au vândut 14 milioane din acest model?

Mi-am pus mâna la gură ca să nu-i râd în nas. Cum am întors spatele, am izbucnit. Părinţii mei depăşiseră sfârşitul anilor '70, dar Marc făcea totul ca să se întoarcă în epoca aceea, ba era gata să dea timpul înapoi încă şi mai mult. Dacă mă gândeam la apartamentul său, n-ar fi trebuit să mă mire.

Fiecare mobilă şi-a găsit locul. După ce, la sfatul meu, Marc s-a dus să scotocească prin garaj, le-a acoperit cu o husă pe cele mai fragile şi a pus opritori din carton sub picioarele fiecăruia. Imediat ce mi-a dat voie, am folosit spaţiul disponibil ca să aranjez restul: obiecte de decor, veselă, haine de-ale părinţilor mei. Am râs nebuneşte când am dat peste vestigiile anilor lor hippy, de dinainte de naşterea noastră; pantaloni evazaţi portocalii, rochiile violet ale mamei şi cămăşile cu guler lat ale tatei. A fost şi mai şi când am dat de carnetele mele şcolare din liceu! La engleză: *„Yaël are o mare problemă cu autoritatea. Insolentă!"* la franceză: *„Dacă ar exista un bacalaureat la pălăvrăgeală, Yaël l-ar obţine cu felicitările juriului."* Şi la economie: *„Dacă ar deschide cursurile măcar o dată pe lună, Yaël ar avea un viitor mare."*

Când totul a început să arate mai bine, Marc s-a aşezat într-un fotoliu pe care îl ştiam dintotdeauna în casa părinţilor mei. Pentru că-mi făcea plăcere, i-am solicitat o ultimă lecţie.

— N-ai nimic de spus despre el?

— Îţi baţi joc de mine acum? mi-a răspuns, zâmbindu-mi.

— Deloc! L-am văzut mereu pe tata tolănindu-se în el şi sunt curioasă.

— Fotoliul acesta şi rezemătoarea lui pentru picioare sunt iconice! Este un Eames care a fost creat în '56. Vezi, este din lemn curbat şi...

— Piele neagră, l-am întrerupt. Mai ştiu să recunosc pielea!

— Exact cum spuneam, îţi baţi joc de mine!

Am râs, apoi i-am întins mâna ca să se ridice.

— Vino să vezi etajul! Trebuie să mergem pe scară.

Odată ajunşi sus, i-am arătat grinda pe care să calce ca să evite să cadă prin tavan. Prin nu ştiu ce miracol, am reuşit să deschid una dintre ferestre ca să-i arăt priveliştea de neegalat a viilor şi a clopotniţei din Lourmarin. Ne-am sprijinit cu coatele de pervaz, fără să spunem nimic minute lungi.

— Pentru cineva căruia nu-i plac vechiturile, pari să te simţi bine în hambarul ăsta, mi-a spus în cele din urmă.

— E adevărat... Veneam mereu aici când eram îmbufnată sau ca să visez cu ochii deschişi, când eram mică.

— Tatăl tău nu a vrut niciodată să facă ceva cu el?

— O, ştii tu, tata are mereu o mulţime de proiecte, dar nu le duce niciodată până la capăt... De altfel, nu prea ştiu de ce... Va trebui să-l întreb. Tot ce sper este că nu-l va vinde niciodată. În orice caz, mulţumesc, am rostit cu un oftat. N-aş fi reuşit fără tine.

Mi-a zâmbit şi a luat-o spre parter. Am făcut un ultim tur al etajului înainte să-l prind din urmă, gândindu-mă din nou la toate amintitrile care mă legau de acest loc. Am coborât pe scară. Marc mă aştepta jos. Puţin înainte de ultimele trepte rupte, i-am simţit mâna pe talie, jumătate pe tricou, jumătate pe piele. M-am încordat, nu de neplăcere, ci de surpriză.

— Ce faci? l-am întrebat, cu glas ascuţit.

— Te împiedic să-ţi rupi gâtul.

— Mulţumesc, am şoptit.

Nimeni nu mă atingea niciodată. Fugeam de atingeri, dar de data asta era plăcut. M-a strâns mai tare şi m-a ridicat, ca să mă lase pe teren solid. Când mi-a dat drumul, tremuram.

În seara aceea, după cină, am vrut să-mi continui întoarcerea în trecut. Am scotocit prin dulapurile din camera de zi, am găsit toate albumele foto şi m-am întors pe terasă, cu braţele încărcate. Temperatura era minunată, nu aveai nevoie de niciun fel de haină mai groasă. Am desfăcut încă o sticlă de vin, simţindu-mă foarte în formă. Timp de peste o oră, am parcurs amintirile noastre din copilărie şi din adolescenţă, împreună cu Alice, care nu evita niciodată să facă înconjurul mesei ca să arunce o privire peste umărul meu. Am retrăit construirea şi lucrările de la Mica Floare, epoca rulotei şi a şederii în hambar, cea în care piscina nu exista şi mama ne băga într-o cadă mare din plastic, ca să ne bălăcim. Amintirile din vacanţele petrecute împreună toţi patru, în *break*-ul Nevada, cursele în chiloţi prin apartamentul parizian, activităţile mereu în duo... Încă o dată, lacrimile mi-au curs şi multe râsete nebuneşti au răsunat sub copertina terasei. Vinul curgea în valuri, ceea ce avea meritul să ne facă să uităm de oribilele viespi care se înghesuiau pe lampa de pe terasă, chiar deasupra capetelor noastre. Anii treceau, cu fiecare pagină. Şi apoi am descoperit că exista o urmare; fără ca eu să ştiu, Alice continuase albumele foto ale anilor noştri de studenţie şi ale următorilor. Construise totul în funcţie de apariţia unora şi a altora în vieţile noastre.

— Am început prima dată când tu nu ai mai venit aici. Îmi lipseai, şi...

I-am trimis un sărut cu mâna şi m-am întors spre Marc, aflat în plină discuţie cu Adrien şi Cédric. Şi el avea dreptul să plonjeze iarăşi în amintirile noastre comune.

— Marc! Vino lângă mine!

Şi-a luat un scaun şi s-a aşezat, umplându-ne din nou paharele. După aceea, i-am pus albumul pe genunchi îndemnându-l din priviri să întoarcă prima pagină. Am descoperit în acelaşi timp cu el o fotografie a noastră, a tuturor, într-o piramidă umană, în timpul primului nostru weekend împreună.

— Oh, drăcie! a spus.

Râdeam atât de tare că, în curând, restul grupului s-a adunat în spatele nostru, albumele au trecut din mână în mână. Alice păstrase totul cu scrupulozitate, consemnase totul, chiar şi fotografiile pe care i le dădusem înapoi. Voind să-mi golesc casa, îi propusesem să le ia înapoi, altfel eu mă debarasam de ele. Şi aducându-mi aminte de asta, mă întrebam cum putusem să mă gândesc la un lucru atât de îngrozitor! Şi ce să mai spun de cea pe care o redescopeream: mereu cu zâmbetul pe buze, făcând glume sau făcând pe măscăriciul, gata oricând de petrecere, neluând nimic în serios. De bună seamă, îmi recunoşteam chipul — ceva mai rotunjor pe vremea aceea —, dar nu puteam să cred că eram eu.

— Au fost nişte vacanţe grozave! a exclamat Cédric.

Ne-a întins un album, lui Marc şi mie, şi ne-a cuprins şi pe noi acelaşi râs nebunesc.

Când am făcut acea fotografie nu ştiam că trăiam ultima noastră vară împreună. Hotărâserăm să spargem puşculiţa şi să plecăm cu toţii în Grecia, chiar şi Emma, la cei doi ani ai săi, venise cu noi. Marc şi cu mine eram cel mai puţin organizaţi; după ce cumpăraserăm biletele, în ultimul minut, nu reuşiserăm să prindem acelaşi zbor cu ceilalţi pentru că eu plecasem de la premisa că o oră ne era de ajuns ca să parcurgem drumul dintre aeroportul din Atena şi portul Pireu, dar s-a dovedit a fi o misiune imposibilă. Ne-am pierdut, am greşit autobuzul, şi a trebuit să luăm un vapor care ajungea în jur de ora 5 dimineaţa pe insula Amorgos. Noaptea fusese un adevărat calvar, n-am închis ochii din cauza răului de mare. Când am sosit la destinaţie, am renunţat să mai ridicăm corturile şi am mers pe plajă. Ceilalţi ne-au găsit dormind, băgaţi unul într-altul, cu rucsacurile părăsite. Au imortalizat scena şi ne-au lăsat să ne prăjim la soare.

Marc a râs evocând această amintire, apoi a venit momentul în care a dispărut din fotografii. Am remarcat foarte repede cât era de emoţionat, totuşi a vrut să ştie tot, chiar şi micile detalii. Am continuat să privesc fotografiile, împreună cu el, deşi eram şi eu emoţionată, dar nu din aceleaşi motive. Pe măsură ce treceau anii, mă îndepărtam de obiectiv, nu mai eram în prim-plan. Când mă vedeam clar, observam o tristețe, din ce în ce mai accentuată, pe chipul meu. Privirea îmi devenise fugară cu timpul, aveam mereu un aer rătăcit. Şi pe urmă, nu m-am mai văzut deloc. Anumite evenimente imortalizate pe hârtie îmi erau complet necunoscute. Unde eram? Ce se întâmplase?

— Va trebui să-mi explici, mi-a spus Marc încetişor. Nu am fost singurul care a dispărut.

— Aşa este, am răspuns pe acelaşi ton.

Nu aveam de ce să caut scuze, nu aveam nicio scuză. Am întors capul spre el.

— Dar totul a trecut acum, mi-a spus sigur de el.

— Ai dreptate.

În străfundul meu, nu eram sigură.

— Facem o poză? ne-a întrerupt Alice, cu aparatul în mână.

Ne-am strâns unii lângă alții, zâmbind, strâmbându-ne, privindu-ne, râzând. Clipa aceea era minunată, dar ce-mi va rămâne din ea, odată întoarsă la Paris? Voi păstra urme ale ei sau absolut nimic, cum făcusem cu toate amintirile de care mă descotorosisem în acei ultimi ani?

A doua săptămână a început în linişte şi eu mă recunoşteam din ce în ce mai puțin. Yaël cea de la agenție se îndepărta. Fără să repet figura din prima noapte, când dormisem foarte mult, adormeam cu uşurință în fiecare seară şi nu mai eram prima care se scula. Am ațipit de două ori pe şezlong după-amiaza, când în jurul piscinei domnea liniştea. Savuram această lene cu o plăcere nedisimulată.

Senzaţia de oboseală se risipea un pic mai mult în fiecare zi. Stomacul meu suporta mesele, fără să se revolte; apetitul îmi revenea la normal, mâncam chiar şi cârnaţi şi burgeri făcuţi în casă, nu mă mai mulţumeam doar cu salate, dimpotrivă, iar eu eram prima uimită de acest lucru. Participam acum cu entuziasm la pregătirea meselor. Petreceam mult timp cu copiii, în apă sau la jocuri de societate. Rezervele mele de ojă se diminuau văzând cu ochii; Emma şi Léa voiau să încerce în fiecare zi o nouă culoare, spre marea nemulţumire a mamelor lor. Eram regulat aruncată în apă de către unul dintre cei trei băieţi, dar asta nu mă mai enerva. Cred chiar că, uneori, provocam lucrurile răspunzându-le la fel. După câteva reprize de stat la plajă, pielea mi se bronza din zi în zi; moştenisem pielea brună de la tata, şi nu pe cea albă a mamei.

Ar însemna să mint dacă aş spune că suportam bine absenţa telefonului, a conexiunii la internet şi a veştilor de la agenţie, dar mă descurcam, spunându-mi că în curând îmi voi relua ritmul, obişnuinţele, că telefonul va suna din nou, că mail-urile se vor aduna. Când simţeam că o să mă cuprindă stresul, reuşeam să-l stăpânesc şi să trec la altceva. În acelaşi fel, mi se întâmpla să uit cu totul de Paris şi de agenţie. Când îmi dădeam seama de asta, gândul îmi rătăcea, întrebându-se ce mă aştepta la întoarcerea din vacanţă, ce consecinţe va avea dispariţia mea din orice mijloc de comunicare. Marc m-a împiedicat *in extremis* să pierd pariul. Într-o după-amiază în care toată lumea moţăia în jurul piscinei, am încercat să mă duc la mezanin unde îmi ascunsese calculatorul, în ideea să recuperez câteva numere de telefon din agenda salvată în el şi să folosesc telefonul fix din casă ca să aflu veşti de la Paris. A fost un eşec total: n-am apucat să urc jumătate din trepte, că el era jos deja şi m-a făcut să cobor. Nu a spus nimic nimănui şi Adrien nu a aflat de încercarea mea de a încălca înțelegerea noastră.

În dimineața aceea, m-a trezit căldura din cameră. Am luat de pe noptieră vechiul ceas deşteptător, regăsit în hambar. Abia era ora 08:00. Terasa părea deja să forfotească de activitate. Am deschis obloanele şi l-am văzut pe Marc punând masa pentru micul dejun.

— Hai, sacularea! mi-a spus.

— Ce cald a fost azi-noapte!

— Nu-mi spune, am dormit pe pardoseala salonului, înainte să ajung lângă piscină.

Odată cu mezaninul, Marc se alesese şi cu o saună.

— Cred că eşti frânt de oboseală!

— Deloc, mi-a răspuns căscând gura.

Toată lumea din casă suferise din cauza temperaturii. La masă, discuțiile au mers uşor: ce vom face? Ne mişcăm? Rămânem acasă? Ieşim în grupuri mici sau cu toții? Face fiecare ce vrea, fără să se preocupe de ceilalți? Nu m-am amestecat, preferând să-i observ; Adrien, Jeanne, Alice şi Cédric nu se ascultau unii pe alții, răzgândindu-se întruna, neajungând la nicio concluzie, întrerupându-se reciproc. Îți venea să mori de râs, aveam impresia că mă aflu la spectacol. Şi reprezentația avea loc în fiecare zi. Marc, care stătea lângă mine, nu spunea nici el nimic.

— Cobor să fac un tur al satului. Vrei să vii? mi-a propus.

— Cu plăcere.

M-am pregătit în mai puțin de zece minute şi m-am dus lângă el pe terasă. Ceilalți abia dacă au reacționat văzând că plecăm, doar ca să ne spună să luăm pâine şi vin.

Am scăpat repede de cumpărături, ca să hoinărim; amintirea orelor petrecute pe acele străduţe pavate se redeştepta, şi asta mi se părea amuzant, îmi făcea bine. Când eram mici, ne petreceam aici toate vacanţele de vară, cu mama, tata alăturându-ni-se doar pentru trei săptămâni, Lourmarin era punctul de reper în anul şcolar. Când hotărâsem să mă lipsesc de el? Cum putusem să întorc spatele acestui loc, bucuriei de a trăi pe care o reprezenta? Marc s-a oprit la mai multe magazine de decoraţiuni şi apoi a aşteptat mult şi bine, în timp ce eu am intrat la o creatoare de bijuterii, *Gris Piedra*. Îmi pusesem în gând să le aduc pe fete în acel magazin, voind să le ofer ceva drept mulţumire pentru după-amiaza de shopping; ştiam deja ce vreau, o brăţară de argint pentru Alice şi cercei pentru Jeanne.

— Mă duc să beau o cafea, mi-a zis Marc într-un târziu, băgându-şi capul pe uşa întredeschisă.

— Stai, vin cu tine.

Promiţând că mă voi întoarce într-o zi, am lăsat totul şi l-am urmat. Marc s-a instalat la terasa *Café de l'Ormeau* şi a comandat două expresso-uri înainte să se întoarcă spre mine:

— E bine să stăm aşa, liniştiţi, amândoi.

— Ai dreptate... Sunt fericită că eşti aici, vacanţa nu ar fi fost la fel fără tine. Preţ de o secundă, s-a încordat. Ce? Ce este? l-am întrebat văzându-i chipul serios.

A respirat şi şi-a reluat o expresie normală.

— Îţi dai seama că rosteşti cuvântul vacanţă fără să leşini?

Am izbucnit în râs.

— E adevărat. Şi sunt foarte hotărâtă să câştig pariul!

— Nu m-am îndoit niciodată de asta, mi-a spus el serios.

— Mulţumesc...

Am fost întrerupți de către ospătar. Marc şi-a îndulcit cafeaua, a mestecat în ea şi şi-a rulat o ţigară. Eu m-am îndesat pe scaun după ce mi-am băut cafeaua şi am închis ochii cu faţa la soare; eram atât de relaxată, de uşurată, de odihnită, reuşisem să scap de tot stresul care fierbea în mine. Am oftat de mulţumire, după care am deschis din nou pleoapele. Marc mă privea, i-am zâmbit.

— Să mergem, e mai rezonabil..., a oftat dând din cap.

— De ce?

— Soră-ta iar o să facă o criză dacă dispărem amândoi, mi-a răspuns scoţând câteva monede din buzunar.

Când ne-am întors, dimineaţa era aproape pe sfârşite şi toată lumea era pe marginea piscinei, băieţii jucau cărţi, copiii se bălăceau, iar fetele stăteau de vorbă, ca întotdeauna. După ce am pus vinul la rece, mi-am luat costumul de baie şi m-am dus lângă Jeanne şi Alice. N-am avut timp să încep să vorbesc cu ele, fiindcă Marius m-a chemat în apă, să înot cu el; eram mulţumită de progresele pe care le făcea în fiecare zi la înot. Puţin mai târziu, Adrien a decretat că era ora „aperitivului în costum de baie pe marginea piscinei": era aproape prânzul! Am ieşit din bazin promiţându-i nepotului meu că vom continua „antrenamentul" în după-amiaza aceea. Discuţiile s-au inflamat pe tema meniului pentru prânz: „Cotlete sau frigărui?" Marc şi Adrien se luptau ca frigăruile să iasă victorioase.

— Nu e nimic de înfulecat de pe cotlete! s-a răsculat Marc.

— Tu eşti prietenul meu! i-a răspuns acolitul său.

Am luat paharul de vin care mi-a fost oferit şi m-am aşezat pe marginea unui şezlong, lângă Marc. Atenţia mi-a fost atrasă deodată de apropierea şi de semi-nuditatea trupului său, simţindu-i braţul lângă al meu, piciorul lipit de al meu. Nu mă gândisem când m-am aşezat lângă el, era ceva natural, ca şi cum mi s-ar fi cuvenit locul. Erau aproape două săptămâni de când îl vedeam toată ziua în costum de baie, pe jumătate gol. Ce se întâmpla acum? Am simţit frisoane, deşi era o căldură de te topeai. Am lăsat capul în jos — eram roşie la faţă — aruncând o privire spre el, şi i-am văzut încă o dată ceasul.

— Ai grijă să nu ajungi în apă, i-am şoptit ridicându-mă puţin ca să pun paharul pe măsuţa de plastic.

Pseudo-tentativa mea de a lua distanţă a eşuat, m-am aşezat tot lângă el. Ce mă apucase?

— De ce? m-a întrebat.

Fără să-mi calculez gestul, l-am prins de încheietura mâinii, el s-a lăsat, şi mâna i s-a odihnit peste a mea. S-a dat imperceptibil înapoi, sprijinindu-se la spatele meu în braţul drept, umărul meu rezemându-se de el.

— Ai uitat să-ţi dai ceasul jos.

Degetele mele au mângâiat cadranul, brăţara de piele. Apoi m-am hotărât să i-l dau jos; întorcându-i mâna, am desfăcut catarama.

— Mă întreb unde mi-e capul, a şoptit el.

Privirile noastre s-au întâlnit; am înghiţit, stomacul mi s-a strâns. De acord, erau mai multe luni de când nu mai avusesem o aventură de-o seară, totuşi... nu mai eram stăpână pe nimic.

— Yaël!

— Da, Cédric..., am şoptit fără să-mi iau ochii de la Marc sau să mă mişc.

Era imposibil să lupt împotriva a ceea ce se petrecea în corpul meu. Mărul lui Adam i s-a mişcat. Mâinile noastre rămâneau una într-alta, iar ceasul lui nu mai era la încheietura mâinii, ci în căuşul palmei mele.

— Yaël! La telefon!

Spiritului meu i-au trebuit câteva fracţiuni de secundă ca să priceapă sensul frazei rostite de cumnatul meu. *La telefon*. Nu putea să fie decât telefonul fix din casă. N-am avut timp să reacţionez, că a continuat:

— Yaël! La telefon! E şeful tău!

Toate conversaţiile din jurul nostru au încetat. M-am îndepărtat brusc de Marc şi m-am ridicat dintr-un salt, fără să mă sinchisesc de remarcile unora sau altora. Cu toate acestea, am observat că singurul care rămânea tăcut era Marc. Nu mai vedeam nimic în jur. Scopul meu: să intru în casă. Cédric pusese receptorul pe masă. Înainte să-l iau, l-am auzit în depărtare interzicând oricui să mă deranjeze. Am oftat şi am dus receptorul la ureche.

— Bună ziua, Bertrand.

— Yaël! Ce mai faci? Te-ai odihnit?

— Sunt foarte bine, mulţumesc.

— Profiţi de vacanţă, din câte văd! Ăsta e un lucru bun. Ţi-ai închis până şi telefonul!

— De fapt, s-a spart.

— Nu-i aşa grav, important e că am reuşit să dau de tine. Ţi-am rezervat un bilet la trenul de ora 15:00, astăzi, vino la agenţie imediat ce soseşti.

— Am înţeles.

Mi-a dat numărul rezervării, pe care l-am notat pe o bucată de hârtie găsită pe-acolo.

— Pe curând, mi-a spus.

A închis. Am rămas secunde lungi, încremenită, cu receptorul încă în mână. Cédric m-a scos din starea aceea.

— Ce se-ntâmplă?

Am avut impresia că am căzut din lună, eram în costum de baie şi trebuia să mă întorc la serviciu.

— Cât e ceasul?

— Unu.

— Mă întorc la Paris, Bertrand are nevoie de mine la agenție. Trenul e la trei.

Mi-a zâmbit amabil.

— Du-te repede să te pregăteşti, am să le spun eu celorlalți.

— Mulțumesc.

Am străbătut casa şi am ajuns în camera mea, dându-mi seama că încă țineam în mână ceasul, pe care l-am pus cu grijă pe noptieră. După aceea mi-am deschis valiza pe pat şi mi-am îndesat hainele la întâmplare. În depărtare, auzeam strigătele surorii mele, plânsetele copiilor, înjurăturile lui Adrien. Şi apoi, brusc, liniştea a revenit. Mă grăbeam să mă duc să fac un duş, când silueta lui Marc a apărut în cadrul uşii de sticlă, cu calculatorul meu în mână. Tocmai făcuse o baie, avea bustul plin de picături de apă.

— M-am gândit că poate ai nevoie de el, s-a mulțumit să-mi spună punându-l pe pat.

— Mulțumesc. Stai!

Am luat ceasul şi i l-am dat, degetele noastre s-au atins când l-a luat.

— Cédric voia să te ducă la gară, mi-a spus. Dar mă ocup eu de asta. Plecăm imediat ce eşti gata.

— Marc, l-am chemat din nou când se pregătea să plece. De-acum încolo să stai în camera mea.

Nu a răspuns nimic şi m-a lăsat singură. Am avut nevoie de puțin timp ca să fac duş, să-mi usuc părul, să-l strâng într-o coadă de cal şi să mă îmbrac. Am întârziat câteva secunde ca să mă privesc în oglindă; fusta îmi venea din nou bine şi asta mă bucura. Altfel, în afară de bronz, eram aceeaşi ca la sosire: strictă, serioasă, profesionistă, dar mă găseam frumoasă. Era multă vreme de când nu mai gândisem asta, ca şi cum ceva se schimbase în privirea mea, aveam o scânteiere în plus. Am respirat adânc şi am ieşit pe terasă, cu valiza în mână, cocoţată pe pantofii cu toc, unde comitetul de întâmpinare mă aştepta în jurul mesei de prânz, deja pusă şi pregătită. Toată lumea a încremenit şi m-a privit. Fără să spună un cuvânt, Marc a venit şi el, în jeanşi şi tricou polo negru; s-a oprit o clipă, cercetându-mă cu un aer impenetrabil. Apoi a scuturat din cap şi mi-a luat bagajul din mână. Fără o vorbă, a dispărut în spatele casei, în direcţia maşinii.

— Gata, ţi-ai pus iarăşi uniforma, a spus Jeanne cu tristeţe. Apoi a bătut din palme ca să-şi revină. Să înghiţiţi ceva înainte de plecare, mi-a propus.

— N-avem timp, i-am răspuns, sincer întristată. Am lăsat capul în jos, evitând privirea înlăcrimată a surorii mele. Iertaţi-mă că plec aşa... Vă datorez o cină la mine acasă, le-am spus. Ai câştigat, Adrien.

— Aş fi preferat să pierd.

— Yaël, m-a strigat Marc. Mergem?

— Da... Ei bine... păi... profitaţi în continuare de vacanţă.

M-am apropiat de ei, gata să încep turul de pupături de la revedere.

— Mergem cu tine până la maşină, a decretat Alice. M-a luat de umeri şi a mers cu capul lipit de al meu. N-ai să uiţi că există şi o altă viaţă în afara muncii?

— Am să încerc...

Nu am mai spus nimic şi i-am îmbrăţişat pe toţi, înainte să urc în Porsche. Marc, deja instalat la volan, a demarat imediat, spre marea mea uşurare. După ce am ieşit din Lourmarin, a apăsat pe accelerator şi a făcut motorul să huruie; nu aveam nicio clipă de pierdut. Şofatul lui nu mai avea nimic destins, era sportiv, sacadat, nervos chiar. Ar fi trebuit să fiu pe deplin satisfăcută şi fericită de acest telefon al lui Bertrand. Cu toate acestea, mă năpădea tristețea, acum că întorsesem spatele Micii Flori; nu avusesem timp să mai trec pe la hambar, nici să schimb oja fetelor, nici să-l învăț pe Marius să facă pluta, nici să le ofer bijuterii lui Alice şi lui Jeanne. Nici să înțeleg ce se petrecuse în legătură cu Marc. La urma urmei, nimic deosebit. Privea drumul prin ochelarii lui de soare, cu chipul serios şi concentrat, cu o mână pe volan, cealaltă pe schimbătorul de viteze, lângă piciorul meu, pe care îl atingea la fiecare schimbare. Era exact cum mă gândeam, nimic special.

Kilometrii se scurgeau, minutele treceau şi noi rămâneam tăcuți. Marc se uita frecvent la ceas, ceea ce făcea să mă agite şi mai mult.

— Crezi că o să-l prind? l-am întrebat într-un târziu.

— Vei urca în trenul ăla, dacă asta vrei. S-a întors la şofat accelerând. Când ne-am apropiat de gară, l-am ghidat, scoțându-mi în acelaşi timp pantofii. Ce faci?

— N-am să pot să alerg cu ăştia în picioare.

— Biletul?

— Nu e timp.

Marc a tras de frâna de mână la 14:55, pe un loc care nu era într-o parcare. A ieşit primul din maşină, grăbindu-se să-mi ia valiza. Eu, cu poşeta pe umăr şi pantofii în mână, am coborât din Porsche, Marc m-a prins de mâna liberă trăgându-mă în fugă înspre gară. A împins mai mulți pasageri când a traversat holul, m-am agățat de el cu toată puterea pe scara care ducea pe peron. TGV-ul era acolo, controlorii gata să dea semnalul de plecare, Marc s-a îndreptat spre cel mai apropiat vagon, a lăsat valiza la intrare şi s-a dat la o parte ca să mă lase să trec. Cu faţa la el, mâna mea încă într-a lui, cu ochii adânciţi într-ai lui, m-am apropiat şi mi-am lipit buzele de obrazul lui, iar stomacul mi s-a contractat la fel ca în urmă cu o oră. S-a auzit fluierul, care ne-a îndepărtat unul de celălalt. Am făcut un pas în spate, căţărându-mă pe scară. Soneria de la uşă ne-a obligat să ne desprindem mâinile, dar privirile nu ni se desprindeau una de alta.

— Ne vedem la Paris, mi-a spus.

Uşa s-a închis. Marc s-a dat doi paşi înapoi, trenul a pornit şi a părăsit peronul. Degeaba m-am aplecat pe geam, gara a devenit repede un punctuleţ în depărtare, persoanele rămase pe peron au dispărut. Umerii mi-au căzut, corpul mi s-a înmuiat, pantofii mi-au căzut din mână, ceea ce m-a scos din toropeală. E un fel de-a spune, căci m-am mulţumit să îi iau de jos şi să mă târăsc până la scara care ducea la etajul TGV-ului ca să mă prăbuşesc. Ce-mi spusesem în maşină? Nimic deosebit. Mai eram la fel de sigură? Mi-am privit mâna, cea care fusese într-a lui, puteam încă să-i simt căldura pe piele, ca şi înţepăturile de pe buze din cauza obrazului prost ras. Trebuia să se întâmple asta când Bertrand mă rechema la Paris, când nu puteam să-mi permit să fiu în altă parte, storcându-mi creierii ca să înţeleg aceste ultime ore. Afară cu Marc, cu mâinile lui, cu scobitura umărului, cu pielea lui... Mi-am pus din nou pantofii cu toc în picioare, am respirat adânc şi am plecat în căutarea controlorului, ca să-mi rezolv problema cu biletul.

8

La 18:45 am trecut pragul agenției, cu valiza în mână. Acolo domnea liniştea cea mai deplină, toată lumea plecase deja; la urma urmei, era o seară de vineri din luna august. Să mă regăsesc acolo după două săptămâni de vacanță mă umplea de entuziasm. *Sunt la locul meu!* L-am zărit pe Bertrand dincolo de peretele de sticlă al biroului său. Vorbea la telefon şi mi-a făcut semn să aştept. Am profitat ca să mă duc la propriul meu birou şi să deschid computerul; în sfârşit, vedeam ce mă aştepta în cutia poştală electronică. Şi primul duş rece. Niciun mail. Nimic. În cazul ăsta, de ce îmi ceruse să revin? Atitudinea mea la telefon probabil că nu lămurise lucrurile, nu-i pusesem nicio întrebare în legătură cu urgența. La urma urmei, cine-mi spusese că era vreo urgență? Nimeni, în afară de mine. Refuzam să-mi închipui că situația mea se agravase în timpul şederii mele în Luberon. M-am forțat să respir calm. Bătăile inimii mi se întețeau. Fără panică! Nu încă! Nu deja! Nici nu intră în discuție să-mi pierd atât de repede beneficiul câştigat în vacanță! Dar, Dumnezeule, greu mai este!

— Yaël!

Am tresărit, cufundată în temerile mele legate de concediere. Am sărit din fotoliu şi i-am întins mâna.

— Bună ziua, Bertrand.

— Vino în biroul meu!

L-am urmat şi am regăsit harababura din bârlogul lui, amintindu-mi cu groază de ultima oară când fusesem acolo.

— Ai o mină strălucitoare, mi-a spus după ce ne-am aşezat.

— Mulţumesc.

— Lipsesc vreo zece zile, te las la cârma agenţiei. Eşti stăpână pe vapor.

Nu eram sigură că înţelesesem tot. Totuşi, ascultându-l cum îmi explica în ce fel organizase un turneu de întâlniri cu principalii noştri clienţi americani, a trebuit să cedez în faţa evidenţei: îmi lăsa puteri depline în timpul absenţei lui. Aveam la dispoziţie weekendul ca să mă pun la zi cu dosarele în curs şi să fiu gata să preiau frâiele de luni dimineaţă, la întoarcerea colegilor mei. Un beculeţ mi s-a aprins: asocierea nu era dată uitării, Bertrand mă supunea unui test de rezistenţă la presiune.

— Acum du-te acasă. Vei avea nevoie de toată energia!

M-am ridicat, el a făcut la fel ca să mă însoţească. Trecând prin faţa biroului meu, a deschis un sertar şi mi-a dat o cutie în care se afla un iPhone 6 nou-nouţ.

— Parcă am înţeles că ai avut necazuri cu telefonul...

— Mulţumesc.

Când a ajuns în faţa ascensorului, m-a cercetat din cap până-n picioare.

— Vezi cum faci să-ţi păstrezi această energie, nu mi-ar plăcea să fiu nevoit să mă lipsesc iarăşi de tine.

— Ai încredere în mine. Drum bun, îţi voi da veşti în mod regulat.

În dimineaţa aceleiaşi zile, mă trezise căldura din camera mea de la Mica Floare, fără nicio veste din Paris, nesigură în privinţa viitorului. Iar seara, căldura pariziană, în ciuda aerului condiţionat din taxi, mă sufoca, transpiram... şi îl înlocuiam pe Bertrand pe durata călătoriei lui de afaceri.

Primul gest după ce am intrat în apartament a fost să-mi scot încălţările; picioarele mă dureau, gata să se umple de băşici, nu avusesem nevoie de mult timp ca să mă dezobişnuiesc să mai port pantofi cu toc cui. Savurând răcoarea parchetului sub tălpile goale, m-am îndreptat spre dormitor ca să-mi golesc valiza. Noua mea garderobă de vară şi-a găsit locul în fundul dressingului; nu o voi refolosi prea curând. După ce totul a fost aranjat, m-am întors în camera de zi, am deschis laptopul şi am luat telefonul, încă în ambalajul său. L-am privit pe toate părţile; amintindu-mi cum dispăruse predecesorul său, mi s-a pus un nod în gât şi tăcerea din apartament m-a învăluit în aceeaşi clipă. Am sărit de pe canapea şi m-am dus la bucătărie să caut ceva de mâncare; frigiderul şi dulapurile erau goale. Am comandat mâncare japoneză, din reflex, şi am dat drumul la televizor pe un canal de ştiri non-stop: m-am simţit mai puţin singură. După aceea m-am ocupat de configuraţia telefonului. Când am avut în faţă platoul cu peşte crud, apetitul mi-a pierit, deşi aş fi salivat în faţa unei fripturi făcute la grătar. M-am silit totuşi să mănânc; nu-mi puteam permite nici cea mai mică slăbiciune în zilele următoare. Imediat ce telefonul a fost operaţional, m-am conectat la serverul agenţiei ca să am acces la mail. Pe loc, contul s-a activat şi a arătat numărul de 547 de mail-uri, Bertrand tocmai repornise maşinăria. M-am gândit la ce mă aştepta; programul de weekend era stabilit, voi fi la agenţie a doua zi la prima oră. Când am fost gata să mă duc la culcare, am descoperit un SMS de la Alice, probabil că mi-l trimisese când eram la duş: „Îmi închipui că ai făcut rost de un alt telefon, dă-ne veşti." Am trimis un răspuns scurt: „Totul e bine, multă muncă în perspectivă. Mulţumesc pentru vacanţă. Vă îmbrăţişez." M-am strecurat sub învelitoare, stingând veioza de pe noptieră. Şi m-am gândit... nu la Alice şi la vacanţă, ci la Marc şi doar la el, la senzaţia de a fi lângă el, la trupul meu reacţionând lângă al lui. Asta mă înnebunea! Viaţa mea sentimentală se rezuma la aventuri fără viitor, care nu-mi dădeau niciodată imboldul să rămân alături de un partener. Era perfect aşa. Restul nu mă interesa! În orice caz, nu aveam timp pentru mai mult, îmi era imposibil să mă las tulburată de asta, încă şi mai puţin de Marc. Fie, în vacanţă mă odihnisem, mă energizasem, se dovedise că trebuia să am puţin mai multă grijă de mine şi de ceilalţi ca să nu dau chix la muncă, dar nici nu se punea problema ca pacea să dispară din spiritul şi cu atât mai puţin din corpul meu; voi continua să-mi găsesc timp pentru un alt bărbat de-o noapte şi igiena va fi asigurată. Dintr-un salt m-am dus la baie şi am pus apă de la robinet în paharul pentru spălat pe dinţi, ca să înghit un somnifer. Refuzam ca imagini cu trupul lui Marc să-mi tulbure somnul. Numai că, imediat ce-am deschis ochii, după o noapte fără vise, mi-am amintit ultima lui frază: ne vedem la Paris. *Nu! Nu! Nu!* Am sărit din pat, cu inima bătându-mi nebuneşte. Nu cunoşteam decât un mijloc ca să mi-l scot din minte: munca!

Mi-am petrecut weekendul închisă între cei patru pereţi ai agenţiei, consultând dosarele, pregătind programul săptămânii care urma. Când era cât pe ce să arunc telefonul pe fereastră după al nu ştiu câtelea apel al lui Alice, am luat taurul de coarne. Doar n-o luam de la capăt! Trebuia să înceteze, altfel nu voi reuşi. I-am scris un SMS, jumătate adevăr, jumătate minciună: „Te rog, nu mă mai suna, mi-e greu să-mi dai veşti despre voi. Te îmbrăţişez, soră mai mare." Răspunsul ei a venit în secunda următoare: „Iartă-mă, iartă-mă. Toată lumea te îmbrăţişează strâns, strâns." Am avut linişte în sfârşit şi am putut să mă cufund în muncă.

Luni dimineaţă am fost la agenţie la ora 08:00, gata să-mi primesc colegii. O oră mai târziu, i-am întâmpinat în *kitchen*, cu cafea şi gogoşi. Au sosit unul după altul, nefiind surprinşi nici să mă vadă acolo, nici de absenţa lui Bertrand, era evident că toţi erau la curent cu responsabilitatea ce mi se dăduse. Nu păreau prea încântaţi să mă revadă, vorbeau în şoaptă şi îşi aruncau priviri puţin încurajatoare. Dar mă aşteptam la asta! În ciuda lipsei lor de entuziasm, se uitau la mine, pe jumătate perplecşi, pe jumătate amuzaţi.

— E vreo problemă? i-am întrebat într-un târziu.

— Nu, nimic deosebit. Vacanţa te-a schimbat, e-adevărat, mi-a spus responsabilul cu serviciul de traduceri. Poate că săptămâna care urmează nu o să fie chiar atât de îngrozitoare.

— Nu contaţi pe mine că vă las să plecaţi mai devreme!

Cum putusem să spun aşa ceva?! Începeam prost!

— Ne gândeam la asta, dar este mai plăcut să lucrezi cu o persoană în carne şi oase decât cu un robot.

M-au lăsat baltă şi s-a dus fiecare la treaba lui.

Săptămâna a trecut cu viteza luminii. Duminică seara am vorbit la telefon cu Alice, tocmai se întorseseră din Lourmarin. Sfârşitul de vacanţă decursese bine, mai mult decât liniştit, după spusele surorii mele; familiile se plimbaseră separat, Marc îşi petrecuse majoritatea timpului cu o carte în mână pe lângă piscină şi chiar se mai dusese la L'Isle-sur-la-Sorgue într-o zi. Am pus capăt discuţiei despre vacanţă propunându-i să petreacă în curând o sâmbătă cu mine la Paris, mi-ar face plăcere. Ea a sărit în sus de bucurie şi, cu această ocazie, am evitat să aflu prea multe despre Marc.

Bertrand tocmai se întorsese, mulţumit de călătorie, gata fiind, se părea, să înceapă un nou an. A făcut turul agenţiei, oprindu-se la fiecare. După ce a terminat, m-a convocat în biroul lui. Timp de două ore, mi-a pus întrebări despre munca unora şi a altora, despre contractele semnate, despre misiunile îndeplinite şi cele în curs. Apoi, i-am prezentat proiectul la care lucrasem în lipsa lui: prospectarea de noi domenii, începând cu saloanele profesionale importante. Făcusem o listă cu cele mai interesante, în funcţie de domeniul de activitate, de prezenţa la nivel internaţional şi de expozanţi. Mai aveam în minte să dezvolt relaţiile cu anumiţi clienţi de-ai noştri. În mod prostesc, mă gândisem că Sean şi Gabriel puteau să facă afaceri împreună. La modul general, graţie agendei noastre de adrese, aveam totul ca să devenim intermediarii ideali.

— Sunt mulţumit că te-am trimis în vacanţă. Ai făcut o treabă excelentă, te felicit!

— Mulţumesc, i-am răspuns uşurată.

— Şi nu vorbesc doar despre proiectele tale, pe care le voi studia îndeaproape. Întreaga agenţie mi-a dat un raport mai mult decât elogios al muncii tale din săptămâna trecută.

M-am foit pe scaun, simţind cum mă înroşesc.

— Mi-am făcut treaba, Bertrand. Atâta tot.

— Nu-mi pare rău că te-am făcut să te distanţezi un pic, sper că ai învăţat lecţia. Te-ai întors mai performantă ca niciodată şi ăsta e un lucru bun pentru viitor.

— N-am să te mai dezamăgesc.

— Am încredere în tine, mi-a răspuns blazat, fără să-mi dau seama de ce. Înainte să te întorci la treabă, îţi mai cer un ultim serviciu.

— Te ascult.

— Ocupă-te să convoci toată agenţia la o cină într-o sâmbătă, pentru lansarea anului de activitate şi prezentarea planurilor noastre. Să creăm ceva mai multă coeziune în echipă şi să profităm de atmosfera pe care ai generat-o tu.

Această putere neaşteptată şi nesperată m-a făcut să întrevăd viitorul, când aveam să devin asociat: nu mai încăpea nicio îndoială.

Tocmai ieşisem de la un prânz cu americanii noştri îmbogăţiţi din gazele de şist şi obsedaţi de imobiliarele pariziene. Mai devreme în acea dimineaţă, fusesem interpret la semnarea unui act de vânzare a unui imobil din arondismentul şaisprezece. Apoi participanţii ţinuseră neapărat să luăm prânzul împreună. Între două înghiţituri de Chardonnay, după care erau înnebuniţi, am făcut în aşa fel încât să aflu de la ei nume din relaţiile lor de muncă. Tipii ca ei aveau în mod sigur contacte care ar fi avut nevoie de serviciile agenţiei. Acum, când îmi mâncau din palmă, nu puteam să ratez o asemenea ocazie. Eram atât de plină de energie încât, după ce i-am lăsat, am ales să merg până la o stație de taxi, în loc să chem unul. Am profitat ca să-i telefonez lui Bertrand şi să-i împărtăşesc cu entuziasm progresele mele. Brusc, m-am oprit din mers şi din vorbit; tocmai îl zărisem pe Marc stând la o terasă. Ce făcea acolo? Nu era posibil aşa ceva! Aveam ghinion; abia începusem să mă gândesc mai puțin la el şi iată-l apărând sub ochii mei.

— Yaël, mă auzi?

Vocea lui Bertrand m-a readus la realitate.

— Da, scuze. Ce ziceai?

— Plec la o întâlnire, vorbim din nou diseară, la agenție.

— Prea bine.

A închis. Ce să fac? Totul îmi era încă permis; Marc nu mă văzuse, puteam să fac stânga-mprejur şi să mă duc să caut în altă parte un taxi. Dar, în adâncul meu, ştiam că trebuia să mă duc să-i vorbesc, ca să-mi dau seama că mă bătuse soarele în cap în Luberon şi că asta se termina aici. Picioarele mi s-au pus în mişcare fără să mă gândesc mai mult. Marc mâzgălea ceva într-un carnețel, cu ochelarii pe nas, fără să se uite în jur, astfel că nici când am fost în fața lui nu şi-a dat seama.

— Dacă există un loc în care nu mi te imaginam, acesta este arondismentul şaisprezece!

S-a oprit din scris, a închis carnețelul şi şi-a dat jos ochelarii, pe care i-a pus în buzunarul interior al hainei sale de velur. Apoi a ridicat în sfârşit capul, schițând un zâmbet.

— E specialitatea ta să apari în momentul în care mă aştept cel mai puțin.

— Pot să spun acelaşi lucru despre tine!

S-a ridicat în picioare şi ne-am pupat aplecându-ne peste masă, abia atingându-ne obrajii. *Cu atât mai bine!*

— Poate că aştepţi pe cineva? Am nimerit prost, i-am spus.

— Deloc... Ai timp să bei o cafea?

— Da, i-am răspuns aşezându-mă în faţa lui. Şi... ce faci aici?

— Muncesc, închipuie-ţi! Am fost chemat să fac o propunere de răscumpărare a mobilierului dintr-un apartament care va fi golit după succesiune.

— Şi cu acel carneţel ce faci?

— Calculez preţurile, notez caracteristicile mobilelor şi le compar cu estimările expertului. Asta e munca mea.

Ospătarul ne-a întrerupt aducându-ne cafelele.

— Dar tu? m-a întrebat Marc.

— Vin de la un prânz de afaceri.

— Cum îţi merge?

— Foarte bine.

— Revenirea?

— Perfectă...

A privit în depărtare întorcându-şi ceasul. Apoi şi-a pus zahăr în cafea şi a mestecat în ea mult timp, cu un aer concentrat. Eu am pus ceaşca de mai multe ori pe farfurioară înainte să iau o înghiţitură.

— I-ai mai văzut pe ceilalţi? m-a întrebat într-un târziu, pe un ton detaşat.

— Nu, nu încă, am fost foarte prinsă.

S-a lăsat din nou tăcerea. Mi-am terminat cafeaua, el şi-a rulat o ţigară şi a aprins-o. Deşi fumul de ţigară nu-mi plăcea în general, ţigara lui nu mă deranja. După câteva secunde în care îi evitasem privirea, m-am hotărât să-l înfrunt, el m-a privit. Nu ne scăpam din priviri. *Fugi!* Crezusem prosteşte că această întâlnire întâmplătoare îmi va uşura spiritul şi trupul, dar era exact pe dos. În pofida dorinţei mai mult decât evidente de a-l apuca de încheietura mâinii ca să ştiu cât e ceasul, am căutat în poşetă după telefon ca să-mi ţin mâinile ocupate: întârziasem prea mult, trebuia să mă întorc la birou.

— Trebuie să plec. Îmi pare rău, sunt aşteptată.

— Evident... Sunt cu maşina, vrei să te duc?

— Nu! am exclamat cu glas ascuţit.

Cu neputinţă să fiu mai ridicolă! Dar mă simţeam pur şi simplu incapabilă să stau închisă împreună cu el în Porsche.

— O să iau un taxi, e o staţie un pic mai încolo, am reluat eu mai calmă, căutând să regăsesc o urmă de demnitate.

— Am parcat aproape.

Am mers unul lângă celălalt, în tăcere, trecând pe lângă clădiri. Staţia se vedea, mai multe taxiuri aşteptau şi în unul dintre ele îmi voi regăsi liniştea. În depărtare, am văzut vechiul lui Porsche. La zece metri de staţie, Marc m-a prins de cot, abia am avut timp să mă uit la el, că m-a dus sub o poartă mare deschisă şi m-a cuprins în braţe. Împingându-mă în peretele din curtea interioară, şi-a lipit apăsat buzele de ale mele, care s-au deschis în mod natural, limbile ni s-au amestecat într-o luptă crâncenă. Corpul meu a reacţionat instinctiv, lipindu-se de el, braţele mele i-au înconjurat gâtul, mâinile lui mi-au apăsat talia, scobitura spatelui. Buzele lui mi-au eliberat gura, ca să se năpustească pe obraji, pe ceafă; m-am încordat, respiraţia mi s-a accelerat, el a gemut pe gâtul meu înainte să mă îmbrăţişeze din nou, cu o mână ţinându-mi faţa, cealaltă plimbându-şi-o de-a lungul spatelui meu. Era atât de puternic, că picioarele mele erau gata să mă lase. Şi apoi, brusc, mi-a dat drumul, peretele m-a ajutat să mă sprijin, evitând să mă prăbuşesc la pământ. Marc şi-a masat tâmplele.

— Yaël, scuză-mă... uită asta.

Mi-a aruncat o privire şi m-a lăsat aşa, acolo, fără să mai spună nimic. În depărtare, maşina lui a huruit; Marc demara de parcă ar fi fost urmărit de o hoardă de furii. Mi-am trecut degetele peste buzele umflate, cu trupul fremătându-mi încă. Am păşit dincolo de poartă şi m-am trezit în lumina strălucitoare. Am sărit în primul taxi liber, am dat adresa agenţiei şi m-am ghemuit în fundul maşinii.

Ajunsă la destinaţie, m-am prăbuşit pe fotoliu, cu privirea aţintită pe ecran, capul în mâini şi am rămas în această poziţie fără să fac nimic în următoarele două ore. De câte ori eram solicitată de cineva, răspundeam: „mâine".

— Trebuia să ne vedem în seara asta, nu?

— Ce? am zis ridicând ochii.

Tocmai îi adresasem ultimul „mâine" lui Bertrand, fără ca măcar să-mi dau seama. Catastrofă! Am sărit din fotoliu.

— Bertrand! Da, desigur! Vin imediat.

M-a privit ciudat şi s-a dus în biroul său. Nu aveam deloc notiţe, care să mă ajute. Preţ de o clipă, am avut un enorm gol de memorie. Ce făcusem înainte de episodul de sub poartă? Cafeaua cu Marc. Şi încă ceva. Îmi storceam creierii încă, atunci când am luat loc în faţa lui.

— Şi... cum a fost cu americanii?

Îmi mai rămăseseră trei neuroni ca să evit să strig „Aleluia". Încetul cu încetul, informaţiile au ţâşnit şi am putut să-i povestesc despre prânz, încredinţându-i contactele pe care le obţinusem. În cele din urmă, mi-a urat o seară bună şi mi-a amintit de cina de a doua zi cu toată echipa — cină de care uitasem complet. Unde mi-era capul? Sub o poartă.

Somniferul a avut efect după mai mult timp decât de obicei; de câte ori închideam ochii, retrăiam sărutul cu Marc, cu sentimentul că nu fusesem niciodată îmbrățișată în felul acesta. La trezire, sâmbătă dimineața, capul îmi era încă tulbure, stomacul chinuit de dorința care ieşea la suprafață când buzele lui Marc îmi reveneau în memorie. Mă simțeam absolut stupidă, ca şi cum aş fi fost o puştoaică la primul ei sărut. Era imperativ să-mi găsesc o ocupație. După cafea, mi-am pus ținuta sport şi mi-am pregătit geanta pentru piscină, având grijă să-mi pun în ea costumul de înotătoare — s-a terminat cu bikini! De parcă asta mi-ar fi fost de folos.

Ajunsă pe marginea bazinului, capul mi s-a limpezit, părul meu şi-a manifestat foarte clar gustul pentru libertate. Nemaisuportând şi preferând să nu-mi impun un obstacol în plus, mi-am dat jos casca înainte să plonjez. Timp de o oră, pe culoarul de înot, am făcut ture după ture cu furie, ca altădată. Efectul a fost imediat: respirația mi s-a normalizat, corpul mi s-a relaxat, spiritul mi s-a întors către muncă şi cina din seara aceea cu agenția. Singura mea distracție a fost să-mi imaginez programul de după-amiază cu Alice, îmi lipsea de când mă întorsesem.

M-a sunat imediat ce a reuşit să parcheze maşina aproape de locuința mea, pe la 11:30. Am trântit uşa apartamentului şi m-am dus s-o întâmpin pe trotuar. Mi-a sărit de gât strângându-mă la piept. I-am răspuns la îmbrățişare.

— Dacă ai şti ce fericită sunt să petrec ziua doar cu tine! mi-a spus.

— Şi eu.

Am luat-o de braț, am dus-o pe strada Vaugirard, apoi am mers până pe strada Rennes. I-am cerut să-mi vorbească despre copii, despre Cédric şi despre începerea anului şcolar. Şi părinţii noştri au apărut în discuţie, preluaseră frâiele la Mica Floare, tata era încântat de ordinea făcută în hambar, şi la fel ca mama, tot întreba de mine. De când nu-i văzusem? De mult, de foarte mult timp. Trecând pragul primului magazin, a fost de ajuns o privire ca să ne înţelegem: Alice va alege pentru mine şi invers. Ea se afla acolo ca să-mi înveselească garderoba, iar eu îmi făceam datoria de a o feminiza pe ea. Voiam cu orice preţ să-şi pună din nou în valoare frumuseţea naturală.

— Când vrei să mă îmbrac cu astea? m-a întrebat văzând rochia şi cizmele pe care i le arătam.

— În weekend, când ieşi! Cizmele poţi să le porţi la serviciu, dată fiind înălţimea tocurilor!

— De acord... cu condiţia ca tu să iei astea!

A scos de la spate o pereche de botine plate, ca de motociclist, un pulover cu glugă şi o geacă de piele.

— Dacă apar la agenţie cu astea...

Ea mi-a adresat un zâmbet sadic.

— În weekend, ca să te plimbi! Când nu lucrezi...

I-am smuls totul din mână şi i-am dat ce îi alesesem.

— În cabină!

Cu braţele încărcate, ne-am prăbuşit pe o banchetă de la Saint-Placide; era deja trecut de ora 15:00. După ce am comandat pentru fiecare câte o omletă cu salată, am aruncat o privire pe telefon.

— Yaël, te rog! a gemut Alice.

— E prima oară când mă uit de când suntem împreună. Îţi atrag atenţia că tu te-ai uitat întruna la al tău.

— Ca să ştiu dacă sunt bine copiii!

— Iar eu mă asigur că nu există vreo schimbare de program de ultim moment, lui Bertrand nu i-ar pica bine deloc.

Ea a pufnit.

— De fapt, colegii tăi sunt un pic ca şi copiii tăi şi-ai şefului tău.

— Asta-i bună! am spus ridicând ochii spre cer, cu un zâmbet vag pe buze.

I-am vorbit despre programul şi miza acelei seri pentru agenţie.

— Scuză-mă, Yaël, dar oamenii au şi o viaţă personală... şi poate că au chef să facă altceva decât să muncească sâmbătă seara.

— Nu muncim, e o cină!

— Mai ai progrese de făcut... bineînţeles că e vorba de muncă atunci când cinezi cu colegii şi cu şeful, mă îndoiesc că o să vă încheiaţi seara într-un bar de noapte.

Am izbucnit într-un râs sincer.

— Dar Bertrand ăsta, nu are şi el o viaţă în afara serviciului?

— Nu, din câte ştiu.

— Ce trist... În fine... păcat că eşti ocupată, ai fi putut să iei cina cu noi, vine şi Marc.

— Ah...

Omleta a devenit absolut magnifică; am studiat-o amănunţit din privire şi cu furculiţa.

— Cédric a vorbit cu el la telefon ieri, pare în formă.

Înainte sau după momentul de sub poartă?

— Ai mai aflat ceva despre el de când te-ai întors? a vrut ea să ştie.

Aş fi dat orice ca să-i povestesc totul, asta m-ar fi uşurat, dar nu puteam. Imediat ce ar fi aflat că Marc mă sărutase cu o zi în urmă, Alice nu ar mai fi fost de stăpânit, cu atât mai mult când ar fi aflat că el fugise; pentru că asta se întâmplase. Obsedată de ceea ce simţisem, ascunsesem sfârşitul mai mult decât brutal al acelui sărut. Sora mea i-ar fi cerut socoteală. Şi nu era de datoria ei s-o facă, ci a mea. Trebuia să rezolv problema singură, fără ajutorul nimănui. Dar înainte de asta, trebuia să reuşesc să înţeleg ce dăduse peste mine odată cu acel sărut. Simplul fapt de a mă gândi la el m-a făcut să scot un oftat adânc.

— Te simţi bine? m-a întrebat sora mea, scoţându-mă din gândurile mele.

Nici vorbă de discreţie! I-am aruncat o privire timidă. Nu puteam s-o amestec în asta dar, Dumnezeule, cât aş fi vrut să mă confesez ei!

— Hm... da, da... e-n regulă...

— Şi în privinţa lui Marc?

— Păi... nu, nicio veste, i-am răspuns înainte să înghit o îmbucătură cu care era gata să mă înec.

Rezervasem o masă la un mare restaurant japonez unde mâncarea era pregătită în faţa clienţilor de către trei mari experţi ai bucătăriei tradiţionale. Decorul era cât se poate de japonez. Ansamblul nu putea decât să satisfacă exigenţele lui Bertrand. Sosind acolo, mi-am promis să-l las pe Marc deoparte cât ţine cina şi să mă concentrez pe muncă. Pe urmă, o să văd.

Până la desert, Bertrand ne-a lăsat să vorbim unii cu alţii despre câte-n lună şi în stele, într-o ambianţă destul de destinsă, chiar dacă el nu a ieşit dintr-ale lui. Nici eu nu aveam nimic de zis. M-am surprins considerând că era plăcut să îi cunosc mai bine pe oamenii cu care petreceam mai mult de trei sferturi din timpul meu; până atunci, nu mă interesasem niciodată de ei, de viața lor, de gusturile lor sau de interesul lor pentru agenție şi pentru serviciu. Chiar de la începutul cinei, a trebuit să-mi storc creierii ca să-mi amintesc că responsabilul cu serviciul de traduceri, întâmplător vecinul meu de masă, se numea Benjamin. Nu mă gândeam la colegii mei decât prin prisma funcției, niciodată cu numele mic. Şi spre marea mea surpriză, eu care îl consideram ca pe cel mai mare leneş, am vorbit uşor cu el şi am descoperit cât de mult îşi iubea şi el meseria. Cu coada ochiului, îl observam mereu pe şeful nostru; intervenea puțin în discuții, butonând pe telefon, dar reuşea întotdeauna să aibă cuvântul potrivit la momentul potrivit. Din afară, ai fi putut să crezi că îşi verifica mail-urile, dar eu aş fi pus mâna în foc că lua notițe despre ce se petrecea sub ochii lui. Ceea ce m-a uimit cel mai mult au fost cunoştințele sale despre unii şi despre alții. Eram cu adevărat impresionată de capacitățile lui de adaptare la salariați.

Când a fost servită cafeaua, s-a ridicat şi ne-a solicitat atenția.

— Mai înainte de orice, felicitări tuturor pentru munca desfăşurată în primul semestru. Acum, că vara a trecut, v-ați odihnit şi am sentimentul că spiritul de echipă este pe cale să se nască...

Mi-a aruncat o privire discretă dar care, sunt sigură, nu a scăpat nimănui.

— Vă cer să vă dublați eforturile şi asta încă de luni. Mă gândesc să dezvolt agenția. Ca să vă spun tot, nu este exclus să deschid un birou în străinătate. Voi lua o hotărâre la sfârşitul anului. În consecință, trebuie să-mi dovediți că sunteți în stare să faceți față stresului, presiunii şi unui ritm susținut. În următoarele patru luni nu vreau să aud vorbindu-se de probleme personale, copii, boli sau de cereri de concediu. Dacă unii nu se simt în stare să facă faţă, ne vom întâlni şi problema va fi rezolvată. Este inutil să vă încrâncenaţi. Pentru ceilalţi, este o adevărată provocare cu numeroase perspective, deplasări şi măriri de salariu. Prima de Crăciun va avea şi un bonus, dacă mergem toţi în aceeaşi direcţie.

Privirea i-a trecut peste fiecare, cu excepţia mea. Unii au schimbat priviri, alţii s-au încordat, deja înnebuniţi de perioada care ne aştepta.

— Are cineva întrebări înainte să continui?

Nimeni nu s-a clintit, oricum nu ar fi fost mai bine.

— Am discutat de curând cu Yaël despre posibilităţile de a ne extinde câmpul de acţiune. Ea se va ocupa de dezvoltarea acestui proiect, pe lângă clienţii ei obişnuiţi. Totuşi, la un moment dat, toată lumea va trebui să se implice, într-un fel sau altul. O las să vă explice în detaliu. E rândul tău!

Încă unul dintre testele lui, al căror secret îl deţinea. Nu m-am lăsat deconcertată, totul era perfect limpede în capul meu. Toate privirile s-au îndreptat către mine. Acum e-acum! Cuvintele îmi ieşeau singure din gură. Am avut parte de atenţia tuturor membrilor echipei în următorul sfert de oră, la fel ca şi Bertrand mai înainte. Era ameţitor. Mai ales că, împotriva oricăror aşteptări, colegii mei au părut toţi interesaţi de ceea ce le propuneam. Mă aşteptam să fiu ucisă din priviri, dar nu, nimic, nicio umbră de mânie sau de reproş, mai degrabă gesturi din cap, aprobatoare. Chiar eram pe punctul să devenim o echipă? Ideea îmi plăcea, trebuia să recunosc. Intervenţia mea a încheiat seara. Bertrand nu a încercat să mă reţină ca să-mi analizeze prestaţia. Fiecare a avut dreptul la un taxi când a plecat de la restaurant. Toată lumea şi-a urat cordial o duminică plăcută şi s-a întors acasă.

Mi-am petrecut duminica muncind, fără să ies din casă şi fără să mă îmbrac — mare noutate! Anticiparea făcută în ajun îmi creştea motivaţia, dacă mai era nevoie. A doua etapă spre asociere era în curs. Nu-mi rămânea decât să rămân concentrată asupra obiectivului meu, fără să mă las distrasă. Dar degeaba îmi mobilizam toate mijloacele pe care le aveam la dispoziţie, amintirea sărutului lui Marc nu înceta să mă bântuie. Şi îndrăznise să-mi spună: „Uită asta!" De parcă era atât de uşor! Care era problema lui?! Nu avea dreptul să-mi facă aşa ceva! Eram obligată să reacţionez, dar cum? Asta mă consuma, mă copleşea. Rezultatul: m-am culcat furibundă şi nopţile albe au revenit. Nici măcar înotul matinal nu reuşea să mă calmeze. De ce-mi făcuse un asemenea lucru? Şi în cel mai prost moment!

Dimineaţa a fost catastrofală. Într-o dispoziţie îngrozitoare, m-am dus în biroul meu fără să adresez vreun cuvânt cuiva. Când am luat legătura cu o organizatoare de saloane, am greşit limba, vorbind în engleză cu un accent şi mai pronunţat decât al mamei mele; biata femeie a fost complet năucită şi a crezut că e vorba de o farsă la telefon; când mi-am revenit şi i-am vorbit în franceză, mi-a trântit telefonul în nas. Apoi, Bertrand m-a chemat în biroul lui ca să-mi prezinte un nou client. Întâlnirea s-a derulat perfect până în momentul în care privirea mi-a căzut pe ceasul bărbatului, un Jaeger-LeCoultre şi n-am mai scos niciun cuvânt, doar m-am gândit la mâna lui Marc întorcându-şi ceasul. În sfârşit, Benjamin, responsabilul cu serviciul de traduceri, a venit la mine după pauza de masă, peste care eu sărisem, dorind să-mi ştie părerea despre o subtilitate de limbaj; m-am uitat pe foaia pe care mi-a dat-o fără să caut să înţeleg.

— Habar n-am, i-am spus fără să-i arunc nicio privire.

— Ce te-a apucat? Parcă nu mai eşti tu cea din ultimele săptămâni. Uiţi cam repede, după părerea mea, spiritul de echipă lăudat de Bertrand şi de tine sâmbătă seară şi chiar e păcat.

Când am ridicat capul, plecase deja. Îmi pierdeam total stăpânirea de sine. Era clar că trebuia să împiedic ca această situaţie să se agraveze. Marc nu-mi va mai tulbura munca. Mi-am înhăţat poşeta şi i-am spus asistentei că totuşi mă duc să mănânc. După aceea m-am plantat în faţa biroului serviciului de traduceri.

— N-am uitat spiritul de echipă. Scuză-mă. Am o mică problemă de rezolvat... La întoarcere, mă ocup de traducere!

Am părăsit agenţia cu pas hotărât şi am oprit primul taxi care a trecut. Şoferul a făcut cunoştinţă cu proasta mea dispoziţie:

— Grăbiţi-vă, mai am şi alte treburi!

— Cucoană, calmaţi-vă, altfel vă las aici. S-a-nţeles? mi-a răspuns privindu-mă în oglinda retrovizoare.

M-am ghemuit pe banchetă. Când a oprit, i-am aruncat o bancnotă pe scaunul pasagerului şi am trântit portiera din toate puterile. Am deschis la fel de brusc uşa magazinului de vechituri şi am intrat.

— Marc! am strigat.

A apărut din fundul magazinului şi a venit cu nonşalanţă spre mine. Fără să spună un cuvânt şi fără să mă scape din priviri, şi-a scos ochelarii şi i-a lăsat pe o mobilă pe lângă care a trecut. Apoi, calm, s-a rezemat de un perete, a băgat o mână în buzunar şi a îndrăznit să schiţeze un zâmbet din colţul buzelor. *Nu, am halucinaţii. Cine se crede?*

— Te aşteptam, Yaël. Dă-i drumul, te-ascult!

Unde dispăruse fugarul de la poartă?

— De ce-ai făcut asta? am urlat, refuzând să mă las impresionată de atitudinea lui dezinvoltă. Nu aveai dreptul! Nu mă laşi să lucrez! Nu reuşesc să mă concentrez!

După rânjetul lui, părea mulţumit, chiar mândru de el.

— Îmi pare rău.

Ironia lui m-a exasperat.

— Este intolerabil! m-am enervat teribil. Şi fraza ta cu dublu înţeles: „Uită asta!" De unde-ai scos-o?

— Dacă măcar aş şti...

— Oricum, e complet aiurea să spui aşa ceva.

El a ridicat din sprânceană.

— Sunt de acord, aş zice că e chiar stupid, a declarat, cu un zâmbet idiot pe buze.

Insolenţa lui nonşalantă mă călca pe nervi. Încurca lucrurile şi asta îl amuza!

— Nu râde! m-am stropşit eu. Acum suntem adulţi!

— Faptul că suntem adulţi nu schimbă cu mare lucru situaţia noastră, mi-a răspuns, brusc serios.

Asta m-a lăsat fără replică. S-a îndreptat de spate şi a făcut doi paşi aţintindu-şi ochii într-ai mei. Ce urmărea? Nu mai ştiam ce să fac, ce să spun, din ce în ce mai descumpănită. Mă aşteptam la orice, mai puţin la asta. Era atât de sigur pe el! În mod bizar, degeaba mă ridicam pe tocuri, că mă simţeam din ce în ce mai mică, în faţa privirii lui pătrunzătoare. Toate acestea deveneau prea periculoase. Venisem aici ca să pun lucrurile la locul lor, nu să...

— Te-ai calmat?

Să mă calmez?

— Hm...

S-a apropiat şi mai mult, cu ochii încă aţintiţi într-ai mei. Eram complet incapabilă să mă desprind din vraja lui, respiraţia mi s-a accelerat din ce în ce mai tare.

— S-ar zice că da, a răspuns el în locul meu, meu la fel de sigur pe sine. Deci, Yaël? Ce propui pentru a rezolva problema?

Să cedez. Mi-am aruncat poşeta la pământ şi am parcurs ultima distanţă care ne despărţea. Un geamăt de uşurare mi-a scăpat în momentul în care m-am aruncat peste gura lui, braţele i s-au strâns în jurul meu. M-am lăsat moale, incapabilă să mă controlez, nici să-mi domin febra care pusese stăpânire pe trupul meu de când îl văzusem. Marc m-a dus spre fundul magazinului răspunzând cu furie la sărutul meu, o etajeră s-a clătinat la trecerea noastră, un obiect s-a spart de pământ.

— Nu contează, mi-a spus. Vino pe-aici!

A deschis uşa şi m-a dus pe scara imobilului. Din fericire, locuia la primul etaj, n-aş fi rezistat până la al doilea, şi nici el, de altfel. Imediat ce uşa apartamentului a fost închisă, m-a rezemat de ea, s-a lipit de mine băgându-şi mâinile pe sub topul meu de mătase, devorându-mi gâtul, umerii. I-am descheiat cămaşa, i-am împins-o pe umeri şi i-am umplut pieptul cu sărutări. Nimic altceva nu mai exista, uitasem tot restul, de ce venisem. De când nu mai dorisem atât un bărbat? Poate că niciodată. După ce mi-am azvârlit pantofii din picioare, l-am împins către camera de zi.

— Camera ta, am şoptit deschizându-mi fermoarul de la fustă.

Hainele noastre au zburat unele după altele. Eram complet goi în momentul în care ne-am prăbuşit pe pat. Marc şi buzele lui au explorat şi cea mai mică părticică a pielii mele, mă agăţam cu mâinile câteodată de cearşaf, câteodată de umerii lui, dându-mi ochii peste cap. Nu mai puteam, aveam impresia că trupul o să-mi explodeze de puterea dorinţei.

— Vino..., te rog, l-am implorat.

Marc m-a ascultat imediat şi buzele noastre s-au regăsit ca să înăbuşe gemetele de plăcere. Eram una cu el... aveam răspunsul; nu simţisem niciodată o asemenea contopire. Orgasmul m-a ameţit, el m-a urmat după puţin timp. Şi-a reluat respiraţia, cu faţa ascunsă în gâtul meu câteva secunde, în timp ce eu priveam tavanul. Mâinile, încă agăţate de umerii lui, mi-au căzut încet pe lângă corp. Apoi el s-a retras, eu am strâns picioarele şi nu m-am mai mişcat, Marc m-a învelit cu un cearşaf înainte să se lungească lângă mine. A rămas complet tăcut, simţeam că mă priveşte, aşteptând cu siguranţă un gest, un cuvânt din partea mea, dar eram absolut incapabilă să vorbesc, jena mă copleşea, realitatea se făcea din nou simţită. Coborârea era violentă. Venisem ca să rezolv problema. *Eşec total.* Am fost conştientă de incapacitatea mea de a gândi raţional cu el la câţiva centimetri de mine, cu trupul încă marcat de mâinile lui. Ce făcusem? Cu o mişcare bruscă, m-am aşezat pe marginea patului, cu spatele la el şi cu braţele acoperindu-mi sânii.

— Trebuie să mă întorc la serviciu.

Au trecut secunde lungi, interminabile, în timpul cărora mi-am simţit corpul contractându-se din ce în ce mai mult. Tăcerea aceasta s-a sfârşit cu un lung oftat al lui Marc.

— Bineînţeles, a spus într-un târziu, pe un ton obosit.

Cum să fac să mă ridic şi să-mi recuperez hainele împrăştiate prin tot apartamentul lui?

— Nu te mişca, mă duc să-ţi aduc lucrurile.

Am oftat de uşurare, mă scutea de ruşinea de a mă îmbrăca în faţa lui, în plină zi. Mă simţeam atât de stânjenită deodată! De parcă alta ar fi pus stăpânire pe corpul meu după ce trecusem pragul magazinului. Am auzit foşnet de haine.

— Ai totul aici, m-a anunţat câteva minute mai târziu. Te aştept alături.

Uşa camerei s-a închis. Cu o încetineală infinită, m-am sculat. După aceea mi-am pus lenjeria din dantelă şi topul. Gesturile îmi erau bruşte; am crezut că n-am să reuşesc niciodată să închei fermoarul de la fustă. M-am clătinat periculos, odată cocoţată pe tocuri. Cu mâna pe clanţa uşii, am stat câteva secunde ca să respir calm. Marc fuma o ţigară de-a lui, la ferestra camerei de zi, pierdut în gânduri; mi-am dres glasul:

— Trebuie să-mi iau poşeta de jos.

— Vin cu tine.

A strivit mucul într-o scrumieră. Eu tot nu îndrăzneam să-l privesc în ochi. S-a apropiat de mine, şi-a pus cu delicateţe mâna pe talia mea, eu m-am înfiorat. Apoi ne-am îndreptat spre palier. Am coborât scara unul lângă altul. După un timp, în care mi-am privit vârful pantofilor, el a deschis uşa magazinului. Şi atunci aş fi vrut să mă înghită pământul; bunicul lui era acolo şi aduna cioburile obiectului pe care îl spărseserăm mai devreme. Marc a trecut în faţa mea şi s-a îndreptat spre el.

— Abuelo, lasă, strâng eu.

— Dar de ce? Lasă-mă să visez la tinereţea mea.

— Opreşte-te!

Râsul era perceptibil în vocea lui Marc. În timp ce ei se tachinau, mi-am recuperat poşeta aruncată şi am profitat de ocazie ca s-o şterg.

— La revedere, am şoptit strecurându-mă către ieşire.

Am deschis încetişor uşa magazinului. *Rateu!*

— Yaël! Ce faci? m-a întrebat Marc, siderat.

După părerea ta, ce fac, Marc? O şterg, o iau la sănătoasa, fug. Nu pot să mai rămân un minut lângă tine, altfel, înnebunesc. Nu eu am făcut asta, ci o alta, o furie, o iresponsabilă, care nu mai ştie cine este.

— Plec, i-am răspuns pe un ton pe care-l speram neutru.

— Aşteaptă două secunde! mi-a cerut el sec.

— Îmi pare rău, sunt aşteptată. N-am timp.

Am luat-o la fugă rugându-mă la bunul Dumnezeu să nu cad. În capul meu era panică generală. În corp era erupție vulcanică, simțeam încă pe piele parfumul lui Marc şi asta era insuportabil.

Înainte să trec pragul agenției, o jumătate de oră mai târziu, mi-am mobilizat toate capacitățile de concentrare, având în minte dimineața catastrofală; trebuia să-mi revin şi să las pe mai târziu analiza a ceea ce tocmai se petrecuse, fără să uit că mă întorceam dintr-o pauză de masă. M-am dus la asistenta mea ca să aflu ce mesaje aveam. Din fericire, Bertrand nu voise să ştie unde eram.

— Yaël, m-a strigat ea când mă pregăteam să mă întorc în biroul meu.

— Da.

— Ai fost la coafor? m-a întrebat cu un aer vesel.

— Nu! De ce?

— Părul tău… e desfăcut.

L-am atins; avea dreptate: îmi cădea pe umeri. Nu-mi dădusem seama, probabil că îmi pierdusem agrafele în bătălie.

— Rahat, am spus pe negândite.

— Poftim.

Mi-a dat un elastic şi eu m-am grăbit să-mi prind coama.

— Merge? am întrebat-o. Cum arăt?

— Fericită... dar profesionistă.

— Mulţumesc.

A arborat o expresie amuzantă; i-am întors zâmbetul. Înainte să mă apuc din nou de lucru, m-am uitat pe traducere şi am rezolvat problemele întâmpinate de Benjamin.

— E drăguţ că ai venit la mine, mi-a zis el.

— Te rog.

— Dar problema ai rezolvat-o?

— Ce problemă...? A, da! Se poate spune că da!

Aproape fugind, m-am întors în birou şi nu m-am mai dezlipit de ecran şi de telefon până seara târziu. Bertrand a comandat sushi, de care nu m-am atins, şi am rămas concentrată ca să uit de restul. La ora 22:00, estimând că recuperasem o mare parte din întârzierea de peste zi, am hotărât să mă duc acasă şi am trecut să-l salut pe şeful meu.

— Totul progresează aşa cum vrei? a vrut el să ştie când am băgat capul pe uşă.

— Da.

— Nu ezita să dai altora clienţii mai mici.

Poate că avea dreptate, va trebui să mă gândesc la asta. De când îi cunoşteam mai bine, colegii mei nu mi se mai păreau atât de incapabili.

— O să mă gândesc. Pe mâine!

Trei sferturi de oră mai târziu, eram în sfârşit acasă. M-am târât până la baie, m-am dezbrăcat lăsându-mi hainele pe jos, nemaiavând putere, complet stoarsă. Să mă văd goală în oglindă m-a făcut să mă întorc cu gândul în camera lui Marc, zbuciumul suscitat de hârjoneala noastră a revenit, cu un ciudat sentiment de uşurare. Ca şi cum faptul că mă lăsasem dusă de val, că-mi exprimasem furia mai întâi şi apoi dorința de el, mă scăpase de o greutate; la fel ca dispariția telefonului în timpul vacanței. Marc fugise după ce mă sărutase, încă nu ştiam de ce. Fusese rândul meu să fug, panicată şi incapabilă să mă confrunt cu realitatea. O realitate ale cărei coduri nu le cunoşteam, o realitate care nu avea loc în viața mea, care nu avusese niciodată loc de când lucram. Simplul fapt de a închide ochii mă trimitea din nou în brațele lui, puteam încă să-i simt mâinile şi gura pe pielea mea. M-am rezemat de marginea chiuvetei, cu respirația tăiată. Nu fusese de ajuns. În după-amiaza aceea, descoperisem o plăcere niciodată egalată în zece ani. Ca şi cum numai Marc ştia metoda prin care să mă abandonez, să-mi pierd controlul. Mi-am înghițit somniferul şi m-am băgat sub plapumă, pradă întrebărilor. Eram pregătită să mă las în voia evenimentelor? Cu siguranță, nu! Nimeni şi nimic, mai ales Marc, nu trebuia să-mi pună în pericol cariera într-atât încât să pierd schimbarea atât de aşteptată. *Am să reuşesc, trebuie să reuşesc, vreau asocierea*. Luptasem atât de mult ca să ajung aici! Atât de aproape de capăt, nu aveam altă soluție decât să încui totul, dorințele şi inima mea, care bătea mai repede când mă gândeam la el; nu trebuia să-mi asum niciun risc. Dar ce se va întâmpla data viitoare când ne vom vedea? Nu voi putea să-l evit la nesfârşit. Abia îmi reluasem locul în grupul nostru de prieteni, îmi regăsisem sora, învățasem să le acord un loc în viața mea şi să-l am pe-al meu într-a lor, doar n-o să renunț la acest nou echilibru de care avusesem atât de multă nevoie în ultimul timp, sub pretextul prezenței lui Marc.

9

— Am rezolvat aseară cu saloanele, s-a mulțumit să mă anunțe Bertrand chiar înainte să iau loc în biroul său.

— N-am terminat prospectarea, mi-am permis să-i răspund.

— Am făcut-o eu în locul tău, lua prea mult timp şi vreau să avansez. Trebuie să fim reactivi, să ținem echipa în acțiune.

Exagera totuşi, erau două săptămâni de când îmi dăduse undă verde şi patru zile de când toată agenția fusese informată despre proiect. Toate astea nu-mi miroseau a bine.

— Îți rămâne puțin timp să obții acreditările.

— De ce?

— Vom fi prezenți la Salonul nautic, ca să le propunem serviciile noastre participanților.

Îşi bate joc de mine!

— Ce? Dar, Bertrand! Mai sunt doar două luni, am exclus participarea noastră de la bun început. Mă gândeam la salonul de primăvară.

A ridicat din sprânceană şi s-a aşezat comod în fotoliu.

— Nu te simți în stare? Spune-mi dacă e cazul şi numesc imediat pe altcineva.

— Nu, nu! Nu asta am zis. Voiam pur şi simplu să evit ca toată lumea să lucreze sub presiune, dar am să mă descurc foarte bine.

— Prefer aşa. Altă chestiune acum. Alege doi oameni pentru salon, n-o să te duci tu. Am alte misiuni să-ţi încredinţez. Vei avea grijă de unii dintre clienţii mei, de care nu am mai avut timp să mă ocup, şi concentrează-te pe restul.

Şi-a îndreptat spatele şi a devenit atent la ecran; aşadar, încheiase discuţia.

— Yaël, am auzit-o pe asistenta mea chemându-mă. Vrei să mănânci? E 13:30.

— Ce? Deja!?

Am oftat şi m-am lăsat să cad în fotoliu privind-o înciudată.

— Nu te duci la coafor după-amiază? m-a întrebat cu un aer complice.

Orice, numai asta nu! Oare îmi pierdusem credibilitatea cu o zi în urmă? Nu aveam nici timpul, nici energia pe care să le consacru amintirii dintre orele 5:00 şi 7:00 cu Marc. Voia să fie amabilă, aşa că nu m-am supărat pe ea. La urma urmei, nu avea interesul să-şi ia prea multă libertate, nu eram prietene, nici pe departe!

— N-am timp, Bertrand vrea ca lucrurile să avanseze, i-am răspuns îndreptându-mi spatele.

— Atunci, vino să mănânci ceva cu noi, în *kitchen*.

— Vin, mulţumesc.

A plecat. Iar eu am rămas pe gânduri. Chiar eu eram cea care spusese „vin, mulţumesc"? La prima vedere, da, de vreme ce mi-am luat tableta şi am urmat-o. O mare parte din echipă mânca acolo, într-o ambianţă destinsă, jovială chiar. Spre marea mea surpriză, mirosea a bucătărie, a mirodenii. Şi a grăsime! Nimeni nu mânca mâncărurile livrate de furnizorii lui Bertrand. Imediat ce mi-au remarcat prezenţa, râsetele au încetat. În tăcere, mi-au făcut loc în mijlocul lor. Fără să ştiu cine mi-l trimitea, un platou cu sushi a alunecat până la mine. Am luat unul cu beţişoarele şi mi-am continuat căutările pe net. Cum o să fac să ies din asta?

— Am nevoie de voi, i-am anunţat brusc pe colegii mei.

M-au privit cu gura căscată. Aşa că am fost pe punctul să mă întorc ca să văd dacă nu se ascundea cineva sau ceva în spatele meu.

— Te ascultăm, mi-a răspuns Benjamin.

— Terminăm de mâncat în linişte şi după aceea mergem în sala de şedinţe, cei care nu au alte treburi, evident. Ce ziceţi?

Mi-au răspuns dând din cap. În momentul în care am ieşit din *kitchen*, mi-a venit să râd, văzându-i scoţând un vaporizator Febreze ca să ascundă mirosurile de bucătărie. Descopeream în această agenţie obiceiuri demne de o viaţă dublă. Când puţin mai târziu toată lumea a fost adunată în jurul mesei, i-am anunţat despre decizia lui Bertrand şi timpul foarte scurt care ne rămânea pentru a stabili un nou plan de atac. S-au auzit şoapte de nemulţumire. Apoi, am făcut ceea ce refuzasem întotdeauna, căci era de neconceput pentru mine:

— Iată programările mele pe această săptămână, după cum vedeţi, sunt multe: o vânzare la licitaţie, o negociere, o conferinţă etc. Iar Betrand îmi va transfera mai multe dintre ale lui. Cine poate să le preia pe ale mele?

Colegii mei îmi evitau privirea, niciunul nu se oferea.

— Sunteţi toţi prinşi?

Tăcere...

— Tot timpul? m-am panicat.

Benjamin a oftat adânc şi s-a rezemat cu coatele de masă aruncând priviri în stânga şi-n dreapta, înainte să mă scruteze.

— Ştii, de fapt nu e asta, mi-a zis.

— Atunci, ce e?

A aruncat o ultimă privire înspre ceilalţi, care se uitau la el înnebuniţi, de parcă ar fi scăpat de la balamuc.

— OK, o fac eu. O să-ţi spun ce ne reţine să te ajutăm... o să fii pe urmele noastre dacă te înlocuim, o să ne faci viaţa un iad.

Vasăzică, asta era.

— Înţeleg. Dar vă jur că s-a sfârşit cu asta. Consultaţi fişierul cu clienţi ca să le cunoaşteţi mai bine obiceiurile şi întrebaţi-mă dacă aveţi nevoie de informaţii, voi fi disponibilă. Şi vă promit că o să vă las să lucraţi liniştiţi şi nu o să vă agasez... Vă rog!?

— Incredibil..., ai spus cuvântul magic, a râs cu amabilitate Benjamin. Hai, dă-ncoace!

A întins mâna, i-am dat dosarul cu programările, iar el le-a făcut semn tuturor celorlalţi să privească mai de aproape. Timid, s-au apropiat unul câte unul.

— Mulţumesc mult...

Ce uşurare! Nu-mi venea să cred că făcusem asta şi fără prea mare dificultate.

— Acum, să trecem la prospectare. Chiar dacă a fost proiectul meu, nu-l voi duce la capăt fără moblizarea fiecăruia, am nevoie de voi şi vreau să fie o activitate colectivă. Aştept ideile voastre, cunoştinţele, pe scurt, tot aportul pe care puteţi să-l aveţi! Să începem cu salonul. Ce ştiţi despre nautică?

— Practic sportul cu vele de când eram mică, aş putea să-ţi spun câte ceva, ne-a declarat interpreta de rusă, vizibil mulţumită şi mândră de ea.

Era pentru prima oară când o vedeam zâmbind în prezenţa mea.

— Genial! Ştii unde vei fi în prima săptămână din decembrie.

Acest brainstorming improvizat a permis defrişarea terenului, fiecare spunându-şi ideile, concentraţi cu toţii, într-o bună dispoziţie generală. Cei care nu aveau alte sarcini au rămas toată după-amiaza cu mine. Am fost uşurată să simt că puteam să mă bazez pe toată echipa şi că pot să lucrez cu ei fără să mă prefac că-mi face plăcere compania lor. Asta îmi ridica moralul şi mă scutea de migrene, în pofida discuţiilor noastre aprinse. Aş fi putut să continui încă mult timp aşa, dacă nu mi s-ar fi spus că era trecut de ora 20:00 şi că unii erau aşteptaţi acasă.

— Îmi pare rău, nu mi-am dat seama cum a trecut timpul. Vă mulţumesc tuturor, pe mâine. Vă voi ţine la curent cu feedback-ul lui Bertrand. O seară bună!

Agenţia mi s-a părut goală deodată. Nu eram departe de a mă simţi singură; asta mi-a smuls un zâmbet! Eu să mă simt singură fără colegii mei, era de râs. După ce i-am trimis lui Bertrand procesul-verbal, am trecut la mail-urile zilei, la care nu putusem să răspund până atunci. Printre ele, am ascultat un mesaj de la Alice: „Salut, surioară, am veşti. La noi, totul e bine. Am aranjat să lăsăm cu cineva copiii sâmbătă seară ca să mergem la restaurant cu toţii. Vii? Sună-mă repede. Pupici." Nu durase mult până să mă trezesc din nou în situaţia de care mă temeam. Cu toţii însemna inclusiv Marc. Obosită dinainte de ceea ce mă aştepta, mi-am lăsat fruntea pe tastatură mormăind un „rahat".

— Vreo problemă, Yaël?

— Ups...

Mi-a ieşit fără să vreau. Am tresărit, roşie toată. Bertrand, vizibil amuzat de atitudinea mea, a intrat în sala de şedinţe şi s-a aşezat pe marginea mesei aranjându-şi pantalonii de la costum.

— Nu, nu, totul e bine. Ai primit mail-ul meu?

— De-asta am venit, e o treabă bună. Ai reacționat repede implicând toată agenția, este o idee foarte bună.

Yes! Yaël: Two points! Mi-a venit dintr-odată cheful să ascult muzică şi să dansez de bucurie. *Ce mi-au pus în cafeaua de la prânz?*

— Cu atât mai bine, sper să obțin acreditările la sfârşitul săptămânii.

— Foarte bine. Şi în contul orelor pierdute, începe deja să pregăteşti viitorul salon de primăvară făcând săpături în cele pe care le-ai reperat deja.

Care ore pierdute? Volumul de muncă se acumula exponențial. S-a ridicat, a luat-o înspre ieşire, dar s-a oprit şi m-a privit peste umăr, plin de ironie.

— Ai împărțit sarcinile... ai avut dreptate... Asta înseamnă meserie...

Asociere, asociere.

Colegii mei s-au descurcat de minune. Nu aveam de ce să fiu îngrijorată şi mă bucuram. Suportam mai degrabă bine, aşteptând să pot în curând să-mi recuperez clienții. În ciuda oboselii, somniferul rămânea indispensabil pentru ca mintea să nu-mi fie parazitată de restul lucrurilor. Nu încercasem să-l caut pe Marc, munca îmi servea de paravan. Nici el nu încercase să mă sune. Alice s-a mulțumit cu promisiunea mea că voi face tot ce pot ca să vin. Cu Adrien şi Jeanne a fost altceva. Dacă nu veneam, mă amenințau că dau toți năvală la mine, ținând să-mi amintească de pariul pierdut în vacanță. Vineri seara, mi-am luat inima-n dinți şi am trimis un SMS adresându-mă grupului: „Salut, voi fi acolo mâine!“ Telefonul a ţiuit în secunda următoare, toată lumea şi-a manifestat bucuria că mă ştiau printre ei. Toţi, în afară de unul. O să fie o seară mişto!

Ce-o să fac când am să fiu din nou faţă în faţă cu Marc? Dar el? Avantajul de a fi împreună cu toată trupa: voi putea să evit orice contact direct, sau să mă prefac. Din moment ce n-o să stăm la masă unul lângă celălalt, ar trebui să meargă... După ce mi-am golit dressingul ca să-mi aleg hainele — şi le-am exclus pe cele alese de Alice cu o săptămână în urmă: aveam nevoie de toată capacitatea mea şi să mă simt puternică pentru a înfrunta următoarele ore —, am optat pentru un taior de weekend, pantaloni strânşi pe picior şi pantofi cu toc. Eu, de obicei atât de punctuală, am găsit cum să ajung cu întârziere. De fapt, nu chiar cu aşa mare întârziere, de vreme ce, împingând uşa restaurantului, i-am văzut pe toţi în jurul barului, aşteptând o masă şi pălăvrăgind cu un pahar în mână. Măcar voi putea să-mi aleg locul. Marc era acolo, cu o mână îşi ţinea haina pe umăr, cu mânecile suflecate, şi râdea cu Cédric. M-a observat înaintea celorlalţi şi şi-a aţintit ochii într-ai mei. Reminiscenţe ale sărutărilor noastre, ale mângâierilor lui m-au năpădit, corpul mi-a fost străbătut de frisoane, respiraţia mi s-a tăiat pentru o clipă. Preţ de câteva secunde, am avut impresia că restaurantul era gol, că eram singuri. M-am forţat să mă desprind de privirea lui. Era mai complicat decât prevăzusem. Mi-am făcut drum până la ei, m-au întâmpinat cu exclamaţii.

— Uau! Eşti aici! Ce face şeful tău? a rânjit Adrien. La ce oră trece să te ia?

— I-am propus să vină să mănânce desertul cu voi, eşti de acord?

A izbucnit în râs. Am început turul de pupături, fără să mă grăbesc. Şi apoi, înainte să ajung la Marc, minune; ospătarul ne-a anunţat că masa noastră era gata, aş fi fost în stare să-i sărut picioarele drept mulţumire. Nimeni nu a părut să observe că ne evitam, în orice caz aşa speram. Ca să îndepărtez şi mai mult atenţia, am luat-o de braţ pe sora mea şi i-am spus cât de radioasă mi se părea:

— Arăţi magnific! Ai ceva să-mi povesteşti?

— Nimic deosebit, sunt fericită, atâta tot, mi-a spus cu un zâmbet larg.

Nu mă lua de proastă, Alice. Îmi ascundea ea ceva, aveam de gând să n-o las până nu-mi spunea tot... în subsidiar, să mă concentrez asupra ei va face ca privirea să nu-mi devieze prea mult spre Marc. Să-l ştiu aşa aproape de mine îmi aţâţa simţurile; era insuportabil să mă simt atât de slabă în faţa hormonilor! Jeanne a spus că era exclus să ne aşezăm la masă, „pe o parte bărbaţii, pe o parte femeile". *Bingo!* Singurul lucru pe care voisem să-l evit. Cina avea să fie infernală căci, parcă cineva o făcuse dinadins, m-am trezit stând lângă Marc. Am îndrăznit să-i arunc o privire când a venit sentinţa; el a lăsat capul în jos, ciupindu-se de nas, apoi şi-a pus ochelarii. Am făcut înconjurul mesei ca să ajung la locul meu, el m-a ajutat să mă aşez pe scaun, fără să spună un cuvânt sau să mă privească, şi a aşteptat să iau loc ca să se aşeze şi el. Începând din acel moment, am discutat, am râs, am răspuns la întrebările care mi s-au pus, fiind pe deplin conştientă că, dacă a doua zi voi fi întrebată despre ce discutaserăm, nu voi avea habar. Dar mă simţeam bine, ca peştele în apă, cu ei. Şi când mă gândesc că luni, ani de zile mă lipsisem de asta. Fără să schimb un cuvânt cu

Marc, aveam un scenariu bine pus la punct, făcând în aşa fel încât niciodată nu ne adresam direct unul altuia. Când îşi punea braţul pe masă, mă trăgeam în fundul scaunului şi invers. Singurul lucru care a făcut să-mi crească tensiunea a fost că din când în când îşi întorcea ceasul; măcar el nu risca să se oprească! Numai că după masă, a început să gesticuleze, nemaistând locului, agitându-şi piciorul pe sub masă. M-am abţinut să-i pun mâna pe coapsă ca să înceteze, pentru că degeaba pusesem maximum de distanţă fizică între noi, îi simţeam trupul din ce în ce mai aproape de mine şi asta devenea insuportabil. Nu doream decât un lucru: ca toţi ceilalţi să dispară, să fiu singură cu el ca să lămuresc această poveste sau să mă arunc pe el, ezitam încă între cele două variante. A cedat primul:

— Vă las cinci minute, ne-a spus, ridicându-se.

S-a aplecat şi a căutat în buzunarul hainei de velur. N-am putut să nu mă întorc; feţele noastre au fost atât de apropiate, i-am privit buzele, el pe ale mele. S-a ridicat repede, cu ţigara de rulat în mână şi a pornit spre exterior. Am băut ce mai rămăsese din paharul de vin roşu şi am întâlnit privirea curioasă şi amuzantă a lui Alice. Aveam nevoie neapărat de o ieşire de urgenţă. Cu obrajii în flăcări, l-am întrebat pe Adrien:

— Anul viitor împlineşti patruzeci de ani! O să organizezi o petrecere pentru noi?

— Ba chiar două! Data este aproape stabilită!

— Deja?

Nu aveam decât să ţin pumnii ca să pot merge, nici nu intra în discuţie să ratez seara aceea. Aveam nevoie de prietenii mei, regăsisem gustul de a fi cu ei, îi iubeam, îşi regăsiseră locul în viaţa mea.

— Fără probleme, Yaël? Vei fi acolo? În parte, din cauza ta am hotărât aşa de devreme! Vreau să te văd dansând pe mese!

— Am să fac totul ca să... îţi promit... Dar, în privinţa dansului pe mese...

— Asta o să mai vedem! Adrien şi-a început delirul, atenţia s-a îndreptat înspre el, eu m-am ghemuit pe scaun. Câteva minute mai târziu, am simţit prezenţa lui Marc chiar înainte să revină la locul lui. Aroma tutunului său m-a făcut să întorc capul şi să-mi doresc să mă lipesc de el.

— E valabil şi pentru tine! i-a spus Adrien. Pe de altă parte, ştiu deja că vei fi acolo, de vreme ce vei veni împreună cu Yaël.

A trecut repede la altceva, în timp ce Cédric s-a înecat şi a băut o gură de vin. Cât despre Jeanne şi Alice, au chicotit ca nişte adolescente de cincisprezece ani. Eu am rămas imperturbabilă.

— Despre ce vorbeşte? m-a întrebat Marc aplecându-se spre mine, cu un braţ pe spătarul scaunului meu.

Ce urmăreşti cu asta, Marc? Să mă provoci?

— Despre aniversarea lui de patruzeci de ani, i-am răspuns fără să mă uit la el. Anul viitor...

Mi-am îndreptat din nou atenţia spre discuţiile de grup. Marc nu şi-a schimbat poziţia şi a intervenit şi el în conversaţie. A trebuit să rămân ţeapănă ca un par, dacă mă lăsam să cad pe fundul scaunului aveam impresia că sunt din nou în braţele lui.

Sfârşitul cinei a întârziat, eram ultimii clienţi rămaşi încă în restaurant. Încetul cu încetul, m-am reîntors la discuţii, cu zâmbetul pe buze şi, chiar dacă nervii îmi erau încordaţi la maximum, nu am încercat să scap. Prezenţa lui Marc mă ţinea în gardă şi în acelaşi timp mă simţeam bine, aproape la locul meu, cu el alături. Cu toate acestea, în adâncul meu, ştiam că trebuia să fiu reţinută, ca să nu prind prea mult gustul. Dacă, aşa cum speram, voi deveni asociata lui Bertrand la sfârşitul anului — în cel mult două luni —, voi avea şi mai puţin timp pe care să-l consacru familiei şi prietenilor şi va trebui să mă mulţumesc cu doar câteva clipe în care să-i văd. Era paradoxul situaţiei mele; în vacanţă învăţasem că munca nu îmi era de ajuns ca să mă simt bine în pielea mea şi să nu mai risc să dau rateuri, ca în iulie. Numai că, pentru a deveni asociata lui Bertrand, trebuia să dau totul şi să renunţ la distracţii. Toţi îmi vorbeau de Yaël cea de dinainte, o simţeam trezindu-se în mine, ca şi cum ar fi dorit să ne regăsim şi să nu mai alcătuim decât o singură femeie. Dar acea Yaël nu putea fi cea de la agenţie, l-ar exaspera pe Bertrand. M-am întors spre Marc, care se apropia din nou de masă. Ce să fac cu el şi cu efectul pe care îl avea asupra mea, în mijlocul a toate astea? Probabil a simţit că mă uitam la el; mi-a aruncat o privire, eu am întors capul oftând.

— Ar cam fi timpul să plecăm, a declarat Cédric, trecându-şi mâna peste chipul obosit al surorii mele.

— Aşa-i! Este super-târziu, a spus şi Jeanne. Iar o să ne certăm cu dădaca!

Toată lumea s-a ridicat în minutul următor, în afară de mine, care nu o scăpam pe Alice din ochi; categoric, îmi ascundea ceva. Am fost neatentă la mişcările celorlalţi şi m-am trezit faţă în faţă cu Marc.

— Pardon, am şoptit fără să mă uit la el.

S-a dat la o parte şi m-a lăsat să trec prin faţa lui fără să spună un cuvânt.

— Şi, unde te întâlneşti cu şeful tău? m-a întrebat Adrien.

— La birou, luni, i-am răspuns râzând. Comand pur şi simplu un taxi.

Am ieşit în stradă ca să dau telefon. Marc a venit după mine şi şi-a aprins o ţigară.

— Renunţă la taxi, te duc eu, mi-a spus pironindu-şi privirea într-a mea.

— O să mă descurc.

Faţa i-a devenit serioasă.

— Dacă-ţi spun că te duc eu, mi-a răspuns sec.

A făcut cei doi paşi care ne despărţeau.

— Nu...

— Vă deranjez? ne-a întrerupt cu inocenţă Alice.

— Deloc, i-a răspuns Marc. Îi propuneam lui Yaël s-o duc eu acasă.

— Bună idee, a spus ea luându-mă de braţ ca să mă tragă deoparte. Mâine eşti convocată acasă pentru puiul cu mazăre de duminică la prânz!

— Păi... nu ştiu...

— Ssst! Cred că am câteva episoade de recuperat din viaţa surorii mele mai mici.

Am ridicat ochii la cer.

— Fie, vin la masă, dar şi tu trebuie să vorbeşti! i-am răspuns. Nu sunt singura care ascunde nişte lucruri.

M-a îmbrăţişat, eu am rămas prostită. Cédric a dat semnalul de plecare:

— Haideţi, în pat!

Adrien, Jeanne, Cédric şi Alice plecau într-o parte, Marc şi cu mine în cealaltă. Ne-am spus la revedere. Adrien a ridicat degetul în semn de victorie, făcând cu ochiul. Jeanne l-a potolit spunându-ne:

— Nu-l luaţi în seamă!

Au izbucnit în râs toţi patru şi au plecat. Marc s-a mulţumit să-mi adreseze o privire şi a pornit şi el; l-am urmat. Şi-a potrivit paşii după mine, am făcut drumul umăr lângă umăr, fără să schimbăm un cuvânt. A intrat într-o parcare subterană. Pe aleea tăcută, am început să fierb în sinea mea, am încetinit pasul la câţiva metri de Porsche.

— N-are niciun rost! Am să iau un taxi, i-am spus oprindu-mă pe loc.

Nu a reacţionat şi şi-a văzut de drum. Ajuns în faţa maşinii, a deschis portiera pasagerului şi mi-a făcut semn să urc. Am stat câteva secunde fără să mă mişc, înainte să cedez şi să mă apropii. M-am oprit un timp, când am fost lângă el, apoi m-am instalat, respirând efluviile de piele şi de motor. Marc şi-a luat locul, a pus cheia în contact dar nu a pornit.

— Suntem ridicoli, Yaël. Ştii asta?

Am oftat şi m-am uitat pe geam.

— OK, am să ţin un monolog... Te sărut şi fug ca un cretin. Am dat-o în bară, m-am panicat... Trei zile mai târziu, apari la magazin ca o furie, facem dragoste şi tu eşti cea care fuge fără ca eu să mişc un deget ca să te fac să rămâi şi să vorbim despre toate astea. Apoi, nimic, niciun cuvânt, niciun semn. Eşti conştientă că am trecut drept nişte nebuni în seara asta, în ochii tuturor? Nu-mi pasă, nu asta-i problema. Dar avem ceva de lămurit, nu se poate să continuăm aşa...

— Să ne prefacem că nu s-a întâmplat nimic, l-am întrerupt eu din elan.

— Îţi baţi joc mine?

Mi-am frământat mâinile, cu capul plecat.

— Uită-te la mine, mi-a cerut. Yaël, uită-te la mine şi spune-mi că nu te-ai mai gândit, că nu-ţi pasă de ceea ce s-a petrecut între noi.

Am respirat adânc înainte să-l înfrunt, convinsă că voi reuşi să mint. Să fiu aşa aproape de el, să-l simt respirând precipitat m-a făcut să cedez.

— Sunt cu moralul la pământ, Marc. Am prea multe lucruri în cap, atât de puţin timp pentru... nu ştiu cum să fac cu asta...

— Crezi că eu nu mă simt pierdut? s-a enervat el. V-am regăsit şi asta m-a dat complet peste cap... şi apoi, rahat! Yaël, abia sunt două luni de când am divorţat... chiar nu mă gândisem să mă trezesc iarăşi atât de repede în această situaţie...

Am înghiţit întorcând privirea; el a dat din cap şi a demarat, zgomotul motorului care a răsunat în parcare m-a făcut să tresalt.

— Nu ştiu adresa ta, a mormăit.

I-am spus-o şi tot drumul s-a scurs fără ca nici unul, nici altul să mai spună vreun cuvânt. Am stat lipită de geam, cu ochii îndreptaţi către stradă, ca o fetiţă bosumflată. Cu cât simţeam mai mult greutatea privirii lui asupra mea, cu atât mă ghemuiam în mine mai mult. Prin nu ştiu ce minune, a reuşit să parcheze în faţa imobilului meu şi a oprit motorul. Îngrozită de ideea unei noi conversaţii care nu va duce la nimic, nu i-am lăsat timp să spună nimic şi am deschis portiera.

— Pe curând, am şoptit.

M-am dat jos din maşină şi m-am grăbit să ajung în holul clădirii, fără să întorc capul. Am urcat treptele câte patru şi m-am baricadat în casă, încuind uşa. Fără să aprind vreo lumină, am străbătut apartamentul şi am privit strada de la ferastra camerei de zi: maşina Porsche nu se mişcase. Marc, da. Era afară şi fuma o ţigară, stând pe capotă. Am luat telefonul, i-am căutat numărul, ţinând degetul multe secunde deasupra tastei de apel. Şi apoi, fără să-l pierd din ochi, am apăsat. Am zâmbit văzându-l cum îşi căuta mobilul prin toate buzunarele.

— Etajul al doilea, uşa din dreapta, codul 27A13, i-am zis pur şi simplu, când a răspuns.

Am plecat de la fereastră şi am pus telefonul pe măsuţă. Ce făcusem? Mi-am aruncat încălţările din picioare în timp ce mă apropiam de uşa de la intrare, apartamentul fiind luminat doar de luminile de pe stradă; am respirat mai repede. Timpul mi s-a părut lung: pentru o clipă, mi-am spus că făcusem o greşeală, dar ardeam de dorinţa de a fi cu el. Şi după aceea, două bătăi uşoare în uşă, am deschis. Cu chipul serios, Marc a venit spre mine închizând uşa cu piciorul; m-am dat înapoi, prizonieră a privirii lui încărcate de întrebări. M-a prins de mână, m-a tras spre el şi m-a sărutat fără să mai stea pe gânduri. Aşteptasem asta toată seara.

— O să fie şi mai complicat, mi-a spus, cu gura lui peste a mea, urmându-mă prin camera de zi.

— Doar o dată, o ultimă dată, am şoptit când am ajuns în pragul camerei mele.

El a schiţat un zâmbet, primul de când eram din nou singuri.

— Principalul este că tu crezi asta…

— Tu nu? i-am răspuns cu acelaşi zâmbet.

M-a sărutat lung, intens, mâinile i se plimbau deja pe mine, în timp ce eu mă zbăteam să-i dau jos haina. Ne-am prăbuşit pe pat.

— Ba da, bineînţeles, mi-a spus, cu buzele pe gâtul meu. Nu o vom lua de la capăt.

Ceva mai târziu, eram ghemuită în braţele lui, liniştită, somnolentă, marcată de mângâierile lui pe fiecare centimetru de piele, pe fiecare părticică a trupului meu. Redescopeream că epiderma mea era dotată cu sensibilitate. Aş fi vrut ca această dulceaţă şi această senzaţie să nu înceteze niciodată; uitam totul, era liniştitor şi era plăcut să nu ai mintea ocupată cu o mie de lucruri, ci întoarsă doar spre acea stare de bine. Şi nu aveam niciun chef ca asta să fie ultima oară.

— Iată-ne din nou, mi-a spus Marc.

Am ridicat faţa spre el; mă privea zâmbind.

— Aminteşte-mi, a continuat, mi-ai spus „doar o ultimă dată", aşa-i?

Am râs, apoi am devenit serioasă. Nimic nu se schimbase şi era din ce în ce mai complicat. M-am îndepărtat de el acoperindu-mi sânii cu plapuma.

— Rămâne complicat. Nu ştiu... n-am... Ce-o să facem?

El s-a sculat şi s-a îmbrăcat. Când a fost gata, s-a aşezat pe pat lângă mine şi m-a mângâiat pe obraz.

— Să nu încercăm să înţelegem ce se întâmplă şi să luăm lucrurile aşa cum vin, bine?

Am dat din cap. El s-a ridicat, eu am făcut la fel şi am luat un tricou lung din dressing. Când a fost în faţa uşii de la intrare, Marc m-a sărutat din vârful buzelor.

— Vorbim la telefon? m-a întrebat.

— Da.

A plecat. Am făcut drumul în direcţie inversă faţă de cel pe care-l făcusem cu două ore în urmă şi m-am dus la fereastra de la camera ce zi. Câteva secunde mai târziu, Marc deschidea portiera. Înainte să urce în maşină, a ridicat capul; când m-a văzut la geam, mi-a zâmbit şi apoi a dispărut.

Alice era încântată să mă vadă devorând puiul cu mazăre gătit de ea şi şterpelind pieliţa din farfuriile copiilor.

Pentru că mă trezisem târziu, sărisem peste micul dejun şi, când am ajuns la ei, muream de foame. Sora mea m-a lăsat să mănânc fără să mă întrebe nimic; îmi arunca priviri la fiecare două minute întreţinând conversaţia, vorbindu-mi vrute şi nevrute. Oricum, dacă trecea la atac, aveam să fac la fel. Şi mă îndoiam că masa din sufragerie, la care stăteau copiii şi Cédric, îi convenea pentru confidenţe. Ştiam unde se va termina asta; fie în bucătărie, cu capul deasupra chiuvetei, fie pe canapea, după cafea. Vreo douăzeci de minute mai târziu, mi-a dat de înţeles ce alesese:

— Mă duc s-o culc pe Léa şi ne vedem în salon.

Fără să-mi lase nici cea mai mică şansă în privinţa deciziei sale, l-a luat pe Marius, propunându-i să se uite la un DVD în camera lor; aşadar, era hotărâtă să fie lăsată în pace în următoarea oră şi jumătate! Am terminat de făcut ordine în bucătărie, împreună cu Cédric, care cu greu îşi reţinuse râsul nebun.

— E în formă, i-am spus punând detergent în maşina de spălat vase.

— A, da! E dezlănţuită, aşa face mereu!

— Ce are?

A ridicat mâinile în aer.

— Nu conta pe mine că o să mă las tras de limbă. Dacă aş fi în locul tău, m-aş gândi repede la ce vreau să-i spun! Continua să vorbească despre bănuiala ei, aseară, când deja sforăiam. Şi abia m-am trezit azi-dimineaţă, că a luat-o de la capăt!

— O, nu...

— Ba da, mi-a spus râzând.

Să-l văd umplând ibricul şi pregătind un ceai pentru Alice mi-a confirmat în ce măsură momentul era serios. Am cerut un espresso şi el a avut aceeaşi alegere. Ne aflam în camera de zi şi ne beam cafeaua când a venit ea. S-a oprit nu prea departe de soţul ei, cu mâinile în şolduri şi privindu-l fix.

— OK! Vă las! a spus el.

A dat din cap, s-a ridicat din fotoliu şi şi-a sărutat soţia pe buze. M-a bătut pe umăr când a trecut pe lângă mine şi mi-a şoptit „curaj". Apoi s-a făcut nevăzut, nu fără a-şi însoţi plecarea de un râs eliberator. Alice s-a instalat pe canapea, cu o pernă la spate şi cana de ceai în mână.

— Ai ajuns cu bine aseară, cu Marc?

— Da, da... tu ce mai zici?

A băut o înghiţitură de ceai şi m-a privit cu indulgenţă.

— Ultima dată, nu ai remarcat, pentru că erai prea ocupată cu munca. De data asta, din cauza lui Marc n-ai văzut nimic ieri, prefer aşa, ai să-mi spui tu...

— Fii mai clară, nu înţeleg nimic. Te joci de-a ghicitoarea?

— Indiciu: va trebui să dărâmăm pereţii casei...

Am ridicat din sprâncene; casă prea mică, Alice zâmbind radioasă, Cédric şi mai grijuliu decât de obicei... sora mea era...

— Însărcinată! Eşti însărcinată!?

— Ai fost mai rapidă decât de obicei!

Am sărit pe ea strângând-o puternic la piept, înăbuşindu-mi înţepătura din inimă, pe care o simţisem o clipă.

— Spune-mi totul! Când o să fie? Te simţi bine? Nu eşti prea obosită? Ştiţi ce este?

— Aşază-te la loc, mă sufoci!

— Bine, bine...

După ce am revenit la locul meu, mi-am dat palme în gând; cum putusem să nu observ? Alice era mamă în toată splendoarea sa, foarte puternică, înfloritoare, ca la fiecare sarcină, toată rotunjimi şi delicateţe.

— O să fie la sfârşitul lui aprilie sau în primele zile din mai, sunt în plină formă şi păstrăm surpriza, ca de obicei.

— Mai spune-mi...

— Suntem nebuni de bucurie, ce altceva vrei să-ţi spun...

— Mama şi tata sunt la curent?

— Nu, le voi spune de Crăciun, altfel mama o să-şi facă apariţia mâine!

Am izbucnit în râs; când Alice era însărcinată, mama era mai rea decât o lupoaică ce îşi apără puii.

— Bun, acum e rândul tău!

O, nu... nu încă. De formă, am încercat să evit subiectul, deşi ştiam foarte bine că nu va folosi la nimic.

— Eu... totul merge bine... serviciul... rutina...

— Toarnă tot! Ce se-ntâmplă cu Marc? Nu te gândi să-mi spui că nimic, pentru că după spectacolul de aseară, ar fi ridicol. În treacăt fie spus, ce-am mai râs!

— Bun, am oftat. O iau cu începutul!

Alice m-a ascultat cu atenţie în timp ce îi povesteam ce se întâmplase între mine şi Marc de la ultima zi de vacanţă în Lourmarin până în noaptea precedentă.

— Când o să vă mai vedeţi? m-a întrebat imediat ce am terminat.

— Habar n-am.

— Cum asta?

— Păi... aşa.

— Stai, Yaël, e ceva ce nu înţeleg... ce sunteţi de fapt unul pentru celălalt?

— Nu ştiu...

— Nu-mi spune că e doar... de plăcere? a rostit gâtuit, ridicând din sprânceană.

— Hm... n-am să-ţi ascund că e mai mult decât bine...

— Stop! Fără detalii despre viaţa ta sexuală, te rog!

Am pufnit. Totuşi râsul mi s-a risipit rapid văzând-o pe sora mea schimbându-se la faţă.

— E vreo problemă pentru tine? am întrebat-o.

— Ascultă... Marc a divorţat de curând, cred că nu a fost uşor pentru el, a vorbit despre asta cu Cédric în vacanţă... Nu a fost niciodată genul care se distrează cu o femeie, dar la urma urmei poate s-a schimbat în zece ani, nu avem de unde şti... Sper că nu te foloseşte pur şi simplu ca să treacă timpul...

Nu mă gândisem la asta. Dacă sora mea ar fi putut să evite s-o facă, nu ar fi fost rău... Dar, mă rog, la urma urmei...

— Şi ce dacă? Eu nu aştept nimic.

A lovit cu palma în rezemătoarea canapelei, uluită.

— O, nu-i adevărat, Yaël... Când ai să deschizi ochii?

— În legătură cu ce?

— Asta-i bună! Eşti proastă, pe cuvânt! Cu sentimentele tale pentru el.

M-am încordat:

— Despre ce vorbeşti?

— Ai fost întotdeauna îndrăgostită de Marc, recunoaşte...

Sarcina o ţicnea complet pe Alice. Era delirant! Cu toate acestea, cu cât mă uitam mai mult la ea, cu atât mă speria mai tare, cu privirea ei hotărâtă. Era sigură pe ea, vizibil convinsă de prostiile pe care se pregătea să mi le debiteze.

— Nu! Absolut deloc!

Părea copleşită, chiar avea impresia că sunt o proastă.

— Vrei să-ţi reîmprospătez memoria?

Am încrucişat braţele şi am întors capul ca să n-o mai văd.

— Nu te bosumfla şi ascultă-mă!

— Mă bosumflu dacă vreau şi nu te ascult!

— Ce nesuferită eşti când te-apucă!

Nu voiam să aud ce avea să-mi spună.

— Am fost cu toţii bulversaţi de dispariţia lui, dar tu mai mult decât noi toţi la un loc...

— Nu-i adevărat, am întrerupt-o, lăsându-mi ochii în jos. Şi nu suport să vorbesc despre perioada aceea.

Ea a zâmbit strâmb.

— Poftim, cât e de ciudat! Dar să nu contezi pe mine să te menajez! S-a terminat cu prostiile! Vrei să-ţi amintesc cine a plâns la uşa noastră nopţi întregi pentru că el nu mai era aici? Cine a aşteptat în faţa intrării la facultate în fiecare seară? Cine a fost cât pe ce să nu poată trece de perioada de probă pentru că Marc dispăruse?

Am înfruntat-o brusc.

— Nu contează!

— Am visat deci că într-o zi şeful tău te-a certat pentru că lipsiseşi de la o întâlnire fiindcă stătuseşi de pază în faţa apartamentului bunicului lui Marc?

— Poate, dar toate astea au fost acum mult timp! Eram prieteni, asta-i tot! Eram nebună de îngrijorare şi atât!

S-a ridicat de pe canapea şi a venit spre mine, dominându-mă cu înălţimea ei, în vreme ce eu mă ghemuiam în fotoliu.

— Ai o sclipire în ochi când vine vorba de Marc! Şi asta dintotdeauna! Pentru noi toţi, a fost mereu evidentă chestia asta dintre voi. Eraţi mai rău ca siamezii! Cum făcea unul un pas, celălalt făcea la fel, vă...

— Şi ce! Eram copii, aveam douăzeci şi cinci de ani!

— Zău aşa, Yaël! Nu v-a trebuit mult timp ca s-o luaţi de la capăt!

M-am ridicat şi eu şi i-am adresat un zâmbet răutăcios.

— Asta n-are nicio legătură. Astăzi, doar ne simțim bine, atâta tot!

Intenționat voiam să o fac să se simtă prost, dar nu îmi reuşea, a înfipt cuțitul şi mai mult:

— Nu te mai ascunde ca struțul, cu capul în nisip... Fii atentă la tine, dar un pic şi la el, este tot ce-ți cer...

— Faci şi psihologie ieftină acum? am ironizat-o.

— Poate că fac psihologie ieftină. Dar cel puțin eu trăiesc, simt, iubesc şi îmi asum asta.

Am făcut o mişcare de recul. Alice m-a lăsat baltă acolo şi s-a dus să vadă ce făceau ai ei. Am profitat de ocazie ca să mă fac nevăzută. Piscina îmi va permite să mă descarc: prea multe lucruri în minte. Pentru început, sarcina lui Alice care, chiar dacă mă făcea să fiu foarte fericită pentru ei, mă trimitea cu gândul la ceva din ce în ce mai îndepărtat de viața şi de viitorul meu. Trebuia să fiu cinstită; totul dădea de înțeles că nu voi cunoaşte niciodată acea lumină, acea stare de grație în aşteptarea unui bebeluş, nici protecția aproape cvasi-animală a mamei mele. Când voi găsi timp să fac un copil? Şi cu cine? Şi cum să-l cresc? De altfel, aş şti s-o fac? Nu, era evident. Apoi, discursul ei despre Marc, despre pretinsele mele sentimente pentru el şi despre depresia mea de după dispariția lui mă punea în încurcătură: de cine trebuia să mă apăr? De Marc? De mine însămi?

Într-o dimineață pe la 09:30, cu dosarele pregătite, aşteptam întâlnirea cotidiană cu Bertrand, când telefonul a sunat şi mi-a stricat pseudo-liniştea:

— Da, am răspuns fără să mă uit cine mă suna.

— Yaël, sunt Marc.

— Salut, am reuşit să-i spun după mai multe secunde.

— Te deranjez?

— Sunt la serviciu.

— Şi eu!

— Îmi pare rău, eu...

— Eşti aşteptată, ştiu. Dar nu-ţi face griji, nu te reţin mult. Voiam să ştiu dacă eşti liberă diseară, am putea să mâncăm împreună.

Oh... şi de ce nu!?

— Cu plăcere, dar nu ştiu la ce oră o să termin. Nu înaine de ora 20:00 sau 20:30.

— Ce zici să comandăm mâncare acasă la tine şi să mă mă ocup eu de tot?

— Da...

— Pot să trec să te iau de la serviciu când termini?

Se complică lucrurile... Marc la agenţie...

— Păi... nu ştiu...

— E foarte simplu, nu?

Am zărit capul lui Bertrand trecând prin faţa uşii biroului său. *Panică la bord! De ce este el mereu acolo? Nu pot să am linişte două minute, măcar două minute.* I-am răspuns lui Marc fără să mă gândesc:

— Îţi trimit un mesaj cu adresa agenţiei, când sunt gata.

— Pe diseară, te sărut.

De ce într-o conversaţie oarecare cu altcineva „te sărut" nu ar însemna nimic altceva decât un semn de amabilitate între prieteni, de genul „îţi dau un sărut pe obraz", în timp ce acum, când Marc era cel care îmi spunea asta, închideam ochii, cu trupul şi mintea îndreptate spre ceea ce invariabil se va petrece între noi? Expresia serioasă a lui Bertrand venind către biroul meu a avut efectul unui duş rece.

— Şi eu, i-am răspuns brusc lui Marc înainte să închid.

Am luat dosarul şi am sărit de pe scaun.

— Bertrand? Putem să ne vedem acum?

— Credeam că m-ai uitat, mi-a zis cu o expresie indescifrabilă. Sunt cinci minute de când te aştept, dar dacă ai vreo problemă neprevăzută...

La ora 20:00, i-am trimis, aşa cum promisesem, un SMS lui Marc, care mi-a răspuns imediat: „Voi fi acolo în douăzeci de minute." A fost de o punctualitate remarcabilă. Mă aştepta, cu o ţigară în gură, mâinile în buzunare, rezemat de maşina parcată în faţa imobilului. Imposibil să-mi reţin zâmbetul. Zâmbet care mi-a îngheţat când l-am zărit pe Bertrand la câţiva metri de mine, întorcându-se la birou. *Ăsta-i norocul meu.* Marc mă privea fix, cu un rânjet ştrengar pe buze, fără să se mişte, neîndoindu-se în legătură cu ce avea să se întâmple în următoarele secunde. Trebuia să acţionez repede; am înaintat spre el făcându-i un semn cu mâna şefului meu:

— O seară bună, Bertrand. Pe mâine!

El a venit mai hotărât spre mine, ceea ce mi-a blocat elanul.

— Yaël, pleci deja?

Fără să ştie, stătea între mine şi Marc.

— Da... aveai nevoie de mine în seara asta?

— Într-adevăr.

— Adică...

Privirea mi-a alunecat spre Marc, Bertrand a observat — nimic nu-i scăpa — şi s-a întors. L-a privit din cap până-n picioare, a aruncat o privire scurtă către Porsche, Marc, la rândul lui, a ridicat o sprânceană, fără să renunţe la aerul ironic şi la atitudinea nonşalantă. Preţ de o clipă, am fost total pierdută: trebuia să fac prezentările? De ce s-o fac?

Bertrand mi-a uşurat sarcina, pentru că interesul pentru Marc i s-a risipit după zece secunde, focalizându-se din nou pe mine.

— Eşti aşteptată, mi se pare că ai planuri.

— Dacă aş fi ştiut că...

— Ține telefonul lângă tine.

Fără un cuvânt sau o privire în plus, a intrat în clădire. Am dat afară aerul reținut în plămâni, apoi am scuturat din cap.

— Salut, i-am spus lui Marc.

— E-n regulă?

— Sper.

— Putem să mergem?

Când portierele au fost închise şi motorul a început să toarcă, am schimbat o privire lungă. Întâlnirea cu Bertrand mă tulburase.

— Pot? l-am întrebat pe Marc, cu degetul pe radioul din maşină.

— Dacă-ți face plăcere!

Am apăsat pe buton pentru ca până la urmă să râd de sunetele care s-au auzit. M-am abținut să iau telefonul din poşetă, dar nu a fost aşa de greu, căci şoferul meu îmi arunca întruna priviri şi îmi atingea insistent coapsa de câte ori schimba vitezele.

— Cine era tipul cu care ai vorbit? m-a întrebat după un moment.

— Şeful meu.

— Nu! Faimosul Bertrand?

— Da, i-am răspuns, pe jumătate amuzată, pe jumătate agasată. Ai să-i laşi mască pe ceilalți când or să afle, eşti singurul care l-ai zărit cât de cât!

— Ar trebui să justific şi prezența mea la tine la serviciu...

M-am întors spre el rezemându-mă de geam.

— Aşa e… dar, la urma urmei, suntem adulţi şi facem ce vrem, nu? N-au decât să-şi închipuie ce vor.

— Asta-i clar, doar n-o să le trimitem un raport despre ce am făcut noi amândoi!

La un semafor, muzica, la care nu fusesem deloc atentă până atunci, s-a schimbat. Nu mă miram să-l recunosc pe Gainsbourg, dar câteodată hazardul face lucrurile într-un mod bizar, pentru că Jane Birkin îi răspundea ca să ne explice *Decadansul. Întoarce-te. — Nu. — Cu spatele la mine. — Nu, nu aşa. — Şi dansează decadansul. — Da, aşa e bine. Mişcă-ţi şoldurile. Încet, în faţa alor mele. — Rămâi acolo, în spatele meu. Balansează-te în decadans…* Marc privea drept în faţă, cu zâmbetul pe buze. Mie îmi era imposibil să mă reţin: am izbucnit în râs. *Dumnezeule, ce bine era!*

— Îţi pregătiseşi lovitura?

— Ba nu! s-a apărat el râzând. Îţi jur, nu ştiu nimic! Tu ai pus muzica!

Am profitat că maşina era oprită şi m-am apropiat de el. I-am prins faţa în mâini şi l-am sărutat. Mai întâi surprins, a dat drumul volanului şi m-a prins de mijloc. O ploaie de claxoane ne-a făcut să coborâm din nou cu picioarele pe pământ şi a declanşat de asemenea o a doua repriză de râs nebun.

— Doamne, iartă-ne ofensele, decadansul…, a cântat Marc înspre şoferii enervaţi.

— Mulţumesc, i-am spus după ce a pornit din nou maşina.

— Pentru ce?

— Pentru că m-ai destins, m-ai făcut să uit de muncă şi să trăiesc altceva.

— La dispoziţia ta, mi-a răspuns făcându-mi cu ochiul.

După ce s-a luptat să parcheze maşina, mergeam liniştiţi spre casa mea, Marc cu braţele încărcate de pungile pline de cumpărături.

— Nu te deranjează că-ţi invadez bucătăria?

— Măcar o dată va folosi şi ea la ceva.

Deschideam uşa clădirii când mi-a vibrat telefonul.

— Nu-i adevărat, am bombănit.

— Ce? a întrebat Marc.

I-am băgat sub nas mobilul meu.

— OK! Am înţeles...

A ţinut uşa şi m-a lăsat să trec în curtea interioară.

— Da, Bertrand, am spus.

Urmată de Marc, am început să urc scara, ţinându-mi telefonul în scobitura gâtului ca să-mi scot cheile din fundul poşetei.

— Schimbare de program. Aşa cum mă temeam mai devreme, laşi deoparte ce aveai prevăzut pentru mâine, m-a anunţat fără niciun preambul.

M-am oprit brusc, Marc m-a împins şi abia a avut timp să mă prindă de mijloc înainte să cad. Creierul mi s-a rupt în două bucăţi; de o parte, cea care gestiona cu dificultate senzaţia mâinii lui Marc pe mine, de cealaltă parte, cea care analiza la fel de greu anunţul lui Bertrand.

— De ce? Dar nu se poate!

Marc mi-a dat drumul şi am ajuns în faţa uşii apartamentului. S-a rezemat de perete privindu-mă întrebător, am ridicat din umeri şi am băgat cheia în broască.

— Îmi ţii locul mâine dimineaţă la o negociere.

— Imposibil! Am o şedinţă cu echipa, pentru prospectări. Nu pot să le fac asta.

— Amân-o, n-aveţi decât să vă întâlniţi la sfârşitul zilei.

— Am o conferință toată după-amiaza, în celălalt capăt al Parisului.

— Ascultă, Yaël! Nu te străduiești deloc. Nu-i așa complicat, îi convoci la ora 20:00 la agenție și nu le dai de ales. Și asta înseamnă să fii șef! Trebuie să știi ce vrei.

— Foarte bine, am cedat intrând în casă.

Marc a închis ușa și a rămas în spatele meu, foarte aproape.

— Altceva, Bertrand?

— Vino devreme mâine dimineață pentru un briefing.

— Voi fi acolo la 08:00, negreșit.

— 07:30.

A închis. Cu o lentoare infinită am coborât brațul, îndepărtându-l pe Bertrand din minte.

— Îmi pare rău, am șoptit.

I-am simțit mâna peste a mea, cea în care țineam telefonul.

— Îmi dai voie?

Fără să-mi aștepte răspunsul, mi-a luat mobilul și l-a pus pe consolă.

— Nu-ți face griji, nu am de gând să-l arunc pe fereastră. Vreau doar să fim noi doi singuri, să nu fie și șeful tău la masă cu noi.

Buzele lui mi-au atins ușor gâtul; instinctiv, i-am oferit și mai mult ceafa, cu simțurile deja în fierbere.

— Despre ce vorbești? am șoptit.

Puțin mai târziu, stăteam față în față în pat, cu cearșaful acoperindu-ne până la talie. Marc mă mângâia distrat pe braț.

— Poate că ar fi timpul să-mi arăți apartamentul. Nu că nu mi-ar plăcea camera ta sau patul... dar sunt curios să văd şi restul.

— Nu e vina mea dacă nu poți să te stăpâneşti, i-am răspuns râzând.

A sărit pe mine, m-a lipit de saltea şi m-a liniştit cu un sărut.

— O să mă descurc singur.

Şi-a tras repede blugii pe el şi a plecat să exploreze apartamentul. Eu m-am întins, după care m-am întors pe burtă, cu mâinile sub pernă, ascultându-l cum fluieră în camera de zi, alături, foarte aproape. Mie, care nu suportam nicio intruziune în apartamentul meu, îmi plăcea să-l ştiu acolo, privindu-mi lucrurile, atingându-le, punând stăpânire pe locuri. Nimeni nu avusese vreodată acest drept şi mi se părea normal să fie el. *Yaël, eşti bolnavă.* Nu trebuia să deschid prea mult uşa, nici să las să crească orice dependență afectivă față de el, asta m-ar face fragilă. În chiloți şi un pulover lung, m-am dus după Marc în bucătărie. M-am oprit în prag şi nu mi-am putut reține râsul. Bucătăria mea strălucitoare, imaculată, impecabilă, ordonată devenise un câmp de bătălie. Erau lucruri împrăştiate peste tot, ai fi zis că golise dulapurile. Chiar atunci, tocmai aruncase în chiuvetă o lingură murdară de smântână, care a stropit măsuța din inox. Ce dezordine! Dar era imposibil să mă supăr pe el când fredona — tot fals — din Gainsbourg, supraveghind mâncarea pe foc: *Ascultă-mi vocea, ascultă-mi ruga. Ascultă-mi inima care bate, lasă-te în voia mea. Te rog, nu te speria când îmi vine apă-n gură. Te vreau încrezătoare, te simt captivă. Te vreau docilă, te simt temătoare...* Făcea totul ca să mă dea gata. Am înaintat şi m-am oprit lângă el. Părea amuzat de ceva, dar nu ştiam de ce. În tot cazul, mirosea minunat; făcea paste cu legume rase, pe care le amesteca în tigaie.

— Ce părere ai? m-a întrebat dându-mi să gust din sos.

Am închis ochii de plăcere, era la înălţimea aromei pe care o degaja.

— Divin!

— Scapă-mă de o îndoială: ai folosit vreodată toate astea? a vrut să ştie arătând către aparatura de bucătărie.

— Niciodată! Tu îi faci inaugurarea!

— Adu-mi aminte, de când locuieşti aici?

— De patru ani, de ce?

— Eşti incredibilă!

— Cum trebuie să iau asta?

Şi-a lipit uşor buzele de ale mele.

— Este adevărat că nu-i rău… mă faci să râd, a adăugat.

Când totul a fost gata, m-am aşezat turceşte pe canapea, cu farfuria în poală, iar Marc s-a aşezat pe parchet şi a folosit măsuţa joasă, după ce a bombănit că nu era bună canapeaua. Masa s-a derulat în ritmul conversaţiilor noastre şi al câtorva sărutări schimbate. Am terminat fără să-mi dau seama porţia enormă de paste pe care mi-o servise Marc. Apartamentul meu nu fusese niciodată într-un asemenea hal: în mod ciudat, nu-mi păsa. Căzusem oare dintr-odată într-o dimensiune paralelă?

— Ştii, n-am văzut niciodată un apartament atât de ordonat şi de curat, mi-a spus Marc punându-şi capul în poala mea. Nimic nelalocul lui!

— Glumeşti? Mă pregăteam să spun că trebuie ca menajera să facă ore suplimentare mâine!

— Din ce în ce mai bine! a pufnit el. Când ai devenit maniacă? E clinică aici la tine. Totul e alb, aseptic, n-ai mobile, nimic personal. Îţi vine să te întrebi dacă locuieşte cineva aici. Nu, serios, îţi jur, ar putea fi un apartament-fantomă! Înţeleg mai bine de ce îi spun ceilalţi laborator.

— Mai râzi mult de mine?

A râs şi mai tare, s-a ridicat pe canapea şi s-a lungit peste mine.

— Este de ajuns, la cât de puţin stau aici, m-am apărat. În unele seri m-am gândit chiar să dorm la birou. Mi-ar uşura lucrurile!

S-a ridicat sprijinindu-se în mâini şi m-a privit cu un aer inchizitorial.

— Ai făcut-o deja cu şeful tău?

Am ridicat sprâncenele câteva secunde înainte să pricep.

— Nu! i-am răspuns, cu o expresie de dezgust. Eşti nebun?

— Având în vedere cât timp petreceţi împreună...

— Niciodată nu mi-a trecut asta prin cap. Deşi, nu arată rău, pentru vârsta lui... Am tăcut şi l-am privit mai atentă; fără să fie întru totul serios, expresia lui nu era departe de a arăta supărare. Incredibil.

— Eşti gelos!?

— Deloc!

Chicoteam ca o adolescentă.

— Reaua-credinţă masculină. Eşti incredibil!

— Mă informez în legătură cu ce ai făcut în anii din urmă, asta-i tot, mi-a spus cu un zâmbet de copil prins făcând o boacănă. Sunt totuşi două, trei lucruri pe care nu le înţeleg la tine.

I-am înconjurat gâtul cu braţele, l-am tras spre mine şi l-am sărutat. Sărutul nostru a devenit mai intens, l-am ţinut captiv între picioarele mele, dorinţa ne biciuia pe amândoi. Cu toate acestea, Marc s-a îndepărtat şi şi-a aşezat obrazul pe pieptul meu.

— E târziu, a oftat înainte să ridice capul. Te scoli devreme mâine dimineață, am să te las să dormi.

În adâncul meu, muream de dorința de a-i spune să rămână cu mine toată noaptea, dar m-am abținut. Eram pe punctul să cad într-o prăpastie din care îmi va fi greu să ies, dacă mai continuam aşa.

— Ai dreptate, i-am răspuns dându-i drumul.

S-a ridicat, s-a dus în camera mea şi şi-a luat şi celelalte haine. Între timp, eu am strâns resturile cinei. Câteva minute după aceea, l-am însoțit până la uşa de la intrare.

— Am petrecut o seară minunată, Marc.

Am tras de pulover ca să-mi acopăr picioarele. Mi-a zâmbit şi mi-a trecut mâna prin părul ciufulit, apoi m-a sărutat pe obraz.

— Somn uşor.

Şi a plecat. Împleticindu-mă, am stins luminile din apartament, m-am dus direct la culcare şi m-am cufundat imediat în somn.

10

La sfârşitul lui octombrie, Bertrand m-a trimis pe mine în locul lui la întâlnirea cu contabilul agenţiei. Niciodată nu avusese nimeni acces la cifre şi finanţe. Eram aşadar singura care obţinuse acest privilegiu şi certitudinea că agenţia nu se afla în criză! În pofida plictiselii pe care o simţeam ivindu-se, eram mai mândră ca oricând de încrederea pe care mi-o acorda Bertrand.

Chiar dacă nu era genul care să vorbească despre viaţa sa personală sau despre micile secrete ale salariaţilor săi, mă temeam în fiecare clipă de o întrebare în legătură cu Marc sau cu timpul meu liber. Degeaba eram permanent în alertă, habar n-aveam ce i-aş fi răspuns. La urma urmei, asta nu-l privea! M-am înşelat amarnic, nu a făcut nicio remarcă şi atitudinea lui faţă de mine nu s-a schimbat câtuşi de puţin. Gândul îmi era doar la seara petrecută în doi, întrebându-mă ce făcea Marc; mi-l închipuiam în magazin, împreună cu bunicul lui. Aş fi vrut să ştiu dacă se gândea la mine şi unde ne vor duce toate acestea. Nu mă suna, iar eu amânam la maximum momentul în care s-o fac, ca să pun un pic de distanţă şi să-mi testez rezistenţa la dominaţia pe care deja părea s-o aibă asupra mea. Cu toate acestea, când închideam ochii în pat, fără să mai fie nevoie să lupt sau să folosesc artificii, nu mă gândeam decât la el, îmi lipsea; asta nu era bine. În mod ciudat, nu mai adormisem atât de uşor de ani de zile.

În sâmbăta aceea, când mă întorceam de la piscină nu mă grăbeam. Fără să ştiu de ce, privirea mi-a fost atrasă ca un magnet de o familie care îşi făcea cumpărăturile de sâmbătă, copiii erau dezlănţuiţi, iar părinţilor li se citea pe faţă iubirea pentru copiii lor şi supărarea că se treziseră prea devreme într-o dimineaţă de weekend. Femeia a simţit probabil că mă uitam la ea şi mi-a aruncat o privire nu tocmai prietenoasă, răutăcioasă; avea cam aceeaşi vârstă ca mine, probabil îşi spunea că mă mândream cu ţinuta mea sport ultimul răcnet, înainte să mă întorc în propriul apartament decorat şi impecabil ordonat ca să fac un duş care ar putea să dureze mai mult de o oră, timp în care nu mă va deranja nimeni, şi că pe urmă, dacă voiam, puteam să profit de ultimele raze de soare autumnal şi să-mi mănânc sendvişul cald cu brânză, jambon şi ou ochi la terasă, înainte să intru în câteva magazine şi să cheltui toţi banii câştigaţi muncind din greu. Îşi zicea probabil că seara mă vor duce să mănânc într-un restaurant la modă, într-o superbă ţinută a vreunui creator, cu prietenii, frumoşi, liberi, fără angajamente şi poate chiar îmi voi găsi un partener de o seară care mă va duce în al nouălea cer. În vreme ce ei voi alerga toată ziua de la o activitate la alta, înainte să bage copiii în baie şi să se trezească cu mai multă apă în afara decât înăuntrul căzii; ea se va enerva pe soţul ei care, cât timp baia se transforma în piscină, îşi acordase o mică pauză în faţa televizorului, căci erau aşteptaţi la nişte prieteni la masă, chiar acei prieteni care vor fi la aceeaşi oră panicați pentru că nimic nu era gata. Va ajunge în cele din urmă în camera de zi, zbierând la iubirea vieții ei pentru că va trebui să se pregătească pe fugă şi pentru că se considera urâtă, iar el îi va răspunde că arăta bine aşa cum era, că nu avea nevoie să facă nimic, ea îi va răspunde că nici el nu credea niciun cuvânt din ce spunea şi totul se va sfârşi cu hohote de râs. Seara, la prietenii lor, vor vorbi despre copii, ca întotdeauna, dar şi despre destinația următoarei vacanțe la schi, împărtăşindu-şi planurile de a face economii, pentru că să creşti copii la Paris „of... nu mai pot, am impresia că-mi petrec timpul plătind!"... Şi apoi vor vorbi şi unii, şi ceilalți despre serviciu, criticându-şi şefii, visând la pensionare, numărând zilele de concediu sau de reducere a timpului de lucru care le rămâneau. Se vor întoarce acasă dându-şi seama că este foarte târziu, chiar dacă au petrecut o seară frumoasă, căci a doua zi va fi un infern cu copiii. El o va întreba pe soție: „I-ai spus dădacei că poate să-i lase să se uite la televizor? Vreau să dorm mâine dimineață!" Vor adormi unul în brațele celuilalt, râzând că sunt prea obosiți ca să mai facă dragoste, promițându-şi să-şi acorde un weekend în doi, când nu vor ieşi din camera de hotel, şi spunându-şi că nu aveau chef să se întoarcă la birou luni.

Femeia şi cu mine ne-am privit în ochi; şi ea văzuse acelaşi film ca şi mine. A zâmbit, şi-a privit drăgăstos copiii şi soțul, a dat din cap şi i-a tras după ea. Cine invidia pe cine, acum? Nu ştiam să răspund.

Abia pusesem piciorul în apartament, că mi s-a părut gol, am rămas în uşă şi am pus mâna pe mobil. Am cedat. După numeroase apeluri, mi-a răspuns robotul: „Salut, Marc, ce faci? Hm... voiam să ştiu dacă vrei să ne vedem... diseară? Sau mâine, dacă vrei? Sună-mă... te... te sărut."

Am lăsat telefonul pe consola de la intrare ca pe cea mai rea ispită şi m-am dus în baie vorbind singură:

— Drăcia dracului, proastă mai sunt!

M-am spălat fără grabă, am optat pentru ţinuta pe care mi-o alesese Alice când fuseserăm amândouă la cumpărături, după ce ne întorseserăm din vacanţă, şi m-am îmbrăcat în sfârşit. M-am învârtit prin sufragerie întrebându-mă ce-o să fac toată ziua. Antreul, sau mai degrabă consola, mă atrăgea ca un magnet; mă apropiam mereu, cu fluturi în stomac, şi verificam telefonul să văd dacă n-am pierdut ceva: Marc nu mă sunase. Pe de altă parte, nu era mult de când îi lăsasem mesajul. Un ghiorăit în stomac m-a făcut să-mi spun că sendvişul la care mă gândisem mai devreme n-ar fi poate o idee rea. În mod firesc, m-am trezit pe lângă agenţie, doar pe-acolo cunoşteam adrese bune. Avantajul acestui cartier de afaceri era că am găsit un loc la terasă. Să stau sub razele soarelui m-a făcut să mă gândesc la Mica Floare şi deci la părinţii mei. Înainte de a mi se aduce comanda şi de a-mi scoate tableta ca să lucrez, am vrut să-i aud. Vocea mamei m-a făcut să zâmbesc şi, în acelaşi timp, mi-a adus lacrimi în ochi.

— Scumpa mea Yaël, ce faci?

— Sunt bine, mamă.

— Ai o voce ciudată. Eşti sigură că e totul bine?

Faţă de părinţii mei aveam întotdeauna sentimentul că nu sunt adult, că redevin fetiţa Yaël, fără îndoială unul dintre motivele care mă reţineau să-i sun sau să mă duc să-i văd.

— Da, da, stai liniştită. Mi-e dor de voi, asta-i tot.

— Oh... Am luat bilete pentru Crăciun.

— E bine.

— Vino la noi weekendul viitor!

Aş fi vrut tare mult, trecuseră mai mult de şase luni de când nu-i mai văzusem. Fusesem nevoită să anulez în ultimul minut o călătorie la ei: munca...

— Sfârşitul de an va fi încărcat, mamă. Dar o să vin la primăvară.

— Ai grijă de tine... Micuţa mea, sună-mă din nou mâine, mă aşteaptă tatăl tău, îi avem invitaţi la masă pe vecini!

— Pupă-l pe tata din partea mea.

— Pupici.

Am închis. Sendvişul meu — foarte apetisant — a venit chiar în clipa aceea, dar nu mai aveam poftă de mâncare. Am luat câteva înghiţituri. Marc nu mă suna; poate că nu văzuse mesajul meu, la urma urmei telefonul părea să fie cea mai mică dintre grijile lui, şi apoi... era sâmbătă, magazinul era deschis, muncea... N-aveam decât să fac la fel. Am cerut nota şi am ajuns la agenţie în mai puţin de cinci minute.

După ce mi-am lăsat poşeta, m-am dus să fac două cafele în *kitchen*. Am lăsat-o pe-a mea lângă calculator, după aceea am bătut în uşa deschisă de la biroul lui Bertrand, care stătea aplecat peste dosare.

— Bună ziua.

— Yaël, nu mă aşteptam să te văd astăzi.

— Ei bine, iată-mă!

Discuţia noastră nu a mers mai departe, i-am dat ceaşca, mi-a mulţumit cu un semn din cap şi s-a concentrat din nou la ce făcea. Orele s-au scurs fără ca eu să reuşesc cu adevărat să mă concentrez, mi-am petrecut timpul uitându-mă la telefon, asigurându-mă de mai multe ori la rând că nu era nici pe vibraţii, nici pe silenţios, nici descărcat. Această atitudine m-a făcut să râd strâmb; ultima oară când pândisem telefonul în felul acesta fusese în vacanţa din Lourmarin, când aşteptam cu disperare veşti de la Bertrand. Chiar cel care lucra acum la câțiva metri de mine. Astăzi, Marc era cel care nu-mi răspundea. Oare îmi voi petrece restul vieții așteptând telefoane providențiale care nu vor veni? Am fost nedumerită de un hohot de râs al lui Bertrand; mergea de colo-colo prin birou, cu telefonul la ureche, vorbind despre afaceri în engleza lui americană corectă. Ce lovitură de maestru pregătea? După ce a închis, a venit la mine. În clipa când voia să deschidă gura, telefonul meu a zbârnâit.

— Două minuțele, Bertrand!

Era un SMS de la Marc, care îmi propunea să ne întâlnim la *Louis*, restaurantul unde mâncaserăm în seara regăsirii noastre. M-am abținut să nu râd; îmi promisesem să nu mai pun piciorul acolo! I-am răspuns: „Cu plăcere, vin pe la ora 20:00."

— Îți stau la dispoziție, i-am spus apoi unui Bertrand impasibil, și am zâmbit larg.

— Faci progrese cu întâlnirea dintre Gabriel și Sean?

— Bineînțeles! Este săptămâna viitoare.

A dat din cap satisfăcut. *Ei, da, Bertrand, mă descurc!* În ultimul timp, nu prea știam cum s-o dau cu el. Acum aveam dreptul la toată încrederea lui, pentru ca a doua zi să mă ia de sus, ca și cum ar crede că nu sunt în stare de nimic!

— Mănânci la agenție diseară?

— Hm...nu, mai stau o oră și plec.

— Prea bine.

S-a răsucit pe călcâie și s-a dus să se închidă în biroul lui. Am fost mai eficace în următoarele șaizeci de minute decât în toată după-amiaza, când stătusem cu ochii pe telefon.

Deși seara cu Marc s-a desfășurat de minune, la fel și ultimul pahar la el acasă, nu m-am putut împiedica să fug, ca să nu petrecem noaptea împreună, cu toate că a insistat să rămân. Mi-a servit o scuză perfectă ca să scap, spunându-mi că a doua zi se trezea devreme, ca să se ducă împreună cu bunicul lui la piața de vechituri din Saint-Ouen. Să dorm cu el, să mă trezesc lângă el mă îngrozea, era ultima limită pe care mi-o impuneam, convingându-mă că odată această intimitate încălcată, nimic nu va mai putea fi stăpânit.

5 noiembrie. Ziua cea mare! Aveam să fiu prinsă între cei doi cei mai buni şi răi clienți ai mei, să îi prezint unul altuia şi să procedez astfel încât să facă afaceri împreună. În ascensorul care ducea la birourile lui Gabriel mi-a venit să râd, probabil că dezvoltasem tendințe masochiste în ultima vreme. Aceşti doi bărbați erau insuportabili, mă aruncam de bunăvoie în gura lupului. În mod bizar, asta mă ținea în formă. În timp ce aşteptam, Sean mi s-a părut ciudat de tăcut, se uita în jur şi la colaboratorii lui Gabriel, care măcar de data asta îşi întorseseră privirile de la mine. Telefonul mi-a vibrat în poşetă. Mesaj de la Marc: „Eşti liberă diseară? Vin să te iau de la agenție? Te sărut." M-a cuprins un val de adrenalină şi i-am răspuns pe loc: „Da, pe la 20:30, cred. Te sărut." Mă pregăteam să pun mobilul la loc când mi-am dat seama ce uitasem: i-am trimis adresa lui Gabriel precizându-i că aveam o întâlnire cu unul dintre cei mai importanți clienți. Încă zâmbeam larg, când am ridicat capul şi am întâlnit privirea lui Sean, care nu părea deloc interesat de ce era în jur, ci de mine. Afişa un mic rânjet.

— Ce e cu tine? Nu eşti prea des atât de bucuroasă.

— Am şi eu micile mele secrete, Sean.

— Yaël! Yaël! Yaël!

Intrarea în scenă a lui Gabriel. Sean s-a încordat imperceptibil. M-am întors înspre gazda noastră, cu aerul cel mai amabil, hotărâtă să joc pe acelaşi teren ca el şi să nu-i permit să aibă vreun ascendent asupra mea. El s-a oprit o clipă înainte de a veni în fața noastră, şi-a pironit ochii într-ai mei, a aplecat capul într-o parte şi a mormăit un „interesant". Apoi ni s-a alăturat. Le-am făcut prezentările; şi-au strâns mâinile bărbăteşte sfidându-se din priviri. Am înțeles în clipa aceea că voi conduce un război al ego-urilor, demn de curtea unei şcoli. Au rămas acolo evaluându-se, apreciindu-se. *Doar n-o să stăm toată ziua aici, am planuri pentru diseară!*

— Domnilor! am intervenit. Putem să începem?

Gabriel a schițat un zâmbet în colțul buzelor.

— Abia aştept, mi-a suflat aruncându-mi o privire chiorâş. Urmați-mă!

Fără să se mai sinchisească de Sean, mi-a pus mâna pe spate şi m-a poftit să merg pe culoar. Clientul meu britanic nu a rămas mai prejos şi a venit în partea cealaltă. Am străbătut aşadar tot biroul sub escortă. Era caraghios, erau atât de patetici! Am luat loc la masa mare de şedințe din biroul lui Gabriel. Ei s-au aşezat fiecare la un capăt, eu m-am aşezat în mijloc, ceea ce, în mod vizibil, i-a surprins. *Ei, da, domnilor, va trebui să mă împărțiți!* Începând de atunci, nimic nu a mai contat. Curtoazia nu era decât de suprafață. Sean era distant, rece, trufaş. Gabriel, insolent, nerăbdător, împrăştiat. Degeaba traduceam instantaneu, nu se ascultau, îşi tăiau vorba, se contraziceau, luându-mă deoparte unul după altul. Îmi pierdeam timpul cu caraghioşii ăştia. Totuşi eram sigură că aveau tot interesul să facă afaceri împreună. Dar în ritmul ăsta, eşecul era asigurat. De neconceput! Pur şi simplu, de neconceput!

Am simţit că-mi cresc aripi. Pentru prima dată, voi face uz de cunoştinţele acumulate în toţi aceşti ani despre această specie atât de deosebită care erau oamenii de afaceri — vanitoşi, aroganţi, siguri pe ei, posesivi —, vor înţelege repede că aveau de-a face cu o nouă Yaël şi că, măcar o dată, aveam de gând să conduc dansul negocierilor. Gata cu respectul împins până la servilism faţă de Sean şi cu atitudinea defensivă faţă de Gabriel. *Hai, o să scutur cocotierul!* M-am ridicat, ei au tăcut instantaneu. Am mers prin încăpere, după aceea m-am oprit la distanţă egală de cei doi imbecili, cu braţele încrucişate. I-am sfidat din priviri, unul după altul.

— Domnilor, puteţi să încetaţi imediat să vă comportaţi ca nişte cocoşi în ograda păsărilor? Sunteţi ridicoli!

— Ce te-a apucat, Yaël? s-a mirat Sean.

— Din ce în ce mai bine, a rânjit Gabriel. Îmi place!

— Nu vom ajunge nicăieri dacă mai continuaţi aşa. Vă cunosc pe amândoi, mai bine decât credeţi. M-am adresat lui Sean, în engleză, ştiind că Gabriel era absolut capabil să înţeleagă ce voi spune. Ai fost de acord să te întâlneşti cu Gabriel. Nu-i aşa? Atunci nu te mai juca de-a patriarhul cu el, nu are nevoie de un mentor, ascultă-l, este un instinctiv, un îndrăzneţ, care nu se teme să-şi asume riscuri.

Apoi m-am întors spre Gabriel, mândru ca un păun după tirada mea elogioasă.

— Cât despre tine, renunţă la aerul ăsta de suficienţă şi n-o mai face pe şmecherul, ai în faţă un Capital Risk de renume, chibzuit, care ar putea să te atragă în proiecte dintre cele mai fructuoase. Nu face după cum te taie capul şi ascultă-i propunerea. S-a înţeles? Bun. Să continuăm, atunci.

M-am aşezat confortabil în fotoliu. Gabriel a fluierat admirativ. Grosolănia lui era fără limite.

— Ne-ai ascuns acest temperament focos! Eşti o femeie şi jumătate! În sfârşit, îţi arăţi adevărata capacitate!

N-am putut să-mi reţin un zâmbet, mulţumită de prestaţia mea şi, a trebuit să-mi mărturisesc, emoţionată de remarca lui.

— Draga mea Yaël, a zis şi Sean. Vino să lucrezi pentru mine! Te vreau în echipa mea mai mult ca oricând. Ştiu vreo câţiva care ar avea mare nevoie să fie scuturaţi un pic.

I-am zâmbit la rândul meu şi am respins neglijent cu un gest al mâinii remarcile lor. Ca din întâmplare, întâlnirea a devenit deodată mai productivă, ne-am apucat în sfârşit de treabă. În sinea mea, jubilam, ştiam că va merge. Aproape că nu aveau nevoie de mine, Gabriel bălmăjea în engleză cu accentul lui de vânzător ambulant, Sean făcea eforturi să-l înţeleagă şi vorbeau despre proiecte viitoare fără să mai fie nevoie ca eu să intervin, sau aproape. Se înnoptase de destulă vreme când am hotărât să ne oprim pentru moment. Comandând un taxi pentru Sean, mi-am dat seama de ora târzie — 21:25 — şi de cele zece apeluri pierdute de la Marc. La urma urmei, ştia că aveam o întâlnire de serviciu importantă, îl prevenisem, iar el oricum întârzia mereu. Gabriel, cu casca de motociclist sub braţ, ne-a însoţit. Am ieşit din clădire, încadrată încă o dată de cei doi bărbaţi. Taxiul lui Sean aştepta.

— Te duc undeva, Yaël? m-a întrebat.

— Păi...

Am întors capul în toate părţile şi l-am văzut în cele din urmă pe Marc, rezemat de maşina lui, cu chipul serios, la câţiva metri de noi, trăgând dintr-o ţigară.

— Nu, Sean. Îmi pare rău, sunt aşteptată...

— Îmi frângi inima, a declarat el pe un ton glumeţ.

Apoi mi-a sărutat mâna. Am simţit pe spate mâna lui Gabriel, care s-a aplecat uşor spre mine.

— Acum înţeleg mai bine. În realitate, eşti o mică şmecheră, Yaël! Distrează-te bine în noaptea asta.

M-am întors brusc spre el. Îl văzuse pe Marc şi îl privea cu un aer neobrăzat.

— Nu sări calul, Gabriel, totuşi, i-am şoptit amabil.

El a izbucnit în râs.

— Mă bucur pentru tine, Yaël. Vezi că am întotdeauna dreptate.

— Transmite-i salutările mele soţiei tale. Mă gândesc să trec în curând pe la ea la Atelier. I-am promis.

— Va fi încântată.

M-am îndepărtat uşor de ei. Şi-au strâns mâinile.

— O seară bună, domnilor. Pe foarte curând.

M-am răsucit pe călcâie şi m-am dus spre Marc, care aştepta la fel de stoic. I-am zâmbit, el a rămas de marmură. *Ambianţă*. În momentul în care am ajuns în faţa lui, a sărit în Porsche. Doar n-o să-mi facă o scenă! Eram nebună de bucurie că reuşisem să câştig acest pariu, voiam să împart cu el bucuria mea, să-i povestesc în ce fel îi jucasem pe degete, doar n-o să strice el totul acum. Abia am avut timp să închid portiera, că a şi demarat în trombă şi s-a amestecat agresiv printre celelalte maşini. S-au auzit claxoane în spatele nostru. După minute lungi, am rupt tăcerea:

— Îmi pare rău pentru întârziere.

— Sper că-ţi pare rău! Te-am aşteptat o oră! E-n regulă? Îţi convine taxiul?

Am oftat.

— Ascultă, era super-important, nu am putut să te sun.

Mi-a aruncat o privire rece. Strângea volanul cu toată puterea, era vizibil că astfel îşi stăpânea furia.

— Nu ai putut sau nici nu ți-a trecut prin gând?

Touché.

— Îmi pare rău... serios... am fost prinsă cu întâlnirea asta.

— Prinsă! A, da, e adevărat că păreai să suferi între cei doi tipi care te pipăiau!

Am făcut ochii cât farfuriile. *Ce l-a apucat?*

— Poftim? Nu, stai puțin, ești bolnav! Ce e cu criza asta de gelozie?

— Ești grozavă! Sincer, n-o să mai trec încă o dată prin asta! Stabilim să ne petrecem seara împreună și mă faci să aștept, fără nici cea mai mică urmă de considerație față de mine sau planurile noastre. Și când în sfârșit doamna catadicsește să apară, chicotește lipită de doi tipi care se cred niște nababi!

Începea să mă calce pe nervi, cu instinctul lui de mascul alfa! Eram gata să-mi cer scuze sincere pentru întârziere, dar în mod sigur nu pentru munca mea.

— Oprește, mă urc într-un taxi, iar tu, fă un tur pe la periferie dacă ai nevoie să te descarci! Nu am energie de pierdut cu copilăriile tale! Cum îți închipui că-mi fac meseria? La trei metri distanță de clienții mei, îmbrăcată într-o burka?

— Respectul, îți spune ceva asta? mi-a replicat el.

— Îți întorc întrebarea!

Am încheiat traseul fără să-i arunc vreo privire, mută. S-a oprit în fața imobilului meu. M-am întors spre el, mă privea cu fălcile strânse. S-a aplecat înspre mine. M-am dat înapoi. *A, nu, băiețaș! E prea ușor!*

— O seară bună, am scuipat.

— Stai, Yaël!

M-am dat jos din mașină, am trântit portiera și am intrat la mine, fără vreun alt gest. El a demarat în trombă.

A doua zi, toată dimineaţa am ezitat să-i trimit un mesaj lui Marc ca să-i propun să mâncăm împreună, nu voiam ca situaţia să se agraveze. Fuseserăm ridicoli cu o seară în urmă. Spre prânz, l-am întrebat pe Bertrand, care trecea nu departe de biroul meu:

— Îţi fac rezumatul întâlnirii de ieri dintre Sean şi Gabriel?

— Nu astăzi. Mâine, la 08:00. Plec la niştre întrevederi externe pentru tot restul zilei.

Ce punea la cale? Lipsea din ce în ce mai mult. Nu aveam timp să mă întreb ce urmăreşte. Ritmul era atât de intens încât, în unele zile, eram ca panicată, bântuită de eşecul meu din luna iulie. Diferenţa, şi nu dintre cele mai lipsite de importanţă, era că toată agenţia se afla în aceeaşi barcă. Dar nu aveam nevoie să se adauge la asta şicanele cu Marc. Trebuia să aranjez lucrurile.

— O să iau masa afară, am anunţat-o pe asistenta mea.

— La coafor?

Mi-am înăbuşit un râs.

— Am o întâlnire...

Mi-a făcut cu ochiul şi s-a întors la treaba ei. Până la urmă, îmi plăcea fata. Ca să fiu cinstită cu mine însămi, era mai profesionistă decât mine la vârsta ei! Cu cât se scurgea mai mult timp, cu atât mă întrebam mai mult cum putusem să mă lipsesc de această înţelegere cu colegii mei. Buna dispoziţie care prevala în relaţiile noastre îmi plăcea, totul era atât de uşor! Bine, ambianţa foarte încărcată nu mă deranja înainte. Poate mă schimbam? Această întrebare mă obseda frecvent, fiindu-mi din ce în ce mai greu să-mi recunosc anumite reacţii. Toate acestea trezeau în mine ceva îndepărtat, o simţeam din ce în ce mai mult pe vechea Yaël luptându-se ca să recâştige teren. Cine eram, până la urmă?

Puţin mai târziu, când am împins uşa magazinului de vechituri, am avut surpriza, sau mai degrabă ar trebui să spun decepţia şi încurcătura, de a da peste bunicul lui Marc.

— Mica mea Yaël! Nu mă aşteptam la asta!

— Bună ziua... am venit la Marc, e aici?

— Cred şi eu că nu un bătrân zgârciob te interesează! mi-a spus pufnind.

Am râs şi eu. Abuelo era un bătrân fermecător, trebuia să recunosc. Avea darul de a se face iubit.

— Nu e aici, habar n-am când se va întoarce. Ştii, când pleacă să se plimbe, nu ştie niciodată unde ajunge.

A mai făcut-o o dată. Cum aş putea să uit?

— Îmi pare rău.

— Dar nu sta în uşă! Vino înăuntru să te încălzeşti, pari îngheţată.

Nu greşea, mi se făcuse deodată pielea ca de găină.

— Nu vreau să vă deranjez, i-am răspuns, cu mâna deja pe clanţă.

M-a luat de braţ şi m-a dus în fundul magazinului. Era încă frumos, cu claia de păr alb, ridurile îl prindeau de minune. După privirea strălucitoare, se ghicea seducătorul care trebuie să fi fost. Asemănarea cu Marc m-a frapat. Era acelaşi, cu patruzeci de ani în plus.

— Doar n-o să lipseşti un bătrân ca mine de o discuţie cu o femeie frumoasă?

Nepotul asculta Gainsbourg, iar bunicul asculta Django Reinhardt şi Stéphane Grappelli. Ce veselie şi ce uşurinţă! M-a condus până la unul dintre fotoliile-club Le Corbusier, mi-a făcut semn să mă aşez şi să nu mă mai mişc, apoi a plecat dând din cap în ritmul chitarei şi a căutat într-o mică piesă de mobilier Art déco din palisandru. M-am reţinut să nu râd, într-atât era de comică situaţia, venisem ca să-mi cer scuze faţă de Marc şi m-am trezit cu Abuelo care mă seducea pe muzică de jazz manouche. S-a aşezat în faţa mea şi a pus pe măsuţa joasă două pahare de porto pe care le-a umplut cu lichior Suze. Cu asta, mă relaxam, fără nicio îndoială!

— Şi nu putem nici măcar să-l sunăm ca să-i spunem că eşti aici!

M-am încordat.

— De ce?

Mi-am umezit buzele în Suze. *Dumnezeule, ce rău e!*

— Şi-a uitat telefonul. O să-i pară rău că nu te-a prins. Ronţăie ceva!

Am respirat din nou. Mi-a întins un bol din cristal de Baccara cu alune şi fructe uscate. Am băgat mâna şi am luat câteva; toate erau râncede, dar măcar mă scuteau de arsuri la stomac. Când încercam să scap discret cu limba de o boabă de strugure uscată care îmi intrase între dinţi, mi-a spus că era mulţumit să mai lucreze din când în când, dar ceea ce prefera era să îl ducă Marc la pieţele de vechituri din Saint-Ouen, duminica. Se considera prea bătrân ca să-l însoţească la ziua profesioniştilor de vinerea şi mai ales nu voia să încurce flerul inegalabil al nepotului său. Adora să se scufunde din nou în atmosferă, să-i plătească lui Marc restaurantul şi să retrăiască plăcerea şofatului pentru câteva ore. Preţ de o clipă, mi i-am închipuit pe amândoi, complici, în Porsche.

— O să-i spuneţi că am trecut pe-aici?

— Bineînţeles!

În depărtare, am auzit uşa deschizându-se şi stomacul meu a făcut un triplu salt. Excitaţia mi-a scăzut într-o secundă, nu era Marc, ci un cuplu de clienţi.

— Să nu te mişti de-aici! Termină liniştită, mica mea Yaël, eu mă duc să câştig nişte bani.

S-a ridicat cu greu din fotoliu şi a plecat clătinându-se; m-am abţinut să-l ajut, nu voiam să-i rănesc orgoliul. După mai mult de cinci minute de aşteptare, am comandat un taxi şi m-am hotărât să plec, chiar dacă mă simţeam bine în locul acela, la adăpost de tensiune, protejată de acel bătrân amabil. M-am oprit două minute să observ dezordinea lui Marc de pe secreterul cu motive ornamentale în rulouri. Era harababura lui veselă, i se potrivea, doar gândindu-mă la asta am zâmbit, dorind din ce în ce mai mult să dau timpul înapoi şi cearta din ajun să nu fi avut loc niciodată. Apoi, am mers înspre încăperea principală a magazinului şi am asistat la o scenă hilară; Abuelo încerca să reinventeze limba lui Shakespeare pentru nişte turişti aflaţi în pragul unei crize nebune de râs, care nu pricepeau o iotă din ce le spunea.

— Abuelo, vă ajut eu. Apoi, întorcându-mă spre clienţi: Good afternoon, madam, good afternoon, sir...

Privirea lor mi-a dat impresia că sunt un mesager al paradisului. Iar în cea a bunicului lui Marc am văzut recunoştinţă şi mândrie. Am regăsit fericirea simplă de a fi cea care făcea posibilă comunicarea între doi oameni; cuvintele erau fluide, delicate, generoase, liniştite, fără miză, râdeau unii cu ceilalţi datorită vocii mele, doar vocii mele şi, măcar de data asta, participam la discuţie, nu eram doar calculatorul/traducător. Ascultam cu atenţie ce spunea Abuelo despre mobile, cum le descria, epoca pe care o iubea, învăţam şi regăseam aceeaşi pasiune care îl anima pe Marc în ziua când am fost la L'Ile-sur-la-Sorgue. Şi unul, şi celălalt îşi iubeau meseria şi savurau fiecare clipă. Vânători de comori, de la bunic la nepot. Era plăcut şi îmi făcea bine. Nu m-am lăsat tulburată de sosirea neaşteptată şi nesperată a lui Marc, care s-a aşezat într-un colţ ca să ne privească. Turiştii au părăsit magazinul cu portofelul mai uşor şi cu braţele încărcate.

Aproape că-mi venea să bat din palme, atât eram de fericită! Marc a observat şi s-a apropiat de noi, cu privirea la fel de strălucitoare ca a bunicului său.

— Alcătuiţi o pereche pe cinste, voi doi!

— E minunată, vezi cum faci, s-o păstrezi!

Am schimbat cu Marc o privire stânjenită.

— Trebuie să plec, i-am spus lui Abuelo. Mulţumesc, am petrecut un moment superb cu dumneavoastră.

— Eşti drăguţă.

I-am trimis o bezea. Marc a venit după mine afară.

— Yaël!

— Marc, am spus în acelaşi timp cu el.

Ne-am zâmbit, oftând şi unul, şi celălalt.

— Uităm ce-a fost aseară? m-a întrebat.

— De-asta venisem!

— Va trebui să-mi povesteşti cum te-ai descurcat cu Abuelo.

— Nici vorbă, e un secret între mine şi el, am declarat, cu o mină conspirativă.

— Incredibil, sunt chiar gelos pe bunicul... Dacă aş fi ştiut că mi se va întâmpla asta! Ce-mi faci, Yaël?

Am izbucnit în râs.

— Nimic, nu-ţi fac nimic... Chiar trebuie să plec.

— Ne vedem diseară?

— Nu ştiu la ce oră termin, prefer să-ţi spun de-acum. Voi face tot ce pot...

— Vino la mine după aceea. Fără scene, promit. Am să te-aştept.

Inima mi-a bătut mai repede.

— De acord!

L-am sărutat pe obraz şi am plecat mai uşurată decât la venire. Nimic nu se petrecuse cum îmi închipuiam, totuşi mă simţeam bine, reîncărcată cu energie. Când am urcat în taxi, m-am uitat peste umăr, Marc stătea în pragul magazinului şi nu mă pierdea din ochi; zâmbetul mi-a devenit şi mai larg.

Am ajuns la magazin după ora 22:30, luminile erau încă aprinse, am bătut de două ori la uşă, Marc a venit imediat şi mi-a deschis. Mă aştepta. Cum să cred un asemenea lucru? Ce senzaţie ciudată, delicată, uşoară… şi liniştitoare după înfruntarea din ajun.

— Salut, mi-a spus cuprinzându-mă în braţe.

Era pentru prima oară când făcea un astfel de gest, mi-am băgat faţa în gâtul lui, dând la o parte cu nasul gulerul cămăşii, voiam să-i simt pielea şi parfumul. Aş fi putut rămâne acolo ore întregi, numai că el a hotărât altceva: mi-a cuprins gâtul cu mâinile şi m-a sărutat, într-un mod care m-a derutat, era tandru şi dur în acelaşi timp; m-am agăţat de mâinile lui, simţindu-i ceasul în palmă.

— Urcăm? mi-a şoptit la ureche.

— Da.

Marc a coborât oblonul magazinului şi a încuiat. După aceea mi-a luat mâna într-a lui şi am mers spre apartamentul său de la etajul întâi. Imediat ce am intrat pe uşă, mi-a dat drumul şi a aprins două veioze lângă canapea. Mi-am scos trenciul şi pantofii, după care mi-am desfăcut părul şi am mers către el. M-a mângâiat pe obraz şi m-a privit cu atenţie.

— Îmi place când eşti aşa micuţă… vrei un pahar?

Am râs încetişor.

— Lichiorul de la bunicul tău nu şi-a încheiat încă efectul…

— Nu! Ţi-a făcut el asta? A avut grijă să nu-mi spună. Cum ai reuşit să înghiţi oroarea aia?

— Părinţii m-au educat bine!

— Asta-i sigur! Deci, vrei ceva?

— Dacă ai din ce să faci un ceai... n-aş zice nu.

M-a sărutat pe buze şi s-a dus la bucătărie. M-am instalat pe canapea şi i-am cercetat casa, care era exact opusul casei mele. Era un bazar, dar era viu. Da, ăsta era cuvântul: viu. Biblioteca ocupa un perete întreg şi era plină de cărţi frumoase despre Arta decorativă, marii designeri, ceasuri, maşini vechi, deloc aranjate în funcţie de mărime, colecţia sa de cărţi de buzunar cu colţurile rupte şi îngălbenite, mergând de la clasici la o colecţie de SAS, ameninţa să se dărâme, discurile de vinil erau îngrămădite unele peste altele, nu am fost surprinsă să-l descopăr pe idolul lui, Gainsbourg, alături de Supertramp şi Rolling Stones. Am fugit cu gândul la certurile noastre din studenţie; chiar dacă adoram ce asculta el, aveam preferinţele mele ruşinoase, eram capabilă să mă înnebunesc după *Wannabee* a fetelor de la Spice Girls, ceea ce-l înfuria pe vremea aceea. Această frumoasă harababură organizată ar fi fost şocantă la mine acasă, dar nu şi aici. Nicio mobilă nu era făcută dintr-un material modern; plexiglasul, plasticul, de exemplu, fuseseră alungate din aceşti optzeci şi cinci de metri pătraţi. Nu vedeam decât lemn, ca acajuul, catifea, piele... Fiecare element avea un miros, o poveste. Pe canapea îţi venea să te cuibăreşti cu o carte în mână, era frumos cu siguranţă, dar prima sa utilitate era să fie comodă, confortabilă, să te simţi bine pe ea. M-am gândit la a mea — care brusc nu-mi mai plăcea — cu liniile ei stricte, epurate, şi mi-am zis că, şi dacă aş fi avut timp să mă lungesc pe ea, ceea ce de altfel nu prea se întâmpla, n-aş fi reuşit niciodată să găsesc o poziţie potrivită ca să mă destind. În timp ce aici, când Marc s-a întors, cu o cană de ceai aburind în mână şi s-a aşezat lângă mine punându-şi picioarele pe măsuţa joasă, am putut să mă ghemuiesc la pieptul lui şi să-mi întind picioarele cât erau de lungi pe canapea.

— Mulţumesc pentru mâna de ajutor pe care i-ai întins-o lui Abuelo, a fost impresionat de prestaţia ta. E gata să mă dea afară ca să te angajeze pe tine!

— A fost minunat, am râs mult. Nu poţi să-ţi închipui ce bine mi-a făcut.

— Chiar ţii cu adevărat la Abuelo? Eraţi grozavi, tu şi cu el împreună.

Am rămas în aceeaşi poziţie în vreme ce-mi beam ceaiul liniştită, discutând, povestindu-ne ce-am mai făcut. Mi-am dat voie să mă gândesc la ceea ce era de negândit; aşadar, asta însemna viaţa de cuplu, când aveai pe cineva căruia să-i vorbeşti sau de cine să te loveşti seara, în braţele cui să te cuibăreşti ca să te linişteşti şi să te împaci. Niciodată nu-mi spusesem că trebuie să fie bine. Şi apoi, reminiscenţe ale anilor de studenţie m-au năpădit; în lunile care au precedat plecarea lui, Marc petrecuse multe seri în garsoniera mea, unde mâncam paste cu ton, stând turceşte pe jos, vorbind fără întrerupere, imaginându-ne viaţa noastră viitoare, refăcând lumea. De câte ori adormise la mine? Apropourile lui Alice mi-au venit în minte încă o dată: „Ai fost întotdeauna îndrăgostită de el." Piesele puzzle-ului începeau să se potrivească. Munca îmi îngăduise să acopăr vidul uriaş pe care îl lăsase plecând? Absenţa lui mă făcuse să înţeleg cât de mult se învârtea existenţa mea în jurul lui. În afară de ceea ce împărţeam amândoi, restul lumii nu mă interesa pe vremea aceea. Când a dispărut, am avut nevoie de un substitut. Bertrand, poate după ce văzuse în mine un viitor rechin, mi-a deschis uşa agenţiei, în lumea muncii. Şi îmi încuiasem emoţiile, refuzând să cunosc din nou acest vid, această durere, neacordând trupului meu decât punctual o uşurare lipsită de plăcere şi de senzualitate. De ce trebuia să reapară în viaţa mea în momentul precis în care, datorită dispariţei lui, munca mea avea să dea roade şi când, curând speram, nu voi mai avea loc pentru nimeni? Cu cât mai mult vom trăi episoade tandre ca acesta, cu atât mai rău va fi pentru mine, cu atât mai mult mă voi dărui şi mă voi fragiliza. Dar aveam nevoie de el, atât de mult îl doream, încât mă durea. Habar nu aveam ce voia de la mine, el care se dovedea gelos pe clienţii mei, deşi avusese o viaţă în toţi aceşti ani, iubise şi până de curând încă fusese căsătorit. Cuvintele lui mi-au revenit în memorie; voia să-şi întemeieze o familie, or eu nu mă simţeam capabilă de asta.

— Eşti cu mine? l-am auzit spunându-mi.

— Da... da...

M-am ridicat, am pus cana pe măsuţă şi m-am întors spre el; mă privea cu un aer fericit, destins. Voi profita de ceea ce-mi dădea încercând să mă apăr cu mijloacele avute la dispoziţie. Şi apoi, voi vedea ce se va întâmpla. Nu-mi spusese el că trebuie să luăm lucrurile aşa cum vin, fără să ne gândim? Asta însemna să nu aştept nimic anume, nimic altceva decât asta... În zece ani mă schimbasem, eram mai puternică. M-am aşezat călare peste el, mi-am scos puloverul şi l-am sărutat cu toată înflăcărarea ce fierbea în mine.

— Yaël...

Adormiserăm pe canapea sub o pătură din flanel. Habar n-aveam cât era ceasul.

— Vino, să ne băgăm în pat, o să stăm mai bine decât aici...

Am deschis pleoapele cu greu şi m-am uitat la ceasul lui, ca să văd că era ora 02:00 dimineaţa.

— O să chem un taxi.

— Ca să te ducă până în camera mea!

— Ca să mă ducă acasă la mine, mă scol devreme mâine dimineaţă.

Marc s-a îndepărtat de mine şi şi-a pus mâinile deasupra capului oftând. M-am dat jos de pe canapea şi m-am dus să-mi iau telefonul din poşetă. După ce am comandat taxiul, m-am îmbrăcat. Marc nu s-a mişcat, mulţumindu-se să mă urmărească din priviri, cu un aer deosebit de supărat.

— Pot să-ţi împrumut o periuţă de dinţi.

M-am aşezat pe marginea canapelei, cu pantofii în mână.

— Bertrand m-a convocat la ora 08:00 mâine dimineaţă pentru o şedinţă, nu-mi pot permite să întârzii. E mai rezonabil să plec.

Din mai multe motive, aş fi vrut să adaug... Furia i s-a oglindit pe chip. S-a ridicat brusc, şi-a tras chiloţii pe el şi şi-a rulat o ţigară. A fumat plimbându-se prin cameră, fără să spună un cuvânt. Telefonul meu a ţiuit, semn că maşina mă aştepta jos. M-a însoţit până la uşa de la intrare şi, împotriva oricăror aşteptări, m-a luat în braţe.

— Mă gândesc că pur şi simplu ar fi bine să petrecem câteva nopţi întregi împreună, asta-i tot...

Şi eu.

— Altă dată...

— Fugi, şoferul n-o să te-aştepte.

Ne-am sărutat şi am plecat.

Când am ajuns la agenţie a doua zi la 07:58, am fost surprinsă să nu-l găsesc pe Bertrand. La 08:30, fiind încă singura tâmpită din agenţie, obosită peste măsură, fierbeam în sinea mea regretând amarnic că nu rămăsesem în braţele lui Marc. Eram o proastă! Voiam să fiu rezonabilă! Ca să mă descarc, am trimis câteva email-uri apăsând cu furie pe tastatură. La ora 09:00, nu mi-a lipsit mult să plec după croasanţii cu care să mă duc la magazinul de vechituri; îmi lipsea curajul de a-l înfrunta pe Bertrand. La ora 10:00, *domnul* şi-a făcut apariţia fandosindu-se.

— Bună ziua, Yaël, mi-a spus când a ajuns în faţa biroului meu.

— Bună ziua. Aveam întâlnire la ora 08:00 sau am înţeles greşit?

— Am avut un mic dejun care a apărut în ultimul moment.

Grozav! Ar fi putut să mă anunţe! *Şi scuzele, astea sunt pentru câini?*

— Nu am uitat că trebuia să facem un raport împreună. Rezolvăm asta diseară, voi fi aici pe la 19:30–20:00. Sper că nu e o problemă pentru tine?

Păi, nu, Bertrand, nu e o problemă! Yaël e mereu aici, e mereu disponibilă. Mă plictiseşti, să ştii! Nu mai pot să fiu sluga ta, căreia îi dai de făcut munca neplăcută!

— Niciuna.

Telefonul i-a sunat în clipa aceea, s-a răsucit pe călcâie, fără să se mai sinchisească de mine şi s-a închis în birou. M-am dus în *kitchen*: aveam nevoie de o cafea, nu prea recomandabilă în starea mea de nervi, dar trebuia să-mi ocup mâinile cu ceva. Eram nebună de furie. Şeful mă scotea din sărite, îmi venea să-l iau la palme; trebuia să fiu permanent la dispoziţia lui, să nu am viaţă personală. Şi el ce făcea în timpul ăsta? Erau zile întregi de când dispărea şi pleca la întâlniri externe, fără ca nimeni din agenţie să aibă nici cea mai mică idee ce pune la cale. Ceea ce era de-acum sigur era că eu mă descurcam şi fără el. Voi petrece ziua trecând de la un dosar la altul, ştiind prea bine cum se vor derula lucrurile în seara aceea: Bertrand nu va veni înainte de ora 20:00, briefingul nostru se va prelungi, el îşi va comanda în cele din urmă sushi, care acum până şi mie îmi făcea greață, cerându-mi să lucrez, să verific un dosar, sau încă un client va apărea de nu ştiu unde şi va trebui să mă joc de-a dădaca!

— Aparat de rahat! m-am enervat pentru că nu reuşeam să-mi iau cafeaua.

— Calmează-te! a exclamat Benjamin. Chestia asta nu ți-a făcut nimic rău.

A trecut în locul meu şi, cu blândețe, mi-a dat o cafea.

— Ce-ai pățit? Probleme cu vreun client?

— Cu Bertrand.

— Tu?! Tu ai probleme cu şeful?

— Nu-ți bate joc de mine! M-a făcut să aştept degeaba de dimineață şi vrea să mă țină şi diseară, îți jur, ce-şi închipuie? Am şi eu o viață!

A izbucnit în râs, îndoindu-se de la mijloc. Toată lumea se țicnea în agenție!

— Iartă-mă, Yaël! Dar râde ciob de oală spartă! Nu, îți jur, e hilar!

— Dacă o faci ca să mă iei peste picior, nu are rost.

— În niciun caz! Rămâi aşa! Nu schimba nimic! Am să aprind o lumânare la Notre-Dame ca să mulțumesc lui Dumnezeu şi tuturor sfinților pentru acest miracol!

— Ce vrei să spui cu asta?

— Toți din agenție am trecut prin astfel de şedințe improvizate şi, foarte adesea, tu erai de vină!

Preț de câteva secunde, m-am revăzut în lunile premergătoare vacanței, hărțuindu-mi colegii, impunându-le să rămână până târziu, să vină mai devreme, trimițându-le email-uri la orice oră, în weekend, în concedii, în toiul nopţii... Chiar şi în urmă cu câteva zile, ca să-i fac pe plac lui Bertrand.

— Pare ciudat când devii tu însăţi victima, mi-a atras el atenţia trezindu-mă din gânduri. Hm?

— Îmi pare rău, nu-mi dădeam seama...

— Dă-mi adresa iubitului tău, o să punem mână de la mână să-i trimitem o ladă de vin, mi-a spus cu un zâmbet.

— Se vede chiar atât de mult? am exclamat, siderată.

— Mai mult chiar... Hai, la treabă! a încheiat făcându-mi cu ochiul.

Parteneriatul dintre Sean şi Gabriel avansa perfect şi, cu trei săptămâni înainte de Salonul nautic, organizarea era aproape gata. Se muncea din greu, dar merita. Spre marea mea satisfacţie, aveam o energie grozavă, uneori mi se părea că sunt mai reactivă, că ştiu să merg la punctul esenţial, fără să mă pierd în detalii. De parcă de-acum eram capabilă să transform presiunea în energie pozitivă. Vorbeam în mod regulat cu Alice la telefon, ca să ştiu ce mai face. Părea hotărâtă să nu mă mai bată la cap în legătură cu Marc, lăsa să vină de la mine dacă aveam chef, era decizia ei, o simţeam totuşi rozându-şi unghiile de curiozitate, dar nu cedam, punându-mi deja destule întrebări existenţiale ca să mai adauge şi sora mea altele. Asta nu m-a împiedicat să accept o altă invitaţie la un pui cu mazăre duminica la prânz, mai ales că veneau şi Adrien, şi Jeanne; Marc declinase invitaţia din cauza plimbării prin Saint-Ouen cu Abuelo. Cu el, îmi petreceam o parte din seri de mai multe ori pe săptămână; cinam la el, la mine, la restaurant, o dată chiar şi cu Abuelo, cu care m-am distrat mult din nou; a fost şi un picnic la magazin, într-o zi la prânz. Relația noastră evolua; nu mai săream unul pe altul ca la început, o luam încet, fiecare moment, fiecare îmbrățișare împărtășită cu el mă făcea să descopăr tot mai mult bărbatul care devenise și femeia care devenisem și eu. Totuși, uneori consideram că se închidea în el și cra gata să se supere când refuzam să rămân peste noapte sau când ieșeam târziu de la muncă. Mi se întâmpla să am impresia că sunt presată din toate părțile, pusă la colț, cu dezagreabila premoniție că această situație îmi va exploda în față într-o bună zi. Nu mai stăpâneam nimic, nemaifiind în stare să-mi înfrânez dorințele.

Era începutul lui decembrie. În acea vineri seara număram orele care mă despărțeau de Marc, numai că era o atmosferă de adevărat război nuclear. La agenție, toată lumea era într-o activitate febrilă, Bertrand la fel, eu cu nervii întinși la maximum. Nimeni nu îndrăznea să plece înainte de a i se da voie. Rezolvasem toate problemele apărute în ultimul minut, cu asistenta mea. Totul părea în sfârșit pus la punct. Încă ne aflam amândouă la masa de ședințe, când mi-a sunat telefonul.

— Salut, i-am spus lui Marc când am răspuns.

Voiam să uit că Bertrand putea să apară în orice clipă. Am schimbat o privire cu asistenta mea, care mi-a făcut cu ochiul înainte să se ridice ca să închidă discret ușa sălii de ședințe și să stea de pază.

— Ai idee la ce oră o să termini? m-a întrebat Marc.

— Sper să pot să scap peste puțin timp, sunt epuizată... și cu săptămâna care se anunță...

— Vin să te iau și mergem la tine, după aceea?

— De acord, te sărut.

— Şi eu.

Am închis, fiind deja cu gândul alături de el.

— Era coaforul?

Am izbucnit amândouă în râs.

— Negustor de vechituri... e negustor de vechituri.

— Mulţumesc, Yaël.

— Pentru ce?

— Pentru că mă faci părtaşă la o felie din viaţa ta. Atmosfera este cu mult mai bună de ceva vreme. Voiam să-ţi spun că înainte mi-era frică de tine. Acum mă laşi să fac lucruri la care nu aş fi avut acces, mă înveţi multe şi îmi dai responsabilităţi. E grozav să lucrezi pentru un om fericit, iar tu eşti un om fericit.

Mă aşteptam la orice, mai puţin la asta. Această mână de femeie pe care o terorizasem atâta mă bulversase. Unde fusesem în acea ultimă perioadă de putusem să fiu atât de îngrozitoare cu ea, deşi se dădea peste cap şi făcea maximum pentru mine?

— Oh... mulţumesc. Şi tu faci treabă bună, Angélique. Ai viitorul în faţă, fii sigură! S-a aprins o luminiţă în ochii ei. Vreau să-ţi cer o favoare şi după aceea eşti liberă.

— Spune-mi ce pot să fac.

— Adună pe toată lumea.

— Nicio problemă.

I-am mulţumit şi m-am îndreptat imediat spre biroul lui Bertrand. Uşa era deschisă, am ciocănit, el a ridicat nasul din ecran.

— E totul gata?

— Poţi să vii două minute?

Şi-a îndreptat spatele şi m-a privit.

— Vrei să îmbărbătezi trupele?

— Oarecum.

M-am răsucit pe călcâie şi am văzut că toţi din echipă mă aşteptau, perplecşi că nu ştiau ce a mai dat peste ei. Bertrand m-a urmat şi s-a rezemat de biroul meu încrucişându-şi braţele. Am respirat adânc şi am început:

— Voiam să vă mulţumesc pentru toată munca depusă în ultimele săptămâni. Tuturor, fără deosebire. Era proiectul meu, dar voiam să fie colectiv. N-aş fi ajuns aici fără voi, m-aţi înlocuit cu brio în relaţia cu clienţii obişnuiţi, şi, de altfel, astăzi unii vă preferă pe voi în locul meu!

Câteva figuri au devenit palide.

— Ei! Fără panică! Nu sunt supărată pe nimeni, dimpotrivă! Ăsta-i jocul. Voiam de asemenea să vă urez tuturor un weekend excelent! Întoarceţi-vă la casele voastre, odihniţi-vă, profitaţi de cei apropiaţi vouă, pentru că de săptămâna viitoare nu vor mai exista timpi morţi, sfârşitul de an va fi încărcat. Pe luni dimineaţa!

— Plecăm dacă pleci şi tu, Yaël, mi-a spus Benjamin.

— Plec şi eu! Mulţumesc.

Colegii mei, fără să mai întrebe altceva, şi-au luat lucrurile şi şi-au îmbrăcat paltoanele. Am pornit către biroul meu, mulţumită, şi am simţit privirea lui Bertrand aţintită pe mine, faţa strâmbându-i-se într-un rictus indescifrabil.

— Frumoasă prestaţie, mi-a spus când am ajuns lângă el.

S-a ridicat şi m-a dominat de la înălţimea lui.

— Weekend plăcut, Yaël!

— Mulţumesc, la fel, Bertrand.

El nu s-a mişcat, a rămas acolo şi s-a uitat cum îmi iau poşeta şi haina.

— Pe luni, am spus aruncându-i o ultimă privire.

Apoi m-am alăturat întregii echipe, care mă aştepta la uşa de la intrare. Nu se mai întâmplase niciodată să plec în acelaşi timp cu ei. Ne-am trezit pe trotuar, în seara umedă de decembrie, circulaţia era aglomerată, stâlpii de iluminat public şi farurile se reflectau în băltoace. S-au deschis umbrele, una m-a protejat de picăturile de ploaie.

— Unde te duci? m-a întrebat Benjamin.

— Vine cineva să mă ia.

— Oh... asta-i bine!

Am roşit.

— Ni-l prezinţi?

— Nu! am răspuns râzând.

Am auzit maşina Porsche înainte s-o văd, le-am adresat un zâmbet larg tuturor colegilor mei.

— Vă las! Weekend plăcut!

În clipa în care rosteam această frază, Marc, care tocmai parcase maşina, a coborât şi m-a văzut. Am alergat la el, în fluierăturile şi remarcile admirative la adresa bătrânului său bolid. A fost ceva mai puternic decât mine, l-am sărutat, nepăsându-mi de cei din jur, de Bertrand care trebuie să fi asistat la scenă de la vreuna dintre ferestrele agenţiei.

— Mergem? i-am spus lui Marc.

— Fericită că eşti în weekend?

— Nici nu-ţi închipui cât!

A înconjurat maşina şi mi-a deschis portiera. Înainte să urce şi el, a făcut cu mâna către toată echipa, care stătea încă pironită în faţa imobilului.

De data asta, fără bucătărie şi mese pantagruelice; Marc s-a lăsat convins de un platou cu mezeluri şi brânzeturi cu pâine proaspătă şi se pare că i-a convenit. După cină, am rămas să stăm de vorbă pe canapea, cu un pahar de vin roşu în mână.

— Dacă am înţeles bine, trebuie să te relaxezi în următoarele două zile?

— Exact!

A arborat un zâmbet malițios.

— N-ai să munceşti? Serios? Nici măcar puțintel?

— Nu! Mă rog, aşa sper.

— Ce faci duminică?

Unde voia să ajungă?

— Nimic special, cred c-o să mă duc să înot… de ce?

— Vino cu mine la Piața de vechituri!

— Şi Abuelo?

— Poate să lipsească o dată şi, dacă îi spun că te iau pe tine, o să întindă covorul roşu. Asta trebuie să te facă să vrei!

— Bineînțeles! i-am răspuns cu un zâmbet până la urechi. Îmi face o deosebită plăcere. Pe cuvânt, sunt încântată să merg cu tine. Mulțumesc!

Ce faci, Yaël? Eram pe marginea unei prăpăstii, cu un picior deja în gol. S-a apropiat de mine, m-a luat de gât, şi-a lipit fruntea de a mea închizând ochii.

— Mi-a fost dor de tine, a şoptit.

Nu mi-a lăsat posibilitatea să-i răspund sau să mă gândesc la declarația lui, m-a sărutat cu intensitate, tremuram din cap până-n picioare, apoi mi-am înnodat brațele în jurul gâtului său, căutând să mă apropii tot mai mult de el. M-a ridicat şi m-a dus până în camera mea, pe pat. S-a lungit peste mine, mi-am scufundat privirea într-a lui. Am avut impresia că nu făcusem niciodată dragoste în felul acesta, încet, tandru, aşteptând şi dând mereu mai multe mângâieri şi sărutări, pielea noastră se chema şi rămânea lipită una de cealaltă.

— Dormi, mi-a şoptit mai târziu, când eram ghemuită la pieptul lui. O să plec.

— Rămâi!

Gata, mă aruncasem în gol. Am ieşit din pat şi am făcut turul apartamentului, goală şi stingând toate luminile, fără să uit să închid telefonul. Lângă pat, am remarcat ceasul lui pe noptieră; acest fapt simplu m-a tulburat, era acasă la el aici. Am fost recunoscătoare pentru penumbra care îmi ascundea ochii umezi, apoi m-am strecurat sub plapumă şi mi-am regăsit locul, locul pe care îl iubeam, în scobitura umărului lui, el m-a cuprins cu braţul, mâna i s-a plimbat pe pielea mea, picioarele ni s-au înlănţuit.

Un sărut pe frunte, un al doilea, un al treilea. Cu pleoapele închise, am zâmbit. Mă trezeam în aceeaşi poziţie în care adormisem, ghemuită la pieptul lui.

— Bună dimineaţa, a şoptit Marc.

— Bună dimineaţa.

Mi-am frecat nasul de pielea lui şi am respirat adânc. Mâinile lui mă mângâiau pe spate, pe picioare, pe tot corpul. Ceea ce se întâmpla era pur şi simplu inimaginabil, să-mi încep ziua, o sâmbătă, în braţele lui. M-am desprins şi am ridicat ochii înspre el, ai lui erau încă lipiţi de somn, dar râdeau.

— Aş rămâne aici toată ziua, mi-a spus. Dar trebuie să deschid puţin astăzi.

— Cât e ceasul? Eşti în întârziere?

— Nu e grav, n-am program fix. Şi n-o să mă lipsesc de un mic dejun în pat, cu tine.

M-a sărutat pe vârful nasului.

— Să nu te mişti, da? Mă duc după croasanţi.

— Îmi dai voie să fac o cafea?

A ridicat din sprâncene, a făcut o mutră bosumflată, după aceea chipul i s-a luminat.

— O dată, îți dau voie.

M-a sărutat blând şi s-a dat jos din pat. Fără să mă mişc, cu capul pe pernă, m-am uitat la el cum se îmbracă. Înainte să iasă din cameră, m-a privit.

— Mă întorc.

Am ascultat zgomotul paşilor lui pe parchet, respirația mi s-a blocat, de panică, de fericire, de nesiguranță, de poftă de mai mult. M-am aruncat pe locul pe care îl lăsase gol şi i-am respirat adânc parfumul; spiritul mi s-a liniştit. M-am sculat şi m-am dus în baie. Am stat secunde lungi să mă privesc; părul ciufulit, ochii strălucitori, gura înroşită. Această imagine din oglindă m-a făcut fericită, am avut impresia că mă recunosc, era mult timp de când nu mi se mai întâmplase.

Un sfert de oră mai târziu, când puneam două ceşti de cafea pe noptieră, s-a auzit uşa de la intrare. În mai puțin de două minute, aroma de croasanți calzi a invadat camera, nu se întâmplase niciodată asta. M-am strecurat sub plapumă, Marc a aruncat punga de la brutărie pe pat şi s-a trântit peste mine, băgându-şi mâinile pe sub tricoul pe care mi-l pusesem. Am scos un țipăt.

— Eşti gheață!

M-a gâdilat, am râs copios. Când s-a oprit, s-a aşezat lângă mine şi mi-a dat un croasant. Am muşcat din el şi i-am dat o cafea.

— Dormi la mine diseară? m-a întrebat după ce am terminat micul dejun şi stăteam în brațele lui.

— Da... la ce oră pot să vin?

M-a trântit pe spate, s-a întins peste mine şi m-a sărutat.

— Când vrei, când eşti pregătită... eu te-aştept, mi-a spus cu gura lipită de a mea.

Duminică dimineaţă am redescoperit Piaţa de vechituri, mă duceam acolo în copilărie cu părinţii, dar uitasem totul; aleile, labirinturile, pasajele secrete acoperite, standurile lipite unele de altele, ca peşterile lui Ali Baba. Terenul de joacă al vânătorilor de comori. Anticarii aşezaţi în fotolii vintage îşi aşteptau clienţii, vorbeau cu glas scăzut între ei, conversaţia lor era uneori întreruptă de câte un hohot de râs. Ca şi Marc, erau toţi calmi, răbdători, nici enervaţi, nici entuziaşti pentru câţiva bănuţi, asta le cerea meseria. Această stare de spirit era contagioasă, voiam să nu mă grăbesc, să privesc în jurul meu. Un amănunt m-a amuzat: imediat ce erau singuri, negustorii de vechituri stăteau lipiţi de telefonul mobil. Am profitat ca să-l tachinez pe Marc, aşadar nu eram singura care suferea de această prelungire a mâinii. Petrecuserăm mai mult de două ore străbătând aleile pieţei Paul-Bert şi, după spusele lui Marc, abia parcurseserăm jumătate. Nimic surprinzător în asta, căci el se oprea la fiecare stand... Cunoştea pe toată lumea, avea câte un comentariu pentru fiecare mobilă, pentru fiecare nouă descoperire, acceptând toate cafelele la început, apoi păhărelele de vin roşu şi feliile de salam, când s-a apropiat prânzul. Mă prezenta tuturor ca „Yaël... ea este Yaël", prezentare care a suscitat mai multe bătăi pe umăr şi ocheade complice. Spre deosebire de vizita noastră la L'Isle-sur-la-Sorgue, Marc era acasă în Saint-Ouen, aceasta era cealaltă viaţă a lui, cu prieteni pe care eu şi prietenii noştri comuni nu îi cunoşteam şi care vedeau în el pe descoperitorul fără pereche, pe succesorul bunicului său; şi, de fapt, reputaţia lor depăşea frontierele micului lor magazin parizian. Marc era talentat şi n-o arăta, nu se lăuda niciodată cu „loviturile" lui, cu multele victorii în faţa tuturor celorlalţi, nici cu articolul de presă apărut de curând şi de a cărui existenţă am aflat atunci.

— Ce-i cu povestea asta? l-am întrebat luându-l deoparte.

— Nimic deosebit, un jurnalist de la Côté Paris a venit în magazin, am stat de vorbă şi câteva luni mai târziu a apărut acest articol.

— Côté Paris! am strigat nebună de bucurie pentru el. Asta o să-ţi aducă clienţi şi notorietate, e grozav pentru afacerile tale.

— Oh, ştii... nu cer atâta, merge şi nu vreau mai mult...

— Nu fi modest, eşti printre cei mai buni, după cum spun prietenii tăi, laudă-te!

A făcut o mutră indulgentă.

— De ce să vreau mai mult?

— Dar...

Şi-a scufundat ochii într-ai mei mângâindu-mă delicat pe obraz.

— Am tot ce-mi trebuie.

Inima mi-a stat în loc. *Ce vrea să însemne asta?* S-a îndepărtat de mine şi a făcut câţiva paşi.

— Continuăm încă puţin, înainte să mergem să mâncăm? mi-a spus peste umăr.

Am dat din cap şi l-am prins din urmă alergând. Când l-am ajuns, mi-am lipit braţul de al lui, atingându-i uşor mâna, apoi degetele noastre s-au prins unele de altele ca să nu-şi mai dea drumul.

Puţin mai târziu, ne-am făcut loc prin mulţime să intrăm în cafeneaua *Paul-Bert*, localul lui din Piaţă şi cel al lui Abuelo mai înainte. În mai puţin timp decât e nevoie ca s-o spun, am făcut rost de o măsuţă aproape de bucătărie; am aruncat o privire în culise. Încă o dată, fără feţe de mese în carouri, ci mese din lemn respirând autenticitate şi convivialitate, în cea mai pură tradiţie a bistrourilor. Chef-ul ţipa la ospătari şi totuşi câtă eficacitate! Acest bărbat impozant, cu şervetul pe umeri, verifica atent fiecare mâncare, doar privindu-l simţeai că toţi clienţii trebuia să fie trataţi la fel, cei ai casei, curiosul, turistul american, care probabil, în acest restaurant, avea impresia să se află în a cincea dimensiune. O dată în plus, cu Marc eram departe de barurile cu sushi, impersonale şi fără savoare. Să mi-l imaginez o clipă în locurile pe care le frecventam cu agenţia echivala cu imaginea unui leu scăpat direct din savană şi închis într-o cuşcă la SPA, cu crochete pe post de mâncare. În timp ce aici, cu ochelarii şi tutunul de rulat pe masă, baschetţii mai moderni decât toţi cei ai colegilor mei, deşi datau din 1975, lăsându-i gura apă la gândul tocanei de vită cu vin, era în elementul său şi respira în voie. Totuşi mi-am promis să-l fac să mănânce cu beţişoarele, doar ca să mă amuz. Mi-a luat mâna peste masă şi mi-a mângâiat-o cu degetul; m-am înfiorat.

— Dacă mi s-ar fi spus acum zece ani că voi trăi asta, nu aş fi crezut...

— Nici eu.

— Tu, eu, împreună aici... Îţi dai seama?

— Cu greu, i-am răspuns zâmbind.

— Săptămâna asta am vorbit cu Cédric la telefon, făcea pe spionul la cererea surorii tale. Am izbucnit în râs. Trecând la lucruri serioase acum, mi-a spus că vor avea al treilea copil, tu nu-mi spuseseşi.

— Sister secret!

— E plăcut să vezi ce fericiţi sunt, îţi vine să-ţi doreşti şi tu acelaşi lucru.

— Într-adevăr!

Numai că dorinţa de o astfel de fericire mă părăsea brusc, imediat ce-mi închipuiam figura lui Bertrand când îl anunțam că rămân în concediu de maternitate. Ospătarul ne-a întrerupt ca să ne aducă mâncarea. Prânzul s-a desfăşurat în linişte, doar din când în când se auzeau zbieretele chef-ului, pe care le uitam foarte repede. Marc mi-a spus poveşti despre Piață, despre cariera lui Abuelo. Ziua aceasta era pur şi simplu magnifică, nu mă gândeam decât să profit de el, să-l aud, să-l privesc, ca şi cum serviciul, prietenii, nimic altceva nu mai exista. Masa noastră s-a prelungit mult; după desert şi cafea, am mai luat încă o cafea, ne simțeam bine la căldură; uneori chiar nu mai spuneam nimic, privind pur şi simplu în jurul nostru, simțeam o mângâiere uşoară ca un fulg pe mână şi zâmbeam. Chef-ul în persoană ne-a însoțit la plecare întrebându-mă dacă îmi plăcuse spectacolul, Marc era un obişnuit de-al casei şi cunoştea personajul. În restul localului, era nebunie; imediat ce unii clienți plecau de la o masă, ea era luată cu asalt de alte persoane, dar eu nu-mi dădusem seama de nimic din toate astea. Îmi imaginam cu uşurință până la ce punct trebuie să-i fi enervat pe ospătari. Bacşişul pe care l-a lăsat Marc avea să liniştească spiritele! Când am ieşit, m-a izbit un curent de aer rece venit de pe aleile Pieței şi m-am crispat. Mi-am băgat mâinile în mânecile gecii şi mi-am ascuns nasul în guler.

— Vino-aici, mi-a spus Marc deschizându-şi brațele.

M-am ghemuit la pieptul său, deşi cred că-i era şi lui frig, cu veşnica sa haină din velur şi un fular subțire.

— Cum faci de rezişti? l-am întrebat ridicând fața spre el.

S-a aplecat şi m-a sărutat pe vârful nasului. Apoi şi-a lipit fruntea de a mea şi m-a privit în ochi zâmbind.

— Ne întoarcem încet? Îmi închipui că vrei să te pregăteşti pentru săptămâna de lucru.

— Da.

Ştia să citească în mine. Am fost uşurată că nu am simţit niciun reproş în vocea lui.

Marc tocmai parcase maşina în faţa clădirii mele, noaptea de iarnă căzuse deja, mi-am desfăcut centura şi m-am întors spre el.

— Mulţumesc pentru această zi, mi-a plăcut la nebunie.

— Serios? Nu te-au deranjat prea tare vechiturile?

— Nu.

— Ştii ce-aş vrea?

— Spune-mi.

— Aş vrea să pornim la drum, să plecăm pe negândite două, trei zile, departe de tot, doar amândoi, pentru ca ziua să nu se sfârşească.

— Nu mă tenta, i-am şoptit.

Mi-a aruncat o privire.

— Iar tu, nu mă face să visez...

— Într-o zi, poate...

M-am apropiat de el şi, când îi luam obrajii în mâini ca să-l sărut, m-a strâns la piept.

— Te sun, i-am spus înainte să-l sărut o ultimă oară. Ne vedem curând?

— Tu hotărăşti...

— Bun, păi... am plecat.

Am deschis portiera, am pus un picior pe asfalt, dar m-am întors spre el:

— Rămâi cu mine în seara şi în noaptea asta? Ştiu că nu este o escapadă, dar e mai bine decât nimic, nu? Şi am să-ţi propun ceva super-exotic la cină...

— Nu-mi spune că vrei să comanzi...

— Sushi!

— Cred că mă întorc acasă, mi-a spus, cu un aer amuzat.

M-am aruncat în maşină şi l-am sărutat pasional.

— Du-te după sushi! a zis după ce nu l-am mai sufocat.

Un pic mai târziu, stăteam unul lângă altul pe canapea, când telefonul meu a vibrat pe măsuță. L-am luat.

— E Alice, i-am spus lui Marc.

— Şi nu răspunzi?

— Alo!

— Voiam să ştiu ce faci, nu mi-ai mai dat niciun semn de viață de câteva zile.

— Am fost ocupată...

Marc şi-a dus mâna la gură ca să nu râdă.

— Bine, bine, a continuat ea. Ca de obicei, serviciul, în fine, ăsta nu-i un motiv.

Am pus difuzorul.

— Am petrecut weekendul cu Marc. De fapt, e aici.

— Poftim?

— Salut, Alice, i-a spus el.

— Ah... şi... ce-ați făcut?

— Chestii, i-am răspuns eu.

— Țțțț... bun, nu vreau să mai aud nimic! Veniți la masă într-o seară, săptămâna asta?

Am schimbat o privire cu Marc.

— Cu plăcere, şi-a luat el sarcina să-i răspundă.

— Atunci, să fie miercuri!

A închis. Voi lua masa la sora mea, cu Marc, ca un cuplu normal. Ar putea să pară o prostie, doar îl cunoşteau pe Marc ca pe propriul lor buzunar, dar situația mă speria, cu atât mai mult dacă erau şi părinții mei. Nu le prezentasem niciodată pe nimeni lui Alice şi lui Cédric, dar nici nu mă aflasem vreodată în această situație. Totul lua o turnură serioasă, pe care eram incapabilă s-o stăpânesc; pierdeam controlul asupra unei părţi din viaţa mea. În maşină, Marc pomenise de ideea de a pleca pe negândite, dar nu ştia că de când îmi invadase din nou existenţa, aveam impresia că făceam *totul* pe negândite; mergând până-ntr-acolo încât uitam email-urile şi telefonul pe fundul genţii. De altfel, ţineam pumnii pentru ca Bertrand să nu mă fi căutat, altfel a doua zi avea să fie jale. Am respirat adânc.

— Nu te simţi bine? m-a întrebat Marc.

— Ba da, ba da, sunt bine.

— Sigur? Pentru că, îţi jur, de trei minute am impresia că a luat foc ceva acolo, a spus punându-mi un deget pe frunte.

Am râs şi m-am simţit mai bine.

— E din cauza cinei la sora ta?

— Nu, dar pregăteşte-te, o să fie comic.

— Vrea să vadă ca să creadă, aşa-i?

— Se prea poate.

— Contează pe mine că am să-i dau motive. Am să încep cu asta.

M-a sărutat pe gât.

— Şi, după aceea, aş putea să fac şi asta.

M-a luat de mijloc şi m-a tras pe genunchii lui.

— E adevărat, ai putea.

— Doar că la un moment dat va trebui să trecem la chestiuni serioase, pentru ca ea să nu mai aibă nicio îndoială în privinţa lucrurilor pe care le facem împreună.

M-a sărutat pe gură.

— Şi, lovitura de graţie, vom pleca în grabă spunându-i că ne cheamă patul.

M-am lipit de el arcuindu-mă.

— Mda, va fi târziu, foarte târziu, am continuat. Ca acum, de altfel. Poate că ar trebui să repetăm spectacolul nostru.

11

I-am simțit buzele pe gât, am zâmbit când încă dormeam. M-am ghemuit şi mai strâns, apăsându-i brațul cu care îmi înconjura talia. Nu aveam chef să mă trezesc, voiam să rămân acolo, ascunsă, toată ziua.

— Ai dormit bine? mi-a şoptit la ureche.

M-am întors, dorind să-l văd.

— Da. Foarte bine. Dar tu?

— Ca un bebeluş.

M-a aşezat pe spate şi, trecând pe deasupra mea, a aprins veioza de pe noptieră şi şi-a luat ceasul; s-a strâmbat, după care l-a pus la loc pe noptieră. Şi-a lăsat privirea pe sânii mei, eu i-am trecut mâna prin păr.

— Cât e ceasul?

— 07:30.

— Nu, nu-i adevărat... voiam să fiu la serviciu la ora 08:00 şi am uitat să pun ceasul să sune.

— Nu-i nimic, o să fii acolo la ora 09:00, nu-i moarte de om.

— Da, la urma urmei.

Eu am spus asta?

— Pot să vin cu tine la duş? m-a întrebat dând să se ridice.

— Să nu pierdem timpul!

M-a sărutat şi, a fost mai puternic decât mine, m-am agăţat de gâtul lui. S-a ridicat şi, fără să întrerupă sărutul nostru, s-a eliberat şi apoi, dintr-o săritură, a ieşit din pat.

— Vezi, nu eu sunt cel care leneveşte sub plapumă, mi-a spus dispărând în baie.

Am privit tavanul zâmbind. Într-un târziu m-am sculat şi m-am dus lângă el sub apă. A fost foarte complicat să stau cuminte, dar am rămas fermă, nu era timp de zbenguială, treburile aşteptau. După ce s-a uscat, Marc a sărit în aceleaşi haine din urmă cu o zi şi mi-a propus să facă o cafea. Niciodată nu îmi începusem o zi de muncă astfel; mă aflam încă la o mie de leghe de agenţie! Totuşi, când mă îmbrăcam, am simţit cum gândul, încetul cu încetul, mi se mobilizează, ca şi cum uniforma — costumul taior cu pantalon şi pantofii cu toc cui — alcătuia un zid între paranteza weekendului şi responsabilităţile mele profesionale. Am încheiat totul cu machiajul şi coada de cal regulamentare pentru serviciu. Mă pregăteam să ies, când am văzut pe noptieră ceasul lui Marc. M-am aşezat pe pat şi l-am luat în mână; l-am atins cu vârful degetelor, extazindu-mă în faţa fineţii acelor, a moliciunii pielii, a formei brăţării modelate pe încheietura lui. Am oftat adânc ridicându-mă şi am pornit spre bucătărie.

— Poftim, uite ce-ai uitat, i-am spus lui Marc când turna a doua cafea.

S-a întors spre mine şi m-a privit atent, cu un aer indescifrabil.

— Celălalt eu al tău, mi-a spus.

Nu greşea; cu cât treceau minutele, cu atât Yaël cea din weekend adormea, pregătindu-se să hiberneze zile lungi, lăsând locul celeilalte, Yaël de la agenţie. Nu puteam să fac nimic, asta era, chiar dacă rămăsesem în urmă în privința planificării mele interioare, îmi plăcea să intru în această a doua piele. M-am apropiat de el, i-am luat mâna şi i-am pus ceasul fără grabă.

— Mulțumesc, mi-a şoptit dându-mi cafeaua.

Maşina Porsche a oprit în fața agenției; mi-am desfăcut centura.

— De data asta, chiar e sfârşitul weekendului, mi-a spus Marc.

— Da... o să am foarte mult de lucru, dar...

M-a întrerupt cu un sărut.

— Vino diseară la magazin dacă vrei, chiar şi târziu.

— Te țin la curent, i-am şoptit desprinzându-mă de el.

M-am dat jos din maşină şi i-am aruncat o ultimă privire, trântind portiera. Începând de acum, trebuia să mă concentrez asupra muncii, să nu mă mai gândesc la el, nici la clipele pe care le petrecuserăm împreună în ultimele două zile, orice abatere a atenției îmi era interzisă. Cu toate acestea, tot n-am putut să nu mă întorc în momentul când am împins uşa grea a clădirii; i-am trimis un zâmbet lui Marc, oftând, şi el a pornit maşina. Tăcerea din casa scării m-a surprins; de obicei, la ora aceasta era animație, începeau să vină colegii. Când am intrat în agenție, surpriza n-a făcut decât să-mi crească. Era ora 09:05, nicio lumină nu era aprinsă, niciun calculator, niciun zgomot, nimic care să poată să arate prezența măcar a unei persoane. Storurile erau trase şi era un frig groaznic. După ce am apăsat pe întrerupător, am avansat în spațiul deschis frecându-mi brațele. Cine avusese ideea să întrerupă căldura la început de decembrie? Biroul lui Bertrand era scufundat în întuneric. Nu-mi plăcea asta şi mai ales chiar nu înţelegeam ce se petrecea. Nedumerită, mi-am luat telefonul şi am verificat mail-urile, mă uitasem la ele atât de puţin în weekend, încât poate îmi scăpase vreo informaţie. Dar nu, nimic special, fusese linişte.

— Sunt aici, Yaël.

Am tresărit şi m-am întors, cu mâna pe inimă.

— Bertrand, m-ai speriat! Ai o manie să apari pe neaşteptate.

— Vino pe-aici!

Nu avea nici haină, nici cravată, iar mânecile cămăşii îi erau suflecate. Hotărât lucru, ziua începea într-un mod ciudat. Ce se întâmpla? Ce-mi ascundea? Chiar nu-mi plăcea asta. Am întârziat câteva clipe până l-am urmat în sala de şedinţe.

— Stai jos, mi-a cerut după ce am intrat.

L-am ascultat. A închis uşa după mine şi a început să meargă încolo şi-ncoace fără să spună un cuvânt, dus pe gânduri. Părea extenuat. Era rarisim să-l văd astfel.

— Am dat o dimineaţă liberă echipei, m-a anunţat fără să-mi arunce vreo privire.

De când făcea asemenea lucruri? Pe la spatele meu şi la începutul unei săptămâni atât de încărcate? Problema trebuia să fie gravă. S-a oprit în faţa unei ferestre, privind pe stradă, cu mâinile în buzunare.

— Îţi aminteşti? Urma să revin cu subiectul ăsta la momentul oportun, în legătură cu asocierea.

Asocierea... eram atât de ocupată, că o pusesem într-un dulap încuiat bine. Brusc, am avut sentimentul că respir cu greutate, că o minge de plumb cădea peste mine.

— S-au schimbat multe lucruri de când am avut discuţia aceea. Am luat nişte decizii...

Inima a dat să-mi spargă pieptul. După mişcarea umerilor, am înţeles că Bertrand respira adânc. S-a întors şi s-a oprit în faţa mea. Şi-a sprijinit pumnii pe masă şi m-a ţintuit cu privirea. Nu-i cunoşteam o faţă atât de serioasă. Cred chiar că nu îl văzusem niciodată aşa. Era grav.

— S-a terminat cu agenţia. Încep o altă afacere.

Am avut nevoie de câteva secunde pentru ca informaţia să-mi ajungă la creier; nu era posibil! *Nu!* Cum putea să facă aşa ceva? Mie, tuturor celorlalţi. Ne speteam muncind pentru el de luni de zile, de ani de zile. Şi îndrăznea să părăsească nava! Să ne lase baltă. Să se descotorosească de noi după ce ne storsese de tot ce putuse. M-am ridicat dintr-un salt.

— N-ai dreptul! Pui lacătul pe uşă acum când afacerea e mai înfloritoare ca niciodată şi când avem o mulţime de proiecte! Cum...

— S-a terminat pentru mine, nu pentru tine sau pentru ceilalţi.

M-am înecat.

— Dar... dar... ce vrea să însemne asta? O să te înlocuiască cineva?

Era mai mult o afirmaţie decât o întrebare. M-am prăbuşit pe scaun şi am pus coatele pe masă luându-mi capul în mâini. Nu ştiam să lucrez decât cu el, el mă învăţase totul, fusese ghidul meu, profesorul meu. Era piedestalul meu. Eram bună să mă duc să-mi caut de lucru în altă parte. Viitorul meu profesional tocmai se prăbuşise ca un castel din cărţi de joc, eram goală, crezusem că atinsesem fundul prăpastiei când mă trimisese în concediu, dar perioada care se anunţa avea să fie mai rea decât orice.

— Yaël, uită-te la mine!

Am ridicat capul evitându-i totuşi privirea; m-am uitat în dreapta, în stânga, am scrutat tavanul, apoi mocheta şi, în sfârşit, un infim fir de praf care zbura prin aer. A bătut cu pumnul în masă, am tresărit şi i-am înfruntat privirea. Furia lui rece mi-a amintit de cea de la începuturile carierei mele aici.

— O faci intenţionat, nu-i aşa? Maturizează-te un pic! *Tu* mă înlocuieşti!

Respiraţia mi s-a tăiat. El s-a aşezat pe colţul mesei, deodată mai calm, parcă scăpase de o greutate.

— Dar... Bertrand... trebuia să fim asociaţi... Am nevoie de tine.

A schiţat un zâmbet.

— Sunt luni de când te pregătesc şi săptămâni de când îţi testez capacitatea de a conduce singură. Crede-mă, dacă fac asta e pentru că eşti pregătită, nu aş pune în pericol această afacere în care mi-am lăsat până şi cămaşa de pe mine. Faptul că-mi iei locul este meritul tău şi doar o consecinţă logică.

— Dar...

— Preiei aşadar succesiunea de la mine începând din acest minut. În ce mă priveşte, am alte proiecte în minte. Rămân proprietarul spaţiului, îmi vei plăti o chirie cvasi-simbolică. Îţi cedez patruzeci şi nouă la sută din acţiunile mele şi îmi voi încasa o dată pe an dividendele. În afară de asta, tu eşti şefa. E treaba ta să găseşti un echilibru. Echilibru în viaţa mea... Vom anunţa după-amiază toată echipa, ceva îmi spune că unii vor fi fericiţi. Ai dovedit că te înţelegi mult mai bine cu ei decât mine. Te voi susţine o lună sau două, dacă e nevoie.

Ce? Cum? Nu! Nu aşa de repede! Ce mi se-ntâmpla? De ce eram într-o asemenea stare? Paralizată din cauza panicii, cu transpirații reci pe spate, mâinile umede, tâmplele dureroase.

— Bertrand, am nevoie de mai mult timp, l-am implorat cu un firicel de glas.

— Într-o zi sau alta, tot trebuie să sari în bazinul mare.

În momentul în care colegii mei — *angajații mei?* — au venit, la începutul după-amiezii, am fugit şi m-am încuiat în toaletă. M-am rezemat de chiuvetă şi mi-am privit imaginea în oglindă. Dublul meu m-a interpelat: *Rahat! Ce se-ntâmplă-aici, Yaël? E visul vieții tale! Agenția este a ta. Şi acum, când ți-a fost oferită pe tavă, faci pe timida, pe fricoasa şi uiți că eşti cea mai bună. Tu eşti cea care e gata să calce pe toată lumea în picioare ca să obțină puterea, care şi-a pus la bătaie toată viața pentru asta. Nimic nu s-a schimbat. Mă înşel?*

— Revino-ți, am spus sec imaginii mele.

E adevărat, eu sunt asta. Fusesem prevenită, am muncit pe rupte ca să mă aflu astăzi aici. Era timpul să mă arunc în groapa cu lei. Stăteau în jurul mesei, Angélique avusese grijă să lase un loc liber pentru mine, i-am făcut un mic semn de refuz, după ce am întâlnit privirea hotărâtă a lui Bertrand; trebuia să încep de-acum să-mi asum rolul aşezându-mă fără ezitare lângă el, la nivelul lui. Perfect destins, a început:

— În luna septembrie din acest an, vă informam în legătură cu unele schimbări care era posibil să se întâmple aici. Înființez o nouă firmă. Începând de acum, sunteți sub conducerea altcuiva, cu toate schimbările pe care le poate implica acest lucru. După cum bănuiți, este vorba de Yaël.

S-a uitat la mine, s-a dat doi paşi înapoi şi mi-a făcut semn să-i iau locul.

— Bună ziua celor cu care nu m-am întâlnit încă...

Am respirat adânc, închizând ochii câteva secunde. Zeci de amintiri mi-au venit în minte, începând cu cea din ziua în care pusesem piciorul aici şi până la cea când crezusem că voi fi concediată după dispariţia lui Marc, apoi primele victorii la capitolul contracte, concediul forţat. Am revăzut studenta stângace şi leneşă şi am fost conştientă de ceea ce eram astăzi, o femeie de afaceri puternică. Mi-am înălţat cu vioiciune capul. Le-am trasat în linii mari proiectele şi ambiţiile mele în privinţa agenţiei. După aceea, m-am întors înspre Bertrand.

— Ai ceva de adăugat?

A dat din cap că nu. Apoi am privit din nou echipa.

— Întrebări?

Tăcere.

— Ei bine, în cazul ăsta, la treabă!

Toată lumea s-a ridicat, l-au salutat unul după altul pe Bertrand urându-i succes, după aceea fiecare a venit să mă felicite înainte să se întoarcă la treburile sale. După ce sala de şedinţe a fost goală, am răsuflat uşurată şi m-am prăbuşit pe un scaun. Eram epuizată, dar fusese mai degrabă bine.

— Te-ai descurcat perfect.

— Mulţumesc, Bertrand. Eşti sigur că nu vrei să mai rămâi puţin?

— Fotoliul de şef e prea mic pentru doi.

Era aproape ora 21:00, agenţia era goală acum; chiar şi Bertrand plecase. N-aş fi îndrăznit niciodată să-l întreb ce îi motivase decizia, totuşi aveam mare nevoie să aflu.

Stăteam la birou privind totul în jurul meu; aceasta era deja casa mea şi va deveni şi mai mult. Fără să cer nimic, tocmai primisem ceea ce n-aş fi îndrăznit niciodată să visez, viața mea nu putea fi mai bună de-atât. Numai că visurile, consacrarea profesională și perfecțiunea își au prețul lor. Știam că atunci când preiei o afacere, sunt decizii de luat, uneori dificile, trebuie să știi să tai în carne vie. Nu era evident, dar era indispensabil. Știusem asta dintotdeauna. Am pus mâna pe telefon ca să comand un taxi. M-am dus din nou la toaletă și mi-am văzut chipul răvășit. Ziua lăsase urme.

Luminile din fața magazinului de vechituri erau stinse, dar nu și cele din interior. L-am găsit pe Marc lustruind o mobilă. Am împins ușa și am auzit muzica. Uram hazardul; asculta Supertramp. Ultimele acorduri din *Don't leave me now* au răsunat în momentul în care el s-a întors spre mine și un zâmbet i-a luminat trăsăturile. S-a apropiat dându-și jos ochelarii, ca prima oară când am dat peste el, cu șase luni în urmă.

— Pari obosită, mi-a spus tot mai aproape de mine, care rămăsesem în prag.

— O zi grea, într-adevăr.

— Vino în brațele mele...

Zâmbetul i-a dispărut când a văzut în spatele meu taxiul care mă aștepta, cu luminile aprinse, în stradă. S-a încruntat.

— Nu rămâi?

— Nu.

— De ce?

Nedumerit, a rămas la un metru de mine și m-a țintuit cu privirea.

— Yaël, ce se-ntâmplă?

— O să ne oprim aici amândoi. Nu are niciun rost.

S-a dat înapoi, ca şi cum l-aş fi lovit. *Control.*

— Despre ce vorbeşti?

— Ascultă, ne-am simţit bine împreună în ultimul timp, dar nu am... suntem prea diferiţi.

Şi-a îndreptat spatele.

— Îţi baţi joc de mine? s-a năpustit asupra mea răstindu-se.

— Fii lucid, noi doi nu suntem pe aceeaşi lungime de undă. Eu sunt ambiţioasă, tu te mulţumeşti cu ce ai, ceea ce nu pot să-nţeleg cu niciun chip. N-am timp de pierdut, nici loc să mă încurc în amănunte...

— Să te încurci în amănunte! Dar...

— Nu face pe miratul! Ţi-am spus de la început, nu mă interesează relaţiile de cuplu, de îndrăgostiţi, familia, toate astea... puţin îmi pasă, nu ăsta-i visul meu. Dacă ai fi fost aici în ultimii zece ani, ai fi ştiut că la mine, în general, asta nu depăşeşte două, trei nopţi.

A parcurs distanţa care ne separa şi mi-a prins mâinile, eu nu m-am clintit şi l-am sfidat din priviri. *Control.* Nu mi se păruse niciodată aşa de înalt.

— Unde eşti? Yaël? Nu eşti tu ticăloasa asta!

Mâinile lui au urcat până m-au ţinut de gât, cum îi plăcea atât de mult să facă atunci când mă săruta. Mi-a privit cu atenţie faţa, părul, cu privirea din ce în ce mai dură, fălcile strânse, respiraţia întretăiată; mâinile lui mă apăsau din ce în ce mai tare pe ceafă. Am rămas impasibilă. *Control.*

— Înot în plin delir, a spus cu vocea lui gravă, şi mai obosită.

— Când am început, chiar tu mi-ai spus că fiind imediat după divorţ...

Mi-a dat drumul, ca şi cum atingerea mea îl ardea. A făcut câţiva paşi înapoi, a lăsat de-acum o distanţă de netrecut între noi, fără să mă scape din ochi, cu privirea din ce în ce mai întunecată. Se gândea în mare viteză, simţeam asta. Pe măsură ce treceau clipele, furia îi creştea, corpul i se încorda, a strâns pumnii, venele de la tâmple îi zvâcneau. Părea complet ieşit din fire. Nu-l văzusem niciodată scos dintr-ale sale, el întotdeauna atât de calm şi de nepăsător. Făcusem bine că nu lăsasem această decizie pentru mai târziu. *Control.*

— Dacă ai crezut că voiam altceva decât...

— Decât să te culci cu mine? a tunat el. Drăcie! Cum am putut să mă las păcălit astfel? De o ticăloasă de cea mai joasă speţă cu putinţă. Vasăzică, aşa faci, te foloseşti de oameni şi apoi îi arunci? Ai omorât-o pe cea pe care o cunoşteam, ai călcat-o în picioare, ai redus-o la cenuşă. Cine te crezi?

Cu o mişcare a braţului, m-a alungat, cu un aer dezgustat. I-am susţinut privirea. *Control.*

— Te-ai uitat la tine? Ce crezi că schimbi dacă îţi pui tocuri? Nu eşti decât o fetiţă care se entuziasmează crezând că se joacă în curtea celor mari. Îţi permiţi să judeci viaţa altora şi să-i iei de proşti. Când de fapt tu nu valorezi nimic. Nu respecţi nimic, nici măcar pe tine. Eşti gata să te vinzi pentru jobul tău de rahat. Ar fi trebuit să înţeleg din ziua în care te-am văzut plecând de la o întâlnire şi umflându-te în pene cu tipii ăia obsedaţi de bani. Eşti rece, eşti goală pe dinăuntru. Suni a gol. Eşti moartă. Nu e nimic în tine.

Nu folosea la nimic să mai rămân, nu făceam decât să înrăutăţesc situaţia. Şi lucrurile erau de-acum clare. *Control.*

— Sunt aşteptată, te las.

— Mda, asta e, şterge-o! Urcă-te în taxi, întoarce-te la viaţa ta de rahat, a scuipat el, cu vocea plină de amărăciune. Când mă gândesc că din cauza ta am fost gata să mă cert cu Adrien, luându-ţi apărarea, găsindu-ţi scuze! Când tu faci rău peste tot pe unde treci, murdăreşti totul, Yaël...

Şi-a frecat faţa cu mâinile. Am cuprins cu privirea magazinul, înainte să mă uit la el o ultimă dată, apoi m-am răsucit pe călcâie.

— Regret prima oară când ai intrat aici, a spus când eram cu mâna pe clanţă. Trăiam mai bine cu amintirea ta decât să văd ce ai devenit. Nu vreau să mai aud vreodată vorbindu-se de tine, Yaël.

Control. Fără să mă întorc, cu un mers mândru şi profesional, am ajuns la taxi, al cărui contor continua să meargă. Şoferul mi-a deschis portiera, am sărit în maşină, am pus poşeta lângă mine şi am luat telefonul ca să văd dacă n-am primit vreun mail. S-a făcut ceva mai întuneric, luminile din magazin tocmai se stinseseră.

— Tot strada Cambronne, în arondismentul cincisprezece?

— Da, să mergem!

Am închis pleoapele în momentul în care maşina a pornit. *Control.* Gata, se rezolvase. Puteam să trec la altceva. Parcurseserăm deja o bună bucată de drum, cel puţin trei străzi, când *controlul* asupra corpului meu a derapat pe neaşteptate. După ce mi-am aruncat telefonul mobil în poşetă, m-am apropiat de bancheta şoferului agăţându-mă de tetieră.

— Opriţi, vă rog! Imediat!

El a oprit, eu am deschis imediat portiera, am ieşit din maşină şi am făcut câţiva paşi ca să mă duc să vomit, un pic mai departe, într-o rigolă. Mă ţineam de abdomen, scuturată de spasme tot mai violente; preţul de plătit. După câteva minute, o sticlă de apă mi-a apărut sub nas, însoţită de batiste de hârtie. M-am clătit şi m-am şters la gură, apoi mi-am reluat locul pe bancheta din spate a taxiului. Şoferul, temându-se de bună seamă pentru curăţenia banchetelor sale de piele, mi-a dat o pungă de hârtie.

— Mulţumesc, i-am spus cu o voce răguşită. Dar nu voi mai avea nevoie, a trecut... gata...

Când am ajuns acasă, fără să aprind luminile, am stat nemişcată în picioare în faţa uşii, minute lungi. Mâinile au început să-mi tremure violent, ceea ce m-a făcut în sfârşit să reacţionez. Cu gesturi sacadate, mi-am scos paltonul şi l-am pus în cuier. A trebuit să încerc de două ori să-mi torn un pahar de apă minerală de la gheaţă. Am intrat în camera mea, am pus pantofii Louboutin la locul lor în dressing. Înainte să înfrunt cu privirea patul încă nefăcut, am respirat adânc deschizându-mi şi închizându-mi mâinile ca să le fac să nu mai tremure. După aceea, cu meticulozitate, am schimbat cearşafurile, aveam nevoie de unele curate, imaculate, mirosind a spălat. Am tras cu înverşunare de cearşaf ca să-l întind cât mai bine posibil, când inima mi s-a încleştat atât de tare că m-a durut, respiraţia mi s-a tăiat o clipă scurtă, şi mi-am înăbuşit un ţipăt. Am închis ochii ca să-mi revin, bătând cu pumnul în saltea. *Control! Control! Control!* Am aruncat aşternuturile murdare în fundul coşului de rufe. Hainele cu care fusesem îmbrăcată peste zi au ajuns tot acolo. Apa de la duş mi-a îngheţat pielea, am strâns din dinţi frecându-mă energic, chiar şi faţa mea a avut dreptul la un masaj. Apoi, fără să arunc vreo privire imaginii pe care mi-o întorcea oglinda, m-am ocupat de dinţi: periuţă electrică, după aceea aţă dentară. Am îmbrăcat o pijama curată, după care am deschis sertarul de la noptieră, de unde am luat blisterul cu somnifere şi am înghiţit un comprimat, bând toată apa din pahar.

Am putut în sfârşit să mă lungesc în pat, cu telefonul în mână. *Control.* Aveam o treabă de făcut; am şters un număr de telefon, unul singur. După ce am pus ceasul să sune şi am stins lumina, am rămas nemişcată, cu plapuma ridicată până la gât, cu privirea fixă în tavan.

Alungă naturalul şi el se va întoarce în galop. Acesta a fost primul meu gând când am deschis ochii, la 06:28. Eram deja conectată la serviciu. Două minute mai târziu, a sunat ceasul, m-am sculat, am făcut patul şi mi-am luat ţinuta sport. La ora 07:00, am trecut pragul piscinei, spre marea surpriză a agentului de serviciu.

— Domnişoară Yaël, mă bucur să vă văd! A trecut mult timp!

— Am avut un dosar vechi de rezolvat. Dar nu vă faceţi griji, e de domeniul trecutului.

— Sunteţi sigură că e totul bine?

— Hm... bine... foarte bine, i-am răspuns oftând.

La 08:57 m-am aşezat la birou, gata să-mi încep ziua. Zece minute mai târziu, Angélique s-a apropiat:

— Îmi închipui că acum n-o să mai vii să bei cafea cu restul echipei?

— Ba da, bineînţeles, i-am răspuns ridicându-mă.

Am urmat-o şi am fost întâmpinată de zâmbete largi, mi s-a dat o cafea şi m-am rezemat cu coatele de insuliţa centrală din *kitchen*.

— Salut, şefa! a exclamat Benjamin, dezlănţuit. Ce cool! Cred că ai făcut o petrecere de pomină aseară! Ai o figură! Mahmureală?

Dacă ai şti...

— Putem să spunem şi aşa...

— Acum, serios vorbind, ai în vedere schimbări mari, după plecarea lui Bertrand?

Tot cu ochii în gol, mi-am repetat noua mantră: *Control.* I-am adresat o privire hotărâtă.

— Într-adevăr, vor fi schimbări. O să vă spun în întâlniri individuale.

— Veşti bune?

— Aşa cred.

M-am ridicat.

— Vă las.

În momentul în care am ajuns în spaţiul deschis, m-am întors.

— Angélique, plec la câteva întâlniri.

— Prea bine, îţi preiau mesajele.

— Ba nu, vii cu mine.

Până la sfârşitul săptămânii, m-am epuizat muncind. M-am dus la toate întâlnirile programate în săptămânile trecute, aproape întotdeauna însoţită de Angélique — va fi printre primii care vor fi avansaţi. Am început interviurile. Rămânând atentă la ideile lor şi la dorinţa de a evolua în carieră, le făceam cunoscute hotărârile deja luate. Nu pierdeam timpul. Prin toate mijloacele, trebuia să deţin controlul, astfel că imediat ce primeam un apel care nu avea legătură cu munca sau funcţia mea, îl trimiteam automat către mesagerie. Făceam în aşa fel încât să mă întorc din ce în ce mai târziu acasă. Când în sfârşit mă prăbuşeam pe pat, înghiţeam bomboana mea preferată, somniferul.

Vineri dimineaţă, Angélique s-a prezentat la mine în birou.

— Yaël, cred că ai o problemă cu telefonul.

— Ba nu. De ce?

— Îmi pare rău că te contrazic, dar se pare că nimeni nu mai poate să-ți lase mesaje, căsuța vocală e plină până la refuz.

— Bine... o să văd. Mulțumesc!

Am luat telefonul şi am verificat mesageria. În clipa în care am auzit vocea surorii mele, mi-am regretat gestul. Îmi lăsase un prim mesaj marți dimineața: „Surioară, rămâne valabil pentru mâine? Sunt aşa de emoționată la ideea că o să fii aici cu Marc! Nu-ți face griji, n-am asmuțit cavaleria. Sună-mă, pupici." Am închis ochii. Al doilea mesaj, miercuri dimineață: „Yaël, sunt îngrijorată, veniți diseară? Cédric o să-l sune pe Marc." Mi-am dus mâna la gură. Al treilea mesaj, miercuri seară: „Tocmai am vorbit cu Marc la telefon! Ce-i cu povestea asta? Sună-mă imediat!" Joi la prânz: „Ce tâmpenii sunt astea? Nu pricep nimic! Te-ai țicnit de-a binelea? Ce te-a apucat? Sună-mă! E un ordin!" Tot joi, de data asta seara, dar am avut surpriza să aud vocea cumnatului meu: „Yaël, nu sunt genul care să se amestece în treburile altora, dar vin de la Marc... împreună cu Adrien, l-am silit să vorbească... a fost complicat, dar până la urmă ne-a spus. Nu te recunosc. De ce te-ai jucat cu el? Cum ai putut să-i faci asta?" Pe celelalte le-am şters fără ca măcar să le ascult.

Am auzit în depărtare vocea lui Angélique:

— A sosit persoana cu care trebuia să te întâlneşti. Vrei să-i spun să aştepte?

Am ridicat ochii spre ea, contururile i se vedeau vag.

— Plângi?

O lacrimă a curs.

— Nu, i-am răspuns trecându-mi mâna peste obraz.

Alice a încercat să mă sune la intervale regulate tot restul zilei şi eu o trimiteam de fiecare dată la căsuța vocală.

După aceea a venit rândul lui Adrien şi n-a fost nevoie să-l ascult ca să ştiu că, probabil, mă făcea în toate felurile, iar Jeanne i s-a alăturat. Cât timp voi putea să-i ignor şi să evit să-i înfrunt? De ce eram sigură era că nu voiam să-i aud, să le ascult reproşurile, atacurile. Aveam de furcă destul cu conştiinţa mea. Sora mea, pe care poate de asemenea eram pe punctul s-o pierd, va trebui să se mulţumească cu un SMS: „Alice, nu vei înţelege, am făcut o alegere pe care mi-o asum, nu puteam să fac altfel. Sper că măcar tu mă vei ierta. Lasă-mi timp! Te sărut." Am apăsat pe tasta de trimitere înainte să cedez şi să cer veşti despre Marc. Cum putusem să las lucrurile să ajungă atât de departe între noi? Ştiam de la început că nu voi putea să-i acord locul pe care îl merita în viaţa mea, că nu eram aceea care îl va face fericit. Dacă acele *wonderwomen* care au totul existau, eu nu mă număram printre ele. Concluzia era dureroasă: lăsându-mă dusă de val, îi deschisesem calea către inima mea, îl iubeam prin toţi porii, îl iubeam pur şi simplu. Îl aşteptasem atât de mult timp, însă nu mai eram disponibilă, deşi îl voiam mai mult decât orice. Când mă gândeam la el, mă durea totul: mi se punea un nod în gât, nu mai reuşeam să vorbesc, deşi era tocmai fundamentul meseriei mele, muşchii îmi paralizau şi îmi venea să dau totul dracului. Durerea putea să mă cuprindă oricând, corpul, inima, capul mă dureau îngrozitor. Îmi petreceam timpul ascunzându-mi mâinile care îmi tremurau aproape în permanenţă. Îmi reveniseră greţurile şi ghemul în stomac, iarăşi nu mai mâncam nimic. Eram ca o drogată în sevraj. Cum închideam ochii, îmi apărea chipul lui din seara rupturii noastre, îi revedeam privirea încărcată de ură şi de dezgust, îi auzeam vorbele mânioase. Eram devastată pe dinăuntru. Nu era nevoie să o lungesc.

Alice mi-a răspuns pe loc: „Nu te mai recunosc. Mi-am pierdut surioara. Nu reuşesc să înţeleg..."

Venea Crăcinul, la fel şi părinţii mei, durerea se închista. Îmi petreceam zilele şi o parte din seri la agenţie. Nopţile le petreceam încă acasă, nu mai aveam nevoie de somnifere, sfârşind prin a mă prăbuşi din cauza lacrimilor, dar ele nu-mi aduceau niciun fel de odihnă, într-atât eram de chinuită de coşmaruri, de migrene, de răul la stomac. Nu schimbam cu Alice decât SMS-uri banale despre organizarea sărbătorilor: cine ce va face? Unde? Cadourile? Meniul? Reuşeam să fac faţă la agenţie, sau în orice caz aşa speram. Eram adesea absentă în toiul şedinţei. Şi când reveneam cu picioarele pe pământ, nu mai ştiam unde sunt. Fără să fi vorbit vreodată cu ea despre asta, Angélique, care nu mă scăpa din ochi, rezolva întotdeauna situaţia din mers. Îl solicitam din ce în ce mai puţin pe Bertrand, pentru singurul şi bunul motiv că fugeam de el pentru că nu voiam să-şi dea seama în ce stare proastă eram. Mă agăţam de agenţie, o voisem, o aveam, făcusem totul pentru asta.

Eram în 23 decembrie, părinţii mei tocmai aterizaseră la Orly şi eu nu eram acolo ca să-i întâmpin. În mod obişnuit, era singura abatere de la programul de lucru, mă întâlneam întotdeauna cu Alice şi mergeam împreună. Anul acesta, fugisem de sora mea, amânând la maximum confruntarea, dându-i motive să fiu blamată, folosindu-mă de scuza de aur a serviciului; dădusem trei zile de concediu echipei. Erau toţi pe picior de plecare, cu atât mai bine dispuşi cu cât tocmai primiseră prima de sfârşit de an. Abia se închisese uşa în urma lor, că zâmbetul de faţadă mi s-a şters, m-am răsucit pe călcâie, gata să-mi reiau locul în fața ecranului, când am întâlnit privirea lui Bertrand.

— Yaël, în biroul meu!

Am oftat. *E încă aici...* La prima vedere, era hotărât să-şi exercite puterea până în ultimul minut. Târându-mi picioarele, m-am dus şi am luat loc în fața lui.

— E bine să ai grijă de echipă. Dar dacă vrei să-ți meargă bine pe termen lung, va trebui să ai grijă şi de tine.

M-am încordat.

— Nu înțeleg ce vrei să spui! Nu-ți face griji în privința mea, i-am răspuns respingându-i remarca, cu un gest al mâinii.

— O, în ce priveşte jobul, nu e nimic de zis! Nu sunt îngrijorat pentru viitorul agenției decât dacă tu continui să rătăceşti ca un suflet pierdut şi rezultatele te obsedează într-un mod patologic. Ai grijă! Înainte, colegilor tăi le era frică sau refuzau să lucreze alături de tine. Astăzi, vin la mine ca să ştie ce să facă să te ajute. Credeai că nu ți-a remarcat nimeni ochii roşii dimineața când vii? Sau când pleci în grabă să te încui în toaletă?

Am fost descoperită. Eram epuizată. Voiam să fiu în altă parte. Oriunde, numai aici nu.

— Nu-i nimic, o să-mi treacă.

Mi-am întors fața, refuzând să-i susțin privirea, simțindu-mi lacrimile foarte aproape.

— Nu m-am amestecat niciodată în viața personală a nimănui de-aici, dar s-a întâmplat ceva în viața ta care ți-a făcut bine, te-a făcut mai bună şi, dintr-odată, ți-ai pierdut strălucirea. Imediat după ce te-am anunțat de plecarea mea.

— Refuz să vorbesc despre asta, i-am răspuns, gata să mă ridic.

— Prie... prietenului tău... cel pe care l-am văzut în treacăt... i-a picat prost promovarea ta?

M-am prăbuşit din nou pe scaun, cu spatele îndoit.

— Nu... nu-i asta... nici măcar nu ştie, de fapt nimeni nu ştie, i-am răspuns fără măcar să-mi dau seama.

— Nu înţeleg.

— Am preferat să-l părăsesc...

Mi-a scăpat fără voie. Cădeam atât de jos, că tocmai mă confesasem lui Bertrand.

— De ce-ai făcut asta?

— Pentru că nu m-aş fi descurcat! i-am răspuns ridicând tonul, incapabilă să mă stăpânesc.

— Cine ţi-a zis aşa ceva?

— Tu!

— Eu? Asta chiar că-i bună! Când ţi-am spus eu să alegi între carieră şi viaţa personală?

Am sărit de pe scaun, scoasă din pepeni. Ce tot spunea?

— Tot timpul! Rămâi concentrată, Yaël! l-am imitat agitându-mă ca o nebună în faţa biroului lui. Nimeni şi nimic nu trebuie să intervină în cariera ta! De câte ori mi-ai spus asta?

— Asta nu înseamnă că trebuie să fii singură.

M-am oprit fulgerându-l cu privirea. *Drăguţ, n-am ce zice! E bun să dea sfaturi, când singura lui obsesie e jobul!*

— Ba da! Tu eşti singur! Asta trebuie să însemne că e obligatoriu pentru a reuşi.

— Nu sunt neapărat un exemplu de urmat şi...

— Nu-ţi bate joc de mine, Bertrand! Nu ţi-ai părăsit soţia pentru carieră?

— De unde ai scos asta? s-a enervat el. Şi nu, am părăsit-o pentru că nu mai mergeam în aceeaşi direcţie, nu e acelaşi lucru.

— Este ca şi cum...

— Te înşeli!

M-am postat în faţa lui, cu mâinile în şolduri; îmi venea să-l omor. Mă privea fix.

— Ajunge, Bertrand! Să terminăm cu joaca. Mi-am clădit viaţa pe felul tău de a acţiona. Recunoaşte, i-am cerut, cu vocea vibrându-mi de furie.

A oftat adânc.

— Când îţi spuneam că nimeni nu trebuie să se amestece în cariera ta, voiam pur şi simplu să spun că nu trebuie să renunţi la ambiţiile tale din cauza persoanei cu care trăieşti. Când faci aşa, într-o zi sau alta o dai în bară şi sfârşeşti prin a-l face pe celălalt responsabil de eşec. Nu trebuie să se pună problema unei alegeri.

— Şi copiii tu? am insistat.

Trebuia să găsesc un motiv, unul singur măcar, care să justifice ce făcusem. Era imposibil să mă fi înşelat în asemenea hal! Ar fi fost insuportabil!

— Copiii mei sunt mari acum, au viaţa lor. Cariera nu m-a împiedicat să mă ocup de ei şi să-i văd crescând, de departe, e adevărat. Dar la fel ca mai mult de jumătate dintre taţii divorţaţi. Nu spun că este cea mai bună soluţie, ne descurcăm cum putem, dar nu i-aş fi părăsit niciodată pentru jobul meu. Drept cine mă iei? Nu ştii nimic despre viaţa mea!

Ne sfidam din priviri. Mă ţineam tare încă. Totuşi îmi simţeam siguranţa clătinându-se puţin câte puţin.

— Nu mă face responsabil pentru eşecurile tale, Yaël. Eşti adult. Ai ales calea scurtă şi ai interpretat totul în felul tău, ca să-ţi găseşti scuze. Şi apoi cine ţi-a spus că nu am pe nimeni în viaţa mea? Totul nu este decât o chestiune de încredere şi respect.

M-am prăbuşit pe scaun, reperele mele profesionale se năruiau ca un castel din cărţi de joc. Aşadar, mă sacrificasem degeaba? Eram pustiită, eram singură pentru nimic.

— Aşa că acum ai să m-asculţi. Când ţi-am propus asocierea, aveam îndoieli. Şi s-a întâmplat într-adevăr ceea ce mă temeam, ai devenit nebună, ai luat-o razna de tot. Nu poţi să susţii un asemenea ritm când eşti singur, nimeni nu poate. Eu reuşesc pentru că am bula mea de oxigen care mă aşteaptă şi mă susţine, fără să uite de ea însăşi, are şi ea o carireră strălucită şi e alegerea ei, pe care i-o respect. Ambiţia nu trebuie să fie sinonimă cu singurătatea. Am să fiu cinstit cu tine, cât ai fost în concediu, m-am gândit şi la alte opţiuni decât parteneriatul nostru. Am vrut totuşi să-ţi dau o ultimă şansă. Am crezut mereu în tine, Yaël. Credeam că ai forţă, aşteptam să vină declicul. Şi miracolul s-a produs, erai pe calea echilibrului. Asta n-a făcut decât ca lucrurile să meargă din ce în ce mai bine şi m-am gândit că eşti pregătită. Ţi-am făcut vreun reproş, vreo aluzie măcar în privinţa muncii tale de când am înţeles că există un bărbat în viaţa ta?

— Nu, am mărturisit în pragul lacrimilor.

— Şi tu ai stricat totul acţionând fără să gândeşti.

— L-aş fi făcut să sufere...

— Nu are tocmai aerul unui copil nefericit. Nici măcar nu i-ai cerut părerea. Aş zice că ăsta-i cel mai rău lucru, că nu i-ai dat de ales. Dacă tu nu trebuia să alegi între el şi job, el avea dreptul să aleagă dacă acceptă să te susţină sau nu.

Nu credeam că era posibil să mă simt şi mai rău decât în acele ultime zile şi totuşi Bertrand îmi dăduse lovitura de graţie. Trecusem pe lângă viaţa mea, îngrozită de ideea de a rata totul. Astăzi nimic nu mai era recuperabil. Era prea târziu.

— Te previn, Yaël, este prima şi ultima oară când avem această discuţie, a reluat el fără să-mi lase timp să reflectez. Acum nu e datoria mea să-ţi spun ce să faci. Dar revino-ţi, într-un fel sau altul.

S-a ridicat şi şi-a luat haina.

— Crăciun fericit!

Când a trecut pe lângă mine, mi-a pus mâna pe umăr şi mi l-a strâns. După aceea a părăsit încăperea. Am rămas neclintită pe scaun, ascultând cum se pierde zgomotul paşilor lui, apoi uşa agenţiei deschizându-se şi închizându-se. Preţ de lungi minute de catatonie, am retrăit despărţirea de Marc — ororile pe care putusem să i le spun ca să justific ruptura noastră şi cuvintele atât de dure, atât de adevărate, atât de îndreptăţite pe care le spusese la adresa mea — mi-am amintit vorbele lui Bertrand, vizualizându-mi viitorul singuratic. Apoi, m-am ridicat dintr-un salt. M-am dus în birou şi mi-am luat lucrurile. Am trântit uşa agenţiei, am coborât în fugă scările. Am chemat un taxi şi i-am dat şoferului adresa magazinului de vechituri. Când am ajuns şi am găsit perdeaua trasă şi luminile din apartament stinse, în mine s-a ridicat un val de angoasă care a reînviat vechi amintiri dureroase; i-am cerut şoferului să mă ducă la *Louis*, localul unde mergea Marc. Şi acolo, uşa închisă. Ghemuită pe bancheta din spate, am luat telefonul, gata să-l sun. Şi mi-am adus aminte că, într-un elan de nebunie, îi ştersesem numărul din agendă. Dependenţa mea totală de iPhone mă costa scump, căci creierul meu nu mai memora niciun număr.

— Unde mergem? a vrut să ştie şoferul.

Îmi mai rămânea un loc în care să mă duc: la bunicul lui. Am scotocit în străfundurile memoriei ca să-i găsesc adresa. Taxiul a traversat din nou Parisul; în urmă cu zece ani, luasem metroul ca să ajung acolo, dar starea mea de spirit era semnificativ aceeaşi, tremuram ca o frunză, cu ochii plini de lacrimi. Astăzi culpabilitatea mă devora şi sentimentul de confuzie îmi făcea greaţă. Când am ajuns în faţa imobilului, m-am simţit ca o proastă; neştiind codul, cum o să fac ca să intru?

— Şi acum ce facem? m-a întrebat şoferul taxiului văzând că nu mă mişc de la locul meu.

— Aşteptăm.

Voi găsi eu pe cineva care să-mi deschidă.

— Mai am şi alte treburi!

— Încasările dumneavoastră nu vor avea de suferit! Să nu vă mişcaţi de-aici! i-am cerut ieşind în grabă din maşină.

Cineva se apropia de uşă, am profitat de ocazie şi am reuşit să intru. Cu picioarele goale, am luat-o la fugă pe scări până la etajul al treilea. M-a frapat amintirea locurilor, intactă în memoria mea. Am sunat la uşă, apoi am bătut.

— Abuelo! Abuelo! am zbierat. Deschideţi-mi, sunt Yaël!

După câteva minute, am auzit zăngănitul broaştei. Şi uşa s-a deschis, ivindu-se bătrânul. Hohotele de plâns mă făceau să sughit. Şi-a deschis braţele, m-am refugiat în ele şi m-am agăţat de vesta lui de lână care mirosea a naftalină. Mâinile lui de bunic m-au mângâiat delicat pe păr.

— Intră, mica mea Yaël, mi-a spus blând.

La fel de drăgăstos, m-a luat de umăr şi m-a dus pe culoarul lung. După aceea, m-a ajutat să mă aşez pe un scaun la masa din sufragerie.

— Eşti numai piele şi os şi eşti îngheţată, a spus îndreptându-se spre bucătărie.

Atunci am ridicat capul şi ochii mi-au căzut pe bufet, pe fotografii cu Marc, băieţel, adolescent, la douăzeci de ani în Piaţa de vechituri. Am văzut şi o fotografie veche alb-negru, îngălbenită de ani, a lui Abuelo şi a soţiei lui, iubirea vieţii lui, după cum îmi spusese Marc.

— Era minunată, mi-a spus Abuelo întorcându-se lângă mine. Un înger...

Observându-l cum o privea, am fost frapată de iubirea care i se citea pe chip.

— Înainte să mă întrebi: nu-ţi face griji, n-a dispărut, n-a plecat. Face doar ce poate. Acum, mănâncă! mi-a spus.

A pus un bol cu supă în faţa mea şi o lingură mare de argint. Supa era făcută în casă. Aroma legumelor mi-a amintit de copilărie. Mi-a dat o batistă dintr-o ţesătură în carouri. Mi-am şters nasul şi obrajii. Apoi am băgat lingura în bol. Abuelo s-a aşezat alături de mine şi m-a privit cum înghit supa până la ultima picătură. Fără să atenueze durerea, fiecare înghiţitură m-a încălzit. Când am terminat, s-a ridicat luând bolul şi s-a întors câteva minute mai târziu cu o banană tăiată rondele într-un castron. Asta o să-ţi facă bine. Şi a luat-o de la început. M-a privit mâncând fructul. Nu a mai deschis gura decât atunci când nu a mai rămas nicio felie.

— Mica mea Yaël, nu ţi-am uitat niciodată chipul când te-am anunţat că nu se va mai întoarce, acum zece ani. M-ai bântuit. Aş fi vrut să nu mai văd aşa ceva niciodată. Mi-a pus mâna pe braţ şi a adăugat: iartă-mă că ţi-am făcut asta. Nepotul meu n-a ştiut niciodată cât sufereai tu atunci. Trebuia să meargă înainte... Îmi pare rău...

— Nu aveţi de ce. Să lăsăm trecutul acolo unde este, e mai bine aşa.

— Se spune că poveştile cele mai frumoase sunt şi cele mai dificile. Aş fi preferat totuşi ca voi doi să fiţi scutiţi.

— Totul e din vina mea, Abuelo.

— Toţi avem dreptul să greşim.

Am stat minute lungi fără să spunem nimic, cu mâna lui încă pe braţul meu, cu mâna mea peste a lui, cu lacrimile curgându-mi pe obraji.

— Acum ai să te duci acasă la tine, să te odihneşti şi să vă acordaţi timp.

— Mulţumesc că m-aţi primit.

— Uşa mea îţi va fi mereu larg deschisă.

Mi-am îmbrăcat din nou paltonul şi mi-am luat poşeta, pusă pe jos. După aceea mi-am permis să-l ajut pe Abuelo să se ridice de pe scaun. Braţ la braţ, m-a însoţit până la uşă. Când am ajuns pe palier, m-am uitat la el, cu teama că n-am să-l mai revăd niciodată. Mi-a adresat zâmbetul lui amabil.

— Pe curând, mica mea Yaël. Ai grijă pe drumul spre casă.

— Da...

Mi s-a pus un nod în gât, apoi el a închis uşa şi l-am auzit încuind de mai multe ori. Am coborât scara mochetată, tot în picioarele goale, şi m-am încălţat în faţa uşii imobilului. Spre marea mea surpriză, taxiul nu se mişcase din loc. Mi-am ocupat locul în spate.

— Vă rog să mă scuzaţi.

— Nu mă interesează scuzele. Dar dacă nu plătiţi, mergem direct la poliţie.

— Vă veţi primi banii.

— Unde mergem acum?

Nu i-am dat adresa mea, ci pe cea a surorii mele; aveam nevoie de ea, de Cédric, de copii şi de părinţii mei. Şi trebuia să mă scuz. Pentru tot. Pentru răul pe care îl făcusem timp de zece ani.

Alice mi-a deschis uşa, ne-am privit lung. Şi după aceea, vederea mi s-a tulburat, ea mi-a întins braţele şi eu m-am aruncat în ele.

— Iartă-mă, Alice! Nu ştiu ce m-a apucat.

Ea m-a legănat, mângâindu-mă pe păr.

— Eşti aici, totul e bine. Intră.

M-a tras înăuntru şi mi-a luat faţa în mâini.

— Am făcut cea mai mare tâmpenie din viaţa mea.

— Ba nu... o să se rezolve. Şi trebuie să te linişteşti mai întâi...

— Dar dacă nu mai vrea să audă de mine...

— Tatăl tău o să-i dea o bătaie la fund!

Tata! Alice mi-a dat drumul şi m-am aruncat în braţele întinse ale părinţilor mei. Eram o fetiţă care avea nevoie să fie consolată şi certată de mămica şi tăticul.

— Scumpa mea Yaël, mi-a şoptit mama la ureche. Totul o să se rezolve, ai să vezi.

— I don't know, mum, I don't know...

— What's happening?

Am oftat şi m-am desprins din îmbrăţişarea lor. Apoi am întâlnit privirea lui Cédric.

— Îmi pare rău, i-am spus şi lui.

— Eşti de groază. Hai, vino-ncoace!

Cumnatul meu m-a luat pe după umeri şi m-a dus în camera de zi, decorată ca de Crăciun. Alice se molipsise de la mama, ai fi zis că eram în salonul bunicilor noştri materni, cu ghirlande, lumânări şi lampioane din belşug. Mama a dispărut în bucătărie de unde s-a întors după câteva secunde cu o cană de ceai şi o farfurie cu fursecuri; reuşise deja să coacă un rând, deşi nu sosise decât de câteva ore! Din punctul ei de vedere, chiar şi când era trecut de ora 21:00, acesta rămânea remediul miraculos pentru toate necazurile. Stând lângă mine pe canapea, mi-a uns fursecurile cu unt şi marmeladă de casă, de parcă încă aş fi avut cinci ani. Probabil că înfăţişarea mea speria în seara asta, de voia să mă hrănească toată lumea. Alice a venit şi s-a aşezat de partea cealaltă a mesei, tata şi Cédric s-au instalat pe fotoliile din faţă.

— Conduc agenţia de la începutul lunii, patronul mi-a cedat o parte din acţiunile lui, i-am anunţat fără să mai aştept.

Nu mai puteam să ascund asta.

— E minunat! a exclamat tata. Munca îţi este răsplătită, bărbatul ăsta nu este un nerecunoscător. Trebuie să fii nebună de bucurie!

— Mulţumesc.

Sărmane tată, dacă ai şti ce grozăvii am făcut ca să obţin acest post! Munca, pe care de altfel o ador, mă duce la pierzanie.

— Ei bine, avem ce sărbători anul ăsta de Crăciun! a continuat mama. Bebeluşul şi promovarea ta! Sunt mândră de fetele mele.

Nu, mamă, nu spune asta! Nu compara acest copil, rod al iubirii, cu tâmpeniile mele, cu singurătatea mea şi cu pierderea lui Marc.

— Mulţumesc, mamă, dar să ne ocupăm mai degrabă de bebeluş şi de Alice... V-am abandonat din cauza muncii, a agenţiei. În toţi aceşti ani, am tras o linie peste ce era esenţial. Mi-am greşit priorităţile. V-am neglijat... eu... Iertaţi-mă pentru tot ce v-am făcut să înduraţi...

— Ne suni mai mult decât înainte, m-a întrerupt ea. Nu ţi-ai dat seama? Suntem deja mulţumiţi. Marius şi Léa ne-au vorbit întruna despre tine şi despre ce ai făcut cu ei în vara asta...

— E-adevărat! a confirmat tata. De când ai fost în concediu cu sora ta, credem că te descurci mai bine, chiar foarte bine cu responsabilităţile tale şi cu restul...

— De astă-vară încoace, nu mai eşti un sloi de gheaţă, mi-a spus Cédric. De aceea n-am înţeles nimic din purtarea ta nebună...

Începând din vară, după vacanța în Lourmarin, după Marc, aş fi vrut să adaug. Mă făcuse mai bună, îmi redase accesul la propria umanitate, mă făcuse să mă gândesc şi la altceva în afară de serviciu şi, cu toate acestea, nu mai fusesem niciodată atât de fericită să muncesc, ca şi cum faptul că viața mea nu se mai învârtea în jurul agenției îmi permisese să văd lucrurile altfel, să mă implic în mod corect şi nu patologic, pentru a compensa o lipsă. În acest punct al reflecțiilor mele, o amintire veche de mai multe luni mi-a revenit în minte. Gabriel, acel client care îmi făcea viața amară, îmi spusese să aduc puțină pasiune în existența mea, prezicându-mi că asta m-ar face şi mai bună. La vremea aceea, nu înțelesesem nimic. Şi cu toate acestea, astăzi trebuia să recunosc că ticălosul, care poate că nu era chiar atât de ticălos, avea dreptate. Totul se întâmpla aşa. Crezusem întotdeauna că în viața lui Bertrand nu exista decât munca, dar nu, avea o femeie care îl aştepta, îl susținea, îi accepta ambiția. În puținul timp pe care îl petrecuserăm împreună, Marc nu-mi făcuse niciodată vreun reproş. Niciodată nu-mi spusese că munca mea ne împiedica să ne vedem. Şi, cu toate acestea, Dumnezeu ştie că trebuie să fi suferit! Toată lumea crezuse mereu că patronul meu mă robotizase, când de fapt mă robotizasem singură, ca o proastă.

— E din cauza asta? m-a întrebat Alice luându-mi mâna într-a ei.

M-am uitat la ea, îmi zâmbea.

— M-am panicat, credeam că n-am să fac față, ştiu cum pot să fiu când e vorba de muncă, aşa că... am preferat...

— Păstrează explicațiile pentru el. Noi vom fi întotdeauna aici. Bine?

— Nu-l merit...

— Ba da...

— Pot să dorm aici?

— Dacă îţi convine canapeaua şi să fii trezită de copii, chiar mi-aş dori să rămâi!

— Şi eu.

— Lucrezi mâine? m-a întrebat Cédric.

— Hm... nu... e Crăciunul totuşi.

Şi-a reţinut un râs ironic. Îl meritam.

— Nu cumva eşti în plină transformare?

— Sper... Mă întorc la birou pe 26, nu mai înainte. Promit!

— În cazul ăsta, rămâi aici până la micul dejun de pe 26!

— Mulţumesc, dar va trebui să trec pe-acasă mâine.

12

Am împrumutat rablagitul Clio al lui Alice ca să mă duc la mine acasă să-mi iau câteva lucruri şi mai ales muntele de cadouri pe care să le pun în noaptea următoare sub brad. Nu voiam să mai întârzii în apartamentul meu, care mi se părea acum la fel de primitor ca o sală de operaţii. Nu voiam decât un lucru: să regăsesc căldura casei surorii mele. Am aruncat la repezeală câteva haine într-o geantă şi m-am îmbrăcat mai comod decât pentru serviciu. În mai puţin de o jumătate de oră, treaba era rezolvată şi geanta plină. Dar n-am luat-o spre periferie; trebuia să-mi încerc şansa de a-i explica, de a-mi recunoaşte greşelile, chiar dacă asta nu schimba cu nimic situaţia, simţeam asta, dar îi eram datoare cu o explicaţie şi aveam nevoie de asta. Trecând cu maşina prin faţa magazinului, am zărit o lumină, era acolo, am parcat cum s-a nimerit, am trântit portiera şi am alergat până la butic. M-am oprit două secunde ca să-mi liniştesc respiraţia, după aceea am împins uşa. Tăcerea m-a rănit. El asculta mereu muzică în magazin, indiferent dacă erau clienţi sau nu. Acum, niciun acord, niciun cuvânt, niciun zgomot.

— Îmi pare rău, dar e închis, l-am auzit spunând din fundul magazinului.

Vocea îi era mai serioasă decât de obicei, mai gravă chiar. Fără să pătrund mai adânc în magazin, am aşteptat frământându-mi mâinile şi am observat geanta de voiaj pusă nu departe de mine. *O, nu, orice, numai asta nu!* Am simţit o lovitură de pumn în stomac, pleca...

— Va trebui să reveniţi după sărbători, a continuat. Plec în...

Gata, se apropiase. Ca de obicei, şi-a dat jos ochelarii, s-a frecat la ochi şi s-a ciupit de nas. Îmi plăcea atât de mult când făcea asta...

— Ce cauţi aici? m-a întrebat sec. Ai nevoie de o distracţie de Crăciun? Îmi pare rău, nu sunt disponibil.

— Voiam să-ţi vorbesc.

— Iar eu nu mai vreau să aud vorbindu-se de tine! Eşti şi surdă, nu numai o uşuratică?

Mă durea.

— Te rog, Marc, am bâiguit. După aceea... promit să dispar.

— Ştiu deja ce vrei să-mi spui, sora ta, pe care probabil ai manipulat-o în stil mare, m-a sunat ca să-ţi pledeze cauza.

Că Alice îmi lua apărarea după tot ce făcusem mă tulbura, îmi arăta în ce măsură era mai bună decât mine.

— N-ar fi trebuit să facă asta.

— De ce? Ca să-ţi permită să-mi spui tâmpenii? Sau chiar te gândeai să-mi spui că îţi eşti propriul şef? Când avuseseşi de gând să-mi spui? Înainte sau după ce m-ai tratat ca pe un rahat?!

Fiecare privire pe care mi-o adresa era dură, rece, plină de ură şi asta îmi făcea din ce în ce mai rău.

— Am luat-o razna complet, îmi pare rău. Iartă-mă... Nu credeam un cuvânt din tot ce ţi-am spus...

S-a încordat, umerii i s-au lăsat şi s-a uitat în tavan oftând. Apoi m-a scrutat din nou cu privirea.

— Atunci, de ce ai făcut asta? De ce ne-ai făcut asta? a insistat ridicând tonul.

— Pentru că mi-era frică!

— Frică de ce?

— Că n-am să reuşesc, că o să te fac să suferi...

— Aş fi putut să te ajut, să te susţin, n-ar fi fost întotdeauna uşor, dar am fi putut să încercăm...

S-a îndepărtat un pic mai mult, mi-a întors spatele şi a oftat adânc.

— Ai ales în locul meu şi ai ales serviciul, Yaël. Crezi că pot să îţi iert asta?

În mai puţin de 24 de ore, de două ori aceeaşi remarcă.

— Ştiu, Bertrand mi-a spus acelaşi lucru.

— Cum!? I-ai vorbit patronului tău despre noi? a ţipat întorcându-se din nou cu faţa la mine.

Am lăsat capul în jos. Hotărât lucru, făceam totul anapoda.

— Tu-ţi dai seama ce spui uneori?

— Nu, nu-mi dau seama, spun o mulţime de prostii, pentru că, pentru că...

— De ce? s-a enervat el.

— Pentru că sunt îngrozită de ideea de a te pierde încă o dată! am urlat la el.

Nu reuşisem să mă stăpânesc. A dat înapoi şi a părut exasperat.

— La dracu', Yaël! Credeam că am trecut peste asta de mult. Mai ai şi alte şmecherii să-mi arunci în nas?

Lacrimile au început să-mi curgă fără să pot să le reţin. Puţin îmi păsa, trebuia să iasă la suprafaţă lucrul pe care îl ţineam în mine de ani de zile, lucrul care mă măcinase, pentru care mă renegasem.

— M-ai abandonat! am ţipat. M-ai lăsat singură!

— Asta a fost acum mulţi ani!

— Am crezut că înnebunesc când ai plecat! Ştii asta? Nu, nu ştii... aşa că nu mă judeca pentru ceea ce sunt astăzi, Marc. Sunt pustiită de când ai plecat. Nu mai eram nimic fără tine, nu mai aveam chef de nimic, pentru că tu nu mai erai aici. Munca m-a salvat, mi-a permis să exist, să găsesc un motiv pentru care să mă scol dimineaţa. Tot ceea ce-mi reproşezi tu că sunt am devenit ca să mă apăr de lipsa ta! Şi acum, ce să fac? Sunt cum sunt, nu mai pot să mă întorc. M-am schimbat, am crescut odată cu munca mea şi am făcut alegeri ca să rămân pe linia de plutire.

Pe faţa lui, furia lăsa loc încetul cu încetul tristeţii. Era tot mai palid. Nu mai puteam să mă opresc.

— După părerea ta, de ce sunt singură de atâţia ani? N-am lăsat pe nimeni să se apropie de mine, ca să nu retrăiesc asta şi pentru că niciun bărbat nu putea să-ţi ia locul. Îmi pare rău că am intrat în panică, dar mi-a fost teamă că nu pot să le fac pe amândouă. Am fost depăşită de ceea ce-mi faci, de ceea ce trezeşti în mine. Am ales supravieţuirea. Pentru că dacă m-ai fi părăsit din nou...

Nu folosea la nimic să merg mai departe. Marc a oftat adânc. A părut pierdut, obosit.

— Ce prostie... Dacă m-ai întreba din nou astăzi de ce nu am căutat să reiau legătura cu voi după ce m-am întors, nu ţi-aş mai răspunde acelaşi lucru.

— Despre ce vorbeşti, Marc? Nu înţeleg nimic. Nu mi-ai spus totul?

— Nu... e o mică parte pe care n-am îndrăznit să ţi-o mărturisesc.

Şi-a frecat faţa înainte să continue, privindu-mă fix.

— Din cauza ta nu v-am căutat. Am fost mereu îndrăgostit de tine... M-am însurat gândindu-mă la tine. Vorbeşti despre un nemernic! Nu te-am uitat niciodată... erai mereu acolo, într-un colţ al minţii mele...

Mi-am dus mâna la gură. Dumnezeule... cum fusese posibil să trecem unul pe lângă altul în urmă cu zece ani? Totul ar fi atât de diferit astăzi!

— Când m-am întors la Paris cu Juliette, ştiam că în minutul în care te-aş revedea, căsnicia mea s-ar duce de râpă... Şi-apoi, mi-era teamă să nu te găsesc măritată, cu copii, fericită şi abia amintindu-ţi de mine. De aceea n-am făcut nimic ca să aflu ce s-a ales de voi, ce s-a ales de tine... Când ai căzut ca din cer aici, am preferat furia şi reproşurile, decât indiferenţa de care mă temeam... dar am ştiut din minutul în care te-am văzut că mergeam spre pierzanie...

Şi-a reluat respiraţia, a făcut un pas spre mine, dar s-a răzgândit. Lacrimile îmi curgeau şiroi.

— Cea pe care am revăzut-o erai şi nu erai tu... Te schimbaseşi, era evident. Am învăţat s-o cunosc pe femeia de afaceri puternică, de o frumuseţe rece care ai devenit. Dar te-am văzut şi inflamându-te ca altădată. Am crezut că mai rămăsese ceva din tine, cea veche, ascunsă în adânc. Am fost incapabil să-ţi rezist. Oh... am încercat vag, dar a fost un eşec total. Credeam că în ultimii ani învăţasem ce înseamnă să iubeşti, dar nu, de fapt, nu înseamnă nimic în comparaţie cu ce simt pentru tine astăzi... De câteva luni, nu mă recunosc, ţie ţi se datorează asta. Totul este mai puternic, supradimensionat, iubirea, durerea, chiar şi furia...

Am rămas aşa, fără să ne scăpăm din ochi, fără să ne mişcăm, fără să spunem un cuvânt, minute lungi.

— De ce nu ne-am vorbit niciodată? am întrebat cu un firicel de glas.

— S-ar crede că trebuie să dăm greş de fiecare dată...

— Nu...

Am îndrăznit să fac un pas înspre el.

— Ce-o să facem, Marc?

— Nimic... nu mai e nimic de făcut. E prea târziu.

Şi-a pus din nou ochelarii şi s-a dus în fundul magazinului. Luminile s-au stins una după alta, am auzit zgomotul cheilor. Apoi Marc s-a întors, cu haina din velur pe el, şi şi-a luat geanta de voiaj aruncându-mi o privire.

— Îmi pare rău, sunt aşteptat.

— Ce faci?

— Mă duc să petrec Crăciunul la părinţii mei, trebuie să trec să-l iau pe Abuelo şi deja sunt în întârziere.

— Nu poţi să pleci aşa!

— Yaël, s-a terminat...

— Nu...

Şi-a lăsat geanta şi a făcut cei câţiva paşi care ne despărţeau. Să-i simt căldura trupului atât de aproape de mine m-a făcut să tremur. Am ridicat faţa spre el. Zâmbetul lui, pe care nu-l mai aşteptam, era trist şi mi-a confirmat cele mai rele temeri. Şi-a pus delicat mâinile pe umerii mei, am închis ochii, savurând fiecare secundă în care pielea noastră se atingea.

— Yaël... nu mai vreau nimic în acest moment... Te-am aşteptat atât de mult timp şi când în sfârşit am avut impresia că erai aici... ai fugit...

— Nu, l-am întrerupt deschizând ochii.

I-am simţit degetul mângâindu-mi pielea, m-am agăţat de braţele lui, acoperindu-i ceasul cu mâna.

— Sunt zece ani de când ne facem unul pe altul să suferim, fără să fim conştienţi de asta, în cea mai mare parte a timpului. Asta nu e viaţă... vom sfârşi mereu prin a ne face reproşuri, prin a ne ataca pentru ceea ce ne facem sau pentru trecut. Când ne-am regăsit, am crezut că erai tu, cea cu care mi-aş petrece viaţa... M-am gândit... şi nu sunt cel de care ai nevoie...

— Marc... nu... nu spune asta... te rog... Te iubesc, te iubesc... Te vreau atât de mult în viaţa mea, că mă doare... Vom construi împreună... ne vom regăsi... vom trage linie peste restul... Nu face asta... te rog... Dă-ne o şansă să încercăm... îmi spuneai că am fi putut...

— Da, înainte... dacă n-ar fi fost toate astea... nu e loc pentru mine în viaţa ta, ştiu ce vreau şi nu e asta... Am nevoie să fiu singur, să fac un pas înapoi... nu mai pot... vreau ca toate astea să se termine...

S-a aplecat, preţ de o secundă am crezut că mă va săruta. Dar nu, şi-a lipit fruntea de a mea şi a închis strâns ochii, oftând.

— Acum du-te, a şoptit.

— Marc, te rog.

— Respectă-mi alegerea.

Mi-a dat drumul, şi-a luat geanta şi a deschis uşa magazinului. Am ieşit şi am rămas încremenită pe trotuar în timp ce el încuia şi închidea obloanele.

— Nu uita, ai grijă de tine, mi-a spus.

— Promit... Urează-i Crăciun fericit bunicului tău din partea mea.

A schiţat un zâmbet.

— Îi va face plăcere, îi va fi dor de tine.

Şi-a aţintit privirea într-a mea câteva secunde, apoi a plecat aprinzându-şi o ţigară. L-am urmărit până când a dispărut după colțul străzii. După aceea m-am rezemat de oblonul închis al magazinului şi m-am lăsat să cad la pământ închizând ochii. Se sfârşise... zece ani de aşteptare ca să ajungem aici. Marc şi Yaël nu mai existau. O pagină din viața mea se încheiase. El era el, eu eram eu, am fi putut să fim noi, dar se sfârşise. Eram pustiită, frântă, sfâşiată.

13

În săptămânile care au urmat, într-un fel neaşteptat şi spontan, mi-am luat din nou viața în mâini începând prin a-mi schimba unele obiceiuri. A început într-o dimineață la trezire, m-am dat jos din pat la 06:30 şi n-am avut chef să mă duc la piscină. Mai degrabă aş fi vrut să rămân la căldură sub plapumă şi să stau în pijama decât să plec la serviciu. Începând de atunci, în fiecare zi, nu m-am mai grăbit. Am înțeles că vechea mea hiperactivitate permanentă nu-mi aducea nimic, că era vană şi futilă. Ca şi excesul de muncă. La ce bun? Nu eram altfel decât ceilalți, ca să muncesc ca o nebună. Viața mea nu era deplină totuşi. E adevărat, atunci această constatare mi-a lăsat un gust amar. Munceam la fel, fără să număr orele. Dar reacția mea la oboseală s-a schimbat. Nu mai luptam, mă ascultam, îmi ascultam corpul când îmi spunea stop. Nu mai căutam să-mi controlez migrenele. Când aveam una, mă duceam acasă să mă odihnesc. Deseori, dădeam o fugă până la sora mea ca să iau cina, câteodată doar cu ea şi cu Cédric, altă dată şi cu ceilalți — regăsisem în cele din urmă prietenia lui Adrien şi a lui Jeanne, care printr-un miracol al Sfântului Duh nu mai erau supărați pe mine; Alice mi-a mărturisit că Marc lămurise lucrurile cu ei, asta însemnând că n-aveau de ce să se amestece sau să mă judece. Acele momente în compania lor erau vitale pentru mine, le savuram, le iubeam, ele umpleau golul din viaţa mea, mă hrăneau mai mult decât o făcuse munca vreodată. Cu ei, reuşeam să zâmbesc, câteodată să râd, dar mai greu. Existau mereu câteva minute în care mă simţeam fericită, în care reuşeam să ţin tot restul puţin mai la distanţă. Seara, când mă întorceam acasă, eram mai puţin apăsată.

Cât au ţinut sărbătorile, am avut discuţii lungi cu părinţii mei, îmi acordaseră mult timp. Mai multe seri au venit la agenţie să mă ia ca să cinăm împreună. Aceasta fusese ocazia să vorbim despre vieţile noastre. Îi dădusem deoparte de atât de mult timp, îşi redescopereau fiica, dar şi fiica lor îi redescoperea pe ei. Nu ştiam mare lucru despre viaţa lor de pensionari. În adâncul meu, doream să recreeez legături la fel de puternice ca acelea pe care le aveam înainte să devin obsedată de muncă. Voiam să le cunosc viaţa de zi cu zi şi voiam ca ei s-o cunoască pe-a mea. Şi după aceea, în ziua în care i-am invitat la mine, am avut un şoc să-l văd pe tata clătinându-se un pic pe picioare, cu răsuflarea tăiată după ce urcase scara imobilului. Petrecusem seara observându-i, cercetându-i cu atenţie. Părinţii mei îmbătrâniseră fără să-mi dau seama. Nu vor fi veşnici. Trebuia să profit de ei mai mult. Conştientizând acest lucru, l-am implicat pe tata într-un proiect puţin cam nebunesc, dar care nu putea fi întârziat, prea mult timp fusese dat deoparte: restaurarea hambarului de la Mica Floare. Voiam să împart ceva important cu ei, să construiesc împreună cu ei. Voiam să mă implic şi să-mi petrec timp acolo imediat ce voi putea să-mi acord o pauză. Casa de la Mica Floare va deveni prea mică după ce se va naşte bebeluşul lui Alice. Ne trebuia mai mult loc pentru reuniunile de familie. În visurile mele de fetiță, hambarul era o casă a fericirii. Voiam să-l aduc în stadiul de a ne găzdui, pe mine mai ales. În felul acesta, părinții mei vor câştiga confort mutându-se în camera mea actuală, cu propria lor baie.

La sfârşitul lui ianuarie, l-am găsit pe tata acolo, lucrase la planuri şi adunase meşterii de prin partea locului pe care îi cunoştea. Tata întinerea văzând cu ochii reluându-şi munca. Am petrecut weekendul punând totul la punct. Mama era în călătorie, evident! Îşi vedea de ale ei lăsându-ne să ne ocupăm de hambar şi să ne punem la punct planurile. Totuşi, veghea asupra noastră, cu o simplă privire ne potolea înflăcărarea când depăşeam limitele din cauza ambiției. Lucrările urmau să înceapă în săptămâna următoare şi eu am luat o hotărâre radicală şi neaşteptată: şantierul trebuia urmărit îndeaproape şi mi se părea firesc să mă ocup eu de partea asta. Din mai multe motive: meşterii erau prieteni de-ai tatei, el nu i-ar presa ca mine, care nu mă voi lăsa călcată pe bătături, nici dusă de nas cu scuze răsuflate care să justifice întârzierile. Apoi, nu voiam ca tata să se obosească prea tare călătorind prea des de la Lisabona. Voi fi prezentă aşadar o dată pe lună ca să urmăresc şantierul timp de două zile, dar şi ca să iau aer. Asta mă va relaxa şi îmi va permite să-mi reîncarc bateriile. Locul acela, plin de energii pozitive, fusese întotdeauna refugiul meu când eram copil, de ce să nu profit de el şi ca adult?

La începutul lui februarie, Bertrand a plecat de la agenție. Cele două luni de predare a firmei se încheiaseră. Deşi insistase să nu facem nimic, am ţinut să organizăm o mică petrecere de despărţire. Fiecare om din echipă şi-a spus poveştile, râzând deschis de tirania şi de maniile vechiului şef; nimic nu a fost uitat: sushi, presiunile, şedinţele de vineri seara de la ora 19:30. În spatele acestor glume, se ascundea şi un avertisment care îmi era direct adresat: pentru ca atmosfera să rămână frumoasă, era în interesul meu să nu-i hărţuiesc şi să nu-mi reiau vechile obiceiuri. Se nimerea bine, nu aveam niciun chef de asta, de-acum alta era viaţa mea. A fost singura zi în care am văzut carapacea lui Bertrand fisurându-se. Era stânjenit, chiar emoţionat. Toţi cei prezenţi îi datorau o parte din cariera lor, erau conştienţi de asta şi i-au mulţumit cu căldură. El a avut un cuvânt de încurajare şi de felicitare pentru fiecare. Am înţeles că emoţia îl copleşea când i-a trimis în sfârşit pe toţi acasă, fără să mai piardă timpul ca să-şi ia rămas-bun.

— Yaël, în biroul meu!

Fără să mă gândesc, l-am urmat, doar că nu mă aşteptam ca el să se aşeze pe locul meu obişnuit: cel al subalternului.

— Ce faci?

— Acum tu eşti şefa aici. Treci pe partea cealaltă.

Zâmbind, am ocupat locul şefului, el s-a aşezat comod în scaun privindu-mă, cu un uşor rictus pe buze.

— Aşa e bine, a spus după câteva secunde de tăcere. Ai să te descurci perfect.

— Mulţumesc.

— Eu îţi mulţumesc, Yaël. A fost o plăcere să te formez şi să lucrez cu tine în aceşti zece ani. Îmi va lipsi colaborarea noastră. Sunt norocos că te-am găsit şi că tu eşti în fruntea agenţiei. Sărmanul Sean n-o să-şi revină!

A izbucnit în râs, eu m-am mulţumit să zâmbesc. Complimentele lui mă emoţionau profund, nu-i făcusem viaţa uşoară. Şi îi datoram totul, nu uitam asta. Apoi, a continuat pe un ton serios.

— Ai contribuit mult la această reuşită.

— Nu...

Şi-a aţintit ochii într-ai mei.

— Altfel nu te-ai afla pe acest loc, trebuie să fii conştientă de asta. Şi mi se pare că, în rest, stăpâneşti situaţia.

Am dat din cap, incapabilă să rostesc un cuvânt. Eu eram cea copleşită de emoţie. Şi-a îndreptat spatele, s-a bătut pe coapse şi s-a ridicat.

— E timpul.

S-a uitat cu atenţie prin biroul lui pentru o ultimă oară. S-a oprit la raftul pe care se aflau toate dosarele, la canapeaua pe care probabil dormise de nenumărate ori. A respirat adânc şi a ieşit. Când am ajuns în faţa uşii de la intrare, am spus:

— Vreau să te întreb ceva înainte să pleci. Mă roade de o vreme.

Mi-a zâmbit din colţul gurii.

— Te-ascult.

— De ce pleci?

— Am dat totul în această afacere, nu mai am idei, în timp ce tu ai cu duiumul. Nu vreau ca această agenţie pe care am creat-o cu sudoarea frunţii să devină o rutină, refuz să mă blazez. Voiam o nouă provocare, care să mă însufleţească înainte de a-mi încheia cariera. Înţelegi?

— Sigur că da...

— Şi eu vreau să-ţi cer o favoare.

Ce-o să mai dea peste mine?

— Da.

— Acum, că suntem pe picior de egalitate, ai să mă tutuieşti în sfârşit?

— Nici nu se pune problema!

A izbucnit în râs. I-am întins mâna, mi-a strâns-o şi şi-a cufundat privirea albastră de oţel într-a mea. Bertrand avea să-mi lipsească, mă învăţase totul, mă scuturase, câteodată aspru, dar întotdeauna pentru binele meu. Iar ultima lui lecţie provocase un cutremur în felul meu de a-mi privi viaţa. Fără să uit că rămânea singurul care îmi înţelegea cu adevărat ataşamentul faţă de muncă şi reuşită. Mi s-a pus un nod în gât.

— Mulţumesc pentru tot, Bertrand, am reuşit să-i spun, în ciuda vocii tremurătoare.

A respirat şi mi-a strâns şi mai tare mâna.

— Pe curând, mi-a spus încetişor.

A plecat fără să-mi lase timp să-i răspund şi uşa s-a închis în spatele lui. M-am îndreptat către fereastră şi am aşteptat să-l văd ieşind, a apărut după câteva minute şi s-a apropiat de o femeie cu o înfăţişare sofisticată, pe care n-o remarcasem până atunci. Oricât de incredibil părea, era un fapt, îşi împărţea viaţa de nebun cu cineva. Deci, era posibil. Au schimbat câteva cuvinte, ea l-a mângâiat pe obraz, iar Bertrand i-a înconjurat umerii cu braţul. Au plecat, nu fără ca el să arunce o ultimă privire înspre agenţie.

De la despărţirea noastră, adică de mai bine de două luni, eram tot timpul cuprinsă de o dorinţă monstruoasă de a-l suna pe Marc sau de a da fuga la magazinul de vechituri ca să-i povestesc ce făcusem în ziua respectivă. Invariabil, seara, când plecam de la agenţie, visam să-l găsesc rezemat de maşina sa Porsche, aşteptându-mă să ne petrecem seara şi noaptea împreună. Aş fi dat orice să-l aud cântând fals din Gainsbourg sau să mă ghemuiesc în braţele lui pe canapea şi să-l ascult povestindu-mi cu însufleţire despre magazin, cu afecţiune despre Abuelo sau despre ultima descoperire de vânător de comori în Piaţa de vechituri. De când nu mai împărtăşeam nimic cu el, mă întrebam în legătură cu utilitatea sau mai degrabă inutilitatea a ceea ce făceam, dacă nu trăiam asta alături de el. Eram sfâşiată între dorinţa de a mă bate ca să-l recâştig şi respectul pentru alegerea lui.

Patul mi se părea din ce în ce mai gol şi mai rece noaptea; nu reîncepusem să iau somnifere, nici măcar când lacrimile îmi secaseră, adormeam de-acum imaginându-mi-l lângă mine, cu ceasul pus pe noptieră. Dar nu eram deprimată; mai precis, nu aveam sentimentul că mă aflu pe fundul prăpastiei. Nu aveam de ales, trebuia să merg înainte, trebuia ca această despărţire, această pierdere ireparabilă a lui Marc să mă facă mai bună, mai puternică şi mai fragilă în acelaşi timp. Într-o bună zi trebuia să le împac pe cele două femei din mine. Privirile neliniştite ale colegilor s-au rărit, pentru a dispărea până la urmă cu totul după câteva săptămâni, amintirile mele cu el mă năpădeau mai puţin când eram la agenţie. În două sau trei rânduri, am plâns în braţele surorii mele; ea mă consola de fiecare dată, spunându-mi că până la urmă se va rezolva. Nu credeam niciun cuvânt şi nu vedeam cum s-ar putea rezolva, căci Marc făcea totul ca să mă evite; Alice şi prietenii noştri glumeau de altfel pe tema asta, vorbind de gardă alternativă, o dată la două săptămâni. De câte ori era invitat la sora mea sau la Adrien şi Jeanne, întreba dacă voi fi şi eu, înainte să dea răspunsul. Nu-i reproşam asta, făceam acelaşi lucru, respectându-i astfel alegerea. Era dureros, dar era încă o etapă suplimentară spre cicatrizare, mă făcea să mă maturizez. Cu toate acestea, nu voiam să-mi adaug o doză în plus de regret. Nu eram încă destul de puternică pentru a-l revedea, nici pentru a afla veşti despre el, de aceea nu le ceream niciodată. Preferam să nu ştiu cum îi merge fără mine.

Primăvara şi-a arătat primele semne, lucrările avansau la Mica Floare. La fiecare şedere acolo, mă bucuram că luasem o asemenea hotărâre. Conduceam şantierul cu mână de fier, ca la negocierea de contracte. Ca o mică plăcere egoistă de şefă, plecam vinerea la ora 15:00 de la agenţie şi nu mă întorceam decât lunea dimineaţa la 11:00, dar nu eram singura care beneficia de asta, căci acordam acest weekend prelungit fiecărei persoane din echipă. Profitam de drumul cu trenul ca să lucrez la dosare şi foarte adesea serile la ţară se scurgeau în faţa ecranului laptopului, nu puteam să mă abţin! Dar înainte să mă apuc de lucru, mă duceam la cumpărături în sat: specialităţi locale, pâine prăjită, mezelărie italienească, o chiflă dulce cu aromă de portocală sau anason şi bineînţeles o sticlă de vin alb! Lucram pe muzică, cu paharul în mână, trântită pe canapeaua veche a părinţilor mei şi ronţăiam câte ceva. Îmi încheiam seara cu o baie fierbinte cu spumă din belşug, adâncită într-un vechi roman de-al mamei, găsit în bibliotecă. În cursul unei asemenea seri m-a cuprins un acces de nebunie. I-am trimis lui Gabriel un mail întrebându-l când putea soţia lui să mă primească la Atelier. Întâlnirea a fost fixată pentru miercurea următoare, după ce am trecut pe la birourile lui Gabriel, în legătură cu un dosar de-al nostru, aflat în curs.

Pe la 19:30 am sunat la uşa Atelierului. Iris, cu un zâmbet larg pe buze, mi-a deschis în următoarele două minute. M-a sărutat delicat pe obraz.

— Bine ai venit la Atelier, Yaël! Sunt atât de fericită!

— Mulțumesc, şi eu sunt încântată.

— Hai cu mine!

A luat-o înaintea mea şi m-a impresionat cu tocurile de doisprezece centimetri, era o înălțime pe care nu reuşisem niciodată s-o ating. Lovea subtil parchetul cu tocurile ei cui, cu un mers perfect, demn de un manechin. Cine o învățase să meargă astfel? M-a purtat printr-o sală goală dar unde probabil lucrau angajatele ei, pentru că spațiul era organizat în jurul a vreo duzină de maşini de cusut, manechine din lemn şi materiale a căror existență n-o cunoşteam. Totul luminat de o imensă lustră din cristal.

— A plecat deja toată lumea? am întrebat-o uimită.

— Bineînțeles, fetele termină ziua de lucru la 17:30, cu excepția perioadelor de vârf, se înțelege. În rest, le menajez.

Mi-am lăsat capul în jos, ruşinată de vechile mele obiceiuri. Să-ți menajezi angajații! „Ce idee caraghioasă!" aş fi gândit înainte. Astăzi ştiam că avea dreptate.

— Vii, Yaël? m-a trezit ea din gânduri. O să ne instalăm în budoar, e bine acolo.

Budoar... ce mai e şi asta? Această încăpere era un amestec de voluptate şi senzualitate — catifea purpurie şi neagră, oglinzi, canapea pentru siestă... Probabil că se petreceau *nişte chestii* aici, cum ar zice Alice!

— Astăzi doar o să-ți iau măsurile, o să te privesc, o să stăm de vorbă şi o să-ți trimit prin curier schițele. Vei alege ce-ți va plăcea. Eşti de acord?

— Sigur că da! Dar, Iris, nu vreau să-ți răpesc timpul.

S-a apropiat de mine şi şi-a cufundat privirea într-a mea.

— Când ai să mă cunoşti un pic mai bine, vei şti că acum nu mai pot fi forțată să fac nimic din ce nu-mi doresc din toată inima.

În următorul sfert de oră s-a învârtit pe lângă mine, cu metrul. Şi-a notat toate măsurile mele într-un carnet pe care îl pusese pe jos. M-a întrebat despre munca mea, despre agenţie, despre sora mea, despre familia mea... Îi răspundeam fără ca măcar să-mi dau seama.

— Ce mai face iubitul tău?

Am tresărit.

— Cine? am spus cu voce gâtuită.

Ea m-a privit în faţă.

— Ştiu că nu eşti măritată, dar sincer, pentru o femeie ca tine, Yaël, găsesc că termenul prieten este de-a dreptul limitant. Scuză-mă dacă te-am şocat.

Dacă situaţia dintre mine şi Marc nu ar fi fost atât de disperată, aş fi râs de remarca ei. El, ceva mai puţin, cred.

— Nu, nu, absolut deloc. Dar...

— Oh, te întrebi de unde ştiu? E simplu, când Gabriel s-a întors acasă, după ce te-a văzut plecând cu bărbatul acela, era fericit, nici nu poţi să-ţi închipui! Mai ceva ca un copil în dimineaţa de Crăciun! Plus că şi maşina aia Porsche i-a plăcut mult!

Dacă ar fi ştiut că în acel moment Marc şi cu mine eram pe punctul să ne linşăm... Şi cu toate acestea, în clipa aceea, aş fi dat orice ca să fiu din nou acolo. Cel puţin, aş fi fost cu el. Mi s-a pus un nod în gât, am lăsat capul în jos, lacrimile mi-au umplut ochii. Trebuia încă să fac faţă situaţiilor de acest gen, amintirilor care mă loveau drept în faţă, ca un bumerang. Am simţit un deget sub bărbie, Iris mi-a ridicat faţa cu delicateţe şi m-a privit în ochi.

— Povesteşte-mi.

— E prea complicat!

A izbucnit în râs.

— N-ai să poţi niciodată să faci mai rău ca mine.

Buna ei dispoziție era molipsitoare, m-am destins.

— De ce? mi-am permis s-o întreb.

M-a luat de braț și m-a dus până la canapea.

— Yaël, ca să fim împreună, eu și Gabriel, a trebuit să depășim numeroase obstacole: căsnicia mea, amanta primului meu soț, toate cele ale lui Gabriel, ca și iubirea patologică și distrugătoare a mentorului amândurora, Marthe...

Preț de o clipă, nu a mai fost cu mine.

— Dar am reușit, a reluat cu seninătate. Dacă moare el, mor și eu, și invers.

Stăteam cu gura căscată. Iris a râs din nou.

— Ți-am trasat viața mea în linii mari, în niciun caz ca să-ți arunc praf în ochi, ci ca să înțelegi că nu există cazuri disperate. Te ascult.

Timp de o jumătate de oră, mi-am golit sacul fără să mă menajez. I-am spus totul, i-am încredințat totul. Și mi-a făcut bine să vorbesc, m-a ușurat, m-a împăcat cu mine însămi. Până la urmă, nu-mi dădusem niciodată voie să vorbesc despre asta în acest fel. Nici măcar lui Alice. *Am nevoie de prieteni.*

— Yaël... tu ești puternică, ai să treci peste asta, este o certitudine. M-a privit cu atenție, mereu cu un zâmbet larg pe buze. Pe neașteptate s-a ridicat.

— Mă întorc, să nu te miști. A fost iute ca fulgerul.

În mai puțin timp decât e nevoie ca s-o spun, am auzit zgomotul tocurilor ei.

— Așază-te în fața oglinzii, mi-a spus.

Am ascultat-o. S-a așezat în spatele meu. M-am privit.

— Lipsește doar o mică fantezie seducătoare ținutei tale obișnuite și vei fi perfectă.

Cum va reuşi ea să-mi transforme costumul taior cu pantalon negru, pe sub care purtam o cămaşă bărbătească albastru-azuriu?

— Scuză-mă, mi-a spus venind iarăşi în faţa mea.

Nu am avut timp să reacţionez că ea mi-a descheiat cu dexteritate trei nasturi de la cămaşă. Am avut senzaţia că sunt cu sânii goi. Apoi mi-a pus la gât o cravată neagră foarte fină, pe care a înnodat-o în aşa fel încât nodul îmi ascundea partea prea dezgolită a decolteului. Apoi, a trecut din nou la spate, mi-a desfăcut coada de cal şi a repetat acelaşi gestul de mai devreme. Mi-a ridicat cu delicateţe bărbia, mereu cu zâmbetul ei larg pe buze.

— Priveşte-te, Yaël. Nu te mai chinui pentru ce s-a întâmplat cu Marc al tău. Nu te înjosi. Nu câştigi nimic dacă eşti supusă. Bărbaţilor nu le place asta, ai încredere în experienţa mea.

O uşă s-a trântit în depărtare.

— Iris, iubirea mea! Ai terminat?

— Suntem aici, i-a răspuns ea lui Gabriel.

S-a îndepărtat de mine. M-am mai privit o dată; făcusem tot ce putusem. Mă destăinuisem lui Marc, îi explicasem totul în urmă cu câteva luni. Mă scuzasem. Găsisem un echilibru. Eram gata să cred în noi, să mă bat pentru noi. Dar dacă el nu o accepta pe cea care eram, nu mă voi mai obosi s-o fac. Ochii mi s-au umplut de lacrimi. Şi în acelaşi timp, mi-a venit să râd. Aveam impresia că respir adânc pentru prima oară de săptămâni. Aşa că am râs. Îmi dădeam voie în sfârşit. Am râs. Am râs. Încă o dată.

— Categoric, se întâmplă nişte chestii în camera asta.

Nu am înţeles deloc ce voia să spună Gabriel şi nu-mi păsa. Încă râzând, cu ochii plini de lacrimi, m-am întors către ei. Iris, cuibărită la pieptul iubirii vieții sale, după ce schimbase o privire încărcată de pasiune cu el, mi-a adresat zâmbetul ei frumos.

— Vă invit la cină, le-am propus.

Gabriel, mai canalie ca oricând, mi-a întins brațul liber.

Eram în aprilie, adică în ultima perioadă a sarcinii lui Alice. Era din ce în ce mai obosită. Îmi petreceam timpul liber cu ea, şi mai ales cu copiii; preluam ştafeta jucându-mă de-a mătuşica bună şi îmi plăcea. Cu Marius, făceam colecție de vânătăi: se hotărâse să învețe să meargă pe patine cu rotile cu mine! Puteam acum să afirm că asta nu era ca mersul pe bicicletă, pentru că eram în cea mai mare parte a timpului cu picioarele în aer... În comparație, lumea păpuşilor şi a prințeselor Léei mă relaxa, dar nepoata mea devenise o adevărată expertă, trecea neîncetat de la o limbă la alta cu o uşurință năucitoare, încât uneori nici eu nu mai ştiam cum să-i răspund! Spre marea uşurare a surorii mele, acest lucru o oprea pe mama să vină să îşi impună autoritatea! Prezența mea şi ajutorul pe care i-l dădeam lui Alice erau de ajuns pentru moment, încât s-o țină la distanță. Dar eram conştiente amândouă că mama stătea pregătită să vină oricând, spre marea disperare a lui Cédric: „Fetelor, ştiți că îmi ador soacra, dar nu pot s-o suport o lună în casa noastră, este imposibil!"

Telefonul a sunat o dată, de două ori, de trei ori. Am deschis cu greu pleoapele şi l-am luat pe dibuite de pe noptieră.

— Alo...

— E fată! a zbierat cumnatul meu la capătul celălalt al firului, atât de tare încât a trebuit să îndepărtez telefonul de la ureche câteva secunde. Se numeşte Élie.

— Felicitări! Cum se simte Alice?

— O ştii doar, în trei ore o să fie proaspătă ca un trandafir.

Am ridicat ochii ca să-mi alung lacrimile de bucurie. Brusc, eram cuprinsă de febră.

— Şi bebeluşul?

— Foarte bine, e bine, o adevărată minune. Abia are două kilograme şapte sute.

Am râs.

— Marius şi Léa unde sunt? Vrei să mă ocup de ei?

— Nu, mulţumesc, eşti drăguţă. I-am dus azi-noapte la părinţii mei, mă duc să-i iau imediat.

— Când pot să vin?

— Când vrei. Ea te aşteaptă, nu, ele te aşteaptă.

— Voi veni diseară şi dacă vrei rămân până puţin mai târziu ca să te ajut cu copiii.

— Aşa facem. A, era să uit... părinţii tăi vin mâine dimineaţă! a adăugat vesel. Mama ta era gata să închirieze un avion privat în noaptea asta! E promiţător!

Apoi a închis. M-am aşezat pe pat sprijinindu-mi bărbia de genunchi. Alice era mamă pentru a treia oară, ziua care începea nu era una obişnuită. Familia se mărise, inima mea se umplea deja de iubire pentru acest copilaş. Deşi sora mea va fi şi mai ocupată ca înainte, ştiam că această naştere ne va apropia. Nu voi trece pe lângă primii ani ai lui Élie, cum făcusem cu Marius şi cu Léa. Cu toate acestea, nu puteam să nu am inima strânsă, gândindu-mă la singurătatea mea.

Când am ajuns la birou, primul lucru pe care l-am făcut a fost să trimit un buchet de flori la maternitate, în ciuda insistențelor lui Angélique de a se ocupa ea. Naşterea lui Élie a adus-o în culmea fericirii: „Ador bebeluşii!" Exuberanța ei mă amuza şi îmi distrăgea atenția, deşi oricum nu aveam nevoie de asta ca să fiu cu mintea aiurea. La ora 14:00, am lăsat treaba, nu reuşeam să rezolv nici urgențele. Cu atât mai rău, căci aveam să fiu de negăsit până a doua zi.

— Plec, Angélique, trebuie să mă duc s-o văd.

— O să ne descurcăm, du-te! Ne arăți fotografii mâine?

— Bineînțeles!

— Eu sunt aici, în caz de nevoie, a spus din spatele meu Benjamin, noua mea mână dreaptă.

— Ştiu că pot să contez pe tine! i-am răspuns fericită şi senină.

Scena pe care am văzut-o era absolut magică şi m-a făcut să încremenesc în loc, cu un nod în gât: Cédric lungit lângă Alice, cu brațul în jurul ei, amândoi privind spre leagăn — supravegheați îndeaproape de Marius şi Léa, care păreau că stau de gardă. Mi-am pus mâna la gură, încercând să mă stăpânesc; Doamne, ce familie frumoasă! Sora mea probabil că mi-a simțit prezența, a ridicat privirea şi m-a văzut. Zâmbetul ei obosit şi strălucitor era unul dintre cele mai frumoase lucruri pe care îmi fusese dat vreodată să le văd. Tocurile mi s-au părut deplasate şi, pentru că refuzam să rup farmecul, am mers în picioarele goale. Cédric m-a văzut atunci şi mi-a zâmbit ridicându-se.

— Marius, Léa, salutați-o pe Yaël!

— Yaya!

— Ssst! le-am spus copiilor aplecându-mă ca s-o iau pe Léa.

După ce i-am sărutat, Marius m-a luat de mână.

— Vino s-o vezi pe surioara mea!

— Ba nu, e-a mea, l-a întrerupt Léa.

Remarca ne-a făcut pe noi, adulții, să ne înăbuşim râsul. Eu am tăcut instantaneu când m-am aplecat peste leagăn.

— E frumoasă, mi-au spus în cor fratele şi sora mai mare.

— Da, e frumoasă şi... blondă.

După aceea i-am adresat o privire amuzantă surorii mele.

— Iar ai ratat! i-am spus. Trebuie să-l faci şi pe-al patrulea!

— E clar, nu voi avea niciodată copii cu părul ca al tău!

— Fetelor, vă las să continuați această dezbatere capilară, ne-a întrerupt Cédric. Iau copiii să dăm o raită şi ne întoarcem mai târziu.

— După aceea, vin la voi şi mă ocup eu de ei, aşa veți putea să fiți doar amândoi, i-am propus.

— Mulțumesc, mi-a spus el îmbrățişându-mă. E bine să te-avem cu noi.

A dispărut ducându-şi de mână copiii mai mari. M-am aşezat pe pat lângă Alice, care mi-a luat mâna într-a ei.

— N-aş fi crezut niciodată că e posibil. Sora mea mai mică, acea working girl superocupată, în mijlocul după-amiezii la maternitate şi, în plus, pare şi în largul ei. La Marius şi la Léa ai venit la sfârşitul programului de vizite, cu telefonul lipit de ureche şi ai zbierat la infirmiere!

— Am crezut că nu se mai sfârşeşte dimineața, nu mai puteam, voiam să vă văd pe amândouă.

— Ia-o-n brațe!

— Eşti sigură? Nu vreau să-i fac ceva rău.

— Caraghioaso! În afară de Cédric şi de mama, eşti singura care ai acest drept. Hai, ia-o! Profită!

Am luat în brațe acel ceva micuț şi fragil, cu respirația iute şi am lipit-o de mine, aplecând capul spre ea; i-am mângâiat pielea atât de delicată de pe frunte cu vârful nasului.

— Welcome, baby Élie…

Alice s-a ridicat şi şi-a trecut braţul pe după umerii mei, şi-a lipit faţa de a mea şi şi-a plimbat un deget pe obrazul minuscul al fiicei ei.

— E în regulă? mi-a şoptit.

— Da, am şuierat.

— Atunci de ce plângi?

— Nu ştiu.

— Dacă ştii, dar nu vrei să-mi spui…

— Sunt fericită, atâta tot… Sunt aici, cu tine, cu voi… Am impresia că am ratat atât de multe lucruri… şi…

Ea m-a strâns şi mai tare la piept.

— S-a terminat totul, nu-ţi face griji… şi vei avea şi tu într-o zi…

— Nu… pentru mine s-a zis… ceasul ticăie… Nu contează, voi fi cea mai bună mătuşă din lume…

— Nu vorbi prostii! Ai toată viaţa înainte…

Am depus un sărut pe fruntea lui Élie.

— Îţi promit că voi fi aici pentru tine şi pentru fratele şi sora ta, toată viaţa…

Alice m-a sărutat pe păr şi a început şi ea să plângă.

— Eşti aici… eşti cu adevărat aici, a şoptit.

— Suntem două proaste! i-am spus într-un târziu. O duc la loc.

Am aşezat bebeluşul în pat, Alice s-a lungit din nou şi am stat ora următoare una lipită de cealaltă, vorbind puţin, doar ca să ne şoptim secrete, ca atunci când eram mici. Am auzit o bătaie în uşă.

— Ai musafiri, i-am spus reaşezându-mă corect pe pat.

— Intră, a spus Alice.

Uşa s-a deschis şi i-am văzut ceasul înainte să-l văd pe el. M-au cuprins fiori din cap până-n picioare, mâinile au început să-mi tremure, am simţit un nod în gât şi respiraţia mi s-a tăiat. În secunda care a urmat, el a apărut şi a încremenit. Privirile ni s-au întâlnit. Aproape patru luni de când nu-l mai văzusem... Vârtejul de emoţii pe care mi le stârnea nu se diminuase, îmi venea să alerg să mă arunc în braţele lui, să-i simt pe obraz haina de velur, să-i aud tic-tac-ul ceasului în ureche, să tremur la mângâierile lui pe gâtul meu. Totul a revenit la suprafaţă, mai rău decât un val care se sparge. Cum putusem să cred, cu câteva săptămâni în urmă, că l-am eliminat din viaţa mea? Îl voiam încă la fel de mult, mai mult decât orice. De ce a trebuit să ne întâlnim într-o maternitate? Aveam mari păcate, de trebuia să trec prin asta!

— Marc! l-a strigat veselă Alice. E drăguţ că ai venit.

El şi-a întors privirea.

— Am ratat ocazia de două ori, nu şi a treia...

M-am ridicat, am înconjurat patul şi m-am dus pe partea cealaltă, aproape de fereastră, cât mai departe cu putinţă de el. În acest timp, Alice îşi luase fiica în braţe. Fără să se mai sinchisească de mine, Marc s-a apropiat de ele. S-a aplecat şi a sărutat-o pe obraz pe sora mea, apoi i-a aruncat o privire drăgăstoasă bebeluşului. Nu puteam să văd asta, am privit pe fereastră.

— Este tare mică.

Au râs amândoi.

— Sunt onorată să-ţi arăt ce înseamnă un bebeluş, i-a răspuns sora mea.

În următorul sfert de oră, m-am întrebat de unde îşi lua Alice energia. Întreţinea discuţia cu Marc, găsind chiar cum să-l anime când el devenea brusc tăcut. O puneam într-o situaţie imposibilă şi ea o gestiona cu o mână de maestru. N-aş fi fost în stare să spun despre ce vorbeau. Nu deschideam gura. Mă uitam la spatele lui Marc, era tot ce vedeam din el — de cele câteva ori când am crezut că se va întoarce spre mine, a renunţat în cele din urmă. Simţeam asupra mea privirea binevoitoare şi liniştitoare a lui Alice. Dar asta nu schimba nimic, mă simţeam la fel de rău. Mă sufocam. Era acolo, la mai puţin de doi metri de mine, şi nu puteam să mă apropii de el, între noi exista ca o frontieră de netrecut. Aş fi vrut să-i strig: „Exist! Sunt aici! Priveşte-mă!" Sigur, faptul că-l vedeam umplea oarecum golul pe care îl lăsase ieşind din nou din viaţa mea, dar asta nu diminua cu nimic durerea. Cred chiar că era mai rău; regretele şi dorinţele mele se ciocneau.

— Bun, vă las între voi, fetele, a spus ridicându-se. Aveţi grijă de voi.

Nu! Nu pleca! Dacă pleci, doare prea tare!

— Fii sigur de asta, i-a răspuns Alice.

I-a adresat un ultim zâmbet surorii mele şi s-a răsucit pe călcâie, fără nicio privire pentru mine. În acel moment, s-a deschis uşa şi au apărut Cédric şi copiii. Încăperea mi s-a părut ciudat de mare. Am văzut-o pe Alice oftând uşurată, soţul ei va lua toată tensiunea pe umerii lui. Marc şi cu el şi-au strâns mâinile, copiii s-au dus repede la sora lor.

— Vii diseară la masă? i-a propus cumnatul meu. Adrien şi Jeanne trec pe-aici pe seară şi vor veni şi ei, aşa facem de fiecare dată.

— Vin!

— Mă bucur, i-a răspuns Cédric.

— Şi cine-i sărmana care rămâne singură de tot la maternitate? Eeeeeeu! a intervenit Alice.

— Pot să rămân cu tine, i-am răspuns cu un firicel de glas.

— A, nu... credeam că tu te ocupi de copii! mi-a răspuns scoţând limba la mine.

Am scos şi eu limba la ea, zâmbind. Apoi privirile noastre au întâlnit ochii lui Marc; a dat din cap, i-a făcut un ultim semn cu mâna surorii mele şi a pornit spre uşă, urmat de cumnatul meu.

— Într-un final trebuia să se întâmple, a spus Alice văzându-mi figura. Poate că e mai bine că s-a întâmplat aici...

— Cât mai târziu posibil ar fi fost mai convenabil pentru mine. Este o adevărată tortură să-l văd. Cum o să mă descurc? m-am plâns ascunzându-mi faţa în mâini.

Sora mea mi-a răspuns râzând înfundat.

Câteva ore mai târziu, îmi puneam aceeaşi întrebare, fără să-i fi găsit răspunsul, când eram în bucătăria surorii mele cu Jeanne. Cédric şi Adrien îl întâmpinau pe Marc, care tocmai venise şi el. Nu mai aveam scuza că mă ocup de copii, căci aceştia dormeau deja.

— Vii? m-a întrebat Jeanne. O să fie bine, nu-ţi face griji!

Într-adevăr, era bine, în măsura în care găsiserăm mijlocul de a ne aşeza cât mai departe posibil unul de celălalt. Fiecare secundă reprezenta o luptă împotriva mea însămi ca să nu îi arunc nicio privire, mai ales că atunci când nu reuşeam, dădeam invariabil de privirea lui. Şi după aceea Adrien mi-a cerut veşti despre lucrările la hambar; voi reuşi să fac abstracţie de Marc. Mă pregăteam să-i răspund, când a sunat un telefon mobil. Nu era al meu, pentru că-l îndesasem pe fundul poşetei, în antreu. Era mai rău, era al lui Marc. Marc, cel care îşi uită telefonul, care-şi pierde telefonul, care râde de lucrurile astea cu nepăsare. Dar ce era mai rău urma... s-a ridicat, s-a scuzat şi a răspuns, cu un zâmbet larg pe buze înainte să se retragă deoparte. Jeanne şi-a băgat nasul în farfurie, Cédric şi-a mai turnat un pahar de vin. Iar Adrien a reluat subiectul lucrărilor la hambar. I-am adresat o privire plină de recunoştinţă, trebuia să mă gândesc la altceva decât la scena care avusese loc adineauri. Entuziasmul meu nemăsurat era simulat. Din fericire, căci altfel aş fi părut o biată toantă!

— Mă duc acolo peste cincisprezece zile, de Înălţare. Nu sunt sigură că voi putea rămâne să dorm în el, dar are să fie totul gata vara asta! E nemaipomenit, planurile tatei sunt perfecte, iar meşterii fac o treabă minunată. Mai rămâne de zugrăvit, bucătăria aproape că poate fi folosită şi baia este funcţională! Voi putea începe să aranjez. Abia aştept! Veţi fi uimiţi în concediu! Vă garantez!

— Stai, că nu eşti la curent, m-a întrerupt Jeanne. Scumpul meu soţ vrea să meargă la mare, cum zice el!

— De ce?

— M-am hotărât să fac paddle! a anunţat pompos Adrien.

— De ce?

— Hm, paddle! Toată lumea de la serviciu face, trebuie să fac şi eu!

— Dar e vorba de concediu! a bombănit Jeanne. Şi în timpul ăsta eu va trebui să mă uit la el cum dă din vâslă!

Toată lumea a izbucnit în râs. Marc şi-a reluat locul în clipa aceea.

— De când răspunzi tu la telefon în timpul mesei? i-a trântit Adrien, cu o privire neagră.

— Ai făcut renovări la hambar? m-a întrebat Marc făcându-se că n-a auzit.

Aceste prime cuvinte pe care mi le adresa m-au tulburat, mai mult decât tot restul, pe care refuzam să-l analizez.

De teamă să nu mă doară prea tare. Mi-am dat voie în sfârşit să-l privesc în ochi şi m-am simţit mai bine, am respirat mai uşor.

— Nu ştiam, mi-a mărturisit.

A, deci nici tu nu ai vrut să afli veşti despre mine.

— Da, m-am lansat în proiectul ăsta împreună cu tata, chiar după Crăciun...

— Tu, care-mi vorbeai de asta vara trecută...

— E-adevărat, când eram acolo... Ai să vezi, acum există un tavan adevărat, e superb... Să ştii că i-am scos din minţi pe muncitori când a trebuit să pună mobilele la adăpost respectând recomandările pe care mi le făcuseşi.

A zâmbit uşor, lăsând capul în jos.

— Îmi închipui, cred că ai fost de groază, mi-a răspuns.

Apoi şi-a pironit privirea într-a mea şi m-am abţinut să-i spun că aş fi vrut să fac cu el renovările astea, că amenajarea nu era posibilă fără ca el să-mi fie alături, că voiam ca el să fie acasă acolo, să-şi lase ceasul pe noptiera din camera noastră, pentru că îmi pusesem în gând să mă duc acolo cât de des voi putea. Am întors privirea, temându-mă că mă prăbuşesc de faţă cu toată lumea; ştiam că va fi prea greu să-l revăd. Ochii mi-au căzut pe Cédric, care căsca; am profitat de ocazie:

— O să te lăsăm, nu mai poţi.

— Nu vă refuz, prieteni. Mai ales că, peste trei zile, adio somn!

Toată lumea a debarasat, dând o mână de ajutor pentru ca a doua zi el să aibă cât mai puţine de făcut. Căutam în poşetă după telefon, când l-am simţit în spatele meu.

— Te duc eu.

De ce, Marc? La ce foloseşte? Vrei să mă torturezi? Nu vezi cât de mult sufăr? Nu ţi-e de-ajuns? Vrei să mă termini?

— Nu cred că...

— E ridicol să iei taxiul...

Mă va durea şi mai mult, dar nu contează. Oricum, pentru câteva minute în plus cu el, merita să adorm plângând. Adrien a avut bunul-simţ să nu facă nicio remarcă nepotrivită când a fost clar pentru toată lumea că Marc mă va duce acasă. Cédric m-a îmbrăţişat şi mi-a mulţumit că fusesem acolo astăzi pentru Alice. Am regăsit cu nostalgie mirosul de piele şi de benzină al bătrânului *său* Porsche, după aceea zgomotul motorului. M-am lipit de portieră cât de mult am putut, uitându-mă pe drum. După câteva minute, am cedat, voind să-i aud iarăşi vocea, şi-apoi chiar îmi era dor de Abuelo:

— Ce mai face bunicul tău? l-am întrebat fără să mă uit la el.

— Foarte bine.

— Şi magazinul?

— Merge, zilele frumoase aduc clienţi.

— Mă bucur.

— Şi la tine, agenţia merge cum vrei?

— Da.

Am cedat şi mai mult şi l-am privit: chipul serios, maxilarul încordat m-au paralizat.

— Ştii... am venit în vizită la Alice în mijlocul după-amiezii pentru că eram sigur că nu te voi găsi acolo... nu voiam să te văd... şi apoi te-am văzut... erai acolo în plină zi, râzând cu sora ta şi privindu-i fiica. Dacă am acceptat invitaţia din seara asta, a fost doar ca să nu-l rănesc pe Cédric. Şi acum aflu că te duci regulat la Lourmarin, că nu eşti la Paris când eu mi te închipui epuizându-te muncind şi când sunt în Piaţa de vechituri duminica, împreună cu Abuelo.

A oprit mașina și asta m-a surprins; ajunseserăm deja în fața imobilului meu. A apăsat frâna de mână, lăsând motorul să meargă. Mi-a aruncat o privire dură.

— Chiar m-ai luat de fraier! Cel puțin, lucrurile sunt clare. Nu mă voiai! Îți faci timp pentru toată lumea, dar pentru mine, nu aveai!

M-am prăvălit pe scaun și mi-am trecut mâna peste frunte oftând.

— Bine... M-am săturat de reproșuri, sunt obosită. M-am scuzat, ți-am explicat lucrurile. M-am luptat cu mine însămi ca să-mi găsesc în sfârșit un echilibru în viață. Și acum, îmi reproșezi asta!

Oftând, și-a întors fața, la fel de încruntat. Am coborât din Porsche. Motorul a huruit. Abia închisesem ușa de la intrarea în clădire, când a demarat în viteză. *Cortină de final.*

14

Două săptămâni mai târziu, eram în Lourmarin, într-un weekend prelungit, ba chiar mai mult, pentru că începusem să am întâlniri cu agenții imobiliari din regiune, ai căror clienți erau în cea mai mare parte mari bogătaşi străini — ruşi, suedezi, olandezi, americani, englezi — ca să le propun un parteneriat cu agenția mea. Iar luni avea să fie de asemenea o zi mare pentru Mica Floare: sosea internetul!

Dar, pentru moment, aveam de gând să profit din plin de zilele de odihnă. Când am ajuns, m-am întâlnit cu şeful de şantier; eram mulțumită, nu mai rămâneau de făcut decât finisajele. Deci să fii intransigent îşi avea avantajele sale. După ce el a plecat, mi-am aruncat cât colo pantofii cu toc — nu mai aveam nevoie de ei — şi mi-am luat bătrânii bascheți Puma, care îşi reintraseră în drepturi de câteva luni. Am urcat direct în noua mea cameră şi m-am tolănit fericită pe parchetul gol, pe care îl alesesem într-o nuanță deschisă. După aceea am deschis fereastra ca să aerisesc şi să alung mirosul de zugrăveală proaspătă şi m-am rezemat în coate ca să admir priveliştea. Am tras adânc aer în piept. Apoi, cu o plăcere nedisimulată, mi-am făcut patul pentru prima oară acolo, fără să bag marginile plăpumii pe sub saltea. După ce i-am trimis un mesaj lui Alice ca să-i spun că ajunsesem cu bine şi i-am dat un telefon tatei, am coborât pe jos în sat, mă aştepta aperitivul la terasă. Pe străduţele mici, am întâlnit şi salutat numeroase persoane. Progresisv, îmi reluam legăturile cu vechi cunoştinţe din copilărie şi adolescenţă. Îmi plăcea asta. Nu fără o strângere de inimă, am căutat decoraţiuni noi în magazinele pe care le descoperisem în acele ultime luni. Hambarul ducea lipsă de veioze şi de rame, voiam fotografii pe pereţi. Fără să uit de lumânări. Ca foarte adesea, mi-am găsit fericirea la *La Colline* şi la *L'Apothicaire de Lourmarin*. După ce mi-am cumpărat pâinea prăjită şi chifla dulce pentru weekend, am putut în sfârşit să mă instalez la terasa de la *Café de l'Ormeau*. Am luat prima înghiţitură din vinul alb Fontvert, apoi am oftat de mulţumire, bucurându-mă de căldura acelui sfârşit de mai. Am privit în jurul meu cu zâmbetul pe buze; ospătarii mereu amabili, familiile încântate să fie în weekend, perechile de pensionari. Peste două săptămâni va fi mai multă lume, eram fericită să profit de acea linişte de dinaintea sezonului estival. În seara aceea, o să adorm fără să plâng sau să folosesc vreun artificiu, doar pentru că mi-era bine. Sigur, îmi lipsea cineva. Îl aşteptasem mai bine de zece ani, puteam s-o mai fac încă puţin, mai ales că gustasem din bărbatul minunat care era. Cu toate acestea, începusem cu adevărat să mă obişnuiesc cu ideea că nu se va mai întoarce la mine. Nu o accepta pe cea care eram. Făcusem întotdeauna pe toată lumea să mă aştepte din cauza serviciului meu, era rândul meu să învăţ lecţia răbdării. Parcursesem suficient drum într-un an, astfel încât să nu mai fac aceleaşi greşeli. Aveam de-acum o nouă viaţă pe lângă cea de la agenţie, recuperam timpul şi profitam de viaţa de familie aşteptând poate ca, într-o bună zi, să am familia mea. Puteam să le am pe amândouă, înţelesesem, în sfârşit! Ca şi faptul că aceste două elemente esenţiale ale vieţii mele puteau să se influenţeze unul pe celălalt; eram mai bună în meseria mea, mai amabilă cu colegii, de când viaţa mea nu se mai rezuma la agenţie. Ca să reuşesc în viaţa mea de femeie, trebuia să ştiu să iau lucrurile uşor şi să le acord timp celor pe care îi iubeam. Acest ultim gând m-a făcut să zâmbesc. Luam lucrurile atât de uşor acum, încât îmi uitasem telefonul în hambar!

— Ştiţi cumva cât e ceasul, vă rog? l-am întrebat pe ospătar.

Un braţ a apărut atunci sub nasul meu. Am privit acest braţ secunde lungi fără să încerc să văd ora pe care o arăta minunatul ceas care îl împodobea, apoi am luat şi am strâns acest braţ puternic şi protector în jurul gâtului meu. Marc s-a aplecat spre mine, cu faţa îngropată în părul meu.

— Îmi pare rău că te-am făcut să aştepţi, a murmurat.

Mulțumiri

Lui Maïté, editoarea mea care, cu toată delicatețea, m-a ajutat să scot la lumină tot ce țineam bine ascuns în străfundul meu. Munca noastră, schimbul nostru de roluri, disponibilitatea ta mi-au permis să merg cu mult mai departe de ceea ce-mi imaginam. Legătura pe care am țesut-o împreună şi cu toată mica trupă îmi dă aripi.

Cristinei, mică zână discretă, ascunsă într-un colț. Prietenia şi prezența ta nedezmințită în momentele mele de îndoială, de entuziasm, de toane îmi sunt atât de prețioase!

Marinei Gauthier-Dubédat, lui Myriam Sterling şi Innei Solodkova, interprete... Toate trei mi-ați permis să comunic cu lumea care mă înconjura. Meseria voastră mă fascinează. Myriam şi Inna, iertați-mă că nu v-am vorbit despre Yaël când eram împreună, dar trăiam intens legătura noastră atât de aparte. Ați fost gura şi urechile mele. Marina, prânzul acela, când am stat de vorbă ca nişte prietene, rămâne o amintire de neuitat, poveştile, reflecțiile tale i-au adus atâtea lui Yaël!

Lui Nicolas Briens, care s-a oferit să-mi dezvăluie mitica Porche 911 şi a avut generozitatea să-mi ofere o plimbare cu maşina lui. Ştiți să vă împărtăşiți pasiunile cu talent.

Când vă ascultam spunându-vă poveştile, mi-i închipuiam pe Abuelo şi pe Marc şi ştiam că alegerea instinctivă a maşinii Porsche era cea bună.

Lui Guillaume Manuel pentru că ne-a lăsat să-i invadăm buticul *Au Bon Usage*. Ce după-amiază! Mai târziu, am privit adesea cartea dumneavoastră de vizită şi am citit fraza atât de frumoasa scrisă pe ea: „Lucrurile frumoase trăiesc veşnic." Marc şi Abuelo ar fi putut s-o rostească.

Cititoarelor şi cititorilor care mă urmăresc cu o fidelitate bulversantă. Nu vă închipuiţi cât mă emoţionează să vă întâlnesc, să vă vorbesc, să vă descopăr lacrimile şi zâmbetele. Mă simt deseori foarte mică faţă de voi, de vieţile voastre, de bucuriile şi durerile voastre. Nu voi avea niciodată destule cuvinte ca să vă mulţumesc.

Cititorilor, editorilor străini, traducătorilor... voi ne faceţi să călătorim, pe mine şi personajele mele. Sunt fermecată de relaţia pe care o stabilim, fără să ne înţelegem prin intermediul vorbelor schimbate, ci împărtăşind o privire sau pagina întoarsă a unui roman.

Barul *El País* a existat, am petrecut acolo multe ore cu prietenii mei, cu „jumătatea" mea, ştiu ce înseamnă să alergi după ultimul 69! Am chiulit adesea trecând pragul cartierului nostru general (să înţeleagă cei care se vor recunoaşte). Cât despre concertul lui Ben Harper, n-am rămas pe treptele de la Bercy, ce amintire! Doamne, era bine pe vremea aceea, am avut noroc! O spun cu nostalgie, a fost aşa o fericire să mă cufund din nou în aceste amintiri ca să ilustrez viaţa de studenţi a găştii! Atunci mă gândesc la voi, colegi, risipiţi în cele patru colţuri ale lumii şi ale Franţei.

Cât priveşte Mica Floare, ea nu există. Dar, pentru momentele de vacanţă între prieteni, există Salvan-Haut, o săptămână în Gers, o alta în Dordogne, încă una în

Réunion. Există muzică, sărituri în piscină, copii care îşi fac siesta, „Punem totul pe masă şi fiecare îşi alege mâncarea", fotografii, râsete, lacrimi de asemenea, în seri de destăinuiri din cauza unui pahar de rosé în plus! Aşadar, prieteni, nu o spun destul de des, dar am să scriu pentru voi: „Vă iubesc."

Aş vrea să adresez un cuvânt scurt comercianţilor, restauratorilor, negustorilor de vechituri din Lourmarin şi din pieţele de vechituri din Saint-Ouen. Nu ştiaţi, dar vă observam, mă impregnam de munca, de zâmbetele şi de primirea voastră. Şi am încercat să strecor câte ceva din ele în dreapta, în stânga, în povestea lui Yaël, a lui Marc şi a celorlalţi... Sper că nu vă veţi supăra pe mine.

Mă gândesc de asemenea la Iris şi la Gabriel şi le spun mulţumesc pentru că au bătut la uşă ca să aducă veşti despre ei. Regăsirea noastră a fost grandioasă! Pe data viitoare!

Ca să închei, mă adresez vouă, băieţilor mei, Simon-Aderaw şi Rémi-Tariku. Voi sunteţi adrenalina mea, mă iertaţi când vă spun: „Îmi pare rău, mama lucrează." Voi sunteţi viaţa mea, sunteţi totul pentru mine, voi îmi faceţi inima să bată, fără voi nu aş face toate acestea.

AGNÈS
MARTIN-LUGAND
Viața e ușoară, nu-ți face griji
CONTINUAREA FENOMENULUI INTERNAȚIONAL OAMENII FERICIȚI CITESC ȘI BEAU CAFEA
TREI
FICTION CONNECTION

Viață e ușoară, nu-ți face griji

Titlul original: La vie est facile, ne t'inquiète pas
Autor: Agnès Martin-Lugand
Traducere din franceză de Carmen Otilia Spînu

Întoarsă din Irlanda, Diane este hotărâtă să înceapă o viață nouă la Paris. Cu ajutorul prietenului său Félix, redeschide cafeneaua literară „Oamenii fericiți citesc și beau cafea", oaza ei de liniște. Acolo îl întâlnește pe Olivier, un bărbat blând și atent, care înțelege refuzul ei de a deveni din nou mamă, după pierderea cumplită pe care a suferit-o. Dar o întâmplare neașteptată o bulversează pe Diane și îi spulberă toate certitudinile.

Va avea ea oare curajul de a-și construi un nou cămin?

După ce a profesat ca psiholog timp de șase ani, **Agnès Martin-Lugand** s-a dedicat scrisului, publicându-și primul roman, *Oamenii fericiți citesc și beau cafea*, în regim propriu, pe platforma Kindle Amazon, în decembrie 2012. Remarcată rapid de bloggerii atenți la mediul literar virtual, a trezit interesul Editurii Michel Lafon, care i-a propus debutul în lumea editorială tradițională. Odată ce romanul său a apărut în catalogul Michel Lafon și s-a vândut numai în Franța în peste 300 000 de exemplare, a fost asigurată și traducerea lui în mai multe limbi europene, printre care spaniolă, italiană, poloneză și turcă. Drepturile de ecranizare au fost achiziționate de producătorul american Harvey Weinstein.

La Editura Trei, romanul *Oamenii fericiți citesc și beau cafea* a apărut în 2016.

Tipar: ARTPRINT
E-mail: office@artprint.ro
Tel.: 021 336 36 33

FICTION CONNECTION

COLECȚIE COORDONATĂ DE
Magdalena Mărculescu

Agnès Martin-Lugand

Îmi pare rău, sunt aşteptată...

Traducere din franceză de Carmen Otilia Spânu

3
TREI

Editori:
Silviu Dragomir
Vasile Dem. Zamfirescu

Director editorial:
Magdalena Mărculescu

Redactor:
Carmen Botoşaru

Coperta: Faber Studio
Ilustraţie copertă: Guliver/Getty Images/ © Todor Tsvetkov

Director producţie:
Cristian Claudiu Coban

Dtp:
Florin Paraschiv

Corectură:
Roxana Nacu
Maria Muşuroiu

Descrierea CIP a Bibliotecii Naţionale a României
MARTIN-LUGAND, AGNÈS
Îmi pare rău, sunt aşteptată / Agnès Martin-Lugand; trad.: Carmen Otilia Spânu. – Bucureşti: Editura Trei, 2017
ISBN 978-606-40-0091-0
I. Spânu, Carmen Otilia (trad.)
821.133.1

Titlul original: Désolée, je suis attendue
Autor: Agnès Martin-Lugand

O.P. 16, Ghişeul 1, C.P. 0490, Bucureşti
Tel.: +4 021 300 60 90 ; Fax: +4 0372 25 20 20
e-mail: comenzi@edituratrei.ro
www.edituratrei.ro

ISBN: 978-606-40-0091-0